山谷幽兰

风起江南

陆春祥／主编

柏兰 著

文匯出版社

图书在版编目（CIP）数据

山谷幽兰／柏兰著. — 上海：文汇出版社，
2023.4
ISBN 978-7-5496-3982-3

Ⅰ.①山… Ⅱ.①柏… Ⅲ.①散文集–中国–当代
Ⅳ.①I267

中国国家版本馆 CIP 数据核字（2023）第 065050 号

山谷幽兰

著　　者／柏　兰
责任编辑／熊　勇

出版发行／**文匯**出版社
　　　　　上海市威海路 755 号
　　　　　（邮政编码 200041）
经　　销／全国新华书店
印刷装订／成都兴怡包装装潢有限公司
版　　次／2023 年 4 月第 1 版
印　　次／2023 年 4 月第 1 次印刷
开　　本／880×1230　1/32
字　　数／320 千
印　　张／14.25

ISBN 978-7-5496-3982-3
定　　价／68.00 元

风起江南散文系列第二季（总序）

尽力猛扑而朗朗仓仓

陆春祥

1

西湖孤山南麓，有三忠祠，奉祀袁昶、许景澄、徐用仪三人。袁昶（1846—1900）为桐庐人，我的老乡，他殿试二甲，官至三品，庚子事变，力谏朝廷不可纵容义和团滥杀洋人与外国开衅而遇害。袁昶诗文、书法、藏书、刊印、西学等，诸业皆有突出成就。

辛丑春节，我一直在读袁昶的日记。袁的日记，持续时间长，从同治丁卯六年（1867）三月开始写，从无中辍，一直到被害前。他的日记还不是一般的记事，侧重在求知问学、克己慎思上，目的就是迁善改过。

看一则"癸酉正月"：

癸酉元日帖子。元日书红云，癸为揆度，酉象闭门。士君子必有闭关千日，研几极深之思，而后有揆度庶务，洞若观火之量。静存仁也，动察智也。

这一年是同治十二年（1873），鸡年春节，袁昶27岁。一个甲子后的鸡年，我父亲出生。袁昶逝后，一个甲子零一年，我也出生了。这样看来，袁昶其实离我很近。不过，年轻人袁昶，思想已经成熟，他虽30岁中进士，却早已饱读诗书，有着自己独立的见识。

他解释"癸酉"，别有见地。

"癸为揆度"，就是估计现实情况。为什么他关注现实，从他的经历可以看出，他时刻将读书人的目的与责任和现实紧密相连，虽是保皇派，但在处理义和团滥杀洋人的事件上，眼光却远大，做事不能只顾情绪不计后果，虽被杀，不数日遂昭雪，谥"忠节"。"酉象闭门"，这是从字形上说酉字。闭门干什么？你若要有对事情洞若观火的眼光，则必须闭关千日，将冷板凳坐穿，如此才会形成自己别样的眼光，处理好各种政务。袁昶曾任江宁布政使、光禄寺卿、太常寺卿等，在各个岗位都有建树，芜湖还建有"袁太常祠"纪念他。

静存仁，动察智。胸中有仁义，决事才有智慧。这不是一个死守书斋不知变通的读书人，他将所学与现实、读书与修身、思考与反省紧密结合。

写完那则"癸酉正月"，已经过去整整一年。

又一个年三十夜，袁昶吃过年夜饭，往桐庐城里闲逛。桐君山上祈福的钟声不时撞耳，富春江两岸的爆竹尖叫着频频蹿向空中，街上行人已经开始聚集，小儿成群追着叫着倏忽跑过。袁昶抬头望星空，但见北斗星的斗柄已经指向东方，他内心里不断感叹，还有几个时辰，旧的一年转瞬即过，混混与世相处，隼起鹘落，如弹指一刹那，而自己却学业未精，德行也没有进步，真让人惶恐啊。

严格自律的袁昶，每日三省己身，袁昶日记中，他悟出的人生格言，多得让我双眼停不下来，仅以甲戌年（1874）摘要举例：

人惟无欲，始能刚耳，有欲恶能刚。耐坚苦者，始能进德耳，耽安佚者，则丧德矣。（甲戌正月）

不作无益之事，不道无益之言，不损无益之神，不发无益之虑。

心无二用，自今后作一事竟，再作一事，则心体不疲。（甲戌二月）

抄录七十二岁的黄元同《求是斋记》句：天假我一日，即读一日之书，以求其是；《畏轩记》句：读经而不治心，犹将百万之兵而自乱之。（甲戌六月）

抄录《孙思邈方书》句：口中言少，心中事少，腹中食少，自然睡少，依此四少，神仙诀了。（甲戌七月）

境遇耐得一天是一天，学问长得一天是一天，精神养得一天是一天，嗜欲淡得一天是一天。（甲戌九月）

尽力猛扑，将七阁、四库、三藏、九流、二氏，朗朗仓仓，

一齐装满布袋肚子内，此师南皮之法也。（同上）

不见己之善，惟见人之善。不见己之善，故所诣日进，惟见人之善，故无怨于世。（甲戌十二月）

特别喜欢"尽力猛扑"这一句，活画其读书信念与志气。

袁昶要扑向什么？四库、七阁，指清代收藏《四库全书》的七座藏书楼总称；九流，乃秦至汉初的九大学术流派；二氏，佛道两家。南皮，借代籍贯为南皮以张之洞为创始人的学派，该派以汉学、旧学为体，以西学、新学为用。袁昶的阅读，如牛饮，如鲸吸。如此写下阅读的贪念，他暗自笑起，耳边似乎突然响起《双射雁》中穆桂英的唱词："那绣绒宝刀仓仓朗朗朗朗仓仓放光明啊。"嗯，猛扑，唯有尽力猛扑，胸中才会有光明一片啊！

尽力猛扑而朗朗仓仓，越读越有趣，宛如袁昶就站在清丽丽的富春江边，沐着五月的微风，张开双臂，身子前倾，跟我摆那个猛扑的动作。

2

劲风又绿江南。

风起江南散文系列第二季即将面世。

通读书稿，满心欢喜，文丛的作家们也如袁昶先生一样"尽力猛扑"，他（她）们如饥似渴地扑向经典，努力汲取营养；他（她）们倾力扑向大地，扑向生长养育又骨肉相连的故土，尽情撷取自然的芬芳。他（她），身姿矫健，一路奔跑着穿过光阴，且行且歌。

陈曼冬的《我是陈桂花》，以笔名为书名，构思极其精巧而大显匠心。桂花既是芳香扑鼻的季节馈赠，也是一种温馨而甜蜜的隐喻，作者将细碎过往与缤纷现实灵敏打通，将自然抒写与独特体验无间结合，字里行间不时跃动着智慧、热情、温暖、善良、情趣。

陆建立的《在卫城》，以洪武二十年的卫城为观察中心，老街上的一屋一瓦，祠堂中的一碑一像，城墙上的一土一砖，河两岸的一草一木，古镇上的一人一事，作者都在尽力找寻，一座城的深度，不仅只是历史悠久的碑石与建筑，更是广阔而绵长的地理与文化。

吴燕萍的《一座山的秋色》，在山水间细细觅寻含情的草木，在古老的窄街上静观缓慢的流年，在清冽冽的江边相遇拂面的微风，在温暖的斜阳里感受人生的温馨，山的秋与水的春自然交融，人的心与字的魂贴切呈现，所有的所有，都汇成了疏淡的表达与浓郁的美好。

孟红娟的《家在富春江上》，以郁达夫的闲章作书名，诗意与文情并茂。富春江清丽的山水与两岸多彩的风物，富春江厚重而悠长的历史文脉，皆如烙铁般刻印在作者心上，细密而周到的叙述，阔大的富春山居场景灵动再现，这是陆游诗中的桐庐处处是新诗，这是叶浅予笔下的富春山居新画图。

沈伟富的《烟雨春江》，为我们刻画了心心念念的新安江烟雨图。这是一个赤子对故园的情感倾泻，山中落叶，平地羞花，从细微处欣赏一切。无论春夏秋冬，无论阴晴圆缺，新安江都是一幅看不厌的画卷，是一本一辈子都读不完的大书。朴素平实而饱含挚情的如数家珍，让人沉醉。

陈荣华的《爱亦有心》，游南游北，游东游西，作者以浓郁的兴趣、广阔的视野，尽情抒写眼中的大地风景与风物，并努力挖掘出另一层深刻的意义；钩沉往事，深情回忆，浸入骨髓的难忘经历，已经演绎成支撑自己工作与生活的精神支柱。我的卡丽娅妈妈。爱亦有心，有心就是爱。

羽人的《半墙明月》，用充满好奇的双眼，打探身边周围的一切，试着发现一粒粒尘土中光的质感，一株株芦苇在秋空扬起山茶花一样的洁白，叙述虽节制简约，却有一种横冲直撞的冲力。在庸常的万物中，用文字唤起人们对生活的挚爱，并找到能让自己生命为之沉静的安详。

柏兰的《山谷幽兰》，人生就是一场旅行，酸甜苦辣悲欢离合乃行旅途中扑面之风景，他乡风物，他乡人文，皆已经深植骨髓，他乡早已成故乡。今夜有雨敲窗，晨起院落梨花，将一地的心语写给自己，也等你踏香。乡愁与梦想与欢乐，茶与流年与岁月，一起慢煮。初阳升，幽兰盛，文字不老。

3

有人仔细统计了《诗经》中的草木虫鱼数量，计有：113 种草，75 种木，39 种鸟，67 种兽，29 种虫，20 种鱼。

我读过诸多关于《诗经》中草木虫鱼的书，不一一例举。一个简单事实是，这些鸟兽草木，只是赋比兴的喻体而已，我们的先人，想象力极其丰富，他们用这些喻体，隐晦曲折地表达自己丰沛的情感。

因此，对这样一部博大无比的百科全书，孔老师自然钟爱有加。

孔鲤从对面怯怯走过来，孔老师叫住了儿子：伯鱼呀，你仔细读过《周南》和《召南》没有？

孔鲤就怕老爸问，一脸茫然：爸爸，我没有读过呢。

孔老师感叹：唉！一个人如果不曾仔细读过《周南》与《召南》，就会像面朝墙壁站着的人一样啊！

面壁而立，不是面壁思过，而是说你什么也看不到，哪里都去不了。

《周南》《召南》都居十五国风之首，内容侧重夫妇相处之道，教育人修身齐家。孔鲤一定听懂了，他已长大成人，老爸这是要他系统学习《诗》呢，否则，怎么能适应这个社会呢？

孔鲤在父亲的课堂上，已经多次听到老爸这样教育他的学生：《诗》三百，一言以蔽之，思无邪（《为政》第二）。这里的关键是"思无邪"，"思"为发语词，"无邪"，没有虚伪造作，都是真情流露。诗三百，用一句话简单概括，就是真情两字。文学作品最需直抒胸臆，最怕无病呻吟。这也完全符合我们先人即兴的咏叹，面对残酷的生存现实，恶劣的自然条件，先人们劳力之余，依然手之舞之足之蹈之，自我找乐。

国风，大雅，小雅，周颂，鲁颂，商颂，三百一十一篇，皆为民众心底里喊出，在广漠大地上回响，宫商角徵羽，有时甚至响遏行云。

真诚希望我们的散文作家，对眼前的一切，猛扑吧，尽力猛扑！不虚假，不造作，用心用情善待所有，包括天地间的草木虫鱼鸟兽。朗朗仓仓，仓仓朗朗，听，美妙的旋律，从旷野上、烟波里、花朵中清晰传来。

壬寅桃月
富春庄

目　录

第四卷 / 今夜有雨敲窗

第五卷 / 等你踏香而来

第六卷 / 不老的文字

一杯清酒邀易安
走进了江南水乡
长山　藏在岁月深处的一条伏龙
尖峰山下日月长
桃花源里访上阳
太阳岭上
冬季　我们去齐云寺沐浴
紫气东来　福泽香江
绿满山川
七百年月光汩汩流过蔡宅
问屯溪为何物
桃李春风一杯酒

山谷幽兰

第一卷

一杯清酒邀易安

流水有痕，岁月如风，风卷风舒，潮起潮落，于如画江山中执着念想，方显生命中最为成熟华美的风采。

一杯清酒邀易安

千古风流八咏楼，江山留与后人愁。
水通南国三千里，气压江城十四州。

——李清照·题八咏楼

岁月如风，掠过婺州古子城。

漫步古子城，心有千千结。这里是最适宜徜徉的。

我来寻一个人，这是古子城里最经典的传奇故事，她的名字伴随清风明月，一直在婺州大地上吟唱。故事的版本里，那个熠熠生辉的名字，让古子城骄傲，让古子城在日月流年中，将有识之士们一一铭记。

一

流水有痕，有痕的流水，流过古子城城墙根，流过家家户户的门前。

浣纱的姑娘，淘米的大嫂，店铺里忙碌的伙计，摇着鹅毛扇的商贾们，将平凡朴实的日子，打理得活色生香。那一口口遍布古子城里的水井，是古子城的命脉，取之不尽，用之不竭。

月上柳梢头的薄暮黄昏，行走在丹桂飘香的古子城里，我的万千思绪，随着清风中的桂花香，游走在古子城的酒坊巷里……

走累了，我在酒坊巷一棵桂花树下凝神伫立，不愿挪步。

酒坊巷的桂花伴着酒香，在这个秋意浓的时节里，让我沉醉不知归路。我恍惚间跨越时空，跟易安居士坐在桂花树下对月当歌，举杯邀明月时，我们一起吟诵苏老夫子的"但愿人长久，千里共婵娟"。

我想起易安居士，曾经批评过苏轼的词。我禁不住调侃她：貌似你当初说过苏老夫子学问是可以的，但他写的词哪里是词啊，分明是乱打标点符号的诗。

她哈哈一笑，幽兰，今日只跟你喝酒聊大天，诉心曲，不谈诗词，不谈风月。欧阳修老夫子不是说"人生自是有情痴，此恨不关风与月"嘛！

我们闻着隔壁王家清蒸"金华火腿"的香气，让飘落酒杯里的桂花瓣做下酒的菜肴。

三杯清酒下肚，就着酒劲的易安居士，开始对我诉说她一生岁月中风风雨雨的故事……

二

幽兰，关于我的故事，故事里的事说是就是，说不是是也不是，真是欲说还休啊。

有人说我活到 70 多岁，有人考证我活到 80 岁，到底是 70 还是 80，我真的记不清了。我只记得，我这一生没有白活，我芳龄十八，华华丽丽地嫁入门当户对的赵家，与赵明诚有过一段琴瑟和鸣的美满生活，也有过国将不国、家亦无家、一地鸡毛的后半生。这些故事，众生津津乐道八百多年了，各种版本，你多少都听说过的，你就选择性地听点、看点吧。

我这一生，值得我骄傲的不是后人冠于我的"千古第一才女""婉约派词宗"的美誉，也不是我那一首首家喻户晓的诗词，而是在国破家亡时——我的坚忍不拔和顽强不屈的坚守。当然，在那个年代里，我的高寿，也源于我的这份执着坚守和强大的内心世界。

你从遥远的江苏来到金华古子城畔定居，我从更遥远的山东颠沛流离，那是宋绍兴五年（1135），我历尽波折，来金华古子城酒坊巷里客居两年。我们都爱这个有着近1800年历史的婺州城。

与你不同，你在现世安好里，快意地生活；在一个盛世里，逍遥度时光。我在国破家亡、走投无路时，来金华投亲访友。

我感念金华的淳朴民风，我感念古子城里的街坊邻舍，他们以憨厚纯真的笑脸迎接一身疲倦、心意荒凉的我；我感念酒坊巷终年的酒香，金华酒的盛名不是虚得的，我在沉醉的酒香里，慢慢淡忘我那九十多天不堪回首的日子；我感念金华这块风水宝地上，厚重的历史，熏陶出一个个闪光的名字，在我落魄街头、最痛苦不堪的岁月里，他们的才情和作为，让我在荒芜的精神家园，寻找到一线曙光和慰藉。

八百多年来，人们一直认为，年近50岁的我与张汝舟的再婚是一生的污点和耻辱。其实，我生活的那个年代，女人再嫁是不足为奇的。只是，我的家庭背景太受人关注，我的诗词铁粉太多，平日里，我信笔拈来几行文字，就可以让上流社会和普通百姓争相传阅。所谓这样的词坛名人、一代才女，如今竟然"晚节不保"，才令那些看好我的人愤懑和不解吧。

污点也好，耻辱也罢，人这一生，谁还不吃几只死苍蝇啊。我不后悔与张汝舟闪婚，我那是为了找个依靠，我厌倦了居无定所，冷冷清清一个人拖着个病身子，还要拼命保护随身携带的古玩字画，尽管已经所剩无几了，可在当时外患内乱的情况下，我一个女子历尽艰辛，寝食难安。突然有人关心，有人呵护，有人承诺能给我一个一直渴望的温暖的家，我自然心满意足了。

最重要的一点，赵明诚在你老家南京当市长遇到下属兵变，幕僚提醒他要做好应对措施，也帮他做好应变举措，他倒好跟我连个招呼都不打，只身弃城而逃，让我对他心灰意冷。我恨不能自己挥舞大刀去战场跟金人决一死战，国破山河在，山河要靠我们每个人团结起来去保卫啊。我恨自己是个女儿身，自幼光知道钻进古书堆里学习吟诗作画，未曾像木兰一样跟她爹爹身后习武报国。

我鄙视南宋朝廷，用屈膝求和换来苟安的政策。当然，满朝廷以求和为荣，遇到困难皇帝带头跑，把逃跑当成家常便饭的事情，毫无羞耻感，我又能奈何赵明诚呢？只是，他在我心目中的形象轰然倒塌了。"生当作人杰，死亦为鬼雄"，我是说给他听，更是说给皇帝赵构听的。

至于闪离，不管别人怎么看，我丝毫不后悔。婚后的张汝舟很快露出他的本性，他对我所有的呵护和关心都是有目的和企图的。他图我在文坛上的盛名，更觊觎我在国将不国之时，历尽千辛万苦、拿命保护下来的字画古董。面对他的软硬兼施和拳打脚踢，我宁为玉碎，不为瓦全。我宁愿用牢狱之灾换来自由身，换来独立的人格，绝不与卑鄙无耻的小人同在屋檐下。

幽兰，同为女人，我的悲壮、心酸你都懂得的。

自古女人是最能理解，也最能体谅女人的。

月上中天，我们再干一杯吧！

三

我来金华是避国难也是疗伤和休整的，我太累了。

也许命中注定我跟古子城有缘，这里有沈约的八咏楼，有万佛塔，我来的时候还没有侍王府。当然，侍王府门前，如今上千年的古柏，听我吟诵过"只恐双溪舴艋舟，载不动许多愁"，也听过我独自嘤嘤哭泣的声音。两棵古柏给过我温暖的拥抱和依靠，给过我生命的启迪和生存的力量。

"红藕香残，玉簟凉秋"。在那段孤苦无依、欲语泪先流、欲语又无言的日子里，我经常徘徊在古子城里，我会对着古柏，对着酒泉井、休文井等所有承载历史记忆的物件说话，我相信它们听懂了我的独语。它们无言地静默着，带着历史的沧桑，日出日落见证过它们所有的故事。

我相信，当年宗泽将军一定也来古子城，拥抱过这两棵参天古柏吧。

出生在金华的宗泽老将军，一生文韬武略，毕生严谨修学治国理政，他曾二十多次上书高宗赵构，竭力主张还都东京，还详实地制订收复中原的方略，这些用心血与实战经验写就的奏本，全都泥牛入海。赵构在投降派们天天唱赞歌的包围声中，早就迷失了心智，纵情享受临安歌舞升平的苟活。宗老将军空有一腔爱国情怀，他老人家壮志难酬，忧愤成疾，临终三呼"过河"而卒。

何等地悲壮慷慨！何等地感人至深！何等地让人欲哭无泪啊！谁也叫不醒一个装睡的人。碧血丹心终究被写进史册里，宗泽老将军的铮铮铁骨和满腔爱国情怀，必将名垂青史。

乾隆帝曾如此评价过宗泽元帅："夫南渡去今六百余年，读其疏者，未尝不嘉其血诚，赏其卓识，叹其孤忠，欲为堕泪！"

饮酒思人，手中的这杯酒与碧清的井水有关。休文井跟沈约有缘，传说因沈约的坐骑小毛驴喝过这里的水而得名。到了北宋，金华知州赵师岩亲笔书写"休文井"三个大字，刻石碑立于井旁。

休文井又是金华府学的饮水之井，哺育了历朝历代成千上万怀有状元梦的莘莘学子，所以民间又称其为状元井。听说太平军攻破金华那日，府学先生蔡召南投井自尽，以死明志不为叛军做事。因此，此井又叫蔡公井。

酒泉井成就了金华酒，让酒坊巷留在了史册上。想当年家家户户酿酒、卖酒、喝酒，酒香飘十里的盛况，也让金华酒飘香神州，让"一半柔情一半雄"的人格魅力洒向大地。

四

在金华近两年的时光里，我用心丈量过古子城里每一寸土地。

我登高沈约为东阳太守时修建的八咏楼，感怀沈约的《登台望秋月》《会圃临春风》《岁暮悯衰草》《霜来悲落桐》《夕行闻夜鹤》《晨征听晓鸿》《解佩去朝市》《被褐守山东》的八咏诗。

我踽踽独行在八咏楼上，与沈约诉说心曲，沈约与我共同的身份都是出身于官宦之家，因时局动荡，一生跌宕起伏。晚年的沈约有太多的苍凉无奈藏于心，沈约瘦腰的典故源于他给好友徐勉的书信中说：我每过一段时间，腰带就要移几个孔，用手握胳膊，臂围大概每个月要瘦半分。按这样推算，怎能支撑得很久呢？

沈约是南朝文坛领袖，学问渊博，精通音律，随着帝王的更换，他当官的路上官衔一串串，吏部郎，宁朔将军、东阳太守，辅国将军，五兵尚书，国子祭酒，司徒左长史，征虏将军，扬州大中正，尚书令，尚书左仆，中书令、前将军，侍中、太子少傅等，可谓荣宠一时。老年他多次辞官辞不掉，最后在宰相的位置上忧惧而死，何等地悲凉无言，何等地心酸郁结，何等地伴君如伴虎的窘境。

风来八面，登楼感怀，令我想起诗僧、"禅月大师"贯休师傅。

此人诗名高节，宇内咸知，擅书法亦擅绘画，尤其所画罗汉，更是相貌狂放，超群脱俗，所谓"梵相"，在中国绘画史上有着很高声誉。他云游杭州时，曾给吴越王钱镠写诗：《献钱尚父》。钱镠读后大为赞赏，但要他把诗中的"满堂花醉三千客，一剑霜寒十四州"中的"十四州"改为"四十州"。贯休在权贵面前断然回答："州既难添，诗亦难改。"说完拂袖而去。

他在《阳春曲》中写道："为□莫学阮嗣宗，不言是非非至今。为手须似朱云辈，折槛英风至今在。男儿结发事君亲，须□前贤多慷慨。历数雍熙房与杜，魏公姚公宋开府。尽向天上仙宫闲处坐。何不郗辞上帝下下土，忍见苍生苦苦苦。"

天下战乱频繁，一个7岁出家修行、遁入空门的人，尚如此关心时局安危，心系天下苍生，希望贤臣良将重振朝纲，让百姓安居乐业。叫我如何不敬重?！又叫我如何不仰望?！更叫我如何不提笔抒胸襟?！

这千里江山，怎不叫人心潮起伏，热血沸腾。于是，我提笔写下《题八咏楼》："千古风流八咏楼，江山留与后人愁。水通南国三千里，气压江城十四州。"

世间有何物，可漫染纸面，力透纸背？怕就是这八咏楼上的回肠荡气！

五

三杯两盏淡酒，世事难言。

幽兰，我后半生在漂泊悲苦、无依无靠中，一心一意致力完成《金石录后序》的写作，熬神费时，将赵明诚遗作《金石录》校勘整理，表进于朝。我靠的就是一股心气和肩上的责任，靠的就是雁过留声的执着念想，靠的就是给自己和赵明诚毕生心血留下见证的情分。

幽兰，今晚与你相逢在酒坊巷的桂花树下，因你懂得我的精神世界，我们跨越时空来一次畅饮长聊。

哈哈哈，我知道的，后人对我的评价千奇百怪，也有人说我是愁鬼、酒鬼、赌鬼，说我不该把一手好牌打烂。

是啊，我的家族资源绝对是一副好牌，我的外公王珪人称"三旨相公"。欧阳修评价他老人家为"真学士也"。《四库全书》收录了他老人家《华阳集》四十卷。在《总目》中介绍说："珪少掇高科，以文章致位通显，不出国门而参与大政，词人荣遇，盖罕其比。"又说，"其文章博赡瑰丽，自成一家。"

我的父亲李格非，是苏轼的得意门生。我的公公赵挺之，当过宰相。但因他们两人政见不和，导致我们两个家族的关系是说不清又道不明啊。

我有两个舅舅，我的一个表姐和一个表妹嫁给了两个权臣，想来蔡京和秦桧的名字世人皆知吧，只是我不愿意提及这两人，更不愿意跟这两人有任何瓜葛，只因为，道不同不相为谋也！

晚年，我哪怕客死异乡，也从未向秦桧和我表妹求助过一次。尽管他们在战乱的日子里，一直向我示好，多次托人带信嘘寒问暖，要为我安排住处，我却从不领情。他们在国难面前卖国求荣，又以"莫须有"的罪名杀害岳飞元帅。有这样的亲戚，让我感到莫大的耻辱和悲哀！

梦醒时分，酒冷灯残。心头的记忆缀成诗篇，又似烈酒，注满心间，却叫人和泪痛饮。我想起那首《武陵春·春晚》：风住尘香花已尽，日晚倦梳头。物是人非事事休，欲语泪先流。闻说双溪春尚好，也拟泛轻舟，只恐双溪舴艋舟，载不动许多愁。

国仇如烟海，浮云皆散尽。可是，历史是有记忆的，一切的一切都将镌刻在史册上。

虽然不同代，虽已物是人非，但炽热的情感是相通的。那就把祝福两分开，让你我各自珍重。

幽兰，生活在金华的你是幸福的，盛世的你是幸运的！

幽兰，我醉矣！别了，多珍重！

失手跌落酒盏，恍然回首，只见易安居士衣袂飘飘，在明澈的月光下翩然而去。

深秋的夜，静谧安然，薄凉如水，桂花香弥漫在古子城的上空，弥漫在婺州大地上。

走出酒坊巷，心头漾起四句：

　　一杯清酒邀易安，桂花树下读古城。

　　往事穿越跨千年，清风明月伴一生。

走进了江南水乡

一

一个风和日丽的冬日，我跟随朋友再次行进山清水秀的沙畈。

沙畈之行，一路青山绿水的景致，让我在肆意徜徉中感慨万千！这是一方让人沉醉不知归路，只想策马南山和清风明月对话的仙境；这是一方林海深深有庭院，白沙溪水牧童归的世外桃源；这更是一方人文荟萃、大儒云集的福地。

夕阳的余晖，温情脉脉地倾泻在卢文台荒草萋萋的墓碑上。墓碑上刻着《敕封昭利侯卢公之墓》的碑文。墓左右有"创开圳道，驰名东汉""隐退辅苍，施泽吴邦"等对联。

我静静地徘徊在墓园的小路上，仰望着墓地里一棵约有两百年的香樟树发呆。那些沐浴在万道霞光里郁郁青青、葳蕤蓬勃的枝丫，似乎在向我诉说着墓地主人两千年来在清风明月中吟唱的故事……

此刻，站在卢将军的墓前，柔和的夕照，让我浮躁的心也变得柔和淡定了。我苍茫的思绪，游走在五峰山山顶，脑海中突然跳出"青山处处埋忠骨，何须马革裹尸还"的诗句。

我静默墓前，与相隔两千年的你默默心语：将军，你听懂了吗？

二

这方土地上流传两千年"白沙老爷"治水的故事，可谓家喻户晓、妇孺皆知。

史载：卢文台，字高明，幽州范阳人。汉成帝末，为步兵尉，后授骠骑将军。王莽篡汉，卢谢病，免归顺；建武三年（公元27年），率部36人从宜阳退隐到辅仓停久（今婺城区沙畈乡停久村），垦田卢畈，首筑白沙溪堰，引水灌田，其后数百年，经百姓共力，筑起三十六堰，沿岸百二十余村受益。乡民怀其惠，立庙以祭，尊为"白沙老爷"。

遥想白沙老爷卢文台，从燕赵出壮士的幽州大地，一路披荆斩棘中，建功立业，官至西汉辅国大将军。浴血奋战、九死一生的经历，都藏在你沧海桑田般变迁的心海里，是从不轻易示人的。

功成名就后，你该颐养天年了吧，抑或淮阴侯韩信的结局，敲响了汉臣们的警觉；抑或出生在北方、征战沙场半生的你，已厌倦了刀光剑影的日子，更厌倦了北方的尘土飞扬。

于是，你几乎在突然间做出一个看似草率，实为深谋远虑的决定，那就是——不再为半生功成名就所累，只想带着一帮跟随你南征北战的老部下，轻装简行，去江南，去江南。去江南好好体会一下江南人悠闲的农耕生活；去江南醉卧溪水旁，洗却满身的疲惫和伤痕；去江南让心静如水，散淡相伴那些在画中才能看到的丹青墨色；去江南隐姓埋名，自耕自足，一心做点自己想做的事情，逍遥度过余生。

于是，文韬武略、足智多谋的你，率性而为、特立独行、敢想敢干、雷厉风行，在一个月色朦胧的深夜，挂剑于厅堂，带着你的老部下36员精兵强将，从中原大地宜阳日夜兼程直奔南方而来。

一路走来，山重水复疑无路；一路走来，慷慨多悲壮；一路走来，风尘仆仆多释然。走啊，走啊，向南走，向南走……走着走着，远去了鼓角铮鸣，走进了江南水乡，走进了金华的南山辅苍。

这个金华南山深处叫辅苍的小山村，白沙溪水像一条青龙环绕着整个村庄，潺潺的流水汩汩流淌，滋润着世世代代在此生活的村民。

只见此处地域广阔，沃野肥润，竹木茂密，山峰耸立，山水清丽，峡谷悠长，山穷水尽处，柳暗花明，别有洞天。满山坡青葱的毛竹，四季常青，那奋力向上的枝叶，在山风吹拂下，摇曳着多姿的身影，传递着云天外的信息。

村民们勤于耕作、乐施好善。骨子里的淳朴善良，深深打动了你和你的36员部下，一开始你们是试探着住下来看看情况，慢慢地你们被这里淳厚的民风和世外桃源的美景所感染。于是，你们一行停下来很久没有再走的意思，这个村的名字便成了"亭久"。这叫"亭久"的小山村，成了你后半生的新"战场"。

江南夏季雨水丰沛，白沙溪上游山区大雨滂沱，常有山洪暴发，使得下游平原村庄被波涛汹涌的洪水破堤改道，给整个流域造成极大灾难。

于是，你开启了你隐居生活后的大展宏图，一定要治水，一定要治好水。要确保当地居民年年岁岁旱涝保收，让他们生活富足、安居乐业成了你最大的心愿。

于是，李冰父子"都江堰"工程被你和你的部下效仿，你们在崇山峻岭中，垦辟田畴卢畈，自食其力。依靠山区仅有的材料毛竹、石头和泥土，开凿成白沙溪三十六堰。

这是怎样的创举和开拓精神啊！你们曾经一双双挥舞刀枪的有力大手，再次拿起砍刀，在五峰山上不知疲倦地辛勤劳作着……

这是怎样的智慧和凝聚力的体现啊！你白天穿布衣、踏草鞋跟大家一起上山砍毛竹，晚上在茅草房里就着如豆的灯光，规划着筑堰坝的图纸。有时候，你还跟你手下的部将们，通宵达旦地讨论着治水的大计。

一日日，一年年，你不辞辛劳，你总是冲锋在筑堰坝工程的最前沿，繁重劳碌的工地上，总能见到你矫健敏捷的身影；人头攒动的筑堰现场，总能听到你声若洪钟、有条不紊在指挥的声音。

三

为了尽早筑好堰坝，造福于民，你不知踏破多少双草鞋，走遍白沙溪的上下游，走遍金华南山每一个角落。你所到之处，总是晓之以理、动之以情给村民们不厌其烦地讲述着筑堰坝的益处，为他们描绘一个旱涝保收、五谷丰登的美好前景。你善于调动一切人员的积极性，有钱的出钱，有力的出力。你承续着你当年带兵打仗的传统和策略，制订严格的管理方案。你一如既往当年的身先士卒的风范，处处吃苦在前，享受在后。你的36员部下和当地四面八方的民众，无不为你的果敢睿智、胸怀苍生所感佩！

据记载：你"率部将上山砍来毛竹、藤条编成竹排，顺流而下，并根据水势落差，确定建堰地址。先建停久堰之上的沙畈堰，之后在岭脚建大坟头堰，引六苟潭水建停久堰，岭下建涉济堰……青草峦建裴家堰，下坞潭下建崖头堰，猪头潭下建猪头潭堰……皂里潭下建皂里堰……大岩后金村边建第一堰，琅峰山下建第二堰，新殿下南建第三堰，款下卢头村边建风炉堰（又称风流堰），炉里建第四堰，幽栏里西建华山堰，古方村边建第五堰，洞山脚建洞山堰，双岗顶下新昌桥村东建岸龙堰，过新昌桥建马坛堰（万潭堰）……经玉山建玉山堰……一直汇入金华婺江"。

你率部和百姓利用河流水势落差拦水筑堰，堰坝呈"一"字形，开渠引水灌田，先后筑成三十六堰，你完成了浙江省最早兴建的水利工程之一。

久经沙场的你啊，同样把"知己知彼，方能百战不殆"的精髓用在了筑坝建堰上。你因地制宜，在大山上取材，你们先将毛竹剖成几股，再将河床上的石子装进剖开的毛竹篾笼里。装满石子的篾笼，再用篾条紧紧箍扎实，然后将一条条装满石子的篾笼连接起来，于是，长长的篾笼成了白沙溪上一道蜿蜒连绵的风景线。白沙溪上垒起的 堵堵篾笼墙坝，还要用柴草将篾笼与篾笼之间的缝隙塞紧堵实，堵实后还要以黏性极强的黄泥土反复涂抹，以夯实堰坝，确保堰坝在洪水中固若金汤。

随着岁月更替，你改用黏性更强的石灰来巩固堰坝，堰坝基础工程完成后，你又忙着建泄水闸。

一代代敬仰你的白沙溪的村民和他们的子子孙孙，继承发扬光大了你们的技艺，直到筑起白沙溪三十六堰。它在旷古邈远的时间，一直泽被着浙南山区人民的生活。

从此，"古婺都江堰"，造福一代代金华南山的村民；从此，金华南山白沙溪两岸成了金华的大粮仓；从此，白沙溪两岸的村民世世代代深切缅怀着你的丰功伟绩；从此，你的名字被镌刻在八婺大地上，你成了百姓心中至高无上的"白沙大帝"；从此，一代代君王为感念你为民造福的卓越贡献，一而再再而三对你进行七次诰封，其中四次封侯，三次封王。

其实，这些早与你无关了，你渐行渐远的背影在历史的天空下早已化作一颗璀璨的星星，深情无言而又恋恋不舍地凝望着白沙溪，凝望着五峰山和山风过处一望无垠的竹海。

你的生命中或许可以淡忘那些远去了的鼓角铮鸣，那些为西汉政权抛洒过的热血，可你的在天之灵，一定无法忘却你与民同甘共苦、共筑白沙三十六堰的民生大事。

你本心恬静，无意浮华，带着心腹来江南隐居，只缘来到金华南山后，不经意中，还是以你的文韬武略造福了一方。在你百年长眠于南山后，当地人尊重你的意愿，你的墓地叫"隐圣丘"，在墓地旁边为你建造了一座"隐真祠"，即现在的祖墉庙。

四

所有的故事都被浓缩在大山里，都被收拢在三十六道古堰中，都在代代相传中把你铭记，都在清澈见底的溪水里照得见人心。

疲惫被风吹走，丹心被月映照，每当收获的时节，你的故事都被涓涓溪水奔流相告：那曾经挥舞的铁锤、铿锵的石钎、磨烂的锹柄以及你们双手、双脚上的一道道血印都被大山一一铭记，铭记成澄碧蔚蓝的天空下青山绿水的模样，铭记成心灵天幕上一座不可逾越的丰碑，铭记成辽阔苍凉的清梦里盛开的一簇火红的山茶花。

一座用汗水和心血凝成的两千年古老水利工程，泽被后世的恩惠，必将与日月同辉。

你的威名被镌刻在历史深处——

唐广明元年（880）封武威侯；

后梁开平二年（908）吴越钱镠天宝一年封保宁王；

宋政和三年（1113）封昭利侯，赐庙额昭利；

宋淳熙十年（1183）封灵贶侯；

宋嘉泰元年（1201）封孚应侯；

南宋嘉定十年（1217）加封广济王；

元至正十八年（1358）封忠烈王。

七次诰封的殊荣，在中国历史的进程里有几人能够做到？七次诰封的殊荣，在历代功勋卓著的名单里唯你独尊；七次诰封的殊荣，足以说明历朝历代当权者和地方百姓对你最大的认可和推崇！

你隐居后心系众生，造福众生，福泽众生，那份初心，从未改变。你理应受到世代的敬仰，你堪称一个纯粹的毫不利己、一心为公的人民的公仆。"白沙大帝"的美誉是众生的肺腑之言，是众生心中一杆秤称出来的神人、可敬可亲的人。祖塆庙里的供奉是苍生万代对你的敬仰和追思！

徘徊在你的墓地，慨叹你如今的墓地，不该如此荒凉破败。我们如今的新时代不正在提倡"五水共治"，共治我们美好的青山绿水的家园吗？而你是金华南山治水的鼻祖、治水的典范、治水的专家。一个异乡人呕心沥血抒写着治水的传奇，真可谓："骏马登程往异方，任寻胜地立纲常。年深外境犹吾境，日久他乡即故乡。"

三十六堰今犹在，不见当年治水人。孤坟宿草疯长，遗庙苍松淡然，傲立白沙溪畔，静立历史长河，笑看春秋激荡，只留后世，一脉心香。

长山　藏在岁月深处的一条伏龙

　　我来婺城，知道有个长山乡，因为长山有朱大典和徐东藩。

　　两千年一路逶迤走来的长山，以它独特的风姿，按照自己的轨迹，一路蹒跚、一路倔强、一路委屈、一路释然地行走在光阴荏苒的故事里，行走在山间潺潺流动的溪水中，行走在日月星辰相伴的朝朝暮暮里。

　　行走山水间，游览风景处，走来不费工夫，读来、读懂却是不易。

　　长山，一个有着两千年悠久的历史，一个从汉朝清风明月中，磕磕绊绊走来的一处村落；一片大山深处伴着涓涓溪水，涌现出一批批饱学之士的福地；一个个可歌可泣的动人故事，汇聚在桐溪里汩汩流淌的水云边。怎能不让人怀着敬畏之心，慢走细读呢？

　　据《光绪金华县志》记载："西汉末年，王莽改制，东汉初年将军卢植，字文台，平赤眉退隐婺南白沙溪，首开三十六堰引水灌田，其中第二堰水东流直注长山，时长山先祖开发农田，利用水源繁衍生息。"

　　长山一说伏龙山，又说长山有洪嘴山、下窑山、朴船山三座山，远看是高耸的山，其实，山下面是平的岩石，跨度很长，故名"长山"。

回顾历史，众多的时候，我们在一声悠长的叹息里，寻找历史长河里那朵朵浪花激起的圈圈涟漪。那每一圈的涟漪中都包含着一个个鲜活的生命，都珍藏着世人所不知的秘密，都叙述着古往今来，镌刻在历史天空下荣辱与共的故事……

朱大典

徘徊在伏龙殿和秀峰庵前，我的双脚显得沉重又迟疑，因衷情历史，所以，对朱大典的故事记忆犹新。

朱大典出生在一个世代务农的贫苦家庭，因祖父朱多缠上官司，父亲朱凤迫不得已带着一家老小，来到长山伏龙殿里寄居。为了谋生，父亲在当地西祠太公徐振刚家当长工，靠当长工的微薄收入来养活全家人。

穷人家的孩子早当家，童年的大典历经家庭的变故，变得格外懂事勤快。小小年纪就经常上伏龙山上捡柴挖野菜，以减轻父母亲的负担。其实，童年最吸引他的是伏龙殿旁边，秀峰庵里的琅琅读书声。他常常聚精会神倚窗聆听私塾先生授课而忘记上山捡柴火，为此，没少受到父母亲的责备。倔强的大典也曾哭闹着求父亲送他去私塾里读书，可是，面对家徒四壁，大典也理解了父母亲。迫不得已的大典，便苦苦央求私塾先生，成全他的读书梦。先生被他的聪颖好学精神所感动，答应去找东家徐振刚家为大典求情。

徐振刚见长工朱凤家的儿子如此渴求知识又乖巧懂事，便一口答应了私塾先生的请求，让大典陪着徐氏家族十几个孩子一起读书。

大典进入教室陪读的日子，愈发地刻苦勤奋，他 15 岁便中了秀才。此时，踌躇满志、意气风发的大典，蓄势待发般憧憬着自己的美妙人生的开始，心中充满着"长风破浪会有时，直挂云帆济沧海"的豪情壮志，禁不住纵情四海写下"破浪轩"三个字自勉。

然而，命运似乎对这个少年并不眷顾，接下来六次乡试名落孙山，直到明万历四十四年（1616）第七次乡试才中了举人，次年进京参加会试和廷试又中了进士。

从举人到进士，如水的光阴已经悄然流淌过二十载。也正是那落魄无助、失意无奈的二十年，磨砺了朱大典人情练达、洞如观火的能力。

接下来的仕途就如同风雨飘摇的明王朝一样，在风雨飘摇中举步维艰地行进着，抗争着，毁誉参半着，直至最后悲壮刚烈，慷慨赴死。

寒门出身的朱大典，在明末官场也只能随大流，深陷在贪腐的大染缸里。当时有人说他大有"严嵩再世"的势头。史书上说朱大典"饶有才，而性奇贪，多行暴虐"。有记载说他督师凤阳的时候，"括取财贿，四府僚属，囊橐皆尽，人拟其富且敌国"。如此的朱大典，似乎被世人所不齿。

可是，综观朱大典的仕途轨迹，他又是个文韬武略样样精通、才能卓越雷厉风行之人，更是个在权贵面前敢于仗义执言的铮铮铁汉！

朱大典入仕之时，已经是明王朝开始动荡不安的年代。那时，各地农民起义风起云涌，北方的努尔哈赤觊觎着大明的江山，南方荷兰殖民主义者侵占了澎湖，殖民者联手海盗对福建沿海不断地骚扰。

朝廷内以魏忠贤"九千岁"为首的阉党把持着朝政，大臣们多数指鹿为马，阿谀奉承着跟阉党周旋着，以便保住自己的乌纱帽也好浑水摸鱼，进行卖官卖爵的勾当。

当时的朱大典凭着自己出类拔萃的当政业绩，成为济南府四州二十六县中的佼佼者，五年内大典从山东章丘县令升到兵部任职。

昏聩无能的天启帝朱由校，对国家大事不闻不问，一心一意沉浸在他的"木匠皇帝"帝国的构造中，国家大权任由魏忠贤独断。最为荒唐可笑的是这个天启帝竟然下旨，让魏的子孙世袭锦衣卫。此时，朱大典不畏权贵，上书力谏："太监哪来子孙？又如何能世袭？"从此，魏党对他怀恨在心，伺机报复。

朝廷派朱大典去福建平息海盗，原本是魏党想借刀杀人的伎俩，却被运筹帷幄、满腹经纶的朱大典打了一个漂亮的翻身仗。面对战功卓著的朱大典，朝廷只得晋升他为右参政。

此时的朱大典，对腐败烂到根子的大明朝已经心灰意冷，趁着为父亲丁忧守孝三年后，干脆辞官归隐家园，读书避世。直到崇祯三年（1630）再次被起用，朱大典被调任山东担任右参政，五年后任山东巡抚，又因功升右副都御史，后平叛军，升兵部右侍郎。崇祯八年（1635），因"坐失州县""平贼逾期"一再被贬官。

明末清初文学家、史学家张岱对朱大典曾慨叹不已！张岱在淮扬的时候，就亲眼看见朱大典贪横，"真如乳虎苍鹰"；然而张岱又亲眼看见朱大典"婴城守婺，破家从忠，继之以死"。人性的优点和劣根性，淋漓尽致地体现在朱大典的身上。

1646年4月，清兵围攻金华。此时，奉命镇守金华的朱大典，倾囊而出万贯家财，广招英勇善战的兵勇，日日夜夜、殚精竭虑坚守婺城，使得清兵攻城近三个月一无所获。

后来，因被曾经非常信任的好友阮大铖泄密了金华城有段新修的城墙不够坚固，加之当时的战局外无援军，孤军奋战又粮草告急，清兵集中所有炮火轰炸新修的城墙，终使得金华城沦陷。

面对清兵入城疯狂的屠杀，朱大典依然率领部下顽强抵抗。直到将士大部分战死，朱大典才从容召集家人、幕僚32人，围坐在军事指挥部——金华八咏楼的火药库旁，点燃了所有的炸药以身殉国，谱写了一曲可歌可泣、惊天地动鬼神的壮歌。

朱大典是带着他的五个儿子和一个孙子一起殉难的。在此之前，他的大孙子朱钰在突围求援途中被杀害，朱大典的长媳章氏在金华城被攻破前一天，拜别家人首先自缢殉难，朱大典的妻妾何氏等和次媳陈氏、三媳姜氏、四媳来氏、五媳汪氏也在金华城被攻破时，手牵着儿孙投井自尽了；就连朱大典早已出嫁金华石门村倪汝学为妻的女儿，在看到金华城滚滚浓烟，听到父亲殉国的消息后，也自缢而死。朱大典全家22人，祖孙三代在金华保卫战中全部殉难，满门忠烈，无一幸存。

一个历史上的朱大典，一个真实的朱大典，一个让人愤恨、贪婪无度的朱大典，一个更令人怀念崇敬的朱大典。人性的劣根性和慷慨悲歌，如此集中在同一个人身上，他的一生就是风中的传奇。他称得上金华城的骄傲！毕竟，他曾经贪腐得来的钱财，全部用来招兵买马，誓死保卫了一个国家民族的尊严，肩负起一座城市的脊梁。

夜读朱大典点燃手中火药库的导火线，带着32个鲜活的生命，一起从容赴死的场面，潸然的泪水禁不住悄然滑落……

何其悲壮英烈的场面?！何其坦荡慷慨的壮士?！何其浓烈的爱国、爱家园的炽烈情怀?！综观历史上所有的英雄豪杰，又有几人能够做到如朱大典带领整个部下、一个家族，如此团结一心，谈笑间慷慨从容赴死?!

康熙大帝感佩朱大典的满门忠烈，特许朱大典入祀乡贤祠和忠烈祠。乾隆四十二年（1777），清廷赐谥朱大典为"烈愍公"，并在金华通济桥北，建造了一座高10米，四柱的青石牌坊，横额上刻"表海崇勋"四个大字。

只可惜，历经战火动荡的金华城，那座青石牌坊跟大明江山一样，在无数次战乱中轰然倒塌了。

川流不息的桐溪水啊，载着八咏楼下的那声巨响，淙淙流淌在史册上……

徐东藩

一方水土养育一方人，行走在桐溪边，我柔软的心快被清澈见底的溪水溶化了……

三月的春风吹绿了桐溪两岸，百年的香樟树老枝新芽，在煦日春风里自由白在地舒展着筋骨，尽情地享受着春天气息带来的蓬勃生机。

一年又一年，桐溪里缓缓流淌的溪水和溪边一岁一枯荣的草木，见证了长山岁月里的沧桑变迁，它们目睹了临水而居，从这里走出来的一个个有为青年的成长轨迹。

在长山提起"平畴一览亭"，可谓家喻户晓。"平畴一览亭"又叫"望耕亭"。建造亭子主人是徐氏的徐敏生，1949年徐东藩修葺重建。

徐东藩算得上长山近代史上新派学者的佼佼者之首，徐姓在长山本来就是一个大家族。徐氏尊师重道的理念，自古以来就一脉相传。

徐东藩在中国外交史上，尤其是对日、德谈判，即收回青岛主权等事务上的谈判可圈可点。

1909 年，徐东藩以金华中学首届第一名的成绩毕业并考入了京师大学（北京大学前身）。四年之后，他又官费留学英国，被公费派往英国伯明翰阿斯顿大学深造。1917 年，徐东藩获阿斯顿大学经济学硕士学位。

回国后，徐东藩先在北京大学任教授，不久被委派为国民政府外交部参事。因工作上的需要，他自学国际法学，很快成了当时国民政府中颇有名气的国际法专家。

徐东藩以务实勤勉的治学态度，严谨踏实的工作作风，使得他在外交事务上一步一个脚印，青岛主权回归谈判席上，谈判组以"争主权，不争福利；争土地，不争房子；争永远，不争暂时"的大局观，针锋相对日本人的无理要求，终于使得沦陷于日、德帝国主义统治达 25 年之久的青岛回到祖国的怀抱。

一个为国刚正不阿、据理力争、学以致用的徐东藩；一个为乡邻修桥铺路、造福邻里的徐东藩；一个回报母校设立"金华中学东藩奖学金"的徐东藩；一个主政威海卫、扩建威海公园、设立"望云轩"，在威海首创了职业教育的徐东藩；一个敢于公开对汪精卫说："要我从这一事件中接受教训可以，让我以百姓的血来染红我的'顶子'，那么我宁可不干这专员之职!"的徐东藩。

此样的徐东藩，如何不让我这个走读长山者敬仰致敬！而这个徐东藩就生活在婺城天空下长山的山脚下。

那是怎样的一方山清水秀的水土，怎样的一处人文景致啊！

在长山这片热土上，仅仅明清两代有记载的举人、秀才就有 167 人。南宋有私学创办第一人倪允才，他老人家开创了长山私人办学的先河。"季原堂"，使得"忠孝仁义礼智信"的种子，随着山风年年岁岁吹拂在长山脚下，散发出其独特浓郁的芳香，世世代代陶冶着长山的子民们。近代新学开创者徐志修，留学海外，回乡后回报村民，创办了"秀峰小学"。因其在法院任职，一直为村民排忧解难，深得村民的爱戴。

桐溪的潺潺流水声中，日夜流淌着东汉初年将军卢植引水造田、理学名士倪公度开学授课、南宋枢密倪普"才猷德业昭然，为一世山斗"、抗日英雄方伯英为国捐躯。还有那乐善好施倪永端、一乡善士徐规、婺南名士徐启丰、军统浙江站站长章微寒、航空骄子胡一之、画家倪淦、医学博士徐树梅、计算机专家徐厥中、耳鼻喉专家徐怀三等闪光的名字，每个名字的背后都有一段精彩的故事。这些故事经年累月氤氲着长山的山山水水，使得山清水秀的长山越发厚重广博、凝重悠远。

走读长山，行走在"玉带村环流水一，彩虹门驾石桥双"的江南秀美小镇上，看那碧波荡漾的溪水旁，那些浣衣、洗菜、淘米的村民悠然自得的表情，听着他们用俚俗乡音诉说着家长里短，一幅现世安好的画卷。真想在临溪处搭建个小木屋，去读懂那春秋盛世，读懂那金戈铁马，读懂那徐徐清风里古往今来的故事……

尖峰山下日月长

提起尖峰山，金华人可谓家喻户晓，那是座大家身边风景秀丽、时时向往攀登的精神乐园。

尖峰山又称芙蓉峰，屹立于金华城北，海拔 427 米，是登高俯瞰金华城全貌的最佳点之一。一千八百多级台阶，时而陡峭，让人望山兴叹，登高的过程自我满足着，自我鼓气着，自我成就着，把一层层石阶踩在脚下；时而平缓，甚是善解人意般非常体贴登山者累了似的，在一个个陡坡后，让人如走平路的台阶延伸到行人的脚下，让人由衷地慨叹山的灵性多娇和人工的别具匠心。一年四季，风光绮丽。难怪登山者络绎不绝，它是金华双龙风景名胜区的主要景区之一，自古为金华人的一种心理凝聚和精神象征，外出远行的金华人用"一日不见尖峰山就要掉眼泪"来形容自己的思乡之情。

佛说，前世的五百次回眸，才能换得今生的一次擦肩而过。席慕蓉说，那么，我要用多少次回眸，才能真正住进你的心中？

于我，从不求住到谁的心里，总是觉得缘分的深浅是由天意来注定的，一路走来山重水阔知何处，一路走来聚散离合总关情，一路走来柳暗花明又一村，一路走来也无风雨也无晴！珍惜当下，善待生命中每一个匆匆过客，善待似水年华花开有声，善待那些遥远的过往和即将来临的未来！

十年光阴于一个女人的一生来说，可谓不算太短，女人实在是没有几个热情奔放、绚丽多彩的十年！多情应笑我，早生华发的我，在尖峰山脚下，悠然回眸，已经不知不觉数过十个春夏秋冬。

在这十年里，我虔诚地感恩着缘分的使然，让我可以跟这座婺城人的精神之山峰天天低头不见抬头见，经年累月在尖峰山脚下，数着日月流年……

春意盎然的尖峰山，前来踏春的人盛况空前，每到周末，纷至沓来的游客从八婺大地集结到这里，为的是在"一年之计在于春"的谚语中，带着祥和愉悦的情怀和绿意盈盈，与和煦春风吹拂的尖峰山深情地拥抱。更为了在春风苏醒的泥土里播种下自己一年美好的期望吧。

炎炎夏日的尖峰山，酷暑难当更显得尖峰山的清凉悠远，此时，这座绿树环抱的山峰，成了大家盛夏纳凉首选的去处。常来尖峰山走走，一季的溽热烦躁似乎都消融在清幽的林间，渴了，累了，山里人家山里的食品沿着石阶相隔不远就有一个摊点，煮玉米、茶鸡蛋、自制的糯米糍粑是主食，各类饮料更是品种繁多。当然，山货的推广是必不可少的。

秋高气爽的尖峰山，澄碧蔚蓝的天空下，绚丽缤纷的树木花草，把尖峰山装扮得热情浓烈、端庄优雅。秋阳温淡地照拂着山上的一草一木，此时的尖峰山如一位雍容华贵的贵妇人，举手投足间，魅力四射，浑身洋溢着淡定从容、宠辱不惊的气度。夕阳西下的那一刻，看着白云深处人家的袅袅炊烟，我时常沉醉，不知归路……

白雪皑皑的尖峰山，刺骨的寒风，丝毫阻挡不了登山者的乐趣。我喜欢撑着一把红伞，亦步亦趋，若有所思地在雪地里寻找着被白雪不停掩盖的脚印，多想像儿时一样，一下大雪就和小伙伴们在雪地里尽情翻滚、堆雪人、打雪仗……雪后初晴，冬阳带着寒意，执着地照耀在山尖上，此时，一阵山风吹来，树上的雪花迷蒙飞舞的景致，让行走在银装素裹世界里的我，总是有前世今生今安在的感觉。

从千里之遥来到这座山脚下居住，为的就是前世与这座山的缘分未尽吧，迢迢山水终究阻挡不住冥冥之中的命运安排，隐隐青峰的召唤在灵魂的深处激荡。试想当年，可选择居住的地方不算太少，我终究还是义无反顾地来到了尖峰山。

四时风光各不同的季节里，我常常独坐在半山腰六环亭旁边的石凳上，万千思绪在晚霞里，随着尘埃一起飞扬。

尖峰山古时又称芙蓉峰。《方舆记》里记载"孤山特秀，状若芙蓉"。一座形状像出水芙蓉的山脉，其诗情画意可谓"只可意会，不可言传"啊！难怪明代杜桓在《金华十咏·芙蓉晴翠》中赞赏道："长山直下小尖峰，一朵芙蓉植半空。"明代诗人胡应麟《芙蓉峰》一诗更是气势非凡、引人入胜："万仞嵯峨雾色重，青天谁削紫芙蓉。"并赞之为"玉女盆边第一峰"。

公元 1636 年，明代大旅行家徐霞客阴差阳错来到金华山，第一站就是尖峰山。徐霞客在游记中写道："自罗店东北五里，得智者寺。寺在芙蓉峰之西，乃北山南麓之首刹也，今已凋落。而殿中犹有一碑，乃宋陆务观为智者大师重建兹寺所撰……寺东又有芙蓉庵，有路可登芙蓉峰。"

因为徐霞客的到来，尖峰山的旁边多了一条风景线——"霞客古道"。徐霞客所到之处，风景人文都是值得可圈可点的。只可惜霞客先生还是晚来了一步，他也没能够一睹"江南名刹"——智者寺当年香火不断的盛景。

智者寺是南朝梁武帝为"智者国师"义乌人慧约法师所敕建（526），距今已近 1500 年的历史。其香火鼎盛时，曾有寺僧千余，占地五十余亩，殿宇五进，规模宏大，气象恢宏。智者寺始建于南朝，兴盛于唐，重修于宋，延续至元明清。

历代的文人雅士，因芙蓉峰的奇秀脱俗和智者寺的声名远播，慕名前来游访拜忏的名人数不胜数，他们大多数因仰慕和寻访而来，也曾留下不计其数的诗词歌赋丹青墨宝，其中最为著名的当数南宋诗人陆游的《重修智者广福禅寺记》和《与僧仲玘八札》（现存太平天国侍王府，为国家一级保护文物）。智者寺曾历经数次重修，至民国年间，虽饱受战乱影响却仍保存较好。新中国成立后，因人为的破坏慢慢逐渐凋敝。20 世纪 50 年代末，因为要建金华水泥厂，被无情地彻底改造，到了 80 年代尖峰水泥厂扩建时完全被摧毁得面目全非，如今在原址上唯一幸存的就一口古井。

耳闻目睹世事沧桑的古井，跨越千年的历史，经历千年风雨的洗礼，无声地呐喊着智者寺的彻骨心痛和无可奈何。

《徐霞客游记》记载"（智者）寺东又有芙蓉庵，有路可登芙蓉峰"，前些年在尖峰山山门东北角还发现过古时的屋基和砖瓦。目前智者寺复建已近尾声，尖峰山在前些年提档改造基础上还将新建文殊阁、药师殿，考虑复建芙蓉庵的计划也在酝酿中。

"参禅智者寺，漫步尖峰山"，"一寺一庵一峰"的盛景将再现婺城，届时，尖峰山更是让人看不够、爱不够！

说不完的名胜古迹，道不尽的历史沧桑。谁说最美的风景在远方？最美的风景其实一直就潜藏在我们的身边，它们默默无闻，历经着风吹雨打的时光雕刻。无论岁月待它们公与不公，无论光阴如何摧残着它们昔日的繁华和精美，哪怕只还留下深埋在地下的一块石碑、一口古井，记忆的天空，无论如何也拂不去它们曾经鲜活、辉煌存在的历史。或许，这就够了，苦短的人生何曾又不是呢？

鸟儿飞过天空的痕迹鸟儿不说，天空知道鸟儿的欢愉展翅；鱼儿游过大海，大海深知鱼儿的情深意浓；我在尖峰山下的日月啊，镌刻在我的生命年轮上，我知道，在悠悠岁月里，尖峰山下的日月，与日月同辉，温暖地普照着我的心田。

桃花源里访上阳

一

我与塔石上阳古村初遇，是在骄阳似火的七月。

初遇是美好的，一见钟情的涟漪，泛在心头。

行走处皆有溪水相依相伴，骄阳烈日怎敌叮咚溪水悦耳动听！溪水由青龙山和铜盘山山脉交会处涌出，绿带般缠绕村落，缱绻而来，逶迤而去。

一座古朴的小村庄，玲珑剔透，如翡翠碧玉，镶嵌在大山的怀抱中。

来的时候，早过了桃花映红山涧的季节，我的感觉却还是来到了陶渊明笔下的《桃花源记》里。

古朴老街，长石板加上鹅卵石镶嵌，铺成弯弯街巷，定睛细看，古民居不足百米长，家家户户貌似结构大同小异，走进每一栋古宅，却又是各有千秋、别有风情。

背靠青山绿水的老街，社阳溪水环绕整个村落，终年汩汩流淌着大山深处的清凉和清幽。此情此景，犹如一幅泼墨山水画，不经意间画成倒"Z"字形。

上阳美景，养人眼目：田头，葱茏的稻苗成畦，那片绿意，让人只想融入在烈日下拔节生长的一株株稻苗中，去体验它们的疼痛和快乐；半坡，翠竹遍野，摇曳着云天深处舒展的绰约风姿，好想回到童年，抱着一根大竹子攀援嬉闹；风，吹过小村古巷，轻柔绵长，轻叩着庄户人的门扉。也在每一位来访者的耳边，轻声呢喃着藏在蓝天白云下的久远的故事……

在外游历二十载，走过许多古老村落的我，还是被上阳村这份独特的宁静淡然所吸引。

走进一处古民居人家，恰逢主人在吃午饭。女主人热情地招呼的话，我听不懂，从她友善的笑容里，感觉到是请我们坐下一起吃饭。男主坐在小板凳上，就着长条大板凳上的两道菜，悠闲自得地细嚼慢咽着。大板凳底下，觅食的两只老母鸡，陪着主人一起进食，那副不紧不慢、唯我独尊的气质，一下子吸引了我的目光。我拿出手机不停地拍摄。男主人领着他的两只老母鸡，任我拍摄，物我相忘，只一心一意吃着自己的饭菜，两只老母鸡跟我们是老朋友似的，对我们的造访友善又平静。真有一幅悠然见南山的情境。

在上阳古村里，还真有如此慢节奏、陶渊明《桃花源记》里的娴静场景，好想住下来体验几天，让秀美的山水和古朴宁静的古村，抚慰一下我们红尘浊世里伤痕累累的心绪。

二

一座座古院落，苍劲纯朴，典雅别致，如山涧桃花绽放，古典芬芳。

几株苍翠大树，洒下一蓬绿荫，掩映的门楣上，木雕精美，笔笔细凿，飞禽走兽，栩栩如生，不禁令人击节赞叹。在漫漫岁月里，有一份静谧的恬淡，有一份守望的乡愁，足以让人心驰神往。

阳光照进天井，将一片澄碧，折射成一张透明画片。

我的目光，透过七月烈日，透过蔚蓝天空，看见门楣上那一只只栩栩如生的吉祥如意花鸟、百兽图案，一个个展翅向天空延伸的飞檐，去寻找这座村落的前世今生……

走进项氏祠堂，匾额上书写着"先祖是皇，孝孙有庆"的大字，遥想七百年古风，携着古训良知，穿透历史，穿越风雨，在故乡的土地上，落地生根，繁茂成一株精神之树，荫蔽着上阳的后人。这历史的风，从未停歇，从未间断，正如环绕全村的溪水一般，潺潺流淌，滋润着子孙后代的心房。

村中石阶上，坐着几位老人，听他们说古论今，实是一种享受。

老人们说，上阳村兴起在元朝，至今已有七百多年历史，虽经沧桑风雨，却旧颜未改，依然透着浓烈的古意。明朝徐氏家族人丁兴旺，到了清朝康熙年间，有项羽后人第73代孙项百恒，一路行医，路过上阳村落，见此山清水秀，民风淳朴，便在此地为民看病。

恰遇黎家待嫁小姐，身染风寒，奄奄一息。百恒倾其所学，踏遍山头采药，终于妙手回春，医好小姐的病，黎家感激不尽。

开春时节，百恒上山采药，被毒蛇咬伤，黎家小姐恰巧路过，搭手相救，百恒终于转危为安。分手时，他们约定书信来往，共诉相思。

经过一番周折，有情人终成眷属。一个黄道吉日，村头红豆杉树下，二人喜结连理，举行了一个别开生面的婚礼。从此，项氏家族扎根在上阳这片风景秀丽、民风淳朴的土地上，开枝散叶，脉脉相传。

三

上阳地处婺城区最西部，四面环山，与衢州龙游、丽水遂昌为邻。

盛夏骄阳下，我这个来自"楚霸王"故乡的游子，竟有缘结识项羽的后人第82代孙项忠新，听他侃侃而谈项氏的前世今生，听他介绍上阳村目前正在以进行式地修葺百米古老街上的古建筑的蓝图，听他娓娓道来上阳村即将推出集人文山水旅游、农家乐、土特产的开发销售以及保护原生态青山绿水好风光的规划……

项忠新，原在金华一家年薪不错的单位上班。可是，他每次回老家路过上阳古老街，心底总有说不出的滋味，养育自己的上阳有得天独厚、保存完好的古民居，这些资源都没有利用好，眼睁睁地看着古宅在日月风雨的侵蚀下，慢慢斑驳甚至坍塌，他的心里像打翻五味瓶一样，说不出滋味。思前想后，他觉得在上阳村听着老人们讲老辈故事长大的他，必须要为这个村做点什么了。

2010年，他回到家乡，高票当选上阳村党支部书记，开始了他为古村落不停奔走呼号的历程。从2013年开始跑省农办到2015年立项，再到2016年9月份古村落动工修葺，到2017年底竣工。五年的辗转奔波，多少个不眠之夜的考量规划，终于为上阳古村落引来1000万元的修葺经费。

一路走来，来到项氏第76代孙项师贤的宅院，项忠新略带遗憾地解释，我们这个古村落非常精美，就是没有出过什么大官，最大的官也就是清朝的"布政司理问"项师贤，相当于现在民政厅官员吧，但他非常清明廉洁，皇帝给他家赐过匾额。我们抬头看到"龍章寵錫"四个斑驳的大字。

皇帝为一个四品官员赐匾额，足见此人为官一任，造福一方，口碑极佳了。

一路走来，一位老人一直紧跟着，他不时地和同行的朋友讲着当地方言。快逛完古村落时，老人提出来，请我们去他附近的家里喝杯茶。盛情难却，我们跟着老人来到紧挨古村落旁边的一栋四层小楼里。

一进屋，看到满墙悬挂多种笔体的书法，我大吃一惊，一个偏僻山区、只读过小学四年级的老者，家里为何有如此多的书法条幅裱好悬挂。老人似乎看懂了我脸上的疑问，让我们跟他一起上楼来，当老人从书房里拿出一卷卷写好的条幅和横幅展现在我们面前时，我唯有感慨高手在民间！

项忠新笑意盈盈地说，老人家今年 82 岁了，叫项兆呈，是项羽后代第 80 代孙，荣获过 2014 年婺城区书法比赛三等奖。一生喜欢写字，他写好的字，你们有看中的可以随便挑走。这些年，我们村经常有外地游客慕名来访古村落，老人家就是免费义务宣传员。

我们挑好老人的字，准备离开时，老人让我们一定要上他家四楼看风景，满身大汗淋漓的我本不想再移步，老人和颜悦色地对我说："姑娘，你不去四楼看景拍照，回去肯定会遗憾的。"

登上四楼平台，立马有"会当凌绝顶，一览众山小"的感觉。此时再看古村落，再看青山绿水间涓涓流淌的社阳溪，看村口五百年的两棵红豆杉大树，再看土沟里逍遥自在刨食的红花大公鸡，那悬挂在村头电线杆上的一对对长形红灯笼……看的不是风景物件，看的是一幅岁月静好的水粉画，看的是一个家族绵延的历史，看的是芸芸众生各自的生活常态。

这该就是现世安好的最本真、最朴实的版本模式吧。

四

一个家族隐卧深山，平淡度日，以德厚流光的好家风延绵千百年，滋养后代，以一颗向上、向善的仁义慈心，善待别人，做好自己，这种龙藏深泉、凤鸣朝阳的文化底蕴，成为这座七百年小山村血脉延续的根基，如清风朗月，照耀人寰。

遥想当年项羽垓下一战，气吞山河般地倒下了。历史上有多少成功者，就有多少失败者的对手来成就他们的成功。没有一个失败者如此让后人遥隔两千多年来还记得他，甚至崇拜他，非项羽莫属！李清照的诗歌："生当作人杰，死亦为鬼雄。至今思项羽，不肯过江东。"应是对项羽的最高的认可和评价。

项氏祠堂里有古家训，跨越了历史时空，流传下来："教孝弟，笃忠心；崇礼仪，养廉耻；睦家族，和乡邻；务桑农，肆诗书；守法度，严闺阁；慎交友，矜孤恤寡；慎嫁女，聚媳育婢。"

凝望项氏家训，遥想项羽一生，这何曾不是项羽两千多年来荣辱成败转头空后的风中吟唱之词。

古老的村落，无言的故事，隐藏在每一处细枝末节中……

在山乡小村里漫步，抚摸着粗大的红豆杉树，揣想着一个家族的枝叶繁茂，昌明鼎盛，这是什么力量的支撑？什么情怀的延展？什么血脉的传承？古村、长街、老屋、绿树、水井、祠堂、牌坊、门楣，都以一种博大精深的情结告诉我，这是家园的情怀使然，这是文化精神的延续，这座古朴宁静的小村庄，正是安妥我灵魂安谧的所在。哦，我的心中豁然开朗，曾经生命过往的美丽记忆，曾经浓酽淳厚的乡愁情怀，都在山水间默默驻留，经过岁月的沉淀，时光的消磨，成为我们最后的精神家园。

五百年的红豆杉树啊，蓬蓬勃勃，郁郁葱葱，像一座丰碑，巍巍耸立在青山绿水间。

这株大树，就是中华不泯的精神，就是山川永恒的灵魂。

太阳岭上

一

如水的光阴在流年深处汩汩流淌着……

回首间，生命中有十一个年轮上镌刻的是金华的山山水水和千回百转的故事。

人生有多少个十一年可数啊，客居金华的我，最大的爱好，闲暇喜欢驱车游遍金华的好山好水。而金华素有江南"小邹鲁"之美誉。

暮春三月，应朋友之约，一起去兰溪梅江镇转轮岩看紫荆花。转轮岩的紫荆花在金华颇有点名气，那漫山遍野粉红色的丛丛花海，在青山绿水的山坡上、山坡下，应和着蓝天白云，一夜间次第绽放着绝世的容颜，风华绝代了时空和年轮。而金华慕名而去看花的人，务必要翻越太阳岭才能抵达转轮岩。

车子行驶在太阳岭上，盘山公路免不了颠簸，此时的车子就像行驶在大海的波涛上。春天的太阳岭古道四周鸟语花香，郁郁青青的林木在春的气息里拔节生长，随着和煦的春风尽情舒展着枝丫，那朵朵飘逸的白云，不时拂过山尖，像是和群山在嬉闹的孩童。

山脚下、半山腰春耕的村民，目不斜视地忙着自己的农活，经商、赶集的，办公差的依旧按照惯有的节奏走着自己的路，背着或挑着自己的行囊，向着既定的目标进发。

二

关于太阳岭的故事和传说，犹如这峰回路转的山道，说来路长，说来也话长啊！

太阳岭，一个美丽而又诗意的名字。太阳岭古道，据说已有一千八百多年的历史，是古时的婺州（今金华）、处州（今丽水）、温州、台州、越州（今绍兴）等地通往严州（今建德）、徽州（今安徽歙县），到达内地的主要陆上通道。明清时期，太阳岭上曾设有官方驿站，处理官府来往公事。太阳岭系金华山脉余支，嘉靖《浦江县志略》记载："南五十里太阳岭，高险与太阳齐，浦江金兰之界也。"

元代著名文学家、诗人、哲学家、教育家、书画家、"儒林四杰"之一的柳贯为太阳岭作诗云："人影翔天云在下，怪石特疑神所剞。"

太阳岭上行路难，古今皆然。我的思绪穿越到公元 1330 年那个春意盎然的春天。

行进在太阳岭古道上的一袭白衣的翩翩青年，他身后的行囊里背着他挚爱的书籍。春天微凉的风吹拂着他鼻翼和额头上的汗珠，他不紧不慢地走在崎岖的山道上，如满月般白净英俊的脸上挂着一丝笑意。他此次翻越太阳岭，只为去浦江白麟溪东明书院拜谒一代名儒浦江人吴莱，向其学习古文辞。

吴莱，7 岁时能作文赋诗，时人以"神童"誉之。后与黄潜、柳贯同为宋末金华地区儒者方凤的学生。方凤先生在见到吴莱时，曾赞叹道："此邦家材也。"

20岁的宋濂因在家乡金华潜溪（今义乌）"遍观群书"和"乡里老师因其才智奇迈过人"而不敢接收他为徒，他当时在潜溪的优秀和苦闷可想而知。打破潜溪"无敌手"的现状，他开始对潜溪生出不满与离开的想法。

好学聪慧，同样有"神童"之誉的宋濂开始向往外面的世界，而对学富五车、卓尔不群的吴莱先生他早就顶礼膜拜。于是，他长途跋涉上百里，还背着他形影不离的《四书》《五经》等书，风餐露宿一路向吴莱执教的浦江白麟溪畔的东明精舍而去。

这一去，便是前世凤缘不可违背，今世相互成就的契机和因缘。宋濂和白麟溪郑家（江南第一家）因求学又教学缔结了生死之缘。

东明精舍由元初的郑德璋所建。吴莱在东明精舍传道授业第三年后，由于身体原因，也因宋濂的渊博谦和，便推荐宋濂接任主讲一职。

宋濂效法"昔孟母，择邻处。子不学，断机杼"的典故，把全家从金华潜溪搬到浦江白麟溪畔的青萝山下。

青萝山下的十年读书、教书、著述是宋濂最为惬意的好时光。与郑氏家族的八万卷藏书为友，对他后来终究成为"明初诗文三大家"和"浙东四先生"以及被明太祖朱元璋誉为"开国文臣之首"，学者称其为太史公、宋龙门，有着直接的因果关系。

用他自己的话说："……今予岂有他哉，特欲薰渐孝义之门，以勖我后人尔……"

"平生别无念，念念在麟溪。生则长相思，死当复来归。"就是这首《别义门》，字字珠玑，句句含情，宋濂把自己对江南第一家的眷恋之情淋漓尽致于笔端。

三

《罗马典故》里有句家喻户晓的谚语："条条大路通罗马。"

古罗马原是意大利的一个小城邦，公元前3世纪罗马统一了整个亚平宁半岛。公元前1世纪，罗马城成为地跨欧亚非三洲的罗马帝国的政治、经济和文化中心。罗马帝国为了加强其统治，修建了以罗马为中心，通向四面八方的大道。据史料记载，罗马人共筑硬面公路8万公里，这些大道促进了帝国内部和对外的贸易和文化交流。

交通，自古而来就是经济命脉的开路先锋也是文化繁荣的先驱。中国有一句俗语：要想富先修路。有了四通八达的路，藏在大山深处的矿产资源和农副产品，自然而然会带来当地经济贸易的繁荣，经济发达了，文化的繁荣也就指日可待了。而文化的繁荣势必又促进经济的良性发展，因为，一帮有思想、有才情的人所干出来的事业是有序的、科学的、持久的。

今年三月份，"中华人民共和国文化和旅游部"在北京挂牌，网友们纷纷打趣说："诗和远方终于可以在一起了。"只是，诗和远方最不能忘记的是条条大路通罗马的便捷才成就了他们的梦想啊！

金华也称八婺大地，八婺多山区，陆游的名句"山重水复疑无路，柳暗花明又一村"便是在金华磐安县的山路上有感而发的。八婺大地的山区，并没有因为山路崎岖、交通闭塞而荒芜了贸易和文化的传播，相反，人文荟萃、人杰地灵的八婺大地上，自古以来，勤劳勇敢的婺城民众齐心协力，克服种种困难，用双脚走出一条通向繁荣昌盛之路。

想起一则关于太阳岭的传说，传说玉皇大帝出游路过太阳岭，见此地重峦叠嶂，石壁林立，杉树丛林茂密，看着翻山越岭劳作和为生计奔波的人尤其艰辛，动了恻隐之心。回到天庭后，玉帝便派来大力神仙来太阳岭上耕出一条平坦大道方便百姓。

大力神仙下凡变成一老农，牵着牛在岭半腰的山地上耕田。此时有一当地老农挑着一担货物，晃晃悠悠地担上山来，神仙便问担货的老农累不累，一向不怕苦的梅溪老农有着视苦为乐的精神，他笑着说了句："扁担闹一闹，三步岭尖到。"就是说，扁担摇一摇就翻过岭了，意为轻松。神仙听后，觉得并无犁平岭的必要，于是牵着牛化羽驾云而去，只留下牛用力飞天离地时留下的脚印，深深地陷进岩石中。

无从考证在金华生活过一段时光的一代婉约派词人李清照去过太阳岭没有，不过她在《题八咏楼》诗歌里的名句"水通南国三千里，气压江城十四州"的恢宏气势，足以明证南宋时金华的交通业的发达了吧。

太阳岭上行路难，千回百转故事多。让我们在故事里，深情凝望那条条大路上远去的尘烟和今日的辉煌。

冬季 我们去齐云寺沐浴

一

这个冬季，我们相约去金华澧浦塝塔村齐云寺沐浴可好？

我很庆幸有缘结识"金兰公益基金会"的成员和喜欢行走在山长水阔里一帮朋友。能和他们一起寻访齐云寺，一起行走在一片待开发的原始风景中，心里突然有股说不出的温暖、说不出的情愫荡漾在心海。

作为一个客居金华的游子，在这个冬日雨歇，隐隐有冬阳缕缕若隐若现，披洒在一片崇山峻岭中的午后，我苍茫的思绪伴随着蜿蜒曲折的山路，一起徜徉齐云寺的追忆中……

齐云寺的昔日繁华和彻底颓败的过往都沉默不语流淌在历史的长河里，从兴盛的唐朝走到如今的断垣残壁，该有多少辉煌和心酸的故事，该有多少无语的心事诉与这片青山绿水听，该有多少遗憾、遗恨随着山风飘荡在风轻云淡里。

二

位于金华金东区澧浦镇塝塔村的齐云寺，处在金华、义乌、武义三县交界处。金华人提起金华南山、北山大家似乎都兴致满满，南山、北山的故事也在到处传唱。可对金华东山延绵山脉下的齐云寺，对已经坍塌只有几根倒地的、残缺不全的齐云寺的石柱和隐藏在草丛里的几个石墩，以及齐云寺的前世今生，知道的人少之甚少的。

"齐云隶古长山境，以其峰峦高耸，上接云霄故名，考之郡志乃唐太毓禅师之道场，后暨有宋太师商梦鹤桥梓，遁迹此山，多题咏，而齐云之名遂著。"

车子行驶在颠簸的山路上，雨后清新的空气里，绿满山坡的翠竹和植物，让人恍惚行走在春天里。少许的泥泞坡路，让随行者大多数选择步行。我一边看美景，一边拿出手机疯狂地拍摄，只想把这片青山绿水原封不动搬到心田里。

都说最美的风景总要跋山涉水才能一睹芳容，大山深处的齐云寺又何曾不是?！我们一行人七拐八弯行进在大山深处，行进在茅草丛生、弯曲的有少许的石子路上，俯首听着溪水汩汩流过我们的脚下，仰望层云在头顶上飘忽不定，远山近溪以及山脉上那些翠竹和不知名的树木葳蕤在初冬的午后，此刻，往事像浮云般一幕幕掠过眼前……

也是在这条通向齐云寺的曲折不平的小路上，历史的烟尘将多少繁华往事和血雨腥风藏在岁月的深处，藏在群山之上和摹刻的绝壁上啊。

关于齐云寺众说纷纭的故事里，《金华县志》记载商日新父子栖隐齐云寺。南宋昏庸荒淫的度宗赵禥，在他当政十年的皇帝生涯中，把军国大权交给权相贾似道执掌，使得这个苟安的王朝偏安临安，处于暗无天日之中。翰林学士商日新因与权臣贾似道不和而弃官。南宋不久灭亡，商日新与其子商梦鹤归隐于齐云寺上不岩壑，以日出而作、日落而息的农耕生活逍遥于金华东山上。他们父子在山中留下了不与奸人谋事的气节，也留下了"野云迷石磴，山果与猿分。睡足蓑衣雨，不知晨与昏"的诗篇。

遥想翰林学子，饱读诗书经年，胸中有丘壑，满腹经纶，满腔热情，却是报效朝廷无门，不屑与昏聩的王朝和指鹿为马的奸相同朝称臣，把满腔的才智带到金华东山的山野里，听溪水潺潺的声音，看云雾萦绕的齐云寺，累了躺在石凳上小憩，饿了采摘山果充饥，边吃还边和猩猩们嬉闹。山里雨水充沛，披着蓑衣也能打盹睡得香甜，一心与大山为友，与齐云寺里的菩萨们为友。心与心的交融，天地懂得，大山懂得，齐云寺里的菩萨更懂得。

"自古圣贤多寂寞"，那刻骨铭心的寂寞，那举步维艰的寂寞，那无数个黎明和黑夜，凄风苦雨和阳光明媚而换来的寂寞啊，却也成就了一代代圣贤葳蕤蓬勃、载入青史的精神世界。

约一千年后的1942年，浙江省立金华中学（今金华第一中学前身）的师生因日军进攻打进金华城，学校迫不得已休学解散，一百多名无家可归的师生逃往金华东山墈塔村，他们住在齐云寺避难。原以为，这是一方远离战火的深山净土，哪知，日本侵略者的铁蹄还是踏进了深山。日军在通往齐云寺的山路上，抓住了一名教师的孩子，要求他带路找到师生所在，孩子却故意在山中领着日军四处绕圈，宁死也未将日军引向齐云寺。

日军找到齐云寺后，震撼深山之中藏有如此恢宏气势的古庙宇，疯狂地抢掠一空，又将齐云寺付之一炬。熊熊的烈焰烧了几天几夜。四周百姓躲在大山深处痛心疾首，仰天号哭，却也束手无策。

一座千年深山古刹，在侵略者肆无忌惮的淫威下，只留下一些断垣残壁，也留下了千年的遗憾！

三

徘徊在齐云寺坍塌的几根石柱和石碑前，仰望群山苍翠林木上流云翻卷处，一道霞光穿破云雾的景致，我思绪难平……

深山里的古寺钟声，能够延绵不绝敲响千年，足以说明这是一方人文荟萃的福地，这是一片繁荣旺盛的集镇，这是一处"山不在高，有仙则名。水不在深，有龙则灵"的宝地。

在义乌廿八都一带，齐云寺也叫"济应寺"，据说与朱氏应芳公有关，我们现在可从《山盆朱氏宗谱》里找到当年齐云禅寺的壮丽胜景和朱公家族与齐云寺的渊源。

有家谱可查，朱应芳，行济四百廿四，字骏侯，号东涵，义乌廿八都朱店村人，生明泰昌庚申年（1620），卒清康熙庚申年（1680）。应芳公家道殷实，体干修伟，性行豪爽，内不设城府，外不立崖岸，年少时文名播都邑，为诸生试，必冠其曹偶，下笔洒洒数千言立就，尤长于诗篇。

有史料载，应芳公一生喜欢游山玩水，走遍名山大川，兴之所至还要在山中盘踞一些时日。离他家西边二十里许有齐云寺，在万山巅林之中，峰峦高耸，上接云霄，清静幽美，故名"齐云寺"。

明末动荡的时局，使得原本静卧在万山巅林之中，峰峦高耸、上接云霄、清静幽美，与白云媲美的"齐云寺"颓败了。

应芳公每每来到人迹罕至、禅室破败、杂草丛生的齐云寺，心中总会隐隐作痛，扼腕叹息。思来想去，朱公决定不惜重金，也要将齐云寺修复原貌。

在朱公倾其所有的决心下，不辞劳苦，历经艰辛，齐云寺终于修葺一新。

行走在树木葱茏、祥云萦绕的山间小路上，凝望金碧辉煌、宏伟壮丽的齐云寺大殿，朱公突然生出要以齐云寺为家的念头。于是，他征得方丈住持的同意，在寺庙的东边建一处厢房居住，并在厢房的回廊里自己给自己画了一幅自画像，还撰写了《重修齐云禅院碑记》。由于应芳属"济"字辈，姓名中有"应"字，人们念其出资重修齐云寺功德无量，故义乌廿八都一带都以"济应寺"叫齐云寺，也寓意济世应灵，普惠众生。

寄情于山水的应芳公，乐善好施的应芳公，才情横溢的应芳公，从此，齐云寺的山水成了他心头放不下的牵挂，齐云寺的功德无量成了他心中最美的胜景。他时常邀约当地的文人墨客来齐云寺参禅悟道，既来之必定还要请他的朋友们，为齐云寺吟诗作画。

从流传下来的应芳公为齐云寺"八仙坪""上古寺""盘陀石""凌霄峰""瀑布石""掛榜山""罗汉洞""和尚石"等"八景"诗词歌赋来看，应芳公当年对齐云寺胜景是何等的推崇备至和如数家珍！

想起应芳公对《八仙坪》的描写："试寻古刹逆龙川，缥缈云中下八仙。过雨诸峰明复灭，傍山曲涧断还联。鲸铿入耳音何冷，法语归空道自元。借宿上方肱作枕，松窗漏月伴人眠。"按照今天的说法，一个仙人常年都爱来休闲观光的地方，是一处什么样的人间仙境加人文宝地啊！

应芳公在《瀑布石》一诗里如斯赞叹："过岭崎岖入梵宫，惊看瀑布掛长㡓。倒垂万缕拖飞练，界破层云泻白虹。殷殷怒雷雄触石，纷纷急雨洒随风。酕醄醉里蒙眬眼，竟说青天有路通。"好一个"酕醄醉里蒙眬眼，竟说青天有路通"啊！何为山水合一？何为寄情山水？何为"眼前有景道不得，崔颢题诗在上头"。

四

我蹲下身子细细地拂去石柱上的尘土，两行清泪刹那间滑落在石柱上，为付之一炬在日寇手上的齐云寺，为历经千年沧桑的古寺文化和浸润金华大地人文情怀的丧失，为应芳公哪怕散尽家财都要修复齐云寺的奉献精神，为那些胜景随着时代的变迁而藏深山无人识。

人类的历史是一部前进中诞生奇迹和毁灭奇迹的历史，沧海一粟中的你我，蓦然回首，心痛无语甚至欲语泪先流的故事数也数不清，说也说不完！我们除了听山风吟诵前尘往事里的辉煌和落寞，似乎真的无能为力了。

我的思绪久久不能平复，从齐云寺旁边搬出去的墈塔村小卢书记，热情地向我介绍着齐云寺的历史以及他们现在从深山搬迁到澧浦镇上的墈塔村的境况。言谈之中，我深感小卢书记迫切地想让齐云寺和墈塔村恢复原貌的心情。

我拍拍手上的尘土，小卢书记说前面有一个方形古井，是当年齐云寺僧人们和寺庙近旁村民们的饮用水之地。我们起身往水井方向走去，远远地我看见山水画家施晨光老师站在齐腰深的水井里，双手把手机举过头顶，笑着看着我。原本心情沉重的我，被施老师滑稽的样子逗乐了。施老师好像并不着急上岸，我赶紧喊来走在我身后有一段距离的小卢书记和书法家方老师，我说：你们赶紧拉施老师上岸。他们合力把施老师拉上岸来，看着施老师湿透了的裤子和大半个身子羽绒服滴答滴答地流水。这时，同行的王老师、陈老师都围拢过来，大家上前帮忙拧干施老师身上的水滴，让他赶紧往回转，千万别感冒了。

施老师像没事人似的，乐呵呵地笑着说：没事、没事、没事的，我在佛光下沐浴，岂能感冒?! 真的一点都不冷！

我说：施老师，你怎么会掉到方井里且还不着急上来？

施老师说：我原本想用寺庙里的净水洗洗眼睛、洗洗脸，好让自己耳聪目明，哪知一没留神刺溜一下掉下方井里。不着急上来是想既然已经下水了，或许是天意让我沐浴一下吧。

从此，每每见到施老师我就调侃他，我是他的"救命恩人"，每每连要带赖让他拿山水画来"报答"我。有时候细想，或许我和施老师前世都跟齐云寺有缘吧，所以，今生，我跋山涉水从千里之外的省份来到金华，且有机缘让我们一起去齐云寺沐浴。

五

我们一行只有三五人，不怕山路崎岖陡峭，前后手拉手帮衬着，小心翼翼亦步亦趋，用手指紧扣着石缝来到维摩座，此时，有恐高症的我吓得不敢望山下看一眼。同行的磡塔村小卢书记步步紧跟着我，拽着我的衣服，生怕有半点闪失。

关于维摩座，清代义乌朱凤毛有详细描述："上有飞猱（猿）挂树之危巅，下有潜虬（同虬、小龙）（吐）沫之沉渊。四山峭壁如斧劈，忽拓岩腰十丈平。而圆篁箓（山顶竹子）翳（华盖），一丛石鼓排三（多）个（可能是峀）。云根缝裂叠神工，大书石上维摩座。峰峦八面齐安排，巧构形似谁胚胎（说谁像谁）。石筍凌空卓锥立，山根横踞积铁堆。拥兵尸罗森武库，负碑赑屃（神龟）蹲琼台。化工各自出手眼，生面巉（山势高峻）岩开不知。御风到此是何所，但觉寥寥人跡。松光石气相环迴，山静似

太古。日高闻晴雷，天怜奇境太岑寂，特遣一条龙。語山之隈
（角落），玉龙蜿蜒掷天外。青山飞入银河界（山在云上之景），
溪声山色两迷离。兀坐无言镇相对，可惜云空濛，不见罗汉峰。
想乞刚风扫妖雾，万山齐露青芙蓉。山灵怪我太唐突，潚然雨意
催游踪。急带云烟下山去，向人夸到兜罗宫。"

　　自古而今，关于"维摩座"有宝藏的谜底，就在于对"维摩
座"三字的参悟里的传说经久不息。是啊，有谁能参悟透"维摩
座"这三字箴言呢？有谁能历经沧海桑田，岿然不动参禅打坐在
"维摩座"，面对群山和天籁，胸怀众生、心怀天下？又还有谁能
够愿意不计得失、不计利益、不计成败来恢复齐云寺当年的万般
恢宏、千般气象呢？

　　浮躁的众生，浮躁的你我，在浮躁的心态下，能够多走走齐
云寺古道，能在古道和齐云寺的遗址上遥想千年，追忆往昔的人
文故事，在冬季里怀着一颗虔诚的心，让自己的身心沐浴一下齐
云寺上空的风云，亦已是流年庸常里的奢侈之举了。

紫气东来　福泽香江

人生何处不相逢，相逢的渊源却是万千种的奇妙和不可预测。

想来我一介布衣，本是躬耕在苏北大地上的一个"日出而作，日落而息"的女子。只因一直心怀梦想，追寻诗意和远方的生活，几经辗转来到浙中八婺大地上的金华山脚下谋生。

金华北山是黄大仙修炼成仙的福泽宝地，那巍峨北山的阵阵松涛声，向清风明月无言地诉说着赤松镇上黄大仙的传奇故事，诉说着一个放羊娃胸怀众生的慈悲心肠，诉说着一个医者仁心普度众生的家国情怀……

一

2010 年的仲春，我徘徊在秀美香江的维多利亚港之畔，万般慨叹在心里油然而生。

虽说香港已经回归祖国十三个年头了，我也总是念叨着一定要去那个儿时就听说的"花花世界"看看，好好看看，却也总被俗务缠身，一直未能成行。

1997 到 2010 整整十三年，十三年啊，几回梦境里来畅游香港。十三年后的成行，我的内心说不出的喜悦和感慨。喜悦的是这"花花世界"里果然风景优美，拿一张卡啥都能刷到，且黄金、珠宝、手表远比大陆便宜。香江的价廉物美，深深吸引着成群结队的大陆游客前去观光和购物。

感慨的是生活在尖峰山脚下三年的我，常常凝望金华山黄大仙的赤松宫，却未曾去过赤松宫，倒是在千里之遥的香港来啬色园参拜了黄大仙。

一千七百年前，黄初平降临在兰溪黄漈村一个农户家庭里。他15岁就起早贪黑牧羊砍柴，过着艰辛又其乐融融的小日子。只是有一天，他被赤松子高人看中，被带到金华山以牧羊修炼。这一离家，便是弹指一挥间的四十年，四十年苦行僧般的修炼，又得赤松子的真传并授功，终于练就了黄初平"叱石成羊"的本领，使他成为家喻户晓的黄大仙；练就了黄初平"先天下之忧而忧，后天下之乐而乐"的人文情怀；更练就了黄初平扎根金华山，造福一方百姓的朴素心愿。

朝饮晨露暮食山果的黄初平疾恶如仇，百姓的疾苦时刻挂在心头，从金华山的赤松宫到广州黄大仙庙再到香港啬色园。黄大仙的"真善美""普济劝善"的宝训，千百年来一直被信众们广为推崇。这也是港人的精神寄托之所！

二

我跟着熙熙攘攘的游人，虔诚地、若有所思地行走在啬色园里……

偶然的机缘，我从江苏一个较为偏僻的乡村来到金华山、黄大仙叱石成羊的宝地定居，该是何等的机缘和福气！

黄大仙行走在近一千七百年的清风明月里，一路悬壶济世，一路济困扶贫，一路传播"真善美"。正因为他的胸怀众生，心怀天下，他的故事才千年传承，他的精神才传播四海。

想起金华陈直心先生为黄大仙写过这样的楹联："济困扶贫，大仁大德，传说流民间，九州几多侠道；风餐露宿，无为无心，声名传海外，八婺第一侨仙。"

说黄大仙是"侠道"和"侨仙"，我以为非常形象贴切。所谓侠道是指黄大仙的侠肝义胆，一腔热血为民谋福利的道长；所谓侨仙是指黄大仙的仙名，是在国外华人中名扬四海的仙人。从香港的啬色园，美国曼哈顿、纽约、旧金山，加拿大的黄大仙祠，到澳大利亚悉尼，新加坡、马来西亚、柬埔寨、泰国也建有黄大仙的宫观，由供当地华人朝拜的盛况来看，可见黄大仙文化盛名远扬，深得人心。尤其是香港的啬色园，深得信众们的顶礼膜拜。

啬色园即黄大仙庙，也称黄大仙祠，位于香港九龙半岛东北部高楼广厦之间。最初的黄大仙祠，是道侣们私人修道场所，直到1956年，应黄大仙信众们的强烈要求，祠门才正式开放给公众人士入内参拜，从此香火日渐鼎盛，名扬海内外。

黄大仙庙是一座中国式道教寺庙，传说，它的建筑布局是按照1937年在黄大仙殿前占卦的结果，并严格根据五行八卦原理设计而成的。大殿左侧建有火形盂香亭，院落中间建有象征土形的"朝佛"壁照，西边建有金形的鸾台，在属木的经堂正前方，建有玉液池以配合五行中的水。如此，五行具备深得香港黄大仙信众们的礼拜。

由于香港独特的地理位置和特殊的历史渊源，生活在香港的人，一直处在节奏快、压力大的环境下。物欲横流的滚滚红尘里，众生追名逐利，贪念横生，攀比成风，久而久之，迷失本性、迷失天性的众生，又尤其渴望回归心灵的原点和纯净。

于是，香港人尤其渴望找到一个精神寄托之地，来缓解一颗疲惫的心，黄大仙庙就成了香港人的精神寄托。经年累月里，香港人早就习惯来黄大仙庙求平安、保事业、问姻缘。遇到任何疑难杂症，也来这里求解迷津。

我想，最关键的是他们来这里，在肃穆的幽静的环境里，在黄大仙平和慈善的塑像前，在黄大仙众多传奇的故事里，在黄大仙用最朴素的"真善美"的心愿，造福信众们的精神世界的因果里，他们浮躁困惑的心、伤痕累累的心、焦躁不安的心，找到了一个温馨怡人、温情脉脉而又温暖祥和的停泊港湾吧。

三

提及香港的啬色园，不得不提梁仁庵。

黄大仙的香火是以金华山祖庭先南延广东，然后移灵香港，再传至海外各地。

早在 1921 年前，广州的黄大仙庙已有几百年历史了。黄大仙庙跟广州的渊源还得从南宋末年说起。

据《宋史·瀛国公本纪》及《婺志萃》记载：南宋德祐二年（1276）二月，元兵长驱直入南下攻陷都城临安（今杭州）。驸马都尉杨镇、杨亮节、俞如珪等一路保护着宋度宗的两位小皇子益王赵昰和广王赵昺逃亡到婺州（金华）。杨亮节等人背负二王徒步上金华山藏匿七日。金华山的清风明月和潺潺溪流，见证过两位少帝在藏匿的七日中，曾得到黄大仙的护佑，方才躲过元兵地毯式的搜捕。转危为安的两位少帝和杨镇等一行人离开金华时，为感念黄大仙在他们一行危难之时的相助，随身携走黄大仙小像并带至广东建庙宇。

他们一行由金华山到温州再到福建，因为正宗的南宋皇帝宋恭帝已经成了俘虏，群臣便拥立益王赵昰为帝，史称宋端宗。年仅 10 岁的宋端宗赵昰在位三年就驾崩了。此时，群臣又拥立广王赵昺为帝。大势已去的南宋末年，虽有陆秀夫、张世杰、杨镇、杨亮节一干文臣武将精忠报国、舍命护主，怎奈他们谁也挡不住蒙古人的铁骑。元兵翻山越岭而来，将宋朝流亡小朝廷逼到了崖山。崖山，就是宋廷的最后决战地。陆秀夫深知兵力的悬殊，思来想去，面对茫茫的大海，他觉得他们一行人最好的归宿是与大海为伍。陆秀夫向宋末帝赵昺行礼，告诉他所有的事情都做完了，他们该走了。于是陆秀夫怀揣玉玺，背着 6 岁的赵昺，从容跳海而死。

崖山之后无中国。崖山之后，黄大仙在广东却慢慢深入民心。到清光绪年间，黄大仙的文化得以传承并传播深远。广州黄大仙祠内设有十二景，第一景即为"金华分迹"，"金华分迹"的石碑位于门楼广场。相传此碑为一灵石，路过之人用手触摸就可带来福运。

随着时代的变迁，广州的政局非常复杂。1921 年，陈炯明部队驻扎广州，有一天，他突然以"革命者"自居，说要破除封建迷信，于是他一声令下，手下们便拆去庙宇筑马路，或拆庙卖地建屋。其实，陈炯明最主要的目的是想乘机找个由头多霸占房产。当时很多庙宇都惨遭破坏，黄大仙庙更是被他们借破除迷信之名，实为搜刮掠夺地产和庙中的宝物。

动荡不安的政局下，让广州黄大仙庙里的道长和信众不得不考虑黄大仙道教文化的出路和传播环境。1915 年，道侣梁仁庵、梁钧转父子，从广东西樵山普广祖坛奉接赤松仙子宝像来香港。赤松仙子宝像原先在湾仔供奉，1921 年，大仙乩示，又到竹园吉地，建啬色园。

梁仁庵诞生于 1861 年的西樵稔岗，梁家世代以务农为生计。可是，幼小的梁仁庵天资聪颖且慧心仁厚，1897 年得到黄大仙降箕，成为黄大仙信仰者，奉黄大仙为先师，更入道成为道侣。据说，当时只有梁仁庵能得到大仙的感应，使箕笔移动和辨认沙上的箕字，所以，他当仁不让成为广东普济坛的住持。

梁仁庵在香港辗转布道，先后在皇后大道以及湾仔等地设坛、开药店。所到之处，信众有求必应。有传言说信众们只要在家里供奉一尊黄大仙的塑像，可保家宅平安，也可保家中诸事顺利如意。还有传言，说当时梁仁庵住所发生火灾，大火把他居住地相邻的房屋毁之一炬，他的房子里因为供奉着黄大仙的塑像而平安无事；更有传言，只要信奉黄大仙，想发财升官的人都可如愿以偿；想阖家康健、吉祥平安的人事事遂愿。如此，慢慢地香港人对黄大仙推崇备至，奉为神明，也就有了改革开放 80 年代初期，香港人就来金华山求宗寻根的漫漫心路历程。

四

黄大仙叱石成羊的故事，在民间广为流传。

前来金华山求宗寻根的香港同胞们，每次到赤松宫祭拜后，信步在北山的山路上，总要屏息凝神聆听黄大仙叱石成羊的口诀声。金华山山石依旧林立，松涛声过处，似乎还能隐约听见黄初平叱石成羊的口诀声。

晋代葛洪《神仙传·黄初平》："黄初平者，丹溪人也。年十五，家使牧羊。有道士见其有良谨，便将至金华山石室中，四十余年，不复念家。其兄初起，行山寻索初平，历年不得。后见市中有一道士初起召问之曰：吾有弟名初平，因令牧羊，失之四十余年，莫知生死所在，愿道君为占之。道士曰：金华山中，有一牧羊儿姓黄，字初平，是卿弟非疑。初起闻之。即随道士去求弟，遂得相见，悲喜语毕，问初平羊何在，曰：近在山东耳。初起往视之不见，但见白石而还。谓初平曰：山东无羊也。初平曰：羊在耳，兄但自不见。初平与初起俱往视之。初平乃叱曰：羊起！于是白石皆变为羊数万头。"

早在1986年，香港就推出由当年当红演员郑少秋和邓萃雯主演的电视剧《黄大仙》（别名《雨神黄大仙》）。由此可见，在香港人的心目中地位之高、神通之广大、有求必应的黄大仙成了香港人的精神寄托，睿智善良、足智多谋的黄大仙更成了香港人朝圣路上的英主，悬壶济世、济困扶贫、除暴安良的黄大仙成了香港人心中的活菩萨。他是那么可亲可敬，他是那么善解人意，他是那么爱憎分明！老百姓心中的一杆秤，称出道义，称出是非，更称出千百年来活在心中的一位尊神。

其实，说白了，为民解忧、为民办实事、体恤众生疾苦的人就是人民心中永远怀念、祭奠的真神！

行走在啬色园，我的思绪遨游千年……

五

我若有所思游走在啬色园，走走停停，别人都在上香拜谒、抽签问卦，我在想啬色园里的黄大仙能成为福泽香江尊神的缘由，我在想黄大仙文化在香港受到顶礼膜拜的渊源。香港号称

"世界金融中心"，黄大仙的文化精髓，润物细无声地滋养着香港黄大仙的信众们。那些商界的翘楚，广结善缘，广做善事，广博仁爱。也正是这些优秀的商界精英，在黄大仙文化来香港传播的105年的时光里，他们以一贯的传承方式，将"啬色园"管理得井井有条，溢光增彩。

啬色园严格的现代化和人文化管理模式，开启了啬色园良性、有序发展的循环通道。啬色园从不打着修葺庙宇的招牌外出募捐，从不做幽科度亡的法事，从不做商业性行业来盈利，尽管出卖符箓、骨灰位、神主牌等在不少宗教场所司空见惯，但是，在啬色园的管理模式里，绝不允许借黄大仙之仙名来做这些生意揽钱。

啬色园的管理模式，在上百年的摸索中，已经形成传统和铁规：只做普济劝善的事情，不得依靠黄大仙的影响力做生意赚钱。啬色园的收入全部来自善信们的捐赠，以及多年积累的物业所得。所有收入涓滴归公，而行政开支则由孳息及会员捐献支付。

为了更好体现廉洁奉公，啬色园还参照政府及现代公司的管理模式，建立了现代管理架构：吸收了300名会员，从中产生120名遴选委员，由此产生20名董事，最后产生董事会，实行严格的财政审核和廉政监管。这里的管理人员、服务人员秉承着只有付出、没有回报的信念，勤勉无私地各尽一己之力。

而啬色园的会员入会也需要交纳数万港元的会费，还要定期、不定期地参加各种义务劳动，且一律没有任何酬劳，连来回车费都要自掏腰包解决。董事们来自各行各业，在啬色园有活动需要他们参加时，他们要立即放下自己手头的工作，第一时间赶回啬色园参加义务劳动。哪怕此时这个董事正在谈一笔生意大单，都要立即放下手头的业务，先来啬色园做善事。

至于啬色园的财务账目更是每年都要接受政府的核查，以确保每一分钱的善款都用得明明白白。这些善款除了啬色园本身必要的开支，大多数用来投资新建学校、养老院和医疗慈善单位，以便更好地服务社会大众。

如此"我为人人，不求回报"的"真善美"式的廉洁清明运营模式，相信正是黄大仙文化传承的精髓，正是黄大仙时代传奇故事的延续，正是黄大仙在香港和海外华人中得以广泛传播和推崇的缘由吧。

<h1 style="text-align:center">六</h1>

从啬色园出来，薄暮降临时，我登上维多利亚港的游艇。

凭栏处，华灯初上的香江，美得令人窒息。我踮起脚尖眺望两岸绚丽缤纷的夜景，璀璨的灯光映照在两岸的高楼大厦上，美不胜收；我仰望星空，星星对我调皮地眨眼，似乎有神秘的话语想对我倾诉；我低头看海浪，海浪飞溅起一朵朵浪花，似乎在欢快地歌唱；海风吹过我的耳畔，传颂着黄大仙漂洋过海的故事，海风吹拂着我的万千思绪……

我从金华山来，却在香港才跟黄大仙近距离接触，也算跨越时空的故人，在异乡神游吧。我多么欣慰您在异地一切安好，且善名扬播，福泽一方。

您可知道千百年来，金华山上的一草一木都在深情地把您记挂；您可知道，金华山上的石羊都在静候您的口诀声；您可知道，行走在光阴旅程中的秦时明月汉时风，在朗月星海里，在阵阵松涛声里，在金华山上的竹海里，时时吟诵您的传奇故事；您可知道，千百年来历朝历代的诗人，遥望金华山发自肺腑为您吟唱一首首诗词，以告慰他们对您的敬仰和推崇之情。

我尤其欣赏苏轼为《顾恺之画黄初平牧羊图赞》一诗："先生养生如牧羊，放之无何有之乡。止者日止行者行，先生超然坐其旁。挟册读书羊不亡，化而为石起复僵。流涎磨牙校虎狼，先生指乎羊服箱。"

我知道，无论您的信众们如何祭拜您，如何把您当尊神来供奉，如何年复一年在传唱您的故事，其实这些都与您无关了。您要的不是这些，您只希望：您的故事不是传说，紫气东来，福泽香江，洒向世界都是善！

绿满山川

暮春的风，优雅从容地拂过春深似海的广袤大地，拂过青翠欲滴的田野，拂过水面露出新绿的小荷，拂过行色匆匆每个人的脸庞……

何时，我们生活在鸟语花香的世界里，却漠然地感觉不到春的姹紫嫣红。

我们一日日为着生计，为着各自的追求，穿梭在高楼大厦的混凝土建筑里，匆匆复匆匆地日复一日，年复一年，却忽视了身边最简朴、最自然、最让人动容的良辰美景，总是心心念念地把满腹的情思和心语心愿，遥寄在诗意的远方。

一

挤出闲暇几许，受朋友之邀去诸葛八卦村信步走走。

车窗外掠影而过是葱茏的树木、水草，可谓绿满山川，绿满河流湖泊，绿得肆意汪洋，绿得赏心悦目，绿得让人心醉动容。

我被眼前满山川的绿意盈盈所震撼，所感染，所感动……默默凝望窗外，尽情享受暮春那一望无垠的绿海。

似乎所有的绿意都比赛着赶趟似的，盛装隆重地迎接初夏的到来，从冬到春，我们眼睁睁地看着万木凋零到新绿上枝头，再到枝头田野郁郁青青，绿得浓郁芬芳，绿得像浓茶般口味的苦涩清香，飘荡在我们犹如荒漠的心原上，何等地震撼感喟，何等地摄人心魄，何等地让人情义两相知般地守望着，守望着我们心灵原野上的那片葱茏。

车子驶进诸葛八卦村的时候，已经是近黄昏的时分，三三两两的游人点缀着这个古朴宁静、安然淡泊的村落。

我贪婪地拿起手机，尽情地追逐夕照里江南小镇风姿绰约的倩影，追寻那明清古建筑在夕阳里、在钟池畔那美轮美奂的倒影，追忆着似水年华永不停顿的前尘往事……

提起诸葛孔明先生，那是一个家喻户晓、妇孺皆知的可谓"神人"。他的足智多谋、运筹帷幄之中笑谈天下大事的风采，至今跨越世纪，衣袂飘飘在历史璀璨的星空里。

他的后人能够在兰溪的高隆村筑起集人文风水、历史文化、经久实用的一座藏玄机奥妙、藏掌中乾坤、藏家族兴旺发达故事、藏胸中有丘壑的古村落也在情理之中的。

何为耳濡目染的家教？何为薪火相传的传统？何为独具一格的家族图腾？那么，诸葛八卦村的设计和建筑者，用一座古村落，将诸葛家族的精、气、神发挥得淋漓尽致、荡气回肠！

二

我对村落中的"钟池"情有独钟。

钟池边上有块空地面积和它对称的陆地，易经上说"东南为阳，西北为阴"，空地和钟池呈阴阳太极图形。钟池四周，八条巷弄向外辐射，似通非通，似连却断，呈八卦布局。

　　钟池地处诸葛村的中心，在大公堂正前面。钟池四周向村落的四面八方延伸出八条小巷，每条巷子各有千秋，形成了坎、艮、震、巽、离、坤、兑、乾八个部位。大公堂就在它的坎宫部位，从它的正门边向东而去的是一条悠长幽深的小巷，舒缓的台阶次第排列抵达上坡，左侧是绿荫覆盖的园子，园子里不知名的花草树木，一年四季散发着淡雅的幽香，让人到此总是禁不住地赞叹，喧嚣的红尘，有如此曲径通幽的妙处，设计者可谓别具匠心。这是八卦村的后花园，是诸葛家族在外劳累奔波后的精神休憩地吧。

　　诸葛家族为纪念他们卓尔不群、谋略非凡的先人诸葛孔明先生，可算别具匠心、设计精妙地建造了丞相祠堂。

　　丞相祠堂坐东朝西，整个造型呈"回"字形布局，总面积有近 1400 平方米。内设房屋 52 间，由门厅、中庭、庑廊、钟鼓楼和享堂组成。

　　徘徊在丞相祠堂里，我被整个建筑的雄浑古朴、内敛又不失气宇轩昂所震撼。深深地感觉诸葛家族代有才人出，这祠堂的风格，何曾不是孔明先生一生的性格和处事风格的真实写照?!

　　祠堂雕梁画栋，所有的门窗和栏杆等细小的部件皆是精雕细琢，大气优雅。人物、花鸟的雕工栩栩如生，大有呼之欲出的感觉。中庭是祠堂最精美的部分，中间四根合抱大柱，选用上好的松树、柏树、桐树、椿树四种木料制成，取"松柏同春"之意，祈求家族世代延绵、兴旺发达。中庭两边庑廊各七间，一字排开诸葛后裔中的杰出人士的塑像，供诸葛家族代代瞻仰祭奠，同时也激励着诸葛子孙们勤勉自律、奋发有为，成就一番事业，铸就辉煌人生，使得诸葛家族名垂史册吧。

　　从庑廊拾级而上，两旁分列钟楼和鼓楼。祠堂最后是享堂，正中间供奉着两米多高的诸葛亮雕像，两侧分侍诸葛瞻、诸葛尚及关兴、张苞像，每尊雕像都极富人物的个性和神韵。

我围绕着每尊雕像，在心底向他们点头致敬，在心底向他们询问着历史烟尘里的细枝末节。来到卧龙先生的雕像前，先生那叱咤风云、激荡江山的大事记一一在眼前掠过。

"收二川，排八阵，六出七擒，五丈原前，点四十九盏明灯，一心只为酬三顾；取西蜀，定南蛮，东和北拒，中军帐里，变金木土爻神卦，水面偏能用火攻。三顾频烦天下计，两朝开济老臣心。"

一个父母亲早逝，跟着叔父长大的孩子，叔父死后，居隆中十年，专心致志研究治国用兵之道。26岁被刘备"三顾茅庐"精神所打动，精心筹谋"隆中对策"，何等的气度胸襟，何等的大局韬略，何等的高瞻远瞩！

卧龙先生的故事，跨越时空，追寻着历史，何时提起都会让人热血沸腾、敬仰膜拜！大公堂里的壁画传说，让人百读不厌，久久沉思。

三

大公堂和丞相祠堂相距百米，位于村的中心。

大公堂坐北朝南，前面是八卦村最有灵气和活力的"钟池"。钟池有一道墙，正面是一幅大八卦图，背面是一个"福"字。大公堂在钟池北侧，始建于明代，据说是江南地区仅存的诸葛亮纪念堂。

大公堂前后有五进房子，进得里间感觉视野立马开阔起来，大有别有洞天的感觉。大公堂建筑用材和丞相祠堂一样考究，每个明间金柱腹部圆周达 2 米以上，为"肥梁胖柱"式建筑。每个细节上的雕刻都堪称精美绝伦，独步大堂，凝望着内壁上绘有"三顾茅庐""舌战群儒""七擒孟获""草船借箭""空城计""巧布八阵图""白帝城托孤""借东风"八幅油画。我的思绪仿佛穿越时空，跟着卧龙先生回到他当时的情景剧中……

一个 26 岁的青年俊杰，让刘皇叔在风雪中寻访不遇，让刘皇叔站立门外等他大梦醒来再谈天下大事，何等地桀骜不驯，何等地成竹在胸，何等地手腕和心计?!

"臣敢竭股肱之力，效忠贞之节，继之以死!"卧龙先生这句泪流满面的铿锵誓言犹在耳畔想起，这誓言一直回响在白帝城的历史天空里。终究"扶不上马的刘阿斗"不能如先生所愿。想来，卧龙先生死不瞑目的那腔雄心壮志，面对阿斗降曹后那张麻木的"乐不思蜀"的笑脸，孔明先生那漂泊的灵魂，除了将万般遗恨藏在他那颗"鞠躬尽瘁死而后已"的心海里，只能将未竟的凌云壮志化作滴血的心语，在历史的尘烟里诉与清风明月听了。

大公堂外围墙旁现存六株龙柏，预示着诸葛后人六族兴旺，人丁繁盛。

诸葛八卦村的设计细节，让我叹为观止，每一个细节看似不经意，却又是意味深长。

从明代起，诸葛村的高隆诸葛氏遵循"不为良相，便为良医"的祖训，在大江南北和中南亚地区开设了三百多家药店。一时间，诸葛家族的名医风范风靡全国。

据光绪《兰溪县志》载，兰溪药业的鼎盛，源于诸葛族人有三分之二都在经营药业。"天一堂"创建于清同治年间，距今一百多年，创始人诸葛棠斋是诸葛亮第 47 代后裔。遥想当年，"天一堂"药肆，驰名药界，声名远扬，百年不衰……

　　薄暮降临，在依依不舍中，我们一行作别钟池边的夕阳，作别钟池里那飘逸灵动的水草，作别钟池边活色生香的烟火味，作别那浣洗的捶衣声；作别丞相祠堂里的诸葛孔明先生，作别丞相祠堂里那些诸葛家族的精英故事，作别祠堂里那些在历经六百多年风吹日晒后，依旧与日月同辉的精美木雕；作别大公堂里那些壁画里的故事，作别"天一堂"里的中药散发出的苦涩和清芬的气味。

　　我们一步三回头地离开了诸葛八卦村，再次融入绿满山川闻杜宇的苍翠群山中……

七百年月光汩汩流过蔡宅

一

一个绿意盎然的初夏周末，慕名来到金华东阳的蔡宅走走看看。

踏进蔡宅的村口，我就被蜿蜒曲折的巷弄里那些看似不经意点缀的花草所吸引，为江南特有的黑白马头墙的古建筑所惊叹，岁月的风霜蒸煮着日月流年里每个琐碎的日子，当然也在斑驳着这些古建筑的生命……

我仰视蓝天白云下历经沧桑后依旧巍峨的古祠堂、古院落，俯视潺潺流过我身边的环绕全村的流水，嗅着各种不知名的花香。我跟在人流的后面，尽情地把我喜欢的小桥流水人家拍个够。

来到古宅门口的"半月塘"。我静静地看着在河边洗涤的村姑，恍惚之间觉得是西施在浣纱，又恍惚之间来到了宏村的"月沼"。此时，突然想起白居易的《春题湖上》："湖上春来似画图，乱峰围绕水平铺。松排山面千重翠，月点波心一颗珠。碧毯线头抽早稻，青罗裙带展新蒲。未能抛得杭州去，一半勾留是此湖。"

"半月塘"的垂柳拂面，我伸手捧起一掬清水，和洗涤的姑娘絮叨着，如今还有一个水质没有被污染的池塘，可以尽情洗涤，可以听到浆洗的捶衣声，实属难能可贵啊，难能可贵！姑娘笑笑说，我每次休假回来都喜欢把家里的衣服、被子拿河边来清洗。我们村里的河水都很干净。小时候，我们渴了，直接喝河里面的清水。

是啊，小时候，我们乡下长大的孩子，谁不是喝溪边、河流里的水长大的呢？只是随着城乡建设日新月异的发展，我们在不知不觉中，弄丢了清澈的河流，遗失了我们生命中最宝贵的本真。当然，也就再也没有河塘里采摘菱角和莲藕的温情场景和一群孩童戏水打闹的场面。我们想喝到小河里的水和听到浆洗的衣槌声，只能是在遥远的回忆里和幽深的梦境中了。

"东有鹿峰为屏，西依虎峰为枕"的蔡宅，可谓一块风水宝地。

二

建村有七百多年历史的一个村落，月光下流淌的人文故事，在皎洁的月色浸染下，随着时光的转换和沉淀，愈发活色生香，如一幅山水画垂挂在蔡宅的天幕上，熠熠生辉处，温情脉脉凝望着这个古老而又现代的村落。

光阴的利剑斩断所有的苦痛和不堪，雕刻着人生豪迈勃发的意境。人的一生，需要一个物质家园安妥自己的肉身，更需要一个精神家园安放自己的灵魂。

满足于最基本的温饱后的蔡宅村民，自古以来，向往着外面的世界。而走向外面精彩的世界，唯一的途径就是先得读书识字。

蔡宅自古重视子孙的教育和培养，从一个偏远的小山村走出去的名人数字来看，当年尊师重教的风气可见一斑。

蔡氏宗祠门口一字排开，挂着多位蔡氏名人的肖像与生平介绍。右边的几位是国家级的蔡氏名人，蔡伦、蔡文姬、蔡元培、蔡锷、蔡和森等；而左边的一排都是蔡宅村土生土长的名人，著名植物学家蔡希陶，陈望道的夫人、复旦大学教授蔡慕晖，抗日将领蔡忠笏，等等。他们传奇不平凡的一生，为蔡氏家族带来了荣耀和辉煌。祠堂里挂着的牌匾"积厚流光"四个字就是蒋介石手书，表彰蔡忠笏在北伐中的突出贡献。

我漫步徜徉在二百多幢明清时期古建筑群的蔡宅村，仿佛置身于世外桃源，蓝天下那朵朵变幻无穷的白云和拂面而过的初夏凉爽的风，向我轻轻地、轻轻地耳语着蔡宅村落的沧桑巨变和锲而不舍的追求。只是，不管如何天翻地覆的变迁，那些镌刻在蔡宅大院里的木雕、砖雕、石雕、彩绘、壁画等在时间的长河里，历经日月的浸润，依旧栩栩如生。它们清新雅致而又默默无声地在门楣上，在厅堂里，在过道上，低调内敛中不经意地呈现着美轮美奂的精致。东阳雕刻技术的名闻遐迩，在此得到佐证。我的目光有些应接不暇，短短的时间里，我只能走马观花来领略蔡宅的风采和神韵。

三

来到蔡希陶故居门口，我久久迈不开脚步。因为对徐迟老先生的报告文学《生命之树常绿》里蔡希陶先生的领悟，因为蔡希陶青年时期被鲁迅先生赞誉过他的文学天赋，说他的作品有"关东大汉的气派"，也因为我家顽童从小对植物的偏爱，我对先生一直非常关注。

被誉为"大地之子"的蔡希陶，一个"我立定要用植物学这门理论学科去为人民做一些有用工作的志愿"的蔡希陶，植物王国里堪称翘楚精英的蔡希陶，你的名字对我来说"如雷贯耳，皓月当空。"

蔡先生的祖父蔡树尧是位憨厚勤劳的农民，为了让孩子们读书，他在农闲之余，摇着拨浪鼓走街串巷赚钱补贴家用，供两个儿子蔡汝霖、蔡人淦读书。蔡汝霖有了出息后，便安排弟弟出国留学。蔡人淦的续弦徐益珠卖掉陪嫁的首饰，供长女蔡慕晖读大学。蔡慕晖毕业后在上海就职，又倾其所有帮助弟弟蔡希陶完成学业，蔡希陶又慷慨无私资助弟弟蔡希岳深造。由此，蔡希陶故居"乐顺堂"成了"一幢古建筑出5位名人"的福地。

蔡希陶在得到鲁迅先生的赞誉后，曾经想成为一名文学家。可是，当时，他很穷，高中也读不起，写文章无法谋生，为了生计，他到北平静生生物调查所当练习员。在美国旅行家、植物学家、探险家威尔逊的启发下，蔡希陶对植物有了全新的质的认识，一时间茅塞顿开。他决心深入云南采集植物标本。

上海光华大学毕业后，蔡希陶历任昆明植物研究所副所长、所长，兼任云南省科委副主任、中国科学院昆明分院副院长。蔡希陶在西双版纳的葫芦岛筹建了中国第一个热带植物园"中国科学院云南热带植物研究所"，创建了中国第一个热带植物研究基地。

先生毕生行走在植物的王国，他采集过植物标本上万种。他的足迹从气势磅礴的乌蒙山到终年积雪寒气刺骨的碧罗雪山，从水流湍急的金沙江到澜沧江和红河两岸的密林，风餐露宿，出入土匪盗贼横行之乡、蛮烟瘴雨之地，冒着生命危险，先后采集了10万多份的珍贵植物标本，其中有不少新发现的种类，揭开了云南这个"植物王国"的面纱。在几十年如一日的勤学思考、刻苦钻研中，终于确定了在中国北纬 21°~23°之间的广阔土地上，适宜栽培生产橡胶的论断。从此，中国有了自己的橡胶工业。

而这一切的一切，先生是用自己的生命来谱写植物王国里的辉煌业绩。不管是当年受到敬爱的周总理的赞许，还是"文革"中备受打击和不公的待遇，先生对自己倾其毕生心血所研究的植物学，做到不卑不亢，学以致用，为中国的橡胶工业和烟草做出了卓越的不可磨灭的贡献。

2009 年，蔡希陶先生被评为云南省"60 位新中国成立以来感动云南人物"。

四

行走在蔡宅村曲径通幽处的碎石铺就的小径上，看"九桥"旁一棵 200 年历史的香樟树下，其乐融融祖孙喂饭的场景，我的思绪神游万里。

分明是正午吃饭的时间，我的目光却一直穿越在 700 年的月光中，寻寻觅觅。

我在寻找那月光清冷的寒夜，窗棂上那跳跃的灯火下，沉思苦读的身影；我在寻找溶溶月色的香樟树下，春暖花开，诱人的花香伴着香樟树独特的缕缕淡香，一帮嬉闹的孩童在捉迷藏后，凝望一轮皎皎明月，向往着外面精彩的世界的画面；我在寻找蔡宅村的蔡氏村民们，披星戴月勤劳耕作的剪影；我在寻找蔡氏家族对传统文化的传承和发展的轨迹；我在寻找蔡氏祠堂里那一条条家训家规中，引导蔡宅子孙敦厚刚毅、仁爱勤勉的家风渊源……

700 年的明月啊，年年岁岁普照在蔡宅的上空，有多少酸甜苦辣咸的故事，在一弯新月中汩汩流淌成圆月。

问屯溪为何物

阔别三年，在一个春意绵绵、阴雨绵绵的日子里，我和六子一起漫步屯溪老街。

万千思绪澎湃于心海。屯溪老街，无数次让我梦魂萦绕的那些延展在脚下的无言的青石板，每一个脚印都承载着游子的梦想；那些静默中与星月对话的有灵性的"八百里歙砚"，辉煌隐退后，淡然地静卧着，笑看风轻云淡；那些在日月流年浸泡中的"屯绿"和"祁红"，氤氲着雾蒙蒙的香气，优雅地散发着一方水土的气韵；那些栩栩如生的根雕、木雕、石雕，历经沧桑后，向世人诉说着它们嬗变的生命历程……

回屯溪的路上，快十年未联系的老同学问我忙什么，我说，我在去屯溪的路上。他问屯溪为何物，我说等我回来写篇文章回答他。

我知道他在调侃，游遍国内万水千山、游历过世界很多景点的他，当然是知道屯溪的。只是，屯溪为何物？我觉得还真不好回答。

于我"问屯溪为何物，直教人牵肠挂肚"！我在屯溪生活过十年，屯溪是我恋爱、结婚、生子的福地。屯溪区的每条大街小巷都有我游历的足迹，都有我对博大精深的徽文化思忖中的遥想，都有我对这片山清水秀的山区，用心去丈量的浓烈情怀。

十年光阴在指缝间悄然流逝，新安江的涛声里，珍藏着我意气风发的梦想，率水河畔的浆洗的衣槌声，一直回响在耳边，"沪杭大商埠会"的盛景，被时间雕刻成一幅山水画，垂挂在徽文化的一隅；程朱理学盛行之际的遗风，经年累月吹拂着屯溪的每一个角落，使得这片广袤的土地，千百年来人文荟萃、人杰地灵；名闻遐迩的"状元县"，人才济济、文化璀璨，那浓厚的人文主义精神，随着齐云山的山脉，绵延千年不息。

戴震纪念馆、程大位珠算博物馆、程氏三宅古民居展馆和屯溪老街博物馆、中共皖南特委旧址展馆，馆馆精彩，馆馆让人流连忘返。

浪迹商界的程大位，算得上徽商中的青年才俊，他20岁起便在长江中、下游一带经商。因商业计算的需要，他潜心研究数学，到处拜访名师，40岁后回归故里，一心一意专攻数学。又一个20年弹指一挥间，在他60岁时，终于完成其杰作《直指算法统宗》（简称《算法统宗》）。1598年他在《算法统宗》基础上进行删节，另编《算法纂要》4卷，在屯溪刊行。

《直指算法统宗》和《算法纂要》，开创了中国珠算新的里程碑。一代珠算家就此诞生，他为世界珠算发展史奠定了基础。同时他还创造发明了世界上第一部卷尺——丈量步车，亦被后人称为发明家。

徽商的务实和学以致用的精神，程大位成了典型的代表人物。

屯溪柏树街上程氏三宅，均为封闭式砖木结构的三层楼房，一脊两堂，屋面盖蝴蝶瓦，四周围墙，透亮的天井，折射着天圆地方的理念。楼上前檐垂莲柱装置飞来椅，雕梁画栋古朴浑厚，具有独特的明代建筑风格。程氏三宅的雕饰典雅、精美、庄重，立体感超强，凝聚了徽派建筑中木雕、石雕、砖雕的精髓。其建筑风格让国内外专家异常关注。

戴震，清代著名语言文字学家、哲学家、思想家。梁启超称之为"前清学者第一人"，梁启超、胡适称之为中国近代科学界的先驱者。

一生屡试不第，53岁，戴震第六次会试再次名落孙山。由于其声名远扬，奉乾隆之命，与录取的贡士一同参加殿试，赐同进士出身，为翰林院庶吉士，从事《四库全书》的编纂。也就是说，一代科学界的先驱，著作等身，到最后还是靠皇帝老儿给他开个后门，他才得以跻身官场，得到个官衔。如此结局，殊不知，是对戴震学富五车学问的绝妙讽刺，还是对科举制度的莫大嘲讽。

纪晓岚说戴震"披肝露胆两不疑，情话分明忆旧时"。洪榜为戴震写行状称："抱经世之才，其论治以富民为本。"

漫步老街，眼中的景全是历史的沧桑和徽文化的简约呈现。"老街一楼"里袅袅的菜香是徽菜的精髓。

屯溪作为黄山市的行政、文化中心，因那一条徽派建筑和徽文化集中地的老街，前去黄山风景区游览过的五湖四海的游客，绝大多数要来屯溪老街看看，要来屯溪品尝正宗的徽菜代表佳肴臭鳜鱼和臭豆腐。

客居屯溪十年，常常听朋友们调侃说屯溪有"三臭"，即"臭鳜鱼、臭豆腐、臭丈母娘"。"臭鳜鱼""臭豆腐"的美味只要是品尝过的人，谁都难以忘怀个中味的独特和奇妙，谁在尝遍世间美味后，心底都还会对其留有余香。

至于"臭丈母娘"的由来，主要是外地女婿找了当地的丈母娘后，受到徽州女人无微不至的关爱和处处呵责后的爱称。由此可见，屯溪丈母娘的地位和风味是多么别具一格！

　　韩再芬的黄梅戏《徽州女人》，一直备受关注和热捧。提起徽州不得不提徽州女人，提起徽州女人又不得不提徽州的牌坊群，其中歙县的棠樾牌坊群又是所有牌坊群的代表。乾隆下江南时曾誉棠樾村"慈孝天下无双里，衮绣江南第一乡"。

　　历史上有了声名显赫的徽商，就有了徽州女人和徽州牌坊群和徽商遥相呼应，史册里留下厚重的记载，记载着徽州女人的坚强隐忍、淳朴善良，更记载着她们一生孤寂清冷、悲伤无言的命运。

　　我在《一叹千年》里写过徽州牌坊群。

　　　　一叹千年
　　　　千年一叹
　　　　风雨中你屹立承载着
　　　　几百年的荣誉和历史
　　　　背负着瞻仰和圣洁
　　　　辛酸的泪水
　　　　寂寥的长夜
　　　　沧桑的心语镌刻在
　　　　院落中
　　　　千年银杏树的年轮里
　　　　沉睡沉睡沉睡

　　　　络绎不绝的人流
　　　　朝拜着叹息着赞美着哂笑着
　　　　千山万水慕名而来
　　　　重访历史探寻古迹

可有谁知道啊
你执着无悔而又伤痕累累的心
曾经有过怎样的挣扎和沉浮
一座贞节牌坊
一段历史的见证
一座贞节牌坊
一个血泪的故事
一座贞节牌坊
一座幽怨的孤坟

历史的产物压抑的人性
如花的生命
换来的是几根青石的柱子
牌匾上几句功德贞节的赞美
有谁还记得
你如水的柔情梦呓中
泪湿沾巾荒凉一片
孤寂一生
一生孤寂
一叹千年
千年一叹
银杏树的沉默
为你守着百年的承诺
无言无言无言

问屯溪为何物，直叫人牵肠挂肚，萦绕心怀！

桃李春风一杯酒

一

春雨淅淅沥沥敲打在窗棂上。

台灯下的我，侧耳聆听风声雨声，心里陡然一惊，在这乍暖还寒的雨夜里，源东丁村和丁阳岑村岭上的那满山坡的桃花，在寒冷的雨夜里，又该经受怎么的花期涅槃啊！

周末去源东看桃花后，梦境里便处处是桃花。

醒来才知身是客。其实，我们都是路过花花草草的客人，叹息着无情的风雨对花草的伤害和摧残，却不知，所有的花草，在一岁一枯荣的流年里，也以款款深情的目光怜惜着我们不可重复的一生吧。

梅花在枝头上还未全部飘落，桃花在春风的吹拂下，一夜间满山坡呼朋引伴、没心没肺地尽情绽放了。花期来得有些让人防不胜防，让人心花怒放中又隐隐担心她们来得快，去得也快。

车子行驶在源东的地盘上，看着青山绿水，看着满山坡的一片粉色的海洋和间或几株满树雪白花瓣的梨树，看着车流和人流在拥挤中有序缓慢流动的场景，我突然觉得自己多少有些不可理喻的懒惰和坐井观天般的狭隘。

我来金华十年，对源东千亩桃花的壮观早有耳闻，对源东丁村白桃的清脆爽口一直唇齿留香。朋友曹姐姐就是丁村人，她也多次约我去看桃花。而我，总是被俗务缠身，一次次爽约，总觉得离家门口不远的风景，看不看都在我的身边。

如此让人沉醉不知归路的美景，移步即可到达的人间仙境，我却在十年后才成行，想来我们都是稀里糊涂地在为五斗米折腰后有些麻木不仁了吧。

徜徉在千亩桃花的花海里，沉醉在青山绿水，成为源东桃花坞点缀的人间诗画里，我迈不动双腿。

我被眼前一片粉色的海洋所震撼，蜜蜂、蝴蝶在桃花的花蕊上寻找着它们的春天。远处隐隐的青山，头顶湛蓝澄碧的天空，似乎都成了桃花盛开在春阳、春风下的背景。赏花人成群结队游走在粉色的世界里，彼此拿出手机不知疲倦地拍摄着，大有要把这粉红的场景，统统装进自己的心田。

此时，耳边隐隐约约传来施光南先生《在希望的田野上》的旋律。这位源东叶村本土音乐家，虽然英年早逝，可纵观其一生创作的音乐旋律，优美动听中彰显豪迈奔放，每一个音符都充满着激情澎湃的诗意，充满着对生活的热爱和向往。这位"人民的音乐家"一生的创作具有鲜明的民族特色，想来这些与源东这片广袤土地给他的心灵滋养是分不开的吧。

二

同行的曹姐姐几乎每个星期都要回趟老家看看，这里的山水已经融进她的血液里，这里的桃花已经成了姐姐生命中开得最美丽、最多情的花朵。

她和先生在老家的山坡上相识相恋，风风雨雨从花样年华一路走来 28 年了。她从一个农民进城做生意，到如今在城里拥有自己的"一亩三分地"，创业的艰难和艰辛，委屈的泪水，曾经陪着桃花雨一起飘洒在丁村的桃林里……

倔强的她跟爱人不离不弃，吃苦耐劳、诚信友善成了她的标签，皇天不负有心人，经过 24 年的奋斗打拼，曹姐姐一家可谓事业有成。如今，姐姐的一双儿女都非常优秀，双双出国留学，她定下家规，学成必须统统回国来工作。她一再嘱咐孩子们，你们的根在源东丁村，你们出去只是学点本领而已，你们一定要回国来工作。

看着姐姐在桃花丛里忘我、尽情地拍着桃花，我忍不住调侃她，你每年从桃花开放到白桃收获，要来多少趟自己都数不清了吧。姐姐笑着说，天天来都拍不够的，谁不说俺家乡好啊！

我跟曹姐姐一步三回头漫步在丁阳岑村岭上的一片老树桃林里，我被满山坡上遒劲有力、相互依偎、相互衬托的梅枝所震撼。最美的风景也是相互依存、相互扶持、风雨共济的啊！

此刻，三月的暖阳、和煦的春风吹拂着我们的全身心。走累了，我俩便坐在绿草茵茵的桃林里，我眯着眼睛，迎着午后春阳略微刺眼的光线，看着远处山坡上茅草盖的凉亭里，有一对情人正在亭子里，相依相偎看山坡下的桃花，他们不时耳鬓厮磨，窃窃私语。

如此场景，让我想起崔护的《题都城南庄》："去年今日此门中，人面桃花相映红。人面不知何处去，桃花依旧笑春风。"更让我想起崔护和降娘的爱情故事。

传说，在家苦读的崔护，在三月春风里，目光被书房窗前的花红柳绿所牵引。于是，便出门呼吸呼吸下新鲜空气，他一路陶醉在大好春光里，不知不觉来到了城南的一片桃林中。

　　沉醉在桃花馨香里的崔护，就像飞出鸟笼的鸟儿，尽情地在花海里徜徉。当他累了，渴了，深感疲倦之时，桃林深处出现一处茅草屋。他怯生生地敲着篱笆门，从屋里走出一个面若桃花的少女。少女和崔护目光交汇的一刹那，崔护像被电流电到一样，心中波涛汹涌。看着少女羞赧地低下头，崔护结结巴巴说想讨碗水喝。少女赶紧回屋里端出一碗水。水喝完了，崔护似乎有万语千言想对少女倾诉，可在那男女授受不亲的年代，崔护对这一见钟情的少女却是什么也说不出来了。尴尬很久，少女只告诉崔护，她的名字叫降娘，崔护只能一步三回头恋恋不舍地离开了。

　　来年桃花又一度盛开，因心里始终装着桃林深处茅草屋里的降娘，崔护再次来到茅草屋。这次，任他敲破篱笆门，降娘再也没有出现在他眼前。百般无奈、千般伤感的崔护，提笔在茅草屋的土墙上，挥笔留下一首千古绝唱桃花诗。

　　再后来，崔护还是忘不了桃林深处的少女，他脚跟着心走，不知不觉又来到茅草屋前。此时，屋里有位老汉号啕大哭。崔护进去一看，降娘躺在床上无声无息。老汉看见崔护说他害了他家闺女，说他闺女自从看见崔护题在墙上的桃花诗，一直郁郁寡欢。再后来，他闺女几日不吃不喝，断送了性命。崔护闻言抱起降娘悲痛万分，滂沱而下的泪水，洒落在降娘俊俏的脸庞上。哪知降娘在崔护深情的呼唤中竟慢慢苏醒过来。

　　从此，故事中的崔护和降娘过上了幸福美满的美好生活。

　　这或许就是"桃花运"最早的来源和传说吧。

三

如今，源东桃花节有不可缺少的一项活动，那就是在那桃花盛开的地方相亲。祝愿天下有情人终成眷属！

春天的雨夜，丝丝寒意袭上心尖。雨水敲打着窗棂的叮咚声中，我给自己倒上一杯红酒，举杯邀源东的桃花，共饮这杯感怀的酒吧。

异乡漂泊二十载，在这个桃花盛开、有些微寒的深夜，我想起了我老家后院里的几株桃树，想起春天的月夜里，姊妹仨爬上桃树的枝丫捉迷藏，想畅饮母亲笑吟吟地采摘桃花瓣烘干秘制的桃花茶，想吃母亲蒸的桃花糕和包的桃花饺子……

母亲，你在天国可好？可好？天国里也有桃花盛开的吧。

山谷幽兰

第二卷

往事如茶

一杯馨香清冽，一盏乡思如梦。饮入肺腑的甘甜中，有家山的诗意。故园春花秋月的空蒙，便在一怀暖意中缓缓绽放。

——题记

岁月如风　往事如茶

岁月的风，千百年来依旧是那汉时的风。如风的岁月，逶迤着千山万水，在迢迢的来时路上，谱写了大好的流年。流年宛转中的日月星辰，在历史的长河里熠熠生辉。当然，也有无法、无以言说的缺憾和悲怆，在秦砖汉瓦的瓦砾中深埋，永不见天日。

如风的岁月无痕亦有痕，光阴的利剑在岁月的年轮上，镌刻着烦琐的细碎，更镌刻着传奇和不朽。那些传奇和不朽啊，任凭岁月的雨打风吹，在浩瀚无垠的苍穹下，在那缕缕清风中一咏三叹，余音袅袅地吟诵着岁月行程中的沧海桑田。

岁月无痕，恍如梦境的人生，在蓦然回首的刹那间，已经是前尘往事的回顾，光阴穿透指缝间，力透纸背又毫无察觉。我们在日出日落中迎来送往，悄然走过一生；我们在阴晴圆缺中，青丝桃面变成皓首苍颜。一切的一切，只在转瞬间，如一阵大风刮过，留给我们一路的尘土飞扬。

风过有痕，往事如茶。如茶的往事，浸润着如风的岁月。

喜欢王菲的一首经典歌曲《传奇》。

"只因为在人群中多看了你一眼，再也没能忘掉你的容颜。"其实，忘不掉的又岂止是你的容颜。容颜易老，精神永存！

喜欢煮一壶红茶，一袭长裙赤脚游走在书房，午后懒散的阳光照射在书橱上，我手捧一杯红茶，看着那书架上卷卷散发着墨香味道的书本，在光影里晃动着斑驳的图案。思绪云游万里，半天收不回来。

"我蜷曲身骨，却内蕴了一腔芳华，只愿做你最懂的茶。红尘浊世，满目尘封，何如遇见倾城色，让人眼前一亮。我与你一见惊鸿，再见倾心，攀枝摘香花。你可知我红艳似火，就像我满腔的热情，而又柔肠欲绝的爱情。"红茶的星语心愿，在耳畔呢喃细语着，心事苍茫，心意拳拳，心絮万千。

茫茫人海，因书结缘，是善缘，是上缘。文字相惜，心意相通，我们煮茶论英雄，谈论着纵横捭阖的历史进程，慨叹着"边草，边草，边草尽来兵老。山南山北雪晴。千里万里月明。明月，明月，胡笳一声愁绝"。笑傲着红尘滚滚、物欲横流的当下，我辈也只能抱着"穷则独善其身，达则兼济天下"的明旷心态，来安抚我们被世俗的子弹，早已经射击成千疮百孔的心扉。

往事如茶，茶的清芬和苦涩，在我们的舌尖尽情绽放，那苍茫的心事随着"瘦马驮诗天一涯，倦鸟呼愁村数家"中的瘦马和倦鸟，歇息在秦时明月汉时风的森林里。皓月当空，清风拂面，有多少苍茫都可在月夜里融化了。那无解的心事，在茶水浸润的流年里，愈发珠圆玉润，不说也不休。只让她们与茶为友，红袖添香般珍藏在心海。

如风的岁月，悠然如梭穿过我们的一生。莫回首，再回首，清泪几行，祭奠着我们那无怨又有怨的青春；再回首，云遮断归途，回不去的锦瑟年华里，横塘路上的相约，依旧错过一个世纪；再回首，桃花依旧笑春风中的人面桃花，不再相映红，那些清瘦、凋零了的嫣红心事，在瓣瓣桃花雨中，纷纷飘落，化作春泥更护花。

在那今夜有雨敲窗的雨夜里，在那雨打芭蕉淅淅沥沥的雨滴中，在那百年香樟树陪伴卧听风雨的季节里，我听到发自肺腑里的一声悠长的叹息声，"生如夏花般灿烂，死如秋叶般静美。"

风中的传奇故事，在风中吟唱，岁月不老，天有情，有情的天，陪伴着不老的岁月，在寰宇世界里遨游。

往事如风，飘散在岁月里，无影无踪。往事如茶，浸润着年轮里的故事，活色生香。

母亲节私语

初夏的雨，无休无止地敲打着窗棂。

不知何时，独在异乡为异客的我落下一病根，只要听到窗台上滴答滴答的雨像断了线的珍珠似的，有节奏地敲打着窗棂，我便彻夜难眠，思前想后，似乎也无心思，可就是无法入睡。

异乡的二十年，几多风雨阳光，几多欣喜哀伤，几多执着迷惘，都已经装订成册，镶嵌在流年的账本上。夜深人静的时候，常常轻轻地、缓缓地爬到心灵的天台上，去慢条斯理地翻阅，去黯然神伤也释然一笑。所有的过往如云烟，萦绕在我们的梦乡。

近期身体微恙，夜里总会被间或的疼痛感给疼醒。一旦醒来便无法再度入眠。吃药治疗，是个过程，或许人生有多少疼痛，都是命中早定下来的劫数。任谁也逃脱不了吧。

一个在异乡漂泊二十年的游子，夜深人静醒来，想得最多的还是故乡的一草一木，故乡的人和事！

这些年，我忙着所谓的事业，忙着一切一切的琐碎，远离我牵肠挂肚的家乡二十年。原来，就是忙着怎么做好一个城市人，且是一个所谓有才华、有能力、有素质、有气度，让真正城市人刮目相看，让他们承认我比他们还要像城市人的那点虚荣心而辗转忙碌！

其实，谁的承认又能证明什么呢？什么也证明不了！

想想禁不住汗颜！何等地虚荣！何等地浅薄！何等地幼稚！但是这些的的确确是我在城市漂泊经年，最为真实的想法和现状。

对乡土的气息，在心底我是留念的、难忘的，且还能常常触摸一下自己的灵魂。

雨打窗棂的夜深人静，想念我的故土，想念我的亲人们，想念我远在天国的二老双亲。想来思去，辗转反侧中，潸然的泪水总是悄然滑落……

对父母亲的思念，想起来蚀骨的疼痛便会袭上心尖。"树欲静而风不止，子欲养而亲不待"。

我一直觉得上帝对我很眷顾，但是，也更为苛刻。少年读书声中，多少伤痛的泪水在泪眼蒙蒙中把慈父忆念。青年时代，需要母亲的关心和帮助之时，母亲却在我陪伴她一个月后，在我的臂弯里永远闭上了一双聪慧美丽的大眼睛。

勤劳善良、朴实明事理的父亲，在我读高二的那年溘然长逝，没有留下一句话。永远忘不了那心痛的一幕，我握着父亲那双粗糙、有余温的大手，哭晕过去的场景。任凭我撕心裂肺地呼喊和哭泣，宠爱我的父亲，再也没有睁开那双善目。

父亲走了，走得匆忙，走得意外，走得更不忍心吧。那时，我们小姐妹仨都在读书，父亲该有多少牵挂说不出，该有多少心愿还未了，该有多少遗憾藏心底……

从此，关于父亲的梦境里，我总是跟在他的身后苦苦地、执着地在追他的身影，在大声地呼唤他，可是，怎么也追不上他的脚步。偶尔，也会梦见父亲温和地对我微笑，抚摸着我的长辫子，从口袋里掏出一把钱塞到我手里。

　　母亲，从一个读私塾的大家闺秀，到一个地地道道的乡村主妇的人生历程，可谓中国历史的一段缩影，完整地体现在她老人家的一生中。母亲的坚毅果敢、不卑不亢而又对生活热情似火的心态，使得她一生磕磕绊绊中，从来都是争取把日子过得阳光明媚，让孩子们快快乐乐的。母亲的一生是风中的一首传奇之歌，一直希望有生之年，写写母亲的家族，写写母亲的故事。

　　母亲啊，陪伴您人生最后的那一个月，面对您的病痛，我为自己的束手无策而痛苦不堪，老家门前打谷场上的星月知道我的悲伤和无奈，老家门前的溪水伴着我的泪水，日夜不休在流淌……

　　我算个不孝之子，兄弟姐妹中，因我自幼体弱多病，我是让父母亲最为操心、最为关爱的一个孩子。

　　在我那多病童年的岁月里，是父母亲对我的疼爱和无私地奉献，才让我度过一次次的危险。家门口那条泥泞的土路上，多少个风雨交加、风雪交加的夜晚，母亲拿着马灯，穿着雨衣，父亲背着突然发高烧的我，深一脚浅一脚地奔向赤脚医生的家里。因为风雨，因为风雪，因为走得急，父母亲没少跌坐在泥水中，可他们拼着命地保护着我不被风吹雨淋。每次，我病好了，父母亲总要瘦一圈。

　　他们一直希望我能生活在他们的眼皮底下，希望我能健康快乐！可是，不孝的我，自小就爱折腾。母亲健在的时候常常叹息着说我，如果你的父亲健在，无论如何是不会同意你远嫁他乡，一个人到一个叫天天不应、叫地地不灵的地方去生活的！我实在是拿你没有办法，但是，十里方圆的村邻们都很信服你父亲，佩服你父亲，我相信你父亲一定会有法子说服你留在我们身边的。

　　我亲爱的父亲母亲大人啊，泪眼婆娑中把你们呼唤，远在天国的你们，可否能够感应到我彻骨的思念和伤痛？只愿悲伤逆流成河，载去我殷殷的思念，切切的问候，心酸的忆记。多么希望有来生，有轮回之说，多么希望下辈子还做你们的女儿，那么请你们一定给我足够的时间，让我尽孝尽心，到那时，我一定伺候二老的膝下，陪伴你们颐养天年。

都说最好的孝顺是多陪伴在父母亲的身边，我羡慕那些人到中年的人，还能常常吃到父母亲做好的饭菜，常常听到父母亲不厌其烦的唠叨声。

上帝啊，夏雨敲打窗棂的深夜，我唯一的祈祷，祈愿让我做梦回到我童年的故乡去，让我依偎在我的父母亲身边，让我们一家人围坐在餐桌前，听父母亲每顿饭都要跟我们念叨那首："谁知盘中餐，粒粒皆辛苦。"

在父母亲的念叨声中，窗台旁那一簇栀子花在晨露中摇曳，在夏风暖意中绽放，在皎洁的明月中尽显妩媚清芬。

寸草春晖

都说婆媳关系很微妙，可我一直没体会，因为从谈恋爱到结婚，我跟先生都在外地生活。每次回去，忠厚善良的婆婆都把我当女儿一样地看待，生怕我吃不惯住不好，总是嘘寒问暖，不停地变换花样，尽量做适合我胃口的饭菜。每每如此先生总是批评我："入乡随俗，吃得少不想吃，是因为没干活，不饿。一会儿让你下地干一天活，保准我们这儿的馒头、小米红枣稀饭好吃香甜。"

2005年11月初，因我身体不太舒服，动了个小手术，出院后需要静养一阶段。家里的顽童，我实在没精力搞他，便打电话让婆婆过来帮忙一阶段。起初婆婆很犹豫，说了一堆我半懂不懂的方言来推脱。先生急了，打电话把婆婆埋怨了一顿，言下之意，怎么能这样呢？儿媳妇让你来帮忙都不来，她生气了。婆婆一听，赶紧让她大儿子送她过来。其实，我们也只是以这个为借口，让婆婆来我们这里享清闲一些，也所谓地享福一些吧，因为，近十年来婆婆除了到镇上买点日常用品，其他什么地方也没去过。而且每次去她都匆匆忙忙地，怕公公在家找不到她而着急。

其实我很能理解婆婆的，那时公公过世刚满百日，老太太还打不起精神来。公公1997年第二次中风住院四十天，近九年的时间，最好状况是前五年能拄个拐杖，在院子里慢慢走两步，以后的四年，基本上是在轮椅和床上度过的。从他呆滞的眼神，潜意识里我们都能够感受到，老人家无以言表的苦痛和无奈。

最辛苦的就是婆婆了，毫无怨言没日没夜地伺候。其间还多次感冒住院，医生一直说，第二次患中风的老人，能够活这么久的时间，真是个奇迹！原以为最多拖个三四年的，你们家伺候调养得真好！

婆婆不愿离开老家来我们这里，是她心中的伤痛还很深。还有她大半辈子从没走出山沟，对外界也许也有一种恐惧吧。

婆婆18岁从一个山沟嫁到另一个山沟，嫁过来是长媳。由于奶奶身体状况很不好，平日里婆婆除了繁重的劳动，晚上就着昏暗的煤油灯光，还要做一大家子的针线活。那时候公公在外面工作，底下两个小叔子还在读书，上面两个姑妈已经结婚，就小姑妈跟婆婆形影相随，婆婆的辛苦自不必言说的。每次回老家，总要听在洛阳工作的二叔讲婆婆对他们一大家子的奉献，尤其是对小兄弟俩的照顾。那份对长嫂如母般的敬重，无以言表中，念念不忘！

婆婆在大哥的护送下，终于来到黄山。先生特意请了几天假，陪同婆婆和大哥到处逛逛。可天公不作美，在周边游玩的过程中，七天下了四天雨。第七天大哥要回老家了，婆婆私下里跟先生说，无论如何要回家。先生坚决不同意，把挽留的难题交给我。我怎么做婆婆的工作，婆婆态度就是很坚决，一定要回老家。最后一次，我们两口子一起劝说婆婆留下，婆婆一直就几句话："我帮不了你们什么忙的，大街上的人说话，我大半听不懂。我说话人家一句都不懂，最关键的是我不会做南方的饭菜，一点忙都帮不上你们，反而给你们添麻烦，你们就更忙了。还有这里天天下雨，太潮湿我真的不习惯。"

劝留无果。先生突然的一个动作，让我一下从床上蹦到地上。只见先生双膝跪下热泪长流："妈，算我求你好吗？让我们尽点孝心。这么多年，你伺候咱爹太不容易，以前是要照顾咱爹，你实在脱不开身来我们这里。现在，咱爹不在人世了，你就轻松轻松，别再惦记家里的几亩地了，你该好好休息休息了……"先生哽咽着说不出话来了。我也禁不住眼圈发红，摇着婆婆的胳膊："妈，你看看，你儿子都这样了，让我也跪下来求你吗？你看，你现在要是回家了，邻居肯定会说我这个儿媳妇不好。从来没出过远门，刚刚出去，跟儿媳妇处不好又回来了。你知道吗？妈，有次我们去朋友家做客，朋友的父亲两只胳膊被电全部打断，喝酒用嘴巴衔起酒碗，吃饭都要阿姨喂，这一喂就喂了十几年。我们都说最不容易的是阿姨。你儿子听了，想到你在老家伺候老爷子的辛苦，丢下酒杯，号啕大哭，一直觉得我们没能多尽孝道，你就成全我们吧。"

婆婆犹豫了半晌，拉起先生的手说："快起来，你这是做什么啊，我留下来就是。这么多年，你们俩对家庭的贡献最大。我跟你爹一直讲，几个孩子最对不起的就是老二。你们结婚，我们没能给你们任何东西，反过来，这十年你们俩处处节省，把工资拿回家给我们花，还帮助兄弟们。是妈对不住你们啊！"

勤劳的婆婆保持着农村的好习惯，天天早睡早起，在房间里转来转去，一副百无聊赖的无助。我们一家子早餐，极少吃饺子和面条的，而婆婆最擅长的也就是做面条饺子，可这些只是我们偶尔改善伙食的时候，才做点尝尝。在北方很会做饭的婆婆，一下子感到无用武之地。我感觉到婆婆的郁闷，特地找木工做了一套大小不一的擀面杖和几副大小不等的木砧板，以便给婆婆做面食用。总是故意夸婆婆面食做得好，让她多做点，我们都爱吃，楼上楼下都吃过婆婆做的馒头和水饺。没吃几天，不懂事的儿子抗议了："妈，奶奶天天再做这些面条、饺子我实在吃不惯了，你赶紧好起来给我炒菜做米饭。"

婆婆听了孙子的话很歉意地望着我。我知道婆婆还没把自己融入我们这个家庭，于是我让婆婆天天接送儿子，为了让她跟孙子多交流。因有固定的校车，在站台约定好时间接送学生，不去接送也可以的。刚开始儿子一点都听不懂奶奶的话，总跟我说，不用奶奶送的，妈妈，你放心，我都走路边，从不到马路上去乱跑的。慢慢地觉得儿子又特别喜欢奶奶接送了，我心里很高兴。没几天，楼底下的阿姨悄悄跟我说："兰子，你婆婆太宠你儿子了，上学、放学你儿子要什么，就在小店给他买什么。那些小食品，都不是正规厂家生产的，没营养不说，还很不卫生，你私下说说你婆婆吧。"

等先生周末回来，我们一起散步时，我让先生给婆婆说，我再去做儿子的工作。婆婆听了有些不好意思，最后道出原委，如果她不买东西，孙子就不要她接送。还说也没花多少钱，而这些钱又是我们给她的零花钱。让我们千万不要责怪孩子，她以后不买就是。我们真是有些哭笑不得！

我做儿子的思想工作，他也爽快地答应，不让奶奶天天再给他买那些垃圾食品。每天放学回来，一看见我就张开嘴巴，让我闻一闻，证明他今天很乖，没让奶奶买。这时候婆婆总是在旁边补充一句："今天很乖，我真的没买。"后来阿姨又告诉我："你婆婆现在是买得少了，有时候放学买一点点。有次我听你儿子说：'奶奶，你就少买点吧，我吃完回家，你不说，我不说，我妈妈怎么知道啊。'我听完都笑坏了，你们家这宝贝，真是太好玩了。"我听完也忍俊不禁，以后也就睁一只眼闭一只眼，只是一直跟婆婆讲，带孙子出去玩，买东西不要在小店买，一定要到大超市。看来，奶奶和孙子的感情，也要靠一点小恩小惠拉拢一下啊。

慢慢地婆婆和邻居们也都熟悉了起来，其间我又请两个河南老乡的母亲，来家里吃饭。婆婆和她们都成了老朋友，她们经常一起买菜，一起逛街，一起散步。看见婆婆心情好了，有自己的小圈子了，我们更高兴。婆婆的针线活真是没得说，儿子裤子上的一个小洞，她都像绣花一样地补好。

现在的袜子质量实在不敢恭维，一双新袜子，穿不了几天脚指头就破个小洞。那年我们一家子都穿着婆婆补过的袜子，过了一冬天一春天，直到穿凉鞋，不好意思再穿补过的袜子，把脚指头露在外面。为此婆婆很得意地说，补好的袜子多结实啊，你们明年还可以穿一冬。三个月后，婆婆的话，我跟孩子基本上能听懂个百分之八十左右吧，但还是会闹出笑话。

一个周末，先生去外地开会没回来，我让黄山的一个朋友一家子来吃饭。说真的，与其说请她一家子来吃饭，倒不如说请她来我家帮忙做饭。霞姐烧得一手好菜，我平日里也常常去她家蹭饭。她女儿跟我说想吃韭菜炒小藕，韭菜买了，莲藕还真没买。霞姐说让老太太去买吧，我们俩说说话。婆婆一听很乐意。我怕她听不懂，让儿子在白纸上画了藕的样子，儿子便画了个猪鼻子一样的截面图。我们还一再给她强调买小藕，婆婆说知道。我随手拿五十元给婆婆，哪知道婆婆转了一圈回来，手里提了几样蔬菜就是没有小藕。我突然想起以前回老家，洛阳农村的方言把牛叫成"藕"。婆婆一定奇怪，媳妇给五十元，就让她去买一头牛，

老太太真是太为难了。后来先生回来我才知道，他们那里叫藕为
莲菜。为此事情，霞姐的女儿还写了论方言的作文，听说还获
奖了。

　　婆婆在黄山过了半年，没提要走的话，先生很高兴。其实我
知道婆婆人在这里，心还系着老家。每每闲谈她不是念叨小儿
子，就是记挂两个女儿，常常望着电话发呆。我教会了她打电
话，她说太浪费钱，从来没主动打过一次，每次都是我把电话拨
通了，她很开心地跟儿女们说说话。到了五月，眼看着麦收的季
节，婆婆再也坐不住了，我看她是吃不香睡不着，正准备跟先生
商量，是不是让婆婆回老家看看，等下半年秋收后想过来再过
来。在洛阳的大姐打来电话，说她火车票已经买好，准备来接妈
回去。

　　大姐来了才知道，原来婆婆怕我们又强挽留她，无论如何让
大姐过来，做通我们的思想工作。大姐来了说："你们的孝心妈
知道，你们就让她回去吧，她平常在我和小妹家里，一次都住不
了三天，这次真是破天荒了。兰，妈妈常常夸你，说我们做女儿
的不如你体贴。你从不挑剔她，事事都为她着想。该买的、不该
买的你都帮她买了。"婆婆说："兰子，你可能不知道，每次看你
进厨房烧菜前，把我洗好的菜又悄没声地洗一遍，我心里真是特
别的感动，我眼睛不好使，菜洗不干净，你从来都没有说过我一
个不字，感动我们家老二有福气啊，你从没嫌弃过妈一点点。"

　　婆婆走了，带着我们对她老人家的牵挂，也带着她老人家对
我们的牵挂。现在每每打电话来，总是左叮咛右嘱咐先生，一定
不要打她的孙子，总是说先生小时候也很调皮，现在不是好了
吗？衷心地祝福婆婆健康长寿、一生平安！

烟雨秋梦桃花岛

一

我的故乡是个三面环水的鱼米之乡，水乡的风景、风情、风俗、风骨，于我从小耳濡目染。

金湖白马湖桃花岛，慕煞了南来北往的多少游人，更是给我无边的清梦增添了几许绮丽的风光。作为土生土长，热爱旅游，喜欢云游，一直漂泊在异乡的我来说，一直没有去过白马湖，有些匪夷所思。

仲秋长假，我回到老家，相约我的老师——戴之尧先生一起畅游白马湖。

戴老，长期从事民间文化研究工作，曾受到国家文化部表彰，出版有《葫芦套》《金湖秧歌集粹》《湖畔散记》等多部著作。提起白马湖，提起桃花岛，他一肚子的民间故事和秧歌滔滔不绝。

白马湖的人文风景、秧歌风俗，犹如他老人家挚爱的情人般难以忘怀，他自己都数不清，他到白马湖采风到底来了多少趟。从步行到骑自行车，再到坐班车，再到坐小轿车来，每次前来，他都有不同的感受，都要跟随行的朋友们一路念叨他满腹的关于白马湖 N 个版本的传说、白马湖畔秧歌的魅力。

即兴处，戴老随口念出几首白马湖畔的秧歌："一条小船浪里漂，姐站船头郎站艄。二人合力划大桨，不怕风大浪又高。"

"水连水来荡连荡，白马湖上好风光。东边鱼塘，西边蟹塘，不是农忙，也是农忙。勤劳致富生活好，家家盖起小楼房。"

水乡湖荡青年男女辛劳而又美好的生活，在寥寥几行秧歌里，活灵活现展现在我们的面前。一方水土养育一方人，一个山头唱一首歌。

他常常感慨，你们年轻人啊，对民间故事和金湖秧歌有兴趣的人太少啦！你们浮躁，你们曲高和寡，瞧不起民俗的东西，殊不知，民族的，才是世界的啊！

我一辈子费尽心血收集整理的"金湖秧歌"，虽然被列入"国家级非物质文化遗产名录"，我看流行传唱的前景很不乐观，在以后漫长的岁月里，秧歌也只能作为一种遗产被记载在册了。

据说，白马湖上"桃花岛"的名字是戴老先生起的呢。

二

一个烟云笼罩的秋日，我带着无尽的向往和惦念，来与我梦魂萦绕的大湖初会。

车子行驶在笔直的公路上，一边是小桥流水人家，嫩黄无垠的仲秋田野上稻谷飘香，一边是湖荡里野鸭等水鸟的鸣叫。芦苇的倒影，荷叶的田田倩影，水草的繁茂和灵动，搅得一湖碧波荡漾，让人流连忘返。

水雾蒙蒙的白马湖，像是对我的姗姗来迟很期盼，很欣喜又有点淡淡的幽怨似的，盈盈泪光饱含在眼帘，细雨霏霏处，又见云层里的秋阳微微一笑。

　　大湖波澜不惊，一望无际的湖面上，葱绿盈盈，荷花谢了，荷叶依旧穿着绿色的蕾丝裙，在浩渺的湖面上随着微风阵阵的波浪，翩翩起舞。

　　一丛丛深绿色的芦苇三三两两扎堆着，拥挤着，叶儿垂挂在水中，等待芦花的盛开。

　　水草千丝万缕，随着水波游动着，挥舞着，似乎在向世人诉说着湖中有多少鱼虾，有多少美味奇珍，跟它们一起安然淡定地数过一个个春夏秋冬。

　　几只鸭子和白鹅从芦苇丛中悠闲地游出来，觅食的嘴巴在水面上到处扒拉，一副旁若无人的气定神闲。

　　舍舟登岸，来到向往已久、大名鼎鼎的桃花岛上。

　　到处在寻找桃花，哪知转了一圈，连一棵桃树也没有见到，禁不住感慨："桃花岛上无桃花！"

　　戴老哈哈笑了："你这丫头，真是个急脾气。现在是金秋十月，哪里来的桃花啊。等到明年春天你再来看看，那满树桃花，灿若云霞，定让你舍不得离开家乡了。"

　　我犹如赴约一个情有独钟的、未曾谋面过，但是几十来年情投意合、梦魂萦绕的不是老朋友的老朋友，心里无数次地想象过她的容颜和芳姿，仰慕已久，神交已久，猛一下子见面还有点不适应。

　　何为近乡情怯？何为梦魂萦绕？何为咫尺天涯？想起宋朝李觏的诗句："人言落日是天涯，望极天涯不见家。已恨碧山相阻隔，碧山还被暮云遮。"

　　漫步桃花岛上，万千思绪，澎湃于心。那几家渔家乐餐馆里的袅袅扑鼻的香气，随着湖荡的凉风，丝丝缕缕入住我的鼻翼。

三

曾几何时，回老家的第一感觉，最温馨的场景，就是看到母亲乐得合不拢嘴巴，在厨房里不停地忙碌。那热气腾腾的迷蒙水雾里，母亲的一颦一笑，如春阳般暖暖地照射在我的心扉上。母亲的菜肴便是世界上最美味的珍馐！母亲的唠叨便是世界上最暖心窝的话语！母亲的目光便是世界上最温柔的月光，经年累月普照着我思乡的心房。

依稀记得，阳春三月，桃花盛开的院落中，皎洁的明月，洒下的溶溶清辉，普照院子的每一个角落。月光下绚丽盛开的粉白的桃花，犹如豆蔻年华，水灵灵的少女光洁清丽的容颜，暗香盈盈，沁人心脾！

母亲带我们在亮如白昼的月光下，收采那些刚飘零的桃花花瓣。花瓣晒干后，泡茶喝的那股清香，至今还留香在我们的唇齿间。

母亲那时常常给我们说外公家族的故事，讲她小时候常常吃大外公从南京带回来的桃花酥和我们当地吃不到的枇杷。那时，烤箱是个稀罕物件，乡间也无人会做桃花酥，母亲便摘下新鲜的桃花，用清水冲干净后，和着青菜和粉丝等一起包饺子、包素包子给我们吃。这样的吃法，在我的童年时代算很奢侈的，更多的是我们帮着母亲，把新鲜桃花的花瓣收集起来晒干，当茶叶泡水喝。出来工作后，喝过各种各样茶叶店里买来的鲜花风干后的花茶，却再也喝不出当年母亲泡制的桃花茶的风味了。

母亲走了，十二年前那个酷热的盛夏，我眼睁睁看着母亲，在我的臂弯里慢慢闭上双目，再也没有睁开。

我再也吃不到母亲做的饭菜，喝不到母亲泡制的桃花茶，再也不能陪伴在母亲的身边，说一些外面的风景和风俗，听母亲讲她家族的变迁。

嫂子的姐姐嫁在白马湖，无数次地来我家做客时，诚心实意地邀请母亲去白马湖做客，也邀请我一定去白马湖玩玩。我次次答应大姐，我一定抽时间，带母亲去她家做客，带母亲一起畅游白马湖。我不知道，我年年岁岁在忙碌着什么，也不知道母亲在心里，抱没抱怨过我没有带她老人家成行。母亲的葬礼上，大姐哭着说年年请阿姨去我家，去白马湖玩，阿姨年年都没有去，这辈子再也不能去了……

妈妈，我终于在您离世的十二年后，来到了给您承诺过，却一直没有带您成行的白马湖了。您在遥遥的天国里，可否看见我回家时落寞的身影，可能感知，我对您殷殷的思念和绵绵无期的愧疚！

四

仲秋节令的桃花岛上，除了桃花凋谢了，叫不上名的黄色的、紫色的、红色的、粉色的花儿争相绽放。绽放的花儿，依偎着几簇摇曳的青青翠竹，映衬着红瓦白墙的房子，让人顿生留在岛上种桃花的愿望。

站在桃花岛上眺望远方，水天一色处是茫茫的水域和大小不一的墩庄。那每个墩庄都有一个故事啊。

水面上有十几只鸭子和白鹅优哉游哉地游荡着，任凭游人拿手机咔嚓咔嚓地拍照，似乎在说，你们的世界我们不懂。我们的世界，你们也永远不懂。大湖养育了你们，跟我们的关系更为亲密，我们是一辈子和睦相处，天天有肌肤之亲的生死老友。而你们，一群群人，来来往往，只为看个湖面的热闹，湖底深深几许的好景致，好的生态平衡，你们一辈子都看不明白的。

是啊，我们一辈子看不明白的事情太多了。

年年岁岁的回眸里，故乡的风景在游子的记忆里如一幅幅山水画，镌刻在生命的年轮上，何时翻阅时，在那不经意间总会感慨万千，风景依旧，人世沧桑，却再也找不回当年的那些纯真和美好！

岁岁年年的叹息声里，远逝的光阴里珍藏着悠远的流年，流年里的那些活色生香的故事啊，何时想起，总会有泪轻盈。

依依惜别烟雨秋梦桃花岛，故乡便是摇曳在清梦里的一朵盛开的桃花。

春风十里　因你而暖

连续三个月的阴雨连绵的天气，可数的晴天在指缝间弥足珍贵。

再好的心情面对无休止的、不正常的阴冷潮湿，面对衣服洗完一直干爽不了的状况，面对每晚湿漉漉手感的被窝，有时候会突然很窝火。至于窝火啥，还真是说不清楚！

由此可见，明媚的阳光和煦的春风，对生活质量是何等的珍贵、不可缺失啊！

想来寒冷的冬日，春寒料峭的早春，小伙伴们对每晚双脚伸进被窝里时那份爽干的感觉和闻着被头阳光的味道，尤其在意和享受吧。如今，连绵不绝的阴雨浇灭了我们心中那份暖暖的感觉，莫名的沮丧总会如影相随。

渴望着春风十里，桃花灼灼去春游；渴望着春光和煦，暖阳普照去踏青；渴望着仲春的风优雅地吹过芦苇，芦苇荡里的歌声，插上翅膀，飞回我那童年的小村庄……

梦魂萦绕的小村庄啊，其实，早就面目全非了。村村田埂边上，此时荠菜已经长出新绿，三月里的荠菜汤圆是嫂子最拿手的一道主食。

二十多年前，在我家吃过嫂子所包的荠菜汤圆的老同学们，如今依旧怀念着嫂子的手艺。我曾多次承诺，下次回去，一定带他们再去我老家吃嫂子的荠菜汤圆，我们再挎个菜篮子，拿个小铲锹去家门口的田埂上挑荠菜去。

古人云：一诺千金。我食言了，每年总是匆匆忙忙回老家一次，回去的季节里田野上没有荠菜可采，加上各种琐碎缠身，一直也没有吃上嫂子包的荠菜汤圆，哪怕从市场上买点荠菜邀请同学们一次都没有，深表歉意。同学们似乎也一直在体谅我的匆忙来回，倒变成他们一直在款待我吃大餐了。

嫂子刚嫁到我家时，扑闪着水汪汪的大眼睛，甩着两根乌油油发亮的大辫子，她做的面条和饺子堪称我们村里的一绝。嫂子是盱眙人，金湖人认为盱眙是侉子，吃面食多，所以嫂子做面食手艺才好。

嫂子过门时，我还在上小学，我们小姐妹仨经常乐颠颠地跟在嫂子后面去田野挑荠菜，下河捞猪草。嫂子一直把我们当亲妹妹一般善待，帮我们洗衣服，帮我们梳头，帮我们做饭，只是不能帮我们辅导作业。由于她家境贫寒，嫂子也就在扫盲班上认识几个字，才认得工分簿上的几个人名，我都从来没有见过她写字。可是，不会写字的嫂子却一直坚定地支持我多读书。

我曾经在《跟嫂子一起晒书的那些年》一文里写道：每年夏天，嫂子都要帮我晒一次书，我们俩选择盛夏干燥又热浪滔天的日子，把大衣橱里的书，一摞摞捣鼓出来，放在大扁子里，放在草席上，中途还要翻晒。嫂子常常捧一本书，低头深情地嗅闻着油墨散发出的书香，幽幽地跟我说："兰子，我真羡慕你，能读这么多书。我大字不识几个，却喜欢你们读书人。每次听你跟我讲书里的故事，我就会很骄傲，觉得我这小姑子真能干，懂得真多。还有，我最开心的是你每次去上海、北京出差给我带回来的布料和衣服，村里小媳妇们那个嫉妒哟，我看她们眼睛珠子都快瞪出来了。"

去年夏天嫂子不小心跌了一跤，腰椎骨折，躺床上静养三个月不能下床。我每每打电话问候她，她总是很歉意地说，兰子，嫂子老了，现在腰也不好了，再也帮不了你晒书了。言语间的失落忧伤不言而喻。

似箭的光阴雕刻着我们的青春，雕刻着我们的年轮，何时，我那机敏利索的美嫂子，转眼间成了 60 多岁的老人了?! 何时，我那甩着一对粗黑大辫子的嫂子，煤油灯下穿针走线纳鞋底的精干的嫂子，转眼老花得再也穿不了针线了?! 何时，村里红白大事总是被乡邻请去义务掌勺帮忙的，如风火轮般走路利利索索的嫂子，转眼间站一会儿都喊腿抽筋了?!

时间都去哪里啦? 时间的风火轮啊，你踩着五彩祥云和凄风苦雨，浸润着我们的日月流年。庸常的日月流年啊，我们在一路跋山涉水中，暖暖地爱上春风十里，暖暖地爱上一地鸡毛，也暖暖地爱上那些铭心刻骨的痛。

村上春树说："你要记住大雨中为你撑伞的人，帮你挡住外来之物的人，黑暗中默默抱紧你的人，逗你笑的人，陪你彻夜聊天的人，坐车来看望你的人，陪你哭过的人，在医院陪你的人，总是以你为重的人。是这些人组成你生命中一点一滴的温暖，是这些温暖使你远离阴霾，是这些温暖使你成为善良的人。"

何等琐碎朴实的话语，何等细枝末节的相处方式，何等真情实意的情感宣泄! 是啊，正是这些温暖，让我们成为善良感恩的人; 正是这些温暖，让我们活得温馨从容; 正是这些温暖，让我们相信好人有好报，好人一生平安!

我很庆幸，磕磕绊绊一路走来的人生，总会遇到善待我的人，让我深切地感受到，春风十里，因你而暖的意境。

黄山屯溪那十年最为美好的时光如一幅转动的山水画，连同"黄山归来不看岳"的曼妙风景，镌刻在我心灵的天幕上，何时回忆，那些温暖着我的人和事，都会如泉水般涤荡着我的心田……

3650 个日日夜夜啊，一个异乡漂泊者浓烈地感受着徽文化的博大精深，徘徊在屯溪老街的青石板上，在一杯"黄山毛峰"和一壶"祁红"氤氲的茶香里，我捧着一方歙砚，寻找着徽商们的足迹。

春风十里一夜吹开了"西递"和"宏村"周边的桃花，《桃花源记》的故事依旧在此上演着生活版。

婺城的天空，依旧是宋时明月宋时风；婺城的山水，在婉约派的声声慢歌里，吟诵着绝代风华。

李清照的舴艋舟，悄然沉没在双溪八百年。八百年的恩怨情殇，早就嬗变成千年的水草，在清澈如镜的婺江里，年年枯荣岁岁新绿。

今夜无眠，枕着婺江的水遥想，倾听水声如歌如诉。诉说那八百年前的沧桑，诉说那千年的历史，诉说那才下眉头、却上心头的故事。

无声世界　潇洒走过

——给哑巴哥

多年来，行走在他乡异地，对家乡的牵挂、对亲情的重视珍惜，一直氤氲在心底。心灵深处那份坚强又柔弱的思绪，在喧嚣的尘世，物欲现实面前，从不曾把人间的那份执着美好、那份无字天歌的豪迈、那份快乐从容、那份无奈伤痛淡忘……

人生就是一部精彩的小说，执笔在手全靠自己好好叙述。平淡也好，精彩也罢，努力奋斗过就是成功，付出而得到就是幸福，快乐着自己的人，也会感染身边的人。一直觉得邻居哑巴哥哥就是这样的人。

一

我6岁那年，搬家到新屋和哑巴哥家成了邻居。那时农村刚开始规划宅基地，即以前居住散落的各家各户，砌新房子要到指定的地点统一安排。那时候，盖新房的不多，所以，新庄台上的人家寥寥无几。凡搬家到新庄台上的人家，要么是老房子摇摇欲坠，实在不能住人了必须重盖，或者就是与邻居关系极度恶化，老庄子实在待不下去，只好逃离原来那个居住环境，被迫搬家，哑巴哥家就属于后者。

哑巴哥是我没出五服的一个堂哥，排行老二，我们一直叫哑巴嫂二嫂。二嫂是外地人，前夫死后孤身带个 3 岁的小姑娘讨饭到我们村，女孩生病发烧，二嫂抱着孩子坐在路边哭泣。善良的哑巴哥发现，急匆匆抱孩子去看医生，此后便容留二嫂住在家里，对那个小女孩尤其好。哑巴哥此举，令年轻漂亮的二嫂非常感动，便请了村里长者做媒，嫁给了哑巴哥。以前常听父亲讲，那时哑巴哥虽然很喜欢二嫂，但考虑到自己又聋又哑，怕拖累二嫂，更担心日子长了二嫂会嫌弃，曾坚决不同意这门婚事。然而，二嫂义无反顾地留了下来，她被哑巴哥的善良聪明、心灵手巧所打动。事实证明，二嫂当年的眼光，绝对有先见之明。

二嫂年龄与我母亲差不多大，他们虽然是姆子侄媳关系，但却情同姐妹。在低头不见抬头见邻居的近三十年的光景里，几乎从没见俩人红过脸。她家两儿三女，我跟她家老四同岁，老五明子只比我小一岁，老三芹比我大两岁。我们家小姐妹仨年龄相差也不大，六个孩子的"猴戏"绝对是精彩绝伦的。

哑巴哥是我们六个孩子的"孩子王"，平日里下工回来，再苦再累都要陪我们玩耍一会儿，二嫂在旁边又着急又好笑，着急的是家里的活儿一大堆等着他去做，好笑的是这个"老小子"总长不大，总爱跟我们一帮"猴孩子"搅闹在一起。

春天，他领我们到田野放他自制的"蜻蜓""蝴蝶""飞机""燕子"……模型的风筝；夏天，他带我们去池塘捉鱼摸虾，上树逮蝈蝈，夜晚捕流萤；秋天领着我们满山遍野摘果子吃；冬天和我们一起堆雪人打雪仗，教我们在结冰的河面上滑冰。我们快乐的童年，常常充满欢歌笑语，我们无忧的岁月开心美好，人生履历上，童年的青葱日子记忆永存，温情荡漾！

二

哑巴哥的聪明机智、心灵手巧，在我生活的周围，据我观察，在他的同龄人中鲜有超越他的。他有个远近闻名的好手艺——支锅垒灶。南北方的人应该多有印象，农村现在虽然也用电饭煲、液化气，但还是有人家喜欢支土锅，因为土锅柴火炖出来的汤特别香浓，炒出来的菜肴尤其地清脆爽口；火苗的大小可以人为控制，土锅做的米饭，吃完后，锅里的锅巴很是香脆诱人。

土锅的制作工序看上去非常简单，没什么大名堂，可用起来效果却有天壤之别。支得不好，不能巧妙处理好烟囱倒烟问题，这家女主人做饭就是受刑，烟囱的倒烟，熏得人睁不开眼不说，人也给呛得没法待下去。哑巴哥所支的锅灶，无一有此现象，所以十里八村的乡亲都来请他。他还会编制各式农村常用的竹篮，别人编出来的虽也实用，但灰鼻塌脸儿的，而经他手编出来的不但结实耐用，还很美观，一个个像工艺品。老年的哑巴哥常编制各色竹篮，送亲戚朋友外，还到集镇上去卖，生意红火一时。

哑巴哥最让我佩服是勤奋好学。很小时，我一直奇怪哑巴哥究竟怎么认识字。他又聋又哑，一直生活在无声世界，但他的达观、他的幽默、他的聪明，却感染着每一个正常人。令他非常遗憾的是，他家五个孩子，除了明子爱读书，其他竟没有一个读完初中。为此他非常愤怒，从来不对孩子动一根手指头的他，为了孩子上学的事情，多次大动干戈，对孩子大打出手。他心里对老大、老二一直是愧疚的，那时候家境很窘困，不能满足两个孩子，他们想上学家里却没能力供他们。后来农村的条件慢慢好转，加之他头脑灵活没少赚钱，他特别希望赶上时候的三个孩子勤奋读书，都能考上大学，为他增光。可是，除了明，那两个打死也没能把初中读完。极少发火的他，把芹和四子的书包烧了，面对一堆灰烬，他号啕大哭的情景，让我也陪着难受地哭了一把。

三

也许是因为我一直喜欢看书的缘故吧，他一直很看中我，也很喜欢我，我们交流也最多。虽然，我不懂哑语，他的手势也不是什么标准的哑语，但从他的眼神和比画中，我们彼此的沟通非常默契。

他的口袋是个百宝囊，总是不知他从哪弄来一张报纸、一本大书。他认真地看了一遍又一遍，重点地方被他用黑笔画成一道道的粗杠杠。他时时关心国家大事，随时把他掌握的情况，及时给我们"传达"。他喜欢看电影，看电视剧，看了感人的片子和让他愤怒的故事，总是表情丰富地比画给我们。我们常常在沙滩上比赛写字，发现我有错别字时，总要拿柳条来刮我的鼻子。哑巴哥还特别爱时髦，我们常常比画他爱臭美，他就得意地给自己竖起大拇指。那时的哑巴哥，中等清瘦的身材，夏天总喜欢穿洁白上衣，纯黑裤子，黑凉鞋，戴一顶时髦的白色礼帽，还喜欢戴副酷酷的墨镜，飘逸中透着一丝儒雅。他不开口没人怀疑他竟是个聋哑人。

他勤劳能干，被十里八乡交口称赞。一直记得每年卖公粮的那些日子。划田到户后，人们手里渐渐有了钱，慢慢富裕起来了，也逐渐学会享受偷懒了。在粮站排队缴公粮的岁月里，检验标准是很严格的，几乎家家户户的公粮都要用大筛子筛一遍，才能过秤卖掉。炎炎夏日，谁愿意大汗淋漓地太阳底下筛麦子，筛稻谷，而哑巴哥不怕吃苦，农忙后他天天往粮站跑去揽大筛的活计。每天赚钱后必买一个大西瓜回来，我们一帮孩子天天跟在他后面吃西瓜。等粮食进仓后，他开始潇洒地出去旅游，他们家的墙壁上贴满了他所到过的城市旅游图，上海、南京、苏州、无锡……反正江苏的各大城市，几乎被他游览了个遍，所到之处还要拍几张照片回来留作纪念。

他是个美食家，会做各种菜肴，色香味俱全。我家孩子两个月时，我从黄山回到老家，一年半时间里，常常饱食他做的狮子头、红烧鱼、蟹黄包子、鸡丝粉皮……他天天没事的时候就帮我带孩子，跑来找书看，看累了，就赖着跟我比画着"说话"。有时他还帮我带孩子，让我去休息休息……

远去了，清晰可亲的容颜；远去了，我挚爱的大哥，可敬可佩的好邻居；远去了，我一直的良师益友；这个月是你去世六周年。一生难忘你病重期间我去看你，你微笑地望着我，拉着我手，四目相望，泪水涟涟。半晌你轻轻拍拍我肩，从桌旁边拿起纸和笔，写道：我要走了，去天堂找你二嫂子去了。最大的遗憾是没能去你的新家黄山游玩一趟。快乐潇洒地活着是我一生的追求！祝福我，兰子。

往事不可追，遗憾不可补，心痛不能忘。因我的疏忽，我的所谓忙碌，一直忽视了哑巴哥的愿望，深深的愧疚，一直萦绕在心头，挥之不去。我敬爱的哑巴哥啊，来世我们还做邻居还做兄妹，来世你一定会开口说话，我们要把今世的无语全部补上。你的一生是精彩的，无声的世界，你潇洒地走过！以此文字遥遥祝福远在天堂的哑巴哥。

牛尾巴下的《三国》

一

在我们老家有这样的俗语："舅舅家的牛，外甥的头。"也就是说舅舅跟外甥的关系是最至亲的关系，舅舅家的财产外甥都可以分过来一些的，当然不会真去分的。只是舅舅对外甥的好，对外甥的爱，是没有其他人能够取代的一种说法吧。

从懵懂的记忆开始，舅舅经常牵着一头牛去耕地，胳肢窝里或者衣服的口袋里总会藏着一本厚厚的，我看不懂的古书。别人歇晌的时候打闹说笑，而舅舅总是默默地远远地躲开大家的视线，静静地专注地在翻看他的一系列古书。

幼小的记忆里对舅舅是非常害怕的，刚刚有记忆的时候，对所有高个子的人都很害怕，而舅舅的身高足有一米八八。

我跟妹妹只相差一岁，我刚刚会跑，妹妹还不会走路，舅舅来接妈妈回娘家，准备用两个笆斗挑我和小妹，舅舅和妈妈俩人本来想换着挑的。哪知道我人坐在笆斗里，泪眼婆娑看着舅舅哭，喉咙都哭嘶哑了，就是要下来。没办法，舅舅的笆斗一头挑着小妹，一头拿土块称头，妈妈抱抱我，再哄我自己走走。一天没能够赶到舅舅家，中途在表舅舅家过了一宿，第二天才赶到舅舅家。

　　每次舅舅来我家，我都躲在房间里不敢出来见他，任凭父母亲怎么敲门也不开，任凭舅舅怎么在贫困的生活中，总记得买一把糖果来"拉拢"我都没用。门外劝开门劝得越多，我在房间里哭得越凶。那种莫名其妙的伤心和恐惧，现在想来真不可思议又不可理喻，但却是真实的写照！没办法，开饭的时候，只得由姐姐把饭碗端到房间里给我吃。舅舅在堂屋里吃完饭得赶紧让开一下，我再出去玩，反正是不能打照面的。

　　跟舅舅这样的见面格局，一直到上小学后才彻底改变，认识了几个字喜欢听故事了。有时候看见舅舅来我家，除了跟父母亲说话，就专心致志看他随身带来的厚厚大书。常常想是什么样精彩的故事，让舅舅这样如饥似渴而又聚精会神呢？我总是偷偷地观察舅舅的举动。舅舅似乎也意识到我对他所看大书有兴趣，讲故事给哥哥姐姐们听的时候，声音更响亮了一些，慢慢地我听得入神了。

　　有一次他讲《西游记》里"孙悟空大闹天宫"的故事，讲到一半突然不讲了，说舅舅下次来了再给你们讲。躲在房间里的我急了，猛地打开房门对舅舅说："不行，一定要讲完才允许你回家。"打开房门的刹那间，突然感觉一点都不怕舅舅了。舅舅，身材高挑的舅舅，原来是那么儒雅，那么帅气，那么斯文，原来高个子的舅舅一点都不可怕，是那么可亲可敬！舅舅激动地抱起我转了几圈，使劲拍打我的后背语无伦次地说："好了，好了，太好了！魔咒终于解除了。外甥女看见我就躲起来，做舅舅的心里多难受啊！"

二

　　随着光阴的流逝，我渐渐地长大了，懂事了，跟舅舅的感情

与日俱增。我一有时间就想听舅舅讲故事，去翻看舅舅家里那些
藏在后院角落里的许许多多大古书，有些还是线装版本的。尽管
有些看不懂，可是我喜欢翻来翻去。寒暑假总是要闹着去舅舅
家，舅舅似乎知道我的心思，父母亲如果没时间送我去，他就会
让大表姐来接我。舅舅家远在50多里外的邻县。那时候不通车，
全部靠步行往来，一个刚刚上小学的小孩子，在大人的带领下要
跑一整天，累得筋疲力尽不想说一句话！可是，我依然喜欢去舅
舅家，恨不能赖在他家不回家了。

　　出生在书香门第、官宦世家的舅舅，由于时代的动荡和变
迁，少年的锦衣玉食，可谓昙花一现。可是，不管生活怎么变
迁，不管时代怎么发展，舅舅的品学，舅舅的为人，舅舅的坚
韧，舅舅的从容和淡然，让我一直心生敬畏和仰视！

　　家道的衰落和变迁，生活的巨大反差，从来不曾影响舅舅对
知识的渴求，对人生的追索。尽管他的人生很苍白，一辈子耕地
务农为生。其实，在他刚刚中年的时候就安排他耕地，在当时的
农村，算对他是极大的照顾。

　　那个年代大家都还有记忆的，一个强劳力天天起五更睡半夜
的劳作是极为艰辛的。而耕地的活计一般都是由50岁以上，身
体不太好的人，照顾他们才给干的农活。而生产队和大队能够同
意舅舅干耕地的农活，一是因为舅舅一介书生，做重劳力的活，
实在有些勉为其难；二是舅舅性格温和，写得一手好字，经常带
晚班写标语，为村里的宣传服务。最为关键的是外公在世，对老
家的乡亲多有照顾，乡亲们为了感恩，也一直要求安排个轻巧一
点的农活给舅舅做。所以，动荡的时代里，不管怎样风起云涌，
不管怎样时世日新月异的变化，即便是"文化大革命"，乡亲们
依旧没有给舅舅一点难堪。舅舅也一直懂得知恩图报，而他唯一

能够图报的，就是代写全村的书信，过年为全村写对联。

"牛尾巴下的《三国》"，是舅舅经常跟我讲起的一个带有一些辛酸和感动的故事。有一次田间劳作歇晌的时候，公社李书记突然驾着黄吉普车，来他们耕地的农田旁。生产队长忙前忙后地介绍情况，歇晌的人赶紧起身，拉过牛驾起犁继续耕地。而躲在草坡上全神贯注看书的舅舅，一点都没察觉领导的到来。书记转了转，终于把目光转到了草坡上，当他看到所有的人都在忙碌，草坡上竟然有人在看书的时候，禁不住非常好奇，便拉着队长一起到草坡上看看。队长情急之下，响亮地叫了一声舅舅的名字，可是，整个身心都融在书本里的舅舅根本没反应。书记捣了捣队长不允许再出声。当队长拽拽舅舅的衣服，说起来起来的时候，舅舅才懵懵懂懂地站起身来，习惯性地把书往胳肢窝里夹。队长说这位是公社的李书记，还没从书里回过神来的舅舅，慌乱中竟然把《三国演义》往在旁边吃草的牛尾巴里塞。牛尾巴一甩，书整个掉在地上。舅舅慌乱中，说不出一个字，脸色一下子变得煞白。队长赶紧跑过去，把书拿起来藏到自己身后，对书记说："他在看'毛主席语录'。我让他晚上写标语，他提前先熟悉一下。"

公社书记走了，什么也没说，队长吓得赶紧向大队书记汇报，大队书记连夜去公社做检讨。舅舅后来常常跟我说，那个年代，我能遇到这些好村官是我一生最大的福气。那个李书记老家也是舅舅老家这个村出去的，退休回来后，每每跟舅舅谈起这个经年不能忘怀的辛酸往事，唏嘘不已地感慨恍如梦境。

三

舅舅家有八个儿女，生活的重担可想而知。而舅舅一直希望所有的孩子都能够读书，可是三个表姐勉强读到初中，因为家庭成分不好，更因为家庭的困难终究没能再读下去。为此，舅舅一直心怀歉疚。舅舅一生不喝酒，就喜欢读书和抽烟，读书还好解决，因为家里藏着许多读不完的古书，可舅妈也有意见啊，一个乡下人，有干不完的农活和无休止的家务，一有时间就捧着个不能当饭吃、不能当水喝的书，实在让人受不了。好在孩子们长大后都理解父亲，都替父亲说话，舅妈也就不多说什么了。

曾经舅妈讲孩子们在集镇上捡烟头回来，把烟丝晾干后给舅舅再抽的经历，让我泪流满面。舅舅也曾经下过决心，为了孩子们读书，哪怕多节省一分钱都要把烟给戒了。可是他的那份落寞，那份煎熬的苦痛，让舅妈和孩子们看了更心疼，所以，管家的舅妈把所有的方法都想尽了，让舅舅一直有烟抽。我工作后，每次去看舅舅，无论如何要给他老人家带几条好烟，一想起两个表哥曾经在街头捡烟头的往事，鼻子就泛酸。

多想让我的文学启蒙老师，我至亲可爱的舅舅，我乐观执着的舅舅，极其宠爱我的舅舅，一直跟我讲人生的故事啊！多想让我一生辛劳、一生从容、一生无争、一生宽厚、一生心在追求梦想的舅舅，一直还能抽到我给他买的好烟啊！可是，五年前，舅舅悄悄地永远地走了，在离开人世的时候，胳肢窝里依旧夹着他没读完的大书，依旧儒雅的笑容里，似乎读懂了所有的前尘往事，读懂了所有的日月星辰，读懂了所有的沧海桑田。

永远的"大黄"

睡觉前翻看朋友的诗集，看到一首写与他家有着亲情一般情感的诗篇《我家那条黄狗》，"一只黄狗围着我连蹦带蹿/吻我的裤脚/舔我的胶鞋/好像老友久别重逢/一个劲地朝我撒欢……但是善良的狗哪里知道/有的人比狼还要凶残/它最终还是进了刽子手的肚肠/它在我心里留下的是永远的痛惜和留念……但我心里藏着永久的隐痛/那条可爱的黄狗啊你在哪里/天国可能没有恶人凶残/说来也许不可思议/我早已把它当作家庭的一员。"看后真是唏嘘不已！一夜睡眼矇眬，想起我家的"大黄"。那是我心底的一个伤痛，一直欲说还休。

一

儿时的记忆，遥远且清晰地在我脑海里重现。

在乡间那条弯曲的小路上，"大黄"陪伴了我们姐妹整个懵懂而又快乐无忧的小学时代。那时候的农村忙碌得没有半个闲人，父母亲每日起早贪黑在田间劳作。"大黄"是我们最忠诚可靠、最友好善良的朋友。每天早晨我们还在床上熟睡，"大黄"便像个体贴而又严厉的"管家"，一准摇头摆尾跑到我们床前，哼唱着一首我们能听懂的歌，叽叽咕咕、啰啰唆唆非把我们从床上叫醒不可。我从小就喜欢赖床睡懒觉，姐妹们都起床了，我还赖在床上。这时候母亲往往什么话也不说，对"大黄"努努嘴，"大黄"看看姐妹们，看看床上的我，体格健硕高大的它，前肢往床上一趴，张嘴就把我的被子拖下地来，气得我一个鲤鱼打挺坐起来，一边骂着"死大黄，看我起来怎么收拾你"，一边赶紧哆嗦着穿棉衣。而这时候的"大黄"洋洋得意站在房间的门口，围着母亲蹭来蹭去，一副完全不关它事的神态。

放学我们刚刚走出校园，"大黄"几乎天天准时在大门口向我们撒欢跑来。半天没见，那个亲热、那个友善让我们开心不已！它常常前肢一跃，爬到我们肩膀上，对着我们的耳朵诉说着它天天说不完的快乐话题。

儿时的生活还是较为贫困的，众多的姊妹都在读书求学，日子常常过得捉襟见肘。温饱虽然能够勉强解决，可是伙食除了过年过节，很少有多余的钱来改善的。通人性的"大黄"似乎很懂得家里的困难，仗着它的好体格和极其灵敏的身手，它时常能逮住野鸡和野兔回来给我们打牙祭。看我们吃得香，它啃着骨头转着圈似的舞蹈着，那份开心得意的样子，让我们一辈子无法忘怀。

二

在我7岁的那年，"大黄"救过我的命。

有一次，我跟母亲一起去棉花地，我挎着个小篮子打猪草，母亲在忙着锄地里的野草。棉花地的旁边是一个大水塘，母亲千叮咛万嘱咐，让我不要到池塘边去，跟着她后面捡一些她锄下来的草就可以。我一会儿从口袋里掏出泥蛋球玩，一会儿跑到平坦的地方跳跳毽子，一会儿坐下来看看蚂蚁打架。一心干活的母亲，早已把我远远甩在身后。我想起上次姐姐带我来打猪草的时候到池塘边采摘菱角。经不起香香嫩嫩菱角米的诱惑，一个人悄悄来到池塘边摘菱角。池塘边的菱角早就被馋嘴的孩子们采摘光了，可是，我不甘心，便卷起裤管蹚着水下河。当时心里想吃10个菱角就上来，上次姐姐也是这样下去采摘的，没承想脚底一滑，水就淹到我脖子了，慌乱中越挣扎身体越往下沉……

听到几声"大黄"的狂吠，我便什么也不知道了。醒来看见妈妈哭红的眼睛，看见"大黄"浸湿的毛发，看它疲惫无神地瘫趴在我身旁，我似乎明白了一切。妈妈一边抹眼泪一边抱着我说："你个傻丫头，今天没有'大黄'，你小命肯定没了。我跟你说不能到河边去，你怎么这样不听话啊？"

我们家人一直奇怪，那天"大黄"是跟哥哥姐姐赶集会去了的啊，对它意外地出现在棉花地里，我们一直没想明白，也许那就是所谓的天意吧。在我掉下深水的时候，"大黄"先是奋不顾身自己下水，可能它是希望用它嘴巴拖我衣服把我拽上来吧，可是，满池塘的菱角缠绕着它前行的脚步，迫不得已它又奋力爬上岸，可是精疲力竭的它还是一路吠叫着，一路跑到母亲的身边。母亲把我捞上来的时候，我的肚子已经是鼓鼓的一肚子水了……

母亲常常说，没有"大黄"就没有我的第二次生命。而"大黄"为了救我差点搭上它自己的性命，从此，我对"大黄"从心底多了一份救命之恩的感激。我们俩通过溺水事件，关系似乎更加融洽更加默契。从此，逢年过节好吃的一份食物，我必分一半给"大黄"，姐妹们为替我感恩"大黄"也常常悄悄这样做。

三

这样一来，我们家原本就高大体壮健硕的"大黄"就更加体肥膘壮，黄黄的毛发油光发亮，威武得像狮子样整天在我们身旁徘徊。它狂吠一声，整个庄子都能够听见它的叫声。小偷一听到它的叫声便胆战心惊。

一直记得好几个小偷来我们庄子上偷猪的事件，大人们上晚工还没回家，几个小偷先集中到我家，他们分组行动，给"大黄"扔有耗子药的饭团，想引走"大黄"。哪知"大黄"就坐在猪圈旁边狂吠，根本不理他们。哥哥姐姐提着马灯，扛着叉子出来，小偷们才跑得无影无踪。也许动物界也有它们的语言沟通吧，那年冬天，我们庄子上家家户户的狗空前地团结起来，邻村被偷走几头肥猪，我们庄子上没有丝毫损失。

一直觉得我们家的"大黄"在它的圈子里是个头领，庄子上的狗儿好像没有不听它口令的。就因为在它的团队里的所谓"霸主"地位，"大黄"也受尽了苦头。邻村有个集体养猪场，狗的队伍曾经去集体咬死过三头小猪崽，这一下"大黄"怎么着都罪责难逃了。当饲养员大叔拎着两头死小猪摔到我家院子里的时候，我们知道，"大黄"肯定要受到惩罚了。那个倔强的大叔非让我们家把"大黄"打死，我们全家求情，说出"大黄"救过我的命，让我们赔多少钱，我们家一定照价赔偿，为此还承诺把"大黄"拴在树上半个月。三头死猪崽的钱赔了，那个大叔临走之时撂下一句话：下不为例，如果再有下次，他一定把"大黄"给处理了。

哪知没过一个月，再次看到院子里两头死猪崽的同时，也看到了邻村一帮人围在我家院子里讨要说法，他们一直喊叫着要勒死"大黄"。我们姐妹几个吓傻了似的哭着，一个个求他们再饶过"大黄"一次，最后那个队长看我们哭得太伤心，实在于心不忍。跟饲养员大叔商量了一下说，留你家狗一条命可以，但是一定要拔掉"大黄"满嘴的牙齿，让它以后再也咬不了他们养猪场里的猪崽。母亲万般无奈之下，同意了他们的做法。"大黄"被几个大汉摁倒在地，拿老虎钳活生生拔掉满嘴牙齿，它的惨叫声吓哭了一庄子的小孩。我蒙头大哭一夜，第二天逃学一天陪"大黄"，感觉牙齿被拔掉的"大黄"大伤元气，性格一下子沉闷了许多。刚开始我们以为它嘴巴疼痛才没精打采，可是，很长一阶段还是不见它提起精神来，一直到半年后它才恢复生龙活虎的原貌。

原本以为"大黄"接受了惨痛的经验和教训，不会再参加到邻村伤小猪崽的狗的行动中去，哪承想，它们来了一次大行动，它们趁饲养员大叔不备，一下子咬死了十头小猪崽。疯狂了的饲养员再次带上一帮人打上门来，说"大黄"不是一条狗，是只狼，今天非要了它的命不可。有它在，他们村的猪崽永远都没有安全感，虽然"大黄"没了牙齿咬不死猪崽，但是，它是狗队的头领。

我们姐妹从学校回到家的时候，看见"大黄"头上盖着顶草帽，静静地卧在地上，脖子上的绳索深深陷到它发亮的毛发里。哭红眼睛的母亲不停地念叨："'大黄'，走好吧，走好吧，给你戴个帽子，下一辈子，你一定会投胎成人的!"

我们抱着"大黄"哭得天昏地暗，三天后才把"大黄"埋葬在屋后的竹林里。从此，竹林成了我们姐妹读书的好地方，成了我们跟"大黄"说悄悄话的场所。从此，我家再也不养狗，一个"大黄"让我们全家伤心欲绝，我们再也不能承受类似的悲伤了。

四

再后来四叔家的堂姐与那个饲养员的小儿子恋爱结婚，为了我们家"大黄"，我们姐妹几个跟堂姐别扭了很多年。因为，在我们曾经稚嫩的心田里，埋下了对那个饲养员大叔深深的愤怒，尽管父母亲一再跟我们说不能怪人家，尽管我们长大后，离家出去读书时，饲养员大叔登门道歉过，但是，在我们的心里一直有阴影，一直不能原谅他用绳子勒死"大黄"的这个残酷现实。尽管，我们心里明白"大黄"也有错。

时间是潺潺流淌的水，在日月流年的穿梭中，在光阴利剑的铸造下，在繁复琐碎的庸常里，我们对所有的往事、所有的恩怨、所有的经历都会慢慢淡然平和下来。"大黄"在经年累月的时光里，成了我们记忆中一道温馨美好而又伤痛藏心底的风景，只是一直不能释怀，一直不能解释所谓的宿命。当年那个亲手勒死"大黄"的饲养员，后来又成了我们家不远的一门亲戚的那个大叔，他和他的老伴在一年内，因不堪承受疾病的折磨，双双自缢身亡了。

远去的"大黄"，远去的光阴，远去的世事沧桑，经年的回忆里苦乐年华的岁月，如风中摇曳的风铃，回响在记忆的天空。

桑葚红了

五月的天空下，鲜花盛开，麦浪翻滚。

周日，朋友相约去郊区摘桑葚，看着桑园里一串串黑紫油亮的桑葚，我的心却早已经飞回了故乡。

故园的桑葚，在我的忆记里，是最美味的水果，是至今一提起来，顿感唇齿留香的美味。那一串串紫红的果实上，挂满了我纯真美好的念想！桑葚成熟时节，我总会悄然吟诵起："桑舍幽幽掩碧丛，清风小径露芳容。参差红紫熟方好，一缕清甜心底溶。"

少年月夜下欢歌笑语采摘桑叶，摸索着吃桑葚的画面，如一轮皎洁的明月，照亮温暖着我的心房。

月色溶溶的初夏，习习凉风迎面扑来。

错落有致的桑园浸染在无边的月色里，像笼罩着一层薄纱，月光下的桑园，似一位"见客入来，袜刬金钗溜。和羞走，倚门回首，却把青梅嗅"的少女，娇媚柔水，宁静悠然。间或的蛙声裹挟着麦穗包浆的清香，阵阵掠过鼻翼，声声入耳。麦田埂上蚕豆花、野小蒜花的芳香，似有若无静悄悄地在月夜里流淌……

每年夏初，蚕儿猛吃桑叶要"上山"（快结茧）的时候，也是桑葚最为成熟的季节。在我的老家，桑葚方言叫桑树果。此时月色桑园里的宁静，也就被母亲和我们小姐妹四人打破了。

出身书香门第、念过私塾的母亲，一直非常热衷养蚕。母亲常给我们说，蚕儿浑身都是宝！我们大家辛苦一个多月，其实蚕就是"站桑"那十来天时间吃桑叶多的。等卖了蚕茧，给你们每人买套花衣服和一双新凉鞋。

父母亲每年都要养很多很多的蚕儿，以补贴孩子们上学家里的亏空。他们白天要按时在生产队上工，只能起早贪黑地采摘一部分桑叶，两个哥哥远在县城读书帮不了忙；剩下的只有靠我们姐妹四人来完成。披星戴月采摘桑叶，是我们每年都要做的功课。

母亲在月色桑园里带领我们姐妹一边采摘桑叶，一边讲故事给我们听，《桑园访妻》《桑园寄子》《桑园会》《王宝钏与薛平贵》《秦香莲》《岳飞传》《杨门女将》《红楼梦》等精彩的故事，都是少年月夜采桑时听母亲娓娓道来的。母亲鼓励我们多采摘桑叶，看谁的大"花篮"先摘满，可故事说到精彩的地方往往就不说了，说等我们摘满一篮再继续讲。为了接着听故事，我们常常忘记时间和劳累，直到采足了母亲需要的桑叶，故事才讲完，我们也就开开心心回家睡觉去了。

为了给蚕宝宝储备充足的桑叶，白天，一有空闲都是大姐领着我们走村串户采摘桑叶。采桑叶是我们最乐意干的家务，因为我们不但完成了任务，最关键的是我们每次采桑叶的同时，可以大饱口福，痛痛快快地饱食桑树果，直吃得衣服上红一块紫一块，直吃得面目全非，眉毛、鼻子、头发都变成了紫红色，直吃得小肚子圆鼓鼓的，回家不想吃饭。父母亲每次见我们"大花脸"样，从来不加训斥，除了提醒梅子稍微爱惜衣服外，还让我们一次不要吃得太多，免得吃坏肚子。

父母亲很理解我们，那个年代，对于常年看不到水果，也没条件吃到水果的乡下孩子来说，桑树果成熟的时节，也是孩子们最快乐、最活跃、最解馋的日子。

梅子由小至今一直是我们姐妹中最野、最胆大、劲最大的那个。小时候除了学习成绩不好外，其他方面都没得说，一双水汪汪的大眼睛，面对作业本时，总是充满了痛苦和迷惘。长长的睫毛，被我和大姐恶作剧剪过多次，说她是因为睫毛太长，挡住视线，看不清课本题目，才不会做作业的。她干活一个抵我和小妹俩。她爬树最厉害，每次采桑叶，她都能跟大姐采得一样多，有时候甚至比大姐采得还多。只见她把鞋子一甩，"蹭蹭蹭"几下就蹿到树顶。坐在树权上的她，一边摘着桑叶，一边使劲地摇着桑树枝，还一边五音不全哼唱着歌曲。我跟小妹一直不会爬树，我们只能在一些低矮的树上采摘，可是矮树上的果实不多，且味道没有大树上的香甜。我们吃的桑树果，大多数是大姐和梅子从大树上用竹竿敲下来的，或者是她们俩用手摇树枝摇下来的。

当梅子有作业不会做，需要我帮她时，她就会显得特别有心计，一扫往日大大咧咧、满不在乎的样子。她会不声不响地往口袋里塞张旧报纸，把树顶上个大、熟透的最香甜的果子摘下来单独"贿赂"我，自己舍不得吃一颗。梅子常常说干什么都可以，就是不能做作业，因为一打开书本头就疼痛。她常挂在嘴边的话就是："兰姐姐，求你了，帮帮我吧，你的那份家务活我全包了。"或者嬉皮笑脸拉着我的手煽情地拍我马屁，"好姐姐，你提什么条件我都答应，我们家你最聪明，大家都知道，你是全校最好的学生，我们老师在班上总要我向你学习呢。"说半天见我不声响，她又会软中带硬地说，"帮帮我吧，求你了。真不帮的话，你也不要怪我以后不帮你做家务，不帮你放牛撵狗……"

123

往事如歌，历历在目……

在异乡漂泊的日子，我常常独自徘徊在月夜里，低声细语对
月色和清风絮叨一些陈年往事，我相信月亮星星是知我心的！仰
望星空，漫天繁星对我眨着眼睛，母亲，您是那颗最亮的星星
吗？那一颗颗红得发紫、紫得发亮、酸甜爽口的桑树果啊，至今
时时萦绕着我温馨如歌的童年！又是桑树果成熟的时节，多想立
即飞回故乡去，多想漫步在麦浪滔滔的田野，闻小麦花淡淡的馨
香，听初夏多情的风儿柔柔地低语遥远年代、清纯无邪的故事，
多想采摘几朵栀子花插在发梢上，摇头晃脑奔跑在家园故土的每
一个角落……

五月，桑葚红了，红红的桑树果上挂满了我的念想。

向晚处　炊烟袅袅入梦来

　　我曾经写过一篇《锅巴的故事》。

　　《锅巴的故事》是我久远年代，发表在《新华日报》副刊上的一篇作品。

　　记得那年，我恰逢去南京出差，给编辑打了个电话，编辑盛情邀请我去《新华日报》大楼做客。还梳着高高马尾辫的我，约好副刊编辑胡翰霖先生，在《新华日报》大楼报栏前见面。我转了一圈，没有看到我想象中的编辑，便直接坐电梯来到副刊所在办公室。胡编辑不在办公室，问办公室其他人员，一个美女编辑看了看胡编辑的办公桌，对我说，翰霖刚刚还在办公室的，采访包还在，应该没有走远，你坐等一会儿吧。

　　坐等的我，忍不住好奇地随手翻阅起他桌子上堆积如山的手抄稿件，一篇篇生动的文字，一行行漂亮的字体，觉得当编辑既辛苦又开心。辛苦的是，每日伏案工作，要从成千上万的稿件中，挑选出色、出彩的文章来发表，另外，看着一篇篇字迹娟秀，或正楷抑或草书的手抄文章，尤其是像书法一样的字体，还真是一种享受。

　　正在胡思乱想中，有个年轻的帅哥来到我面前，笑着问，你就是某某啊，看文风，我还以为写《锅巴的故事》的人是个中年人呢。我在楼下报栏前看到你了，就是没有想到作者会这样年轻，所以，没有敢认。我说，我也看见你了，以为编辑都是有学问的老头，看你不是老头，所以也没有搭理你。

因《锅巴的故事》结缘认识，这么多年，有时候聊起来，还觉得好开心！

江浙一带乡村长大的孩子们，对锅巴都不陌生的，小时候谁都吃过锅巴，且百吃不厌的！那年月经常能炕得起锅巴，给孩子们当零食的家庭，还算是富足条件好的。一般人家是舍不得炕锅巴，给孩子们当零食来磨牙的。大多数人家都会把中午吃剩下的菜汤，浇到锅巴上，泡一泡，晚上再加点米或者弄些面糊糊，晚餐就解决了。

再回老家，平日里看嫂子邻居们做饭，都很少用铁锅做了，都用电饭煲，一插电米饭就好了，方便又省事。每次，我回去嫂子总是特意拿大铁锅做米饭，为的就是让我多吃几块久违了的平日难以吃到的香喷喷的锅巴。

在我的生活过往里，我一直固执己见地认为，食人间烟火，就是指过好一日三餐的小日子。且这一日三餐，是由袅袅炊烟所萦绕的粗茶淡饭和其乐融融的氛围所组成的，跟现代的精湛厨艺和丰富食品毫无关联。

小时候读书很认真的我，时常边做家务边看书的。有次烧火做饭，我一边往灶膛里添加稻草，一边背诵课文。灶膛里火焰灭了，我赶紧添草，那日可能稻草过于潮湿，我便一口一口朝灶膛里吹气，在毫无征兆的前提下，火苗突然蹿起，把我熏得一脸黑灰的同时，火苗也烧着了我的刘海，我使劲地拍打，总算无大碍。母亲下工回来，看着我没有洗干净的大花脸和烧焦的刘海，好几天不敢让我再烧火，并严厉地苛责我，以后坚决不准一边看书，一边烧火做饭。

还有一件事也跟炊烟袅袅烧火有关系。四叔家的堂姐，一直跟四叔在县城读书，我去县城找她玩时，她介绍她好朋友琴给我认识，琴跟我一见如故，见面后送我一对扎辫子的黑色绸带。一对大辫子梳理好，再系上一对蝴蝶结，那个年代这样的装扮，犹如现在的挑染一样，时尚又引人注目。我一般舍不得扎上绸带的，除非走亲访友，或者学校有什么重大活动，才会兴奋地把绸带从笔记本里取出来一用，用完又叠得板板正正，放到我心爱的笔记本里，平日没事，常拿出来看看。

有次，学校有活动，我一边梳头一边烧火，欢快地哼着歌，扎好了一个辫子上的黑蝴蝶结，一回头，找另一个绸带，却怎么也找不着了。估计另一个绸带，早在火堆里化成了黑蝴蝶飞走了。我把灶膛翻个底朝天，也没有寻找到那只飞远了的黑蝴蝶。为此，我解开辫子上的黑蝴蝶，放声大哭一场，祭奠我那另一只一去不复返的黑蝴蝶。剩下的一条黑绸带，二十多年如一日，静默地卧在我的笔记本里，成了蝴蝶标本，更成了我爱美的宣言和标志！

从有记忆的年头，就有个爱好，常常喜欢一个人默默地在村头溜达，看夕阳西下，看炊烟袅袅升起。只要炊烟一升起，这个家庭立马充满了生机！乡村的俗语：这家冷锅冷灶的，日子肯定过得不尽如人意。一个家庭，厨房里热气腾腾，小日子一定是红红火火、蒸蒸日上的！这也是我幼小的心灵深处，为什么对炊烟袅袅有如此厚重情结的缘由吧。

夏日黄昏，当夕阳染红最后一朵云彩的时候，看着躬耕的牛回栏，吃草的羊回圈，悠闲的鸡进窝，看着家家户户的院子里，摆上吃饭的小桌子。母亲们响亮的一声吆喝，从村子东头到西头都可以听得清，我知道，这个时候，我得回家吃晚饭了，我一路小跑着回家去，生怕三妹抢走我钟爱的专碗——白底蓝花碗。

　　向晚处，炊烟袅袅入梦来，梦醒时分，依旧惦念着家乡的山水，惦念着锅巴氤氲弥漫在心头的香气；向晚处，多少故事欲说还休，窗外雨打芭蕉淅淅沥沥的雨声里，弹奏一曲《高山流水》，遥想家乡儿时的伙伴；向晚处，似水流年，光阴汩汩流淌的声音，伴着朝霞晚霞，在炊烟袅袅中飘散。在袅袅炊烟里，我轻轻吟诵叶嘉莹的诗："向晚幽林独自寻，枝头落日隐余金。渐看飞鸟归巢尽，谁与安排去住心。"

伪小资的青春年华

古语说："三岁看大，七岁看老。"意思是小孩子从小的行为，就决定了他长大的德行。虽说这话有些以偏概全的嫌疑，毕竟，后天环境对一个人的影响，也还是很大的！但是这句话，多少还是有一定道理的。人，有时候真的是有些天性的，而且貌似与生俱来的天性，一辈子都无法改变的。

在我的青春年华里，我的伪小资似乎伴随着我的出生就有了。尤其是洁癖，莫名其妙的洁癖，让在乡村长大的我，承受了太多的非议，一度让我成为"话题"人物。但是，我也试图努力适应环境，入乡随俗，开开心心跟大家一样地生活。可是，怎么努力还是做不到，于是，我就显得尤其另类和与众不同，为此，也就常常会遭受到讥讽和挖苦。

从记忆开始，我吃饭的白底蓝花碗上，有朵蓝花颜色偏深，就因为这个记号，这个碗，我的哥哥姐姐妹妹们是绝对不能碰一下的。当然，我常用的筷子我也做了个标记，我在吃饭前都要把碗筷放进汤罐里浸泡一下的。有次，三妹没有注意拿我的碗喝汤，我不干了，狠狠跟她吵了一架，要不是母亲拉架，非跟她打起来不可，她也要把我的兰花碗给摔碎，是母亲制止了她。姊妹几人中，她一直看不惯我这么矫情讲究，常常背着父母亲与我作对，她知道我爱干净，常常故意捣乱。吃饭的时候，从碗里扒出只米虫或其他什么的，说怎么脏怎么恶心，害得我吃不下饭，母亲只得再做点其他的东西给我吃。这样一来，她又不干了，说我好吃懒怕动，我做家务和农活是远远不如她的，唯一比她硬气的是我学习成绩一直比她好，我一直当班长，她一直是班里的老差生，每每她攻击我，我也只有拿她是差生这一条来攻击她，她也就哑口无言了。

她为了"打击报复"我，也想方设法来"整"我，那时候的夏天，家家户户还没有电风扇，屋内闷热异常，炎炎夏日一日三餐都是在家门口、院落中的树荫里吃饭的，往往她总是故意坐在我的上风位置。夏天吃辣椒多，她常常一边吃一边故意擤鼻涕，吐痰。可怜我恨之入骨，只得端起碗离开树荫，回到闷热的屋内，汗流浃背接着吃饭。最为可恶的一次，她做凉拌黄瓜还放点酱油，一大盘子黄瓜吃完，黑乎乎的卤汁里有个白色的东西在蠕动，娟妹用筷子一挑发现是条蛆虫，我当场把吃的饭菜全部狂吐完，吐得我胆汁都出来了。她在旁边不屑一顾地说："看见你这样，我也想吐。你这么娇气干净，长大了嫁到大城市里吧，我们农村人，在酱油里吃到蛆虫是件很正常的事情。还有，你每次看见米饭里有米虫就吃不下，我看是故意想让妈妈做好吃的给你吃吧？也就妈妈最宠你，看你要是考不上大学，在农村怎么过？哼哼，走着瞧吧。"

那次，我被她的言语气哭了，浑身直发抖，手中的蓝花碗失手打落在地上，一边哭着一边心疼着碗，还傻乎乎地问了妈妈一句，碎了的碗能不能放在灶膛里，再烧好一个完整的碗？哭得天昏地暗，躺在床上两天没有去上学，母亲做什么好吃的，我也不肯尝一口。父亲看见从小因为嘴巴很刁、一直很清瘦的我更加瘦弱，狠狠扇了梅子两耳光说道："你姐姐从小体弱多病，我们一家子都很心疼她，你怎么这样不懂事？有这么说姐姐的吗？"梅子也知道闯了大祸，只求我吃点东西，快点好起来。临了她说："兰姐姐，求求你了，我错了，下次我保证再也不惹你生气了。其实，我心里挺佩服你的，你看看你多聪明啊，全考双百，而我总是挂红灯笼。我那是嫉妒你，才故意打击你的。以后，你帮助我学习，我帮助你做家务和农活。你快好起来，不然的话父母亲非打死我不可，你可得救命啊！"

通过这件事情，梅子虽然看不惯我的伪小资做派，心里却慢慢接受我了，觉得这是我天生的坏毛病，自己想改也改不掉。其实，自己还真有些无可奈何的。真正改掉我这些毛病的是高中住校后的生活，那时候食堂里的饭菜，吃到米虫和老鼠屎是常有的事情，一开始，我也宁可饿着不吃饭菜去上课，时间长了饿得头发晕，正是青春发育期长个子，还有繁重的学习任务，任凭铁人也吃不消的。三年高中生活下来，我基本上能够做到，利利索索把米虫和老鼠屎拨掉，吃得很香了。现在想想，那个时候虽说吃了不少米虫和老鼠屎，但是总比现在的毒大米和毒蔬菜要强得多吧，毕竟那些东西没有什么毒性，只是有些恶心罢了。

工作后，因为常常有机会出差开会，在外面买了不少时髦的衣服和鞋子，同宿舍的小姑娘们难免羡慕嫉妒恨，她们会趁我出差的时候，穿我的衣服和鞋子。一般她们穿一天就放回原处的，有时候觉得很臭美，穿着也就舍不得脱下来，回来我发现后会很不舒服，我很反感别人乱碰我的东西，但是又不好当面发作，只是脸色很不好看。后来认识同事小琳，她是个冰雪聪明的女孩，她很理解我的洁癖，她从中做了不少工作，调解了我和宿舍姐妹们的关系。随着时光的推移，慢慢长大成熟的我，学会了跟任何人去相处好的同时，又能够保持我的伪小资情调。

梅子，经年后的我远在异乡，常常忆起我们的争吵打闹。每每你打来电话，关心我要注意这样那样的时候，再想起我们一起长大的那段流水有痕的岁月，心里是那样的温馨和温暖，如今父母亲虽然永远地离开了我们，可是割不断的亲情血脉，让我们更加的相亲相爱！我们非常荣幸有那样通情达理、仁爱坚毅、善良敦厚的父母亲，作为他们的子女，他们的言传身教让我们一生受益！

远去了，伪小资的美好青春年华；远去了，我的一帮可爱、爱臭美的小同事；远去了，米虫和老鼠屎的青涩岁月。岁月无情，时光匆匆，转眼我们相隔千里，但是，心底的那份真情像清醇的美酒，随着日月的沉淀，越来越经久弥香！岁月有情，在我们成长的轨道上，点点滴滴承载着我们的喜怒哀乐，风起时，我自独舞，"行到水穷处，坐看云起时"。

> 呼吸之间，已成往事
> 忧伤把秋意染红
> 飘落的树叶跟在风的后面
> 独舞一支命运交响曲
> 翩翩回眸
> 苍穹云卷云舒

在路过的岁月里留下欢喜

一眨眼，又是一年的寒冬不紧不慢地来临了。

这几日，北方寒风凛冽、大雪纷飞，而阴晴不定、冷热不均，导致感冒频繁发生的江南，在无可奈何花落去中也迎来了第一次寒潮。

路过的岁月里，我们有太多的烦恼和无奈，我们有太多的忧伤和迷惘，我们有太多的不舍和追悔，当然，我们也有太多的欣慰和欢喜。

回首来时路的我们，尽管一地鸡毛的狗血、满目的疮痍时不时地在上演，在阻碍着、影响着、束缚着我们心中的梦想和希冀。而我们必须在黯然神伤后，带上心里的阳光和道义上的正能量，好好地活好每一天。

正因为生活不易，浮生的你我都很身累、心累，我们实在是没有多余的精力去计较任何得失，去纠结所有的是是非非；正因为光阴短暂，一回首便是天涯海角，阴阳相隔，我们善待别人的同时，其实，也是善待了自己。何苦坚守自己的所谓执念，放不下也许在别人眼里，换个角度看的人的眼里，那些琐碎和情感，简直就不值一提！

眼界是一个人的心是否强大和豁达的最重要的检验标准之

一。一个行万里路、读万卷书的人，一个笑傲江湖、不改本色的人，无论如何，心胸狭隘不到哪里去的！

时常也会被一些庸常的琐碎和所谓的不公不平而耿耿于怀一下，甚至义愤填膺几天。可是，夜深人静的时候，静思、反思中又会释然安心、豁然开朗起来。何必呢？无论是什么关系、什么模式的关系，总得有一方多付出、多理解、多牺牲自己的切身利益来成就对方。尽管，所有的付出，时过境迁后，蓦然回首间，有时候会觉得非常不值得，因为，对方并不领情你的付出，甚至藐视、不屑你的付出。内心的苦闷和伤痛铭心刻骨，却也只能在月色溶溶里，对酒当歌，诉一首心曲给自己听，你所做的一切都是心甘情愿的，只为在路过的岁月里留下欢喜，只是希望大家皆大欢喜而已！那么，又还谈什么值得不值得呢？

所谓值得不值得也就是一念之间的执念。

常常傻傻地安慰自己，你所做的一切都是你自己心甘情愿去做的，无论如何，不管你愿不愿意去做，终究没有人拿刀子逼迫你吧。所以，做什么于自己来说都是值得的，都是有意义的！

早晨醒来打开手机的刹那，老乡微信群里，家乡漫天大雪的照片和视频在群里叽叽咕咕地叫着。禁不住打个电话问候哥嫂一下。我已经早适应哥哥接我电话说不了三句话就递给嫂子的习惯。这次哥哥连续说两次，你那里下雪了吗？家里下大雪了，屋檐上的冰凌有一尺长，不信你问你嫂子吧。于是，电话里便响起大声叫嫂子名字的声音。电话这头，我多少有些哭笑不得。我忠厚善良、向来讷于言谈的哥哥啊，貌似总跟我隔着什么，家里大小事情总是我们姑嫂间在沟通、在处理。

我终于忍不住跟嫂子抱怨，你是我亲姐，刚刚接电话的人是我哥吗？我怎么老是感觉他是个外人？嫂子笑了，你哥那脾气你不知道吗？他跟谁的话也不多，你们姐妹们来电话，他经常看着电话一直响着自己不接，满屋子叫我接的。还好，一般你打来电话，他还能接起来说几句，已经很不错了。

都说婆媳关系、姑嫂关系难以相处，在我家的大家庭里，虽然也有烦心的事儿，婆媳关系、姑嫂关系却是一直和睦友善、其乐融融的！母亲在世跟嫂子相处二十多年，一锅吃饭，却从未真正脸红脖子粗吵过一次架，真可谓邻里乡亲们羡慕嫉妒恨吧。我们姐妹跟嫂子相处了三十多年，也从未翻脸吵架过。遇到任何事情都是把道理放在桌面上，有事说事，把事情说开了，说明白了，彼此啥事也没有了，大家依旧是亲亲热热的一家人。

在路过的岁月里，家人给我留下的欢喜，一直让我觉得很温暖，很幸福，这样的情愫，更让我顾念家乡，眷念亲情。

时常看到身边的朋友、同学、同事圈子里，不少婆媳关系交恶、姑嫂关系反目的活生生的例子，为小事大打出手的有，为利益对簿公堂的有，为怄气老死不相往来的有……于此，我总是万分庆幸自己的人家庭，虽然不够富裕，不够优越，但是，一家人相亲相爱的温情足以温暖每个家人的心田。那么，贫穷一些，位卑一些又何妨呢？

岁月倥偬，人生在弹指一挥间中，我们终究归入尘土，那么，请善待自己的每一天吧。在路过的岁月里，让我们尽可能多地留下欢喜，再多一点的欢喜吧。

此时此刻，家山北望，漫天鹅毛大雪飞舞在我童年、少年求学的泥泞小路上。好想即刻回到我神牵梦萦的故乡，立马聚拢我儿时的小伙伴们，哈着冻红的小手，抹一抹清水鼻涕，飞奔到田野，打一场心底一直惦念着的雪仗；好想跟母亲和小姐妹们，一起围坐在火盆前，一边搓手烤火，一边在火盆里烤红薯，再随手抓一把玉米粒埋在火盆里爆玉米花；好想我家那只通人性的大黄狗，在皑皑白雪的田埂上，帮我们逮住一只野兔加餐，野兔扑鼻的香气，一直萦绕在我的鼻翼，似乎从未离去；好想穿上妈妈亲手缝制的绣花棉鞋，那么，不管严冬多么寒冷，我那爱生冻疮的脚后跟就不会冻破了；好想跟在父亲身后，一起拿个大竹竿，捅掉那屋檐下的冰凌，应声落地的冰凌，不经意间会跌成各式玩具的模样，我们最希望的是跌成花蝴蝶、小手枪、金箍棒的模样，那样，我们打雪仗时又多了一样"武器"。

远去了，我那贫穷但却快乐无比的童年；远去了，我挚爱的父母亲。每每想起我已经路过的那些岁月，总是禁不住感慨万千！

感谢岁月的积淀，感谢我的父母亲！是你们，让我在路过的岁月里留下欢喜，留下太多的欢喜！感谢感恩感念！

唯愿岁月的河流载着欢喜，汩汩流淌在我们生命的年轮里……

回忆是岁月里的一脉馨香

　　难得周末早醒，来到书房门口，光影照在书房的墙上，诧异明明昨晚关灯的啊，怎么灯亮了一夜吗？

　　进得书房恍然大悟，原来是晨曦柔和的光线，带着春的气息，透过窗棂。阳光肆意汪洋，清新柔和地铺展在书房里……

　　打开电脑，梦境中的那些事历历在目，心情有些莫名地忧郁。都说梦是相反的，查看百度，解梦说是大吉大利的征兆，心里也便安然了许多。

　　最近怀旧的文字写得比较多，可能真的是越老越恋旧事的缘由吧。

　　随着年龄的增长，异乡漂泊的我更能够深刻地体会：回忆是岁月里的一脉馨香的真正的含义。

　　岁月的沧桑，人世的冷暖，经年的漂泊，心生倦怠是常有的情绪。于是，回忆，便成了汩汩流淌在心田里的一泓温泉。

　　时过境迁后的美好，源于时光的过滤器过掉了浮华和杂质；源于时间是药，救治一切的神奇；源于光阴背后的故事，在活色生香的流年的浸润下，华丽地转身，笑看风轻云淡。

　　蓦然回首间的顿悟，是历经酸甜苦辣咸后的悠然回眸，是在含泪奔跑旅途中被多次绊倒后的觉醒，是头撞南墙后用手偷偷抹泪中的幡然醒悟。原来，自己年轻时的任性孤傲和自以为是，代价是用一生的辛劳来抵押，来偿还那些自己曾经在不经意间辜负的人和事！

回忆是岁月里的一脉馨香，在那一脉馨香里，我们喝着苦涩的茶水，寻找着、回味着所有的前尘往事。

往事如风，总是流连忘返在我们记忆的天空中，召之即来，挥之不去！

年少时的梦想：读万卷书，周游世界。人生行程下来大半，万卷书也只读个十分之一吧，周游世界的梦想，依旧还停留在梦想里。

时常看着自己的影子，游走在时光的隧道里不知归路，耗费着生命，不免自己替自己着急。可是着急过后，依旧是按部就班的庸碌无为。于是，对自己的影子有着同仇敌忾的愤怒，恨不能把她抛弃到荒郊野外，永远与自己决绝。期待着一个新"我"，粲然开辟一个新天地。

厌倦自己的情绪时常涌上心头，那是对过往的不甘和留念，那是对未来的恐惧和无措，那也是对自己还有新的期待和追求的向往吧。

躲在时光背后的回忆里，心里总是对当下的自己有些不满和无奈，于是，更是享受回忆里那一脉馨香。

想当年，谁没有想当年呢？是好汉都有当年勇！现如今的失落在回忆里又能够找寻回来吗？显然是痴人说梦！其实，梦一场又何曾不可啊?!

有梦的人生才精彩绝伦，有梦的人生才熠熠生辉，有梦的人生才回味无穷！

懵懂的童年岁月，深受读过私塾的母亲和舅舅的影响，对那些发黄的古书，莫名地喜欢。尽管看不懂，竖着耳朵听妈妈和舅舅断断续续讲《西游记》《红楼梦》《水浒传》《三国演义》《封神榜》《山海经》……一边听故事，还总是一边幻想着自己就是故事里的某个自己喜欢的角色。那份欢欣鼓舞的雀跃，源于自己内心深处美好情怀的美丽绽放。

忧郁的少年，在为赋新词强说愁的青翠欲滴的曼妙年华里，率性所为，觉得整个世界都囊括在自己的手下，自己无所不能。事实上，自己就是一典型的"堂吉诃德"。

徘徊折腾的青年，开始背着行囊傲然游走天涯海角，鼻青脸肿处，笑着对自己说，当我年老的时候，这段经历是我最为宝贵的人生财富！

转瞬间我带着"财富"跨入多事之秋的中年。中年是人生岁月里应该最有味道的一碗汤吧。文火炖肥羊，熬到中年，这只被文火炖了几十年的"肥羊"，该是味道好极了的一道大菜了！其实，吃着"肥羊"的我辈，却是疯狂地回忆小时候赤脚在广袤田野上奔跑的场景，尤其惦念着"青菜豆腐保平安"的那些个清汤寡水的日子。那时的我们一边用袖笼抹着鼻涕眼泪，一边头挨头翻阅着一本本小人书。我们的喜怒哀乐，随着小人书里的故事情节走。农村里最好的、最多的读物就是小人书。

清晰地记得小学四年级的暑假，严厉又慈爱的父亲给了我和娟妹一块钱去逛县城。我们姐妹俩如获至宝，欣喜若狂！

当时，一元钱够我们小姐妹两一人吃碗面条，一人看场电影的了。家离县城10公里，我们边走路边玩耍，边琢磨着这一元钱的花法。娟妹就说要吃一个面包和看场电影就很满足了。我说，我们俩看场电影，两人共吃一个面包，省点钱买本小人书。娟妹说兰姐，你总得让我吃饱了吧，吃不饱，我回头没有劲跑回来。

　　到了县城，两个八九岁的孩子东张西望，那个新奇和兴奋啊，堪比现在的小孩进了"迪斯尼乐园"吧。闲逛中路过新华书店，我跟娟妹便走不动了。两个傻孩子不知不觉在新华书店转悠到下午。让柜台卖书的工作人员，不停地从书架上给我们拿书下来翻阅。我至今，在心底依旧感激着那个柜台卖书的阿姨，她的微笑和耐心如一道春阳，一直温暖着我爱看书的心房。

　　经年后再想，当年，那个阿姨家里一定有个和我们差不多大的孩子吧，她看出来我们从农村跑到县城的孩子爱看书，才极力提供方便的吧。其实，当时的国营书店的售货员一般都挺牛气的，给你翻看了两本就会催促你，买还是不买，不买走远点。如今的新华书店都是开放式的，想看书的孩子春夏秋冬、节假日可以尽情地满书架上翻阅，且还有空调照应着，没有人催促你买还是不买。好羡慕嫉妒恨如今的孩子们有个尽情阅读的大书库！

　　娟妹终于抗议说她饿得前胸贴后背了。我出门看看西天的太阳，觉得我们是该离开书店了。可是，我很犹豫，不知道该怎么哄骗娟妹，因为，我已经在心里暗暗下定决心，一定要买本大书。而那本书的价格，我烂熟于胸了是 0.99 元。不得已地摊牌，我分明看到娟妹眼眶里有委屈的泪水，她有一千个理由不同意，到最后还是用手抹抹眼泪说，好吧！兰姐，我们回家吧，回家让妈妈给我们做面条吃。

　　从新华书店出来，我紧紧捏着手中的一分钱，去商店买两粒水果糖塞到娟妹的手中。娟妹抹着眼泪又塞回一块给我说，兰姐，妈妈说，吃糖有劲。我们一人一块。我们回家吧。

　　小姐妹俩饿着肚子，抱着一本书，一块糖果含在嘴里走 20 里地回家的那个画面，一直镌刻在我们心灵的天幕上，何时回忆都盈盈泪光中欣然一笑。

　　或许是心灵感应吧。写到此，娟妹从老家打来电话，遥祝我岁岁年年的今日都快乐平安！放下电话，敲打键盘处，泪水悄然滑过面庞。

　　人生是个轮回，我们在轮回里一直寻找着来时路，探索、思考着未来的路。

　　回忆成为我们流年里一脉馨香，让我们尽情地享受着这一脉馨香吧。

啸 儿

　　啸儿是我来金华后认识的老乡姐妹，在陪我家顽童和她宝贝女儿择校的考场外，我们一见如故，按照她后来夸张的说法，我们俩当时的感觉恨不能"以身相许"了。同在异乡，有个来自江苏的老乡又是那么投缘，来到陌生地方的无奈、失落感好像一下子都淡然了许多。

　　从此以后，我们俩经常见面，还经常煲电话粥。过一阶段，我如果没有给她打电话，她总会"愤怒"地声讨我一顿："你这人怎么这样啊，是不是有了新朋友，就忘记我这个老朋友啦？我看你是典型的白眼狼，喜新厌旧、见色忘义的家伙……"常常在她连珠炮的"谴责"中，我求饶我投降。当然有时候也会将她一军："谁让你们两口子都当官啊。我认为，你经常跟我打电话，说明你平易近人，没有官架子。相反，我如果经常跟你打电话就会有巴结领导之嫌疑。我本无意结交你们这些权贵，爱咋咋地……"

　　我们俩喜欢互掐，没想到顽童和她的宝贝女儿到一起也是互掐个没完，她家千金岱妍小美眉，各方面跟顽童都有得一拼。来婺城过第一个生日，特邀请顽童跟他们一家去"横店影视城"游玩，作为唯一受到邀请的贵宾，顽童开心不已。一直念叨着岱妍的好，哪知没有几天，放学后顽童义愤填膺地说岱妍在放学的班车上，让他很没有面子，说是岱妍当着那么多同学的面，向他讨去横店游玩的钱，说一共花了1000多，要顽童对半付给她500元。顽童一下子火了，跟岱妍大吵一顿，要她搞明白是她主动请他去玩，不是他主动要去玩，两人争执不下，差点大打出手。顽童后来在作文中写了这件事情，结尾的一句话是："既生凡，何生妍？"我给啸儿一起看了那篇作文，两人就差笑岔气了。

两个大人两个小孩在互掐的两年中不知不觉成了莫逆之交。我每每出差回来，顽童第一句话会问我给岱妍买了什么礼物。顽童的心中，岱妍早已经成了我的女儿，甚至地位比他还要重了。当然，他也明白，啸阿姨对他也是比岱妍都好的，好吃的好玩的都先给他的。

啸儿爱笑，妩媚温柔，豪放爽朗的笑声常常荡漾在我的耳边，每每我们俩逛街淘宝，开车载着我的她总是愤愤不平，说她希望我开车载着她，凭什么总是要她载着我？她娇小玲珑的身材倚靠我壮实高大的肩膀才是正理。为哄她做好我的驾驶员，我常常开玩笑："啸儿，你要是个男人，我一定嫁给你，喜欢你率真又纯真的个性，奔放又细腻的性格……"每每听到这里，她直嚷嚷倒胃酸，赶紧喊暂停。

啸儿还是个很有爱心的人，周末我们相约一起去买菜，菜市场大门口有个驼背的老奶奶，长年累月地躬着腰在那里卖菜。她常常走过去，不问菜价，拿走一把菜，总要多给个三五元。直到有一天，听卖菜的老奶奶邻居讲起，这位老奶奶精神不太正常，她有老伴也有儿子，卖菜晚上也不回家，把卖菜的钱都装在口袋里，常常被小偷给偷走自己也不知道。啸儿知道真相后，沉吟许久说，我离开后，你还要再买她的菜，只是不要再多给她钱了。

春节后啸儿一家调动到南京工作了，女儿岱妍哭闹着要回金华，说不喜欢南京，想念这里的同学和小伙伴。啸儿，也嚷嚷着还是金华好，真想还回来跟我做伴，说想念我做的"南京狮子头""盱眙十三香龙虾"。我说，慢慢就适应啦，这两样菜是南京的特产，想吃大街上遍地都有啊。她说吃不出我烧的那个味道了。

啸儿离开金华，每每想起她，总会有泪轻盈；每每逛街时，总觉得她还走在我的身边，像小鹿一样敏捷地在我身边蹦跳；偶尔身体不舒服，格外想念她给我做的绿豆稀饭和炒的小菜；也渴望她对我"吼"两声，以前，每每电话约好到同一个地方散步，磨蹭的我如果去迟了，她总会对我吼一嗓子，你这人时间观念怎么这样差啊！

她是个表面看上去大大咧咧、雷厉风行的人，实际上她是个心细如发、感情细腻的极富小资情调的女人，我常常跟她开玩笑，光听她说话，一点看不出她有什么温情脉脉的情调。她跟先生因为职业的特殊性，常常分居两地，两地书和短信成了她传递感情的纽带，结婚十多年，先生每每出差到外地，她总提醒他，在他的公文包的夹层里或者哪件衣服的口袋里，有她想对他说的话。先生打开信笺，常常被她的关心的话语，体贴的叮嘱而感动得热泪盈眶。先生应酬多，每每吃饭前，她总会发去一条短信：少喝酒，多吃菜。酒是别人的，胃是你自己的，也是我们全家的！

啸儿也是位好媳妇，婆婆去世得早，她一心一意想多尽点孝心，把公公从北方接来，嘘寒问暖，体贴周到的心意公公直夸比他女儿还细心还懂事。啸儿是个闻不得烟味的人，可抽烟是公公晚年生活怎么也戒不掉的爱好之一，啸儿只能一方面劝解公公为了身体健康要尽量减少抽烟的数量，另一方面鼓励公公多户外活动，多结交老年朋友。公公终究不适应南方的气候，说夏天太热，无论如何要回老家，啸儿挽留不住，每个月双倍邮寄生活费用给小叔子，希望他们能够好好善待老人。

啸儿，我生命中的朋友，你我的一个眼神，我们彼此都能够心领神会。你一直喜欢看我的博客，喜欢我的文字，常常跟我说我笔写你心。你一直让我送你一篇文章，敲打键盘的手几许迟疑，几许徘徊，几许慨叹，万千思绪剪不断理还乱……

窗外五月的天空花红柳绿，云卷云舒，思绪绵延的我，想起陈子昂的诗歌："寂寥守寒巷，幽独卧空林。松竹生虚白，阶庭横古今。郁蒸炎夏晚，栋宇閟清阴。轩窗交紫霭，檐户对苍岑。凤蕴仙人箓，鸾歌素女琴。忘机委人代，闭牖察天心。蛱蝶怜红药，蜻蜓爱碧浔。坐观万象化，方见百年侵。扰扰将何息，青青长苦吟。愿随白云驾，龙鹤相招寻。"

相隔天涯也温暖

——给英子

一

英子是我初中的老同学加死党。

前一阵子的苏州之行,英子从木渎赶过来,一直陪伴我左右。盛情邀请我一家去木渎游玩,带我们逛木渎古镇,游太湖,看西山古民居,爬穹窿山。在苏州六天,她相伴我五天。

昨天又收到她邮寄过来的保健品,我身体上的一个顽疾,她一直记在心里,总是千方百计为我寻找调治的方法。年前身体不舒服,做个小手术,她在诸暨开完会,立马赶到金华,当面反反复复跟我讲要怎样怎样调理。年初二,在苏州想来想去不放心我,带着宝贝女儿春晓,带着一堆好吃的,又跑来看我,临走又是千叮咛万嘱咐,要我无论如何多保重身体。

有朋友如斯,夫复何求啊?!

英子跟我是老本家,按辈分她叫我姑奶奶。因为是老同学,更因为她还比我大点吧,她从来对我都是直呼其名,一次都没有叫过姑奶奶。她聪明调皮的女儿春晓,小时候叫我叫得更特别。让她叫姑太太,小丫头片子坚决不干,说,姑太太都是满头白发、满脸皱纹的老太太,你比我妈还小,我就叫你"太太阿姨"。

曾经写过一篇文章《长辫子姑娘》，讲述我跟英子初中生活的片段。

初中三年是我们每个人豆蔻年华最初的绽放，是我们青涩光阴里，懵懂的人生刚刚开窍、明事理的最最清纯美好的岁月，是我们何时回忆起，泪中带笑时最刻骨铭心的忆记。

英子3岁丧母，小学在他们村里读书。初中，我们四个村子合并一起设立初中班，我们俩分到一个班。当时，我们俩的共同特点，尤其清瘦、清秀加两个人都有一副拖到裤子边的长辫子，且两人的学习成绩都很好。因为天天同路上学，因为都成绩好，又是同一个姓，我们俩大有一见如故的好感觉。

英子的家距离学校步行要走一个多小时，我家是终点站。从我家到学校我们一路快走也要半个小时，春天里我们时常会采摘野花，夏日里会逮逮蜻蜓，在清澈见底的河沟里摸摸鱼，秋天里会偷摘路过庄台上人家的苹果、梨子、枣子吃，冬日里大雪纷飞，便一路打雪仗取乐。迟到更是经常的事情了。迟到最大的因素是我的磨蹭，英子常常很早就来我家等我。她从家里一路小跑到我家要半个多小时，她到我家我才起床，刷牙，洗脸吃早饭，一路上再磨蹭，所以，我们俩几乎天天迟到。仗着成绩好，老师对我的偏爱，我对习惯性迟到竟然无动于衷。

英子可能是忍无可忍，想了多时吧。有一天，她终于和颜悦色地对我说："以后，你能早点起床吗？我们天天迟到，我都不好意思了。"哪知我毫不客气地对她说："以后，你不用等我一起走，你走你的路。"说完这句话，我一路上便不再与英子说一句话。晚上放学，英子依旧笑眯眯等我一起走出教室的门。一路上，我依旧不搭理她，却跟其他同学有说有笑的。一直内向安静、话语不多的英子不紧不慢地跟在我后面，不急不恼。第二天，她依旧来我家等我一起去上学，我依旧不搭理她。一个礼拜我没有跟英子说一句话，英子可能感觉到太无趣，就不再来我家等我一起上学了。

二

母亲尤其喜欢、心疼英子，经常晚上留英子在我家过宿。英子在我家住的早晨，母亲一定要做蛋炒饭给我们俩吃，且拿大碗给英子装饭，英子碗里的鸡蛋明显比我多。晚上放学，母亲总会把中午烧好的肉啊鱼啊端出来，让我们俩多吃点，晚上还要好好做作业。几天不见英子来等我上学，母亲便问我原委。我说英子三哥当兵回来，家里买辆自行车了，她现在天天走大路骑车上学，不用再走小路经过我家门口了。母亲说，那可就好了。英子真不容易！天天要跑大老远的路来上学，早晨又没有人做饭给她吃，你看她瘦成什么样啦。等你们上初三，学习紧张了，就让她一直住我家吧。兰子，你可要多帮助英子，没有母亲的孩子，跟着哥嫂过日子，不容易！

我说的话也算事实吧，我不理睬英子的这段时间里，我是看见英子几次骑自行车来上学的，但是，大多数也还是跑路的。

我们俩的冷战，很快被细心的班主任汪老师发现了，他多次问我跟英子之间有何矛盾，怎么变成我一个人迟到，跟班的英子咋不跟我同路了。我说，她家买新自行车了，她经常骑车上学了。他又多次去问英子，你跟你姑奶奶怎么啦？你怎么触犯了她大小姐的脾气？英子说，没有啊，我们俩很好。我现在经常骑车上学了，就不同路了。班主任急了，你们俩那么点小心事，以为我看不出来？英子，你这一阶段成绩都明显下降了，你那好动贪玩的姑奶奶这一阶段也蔫不啦唧的，不跟你说话，也懒得跟同学们说话。你们以为我看不出来，班主任多次过问，问不出名堂。有次自修课，他让全班去他面前挨个背诵岑参的《白雪送武判官归京》。轮到我，他不看课本也不看我，只是拿红水笔在我书上的空白的地方写字。等我背诵完了，他还没有写完。他示意我等一下。过一会儿，他把语文书递到我手里，语重心长地对我说："我要说的话，写到你书上了，回去好好看看，好好想想，相信你会想明白的。你可是我们班的学习委员。"

回到座位，我急切地打开课本，汪老师的字遒劲有力："既然是姑奶奶，就要宽宏大量。我不知道你们俩之间到底发生了什么事情。你们俩都守口如瓶，都说没有什么。这点很好！说明你们俩感情是深厚的，因为，你们谁也不愿意说谁的不是。但是，我可以断言，你们俩的冷战，跟你这个姑奶奶的大小姐脾气有关。我们学习越来越紧张了，我希望你们俩握手言和，你们俩可是我们班的风向标，希望你们俩别耍小女生的坏脾气，一切以学习为重……"

班主任的话醍醐灌顶，刹那间，我觉得惭愧不已。芝麻大的小事，而且，的确是我理亏，我这样做实在是不像话，对不起英子的！晚上放学，我便喊英子跟我一起走，且让英子以后就住我家了。

英子以三分之差没能考上高中，便早早地到处找临时工做，且早早结婚了。等我毕业上班，春晓已经出生，且英子和老公就在我单位的斜对面开了一家小面馆。从此，我告别食堂，一日三餐，英子和老公想着法子让我吃好，且他们再累再忙都不要我帮他们做事，说整天坐办公室的我，不习惯做又脏又累的活。我在他们家吃饭，一吃就是三年。三年里唯一能帮上他们的就是逗春晓玩，三年间我看着春晓由一个襁褓婴儿长成满地跑、咿呀说话的机灵小姑娘。或许是缘分，或许是感觉，现如今，我与春晓依旧有心有灵犀的感觉。

三

这些年，英子一直在外打拼，英子也多次调侃，她要一直努力，一直与时俱进，才能跟我们几个死党有话可说，且能在同一个层面上，我们的沟通才能畅通无阻。我知道，她一直在努力，努力地改变着自己的思维，努力地追求她心中的梦想。

英子，你已经做得很好了。你多次问我，兰子，当年初三临毕业之前，班主任汪老师找你谈话，让千年难逢的全校唯一的一个县"三好生"名额，可以给中考加十分的好差事，你毫不犹豫地让给了我，这些年，你心底后悔过没有啊？

四个村子合办的初中教学质量，跟县城中学相比还是存在很大差异的。或许是因为我代表过我们学校参加过县里多次的语文竞赛，或许是每次全县会考的总成绩，我的成绩还算不错吧，或许是我们校长去县教育局据理力争吧，反正，那年，真是天上掉下个大馅饼，且这个馅饼就这般不经意砸到我碗里来了。县里给了我们学校一个县"三好生"的名额。不管凭学习成绩，还是同学们不记名投票，这个县"三好生"非我莫属！

多年后，汪老师跟我谈起这件事，依然很抱歉，说当年为了照顾英子，对我的做法是不公正的。英子在中考前一个多月，得急性黄疸肝炎住院。他怕英子这场病影响她的中考成绩，跟校长商量来商量去，决定找我谈话，让我发扬风格，让出这个可以给中考总分考分加十分的好事。当然，前提得我自己同意，我如果坚决不同意让出，那么这个县"三好生"的名额还是我的。他让我不要急于回答他，回家跟父母亲好好商量一下再回复他。哪知，我沉吟了不到半分钟，当场就认真地说："我同意让出名额给英子，即便我中考考得不好，我也不后悔。"

中考那几日，可能是太紧张，也可能是突然来县城，跟很多同学一起住在旅馆里，炎炎夏日，电风扇吹风吹了一夜，在陌生的环境里，我一夜未眠。第二天，头重脚轻，考试结果下来，我差三分，没能上县一中，只上了个普高。英子差三分没能考上高中。班主任汪老师心里那个后悔啊，那时候，农村孩子能够考上中专和高中比现在考上 985 和 211 大学还要困难。原本想，我成绩一直优异稳定，考上中专或者县一中是稳的，倒是英子，因为生病，成绩不稳定，用十分来救她，以为考个普通高中是没有问题的。那时候，相差 0.5 分可以四舍五入，相差一分，你什么办法都没有，那是个钱再多也买不来一分的年代。

彻底浪费了那个县"三好生"加分的待遇，让班主任和英子纠结痛苦了很多年。至今提起，他们俩依旧觉得亏欠我点什么。其实，我倒是真的很坦然，很释然！以我跟英子的关系，以我对英子的感情，我从未有过一丝后悔。

往事如歌，点点滴滴流淌在我们的心底，浸润着我们青春年华的美好时光。

在异乡漂泊这些年，英子最最牵挂的人就是我。母亲在世的时候，逢年过节，我赶不回去，英子一家一定会赶到我家，替我去看望我的母亲。很多年相处下来，英子早在无形中成了我家的一员，大事小事，她必到场。这次在苏州，她跟嫂子几年没有见面，晚上睡觉，聊到凌晨四点钟才迷迷糊糊睡去。

英子，谢谢你这些年对我无微不至的遥遥挂念和深切的关怀。记得有个朋友说过，英子对兰子的好，是那种舍得剐下身上的肉的那种好！你那般清瘦，我当然不会要你身上的肉的。一晃我们都人到中年了，只是希望我们都能多多保重自己，善待自己，开心过好每一天！

也唯愿我们俩的情谊，随着岁月流逝，沉淀在我们的心田里，何时翻阅都馨香怡人，何时回忆都温暖如春。

人生何处不相逢，相隔天涯也温暖！

夕阳思故乡

夕阳余晖，月上树梢头，路灯迷蒙。

这样的黄昏，让我徘徊在寒风刺骨的晚风中，恋恋不舍！

一直喜欢薄暮黄昏的宁静和悠远的意境！

小时候，盛夏时节，常常追着夕阳跑到河边，傻傻地、静静地坐在河岸边，好想潜入水中去捞起那一轮绚丽缤纷的夕阳。直到最后一抹柔和的光线消失殆尽在望不尽的天边，真想跑到天边去看看，吞没太阳的地方到底是个什么样子！

时常傻傻地问母亲，天边到底是什么样子？读过私塾的母亲，总会柔声细语抚摸着我的长辫子说，你只要好好读书，长大了，一定会走到天边去看看的！天边可美了，那里有许许多多我们这里看不到的景色！

童年、少年的我，去得最多的地方是乡镇上赶集的场所。那时候，县城都极少去的，一年难得去一次。倒是赶集的市场，隔三岔五都要跟父母亲，跟哥哥、姐姐或者邻居时不时地去溜达溜达。每次除了买些家用小物件，最大的开心是看热闹。仅仅什么也不买，对于穷乡僻壤的孩子们来说，跟着人流拥挤在熙熙攘攘的人群里，那份快乐就不言而喻了。当然，逢年过节的赶集就更开心了。母亲会难得大方地为我们买些糖果糕点。儿时，觉得最美味的食品是糖果，一分钱可以买两粒小糖。一粒糖果可以含嘴里半天，那甜甜的滋味和感觉，会让每个孩子觉得生活很甜蜜，很满足。

十来岁那年的春节前，我跟姐姐一起去赶集。

年关将至，姐姐买了很多很多东西回家。我在赶集的摊位上，看中了一双非常精美的纱线印花的袜子，姐姐说啥也不肯给我买，说是太贵了，一双的价格抵上两双尼龙袜了。卖胡萝卜子的钱，本来就是为了给我们小姊妹仨每人都买双新尼龙袜子过年穿的，给你一人买了好袜子，回家梅子又要跟你吵架。

禁不住我死缠烂打和软磨硬泡，姐姐不得已给我买了一双。袜子拿手里，姐姐左比画右比画，总觉得袜子给我穿有点小了，说不能要。卖袜子的大嫂看看我的脚，对姐姐说："你放心买吧，肯定能穿上的。袜子无大小。"

我屁颠颠一路帮姐姐拎东西回家，一路上那个心花怒放啊！这双漂亮的线袜，我敢说我们村里跟我一般大小的小伙伴谁也没有见过，更没有谁穿过的。

刚进家门，我就迫不及待地脱鞋子，穿新袜子。任凭我怎么努力使劲，袜子的后跟都留在脚底板，怎么拉也拉不上来。梅子拿过去套半天也套不上脚。姐姐最后套在最小的娟子脚上，袜子大小刚好合适。

小我一岁的梅子在旁边乐得手舞足蹈，本来她看见姐姐就买了一双袜子，很生气地问为什么她没有。后来她看见我扒不上，又乐坏了，赶紧拿另一只袜子，坐地上也使劲地扒，扒了半天也穿不上。看见袜子穿在娟子的脚上，她很开心。

看着娟子穿着原本属于我的漂亮的新袜子，乐呵呵地在我眼前跑来跑去，我瞬间泪奔……那委屈的眼泪像断了线的珍珠，颗颗洒向我那脆弱敏感的心房。越哭越伤心，越哭越委屈，哭着拉住姐姐的手，一定要她把娟子脚上的新袜子脱下来，带我一起去找卖袜子的大嫂算账。她不是说"袜子无大小"吗？我怎么就穿不上了？姐姐说娟子穿上就给娟子穿吧，我坚决不干，哭声惊天动地跟姐姐闹。

梅子在旁边看一会儿笑话，看我越哭越凶，跟姐姐撕扯起来。她赶紧跑到菜地里，叫正在干活的妈妈回来收拾我。

母亲回来了，什么话也没有说，先打点热水帮我擦脸，把我满脸的鼻涕眼泪擦干净，问清原委笑着问我，你就这样在班上当班长的吗？姐妹仨，凭什么就你一个人要搞个特殊？给你买一双漂亮的线袜子，你的两个妹妹为什么就不能穿好袜子呢？你姐姐也不对，本来说好让她给你们小姐妹仨一人买双新尼龙袜，大年初一穿的。你再哭再闹，明天我就去你们学校问问你们班主任赵老师，怎么会选一个自私自利的同学当班长，她总是为自己考虑，能给班级和大家做什么呢？

我赶紧拽拽母亲的衣角，用袖子抹抹眼泪说，我错了。

"袜子无大小"的故事，伴随我们姐妹四人整个童年、少年快乐的时光。如今，姐妹们相聚，还时常拿这句话来戏谑我小时候的任性和固执。

母亲的一番话，潜移默化中也让我们姐妹从小更加相亲相爱，凡事要多为对方着想，谁想自私自利做点什么事情，母亲那关就过不了。时间长了，我们都习惯了，凡事要顾大局识大体，切不可自私自利！这样的品质，给我们姐妹的工作和生活都带来无穷无尽的益处。

  清冽的寒风钻进我的衣领，钻进我的脚脖里。徜徉在办公楼的院子里，享受着眼前日落黄昏的静美与安然，我的思绪随着冬日最后的一抹夕阳，飞到了遥远的天边，飞到了我千里之遥的故乡，飞到了那个"袜子无大小"的小镇。

向往"年"

今天与儿子一起出来溜达，一路上看到小区的阳台上晾满了各种腌制的鸡鸭鱼肉香肠火腿等，每家阳台或多或少都有几串。儿子指着我家阳台上倒挂着的一只鸭子说："妈妈，我们家腌制的东西最少了。"

先生是北方人不爱吃腌制食品，结婚后，慢慢地我也就不怎么吃了。可是我们江浙的风俗过年还是喜欢吃一些腌制的肉类，觉得有一股特别的腊香，很有味道。金华火腿全国有名，也体现了南方人的饮食习惯。

年的脚步在腌制的腊香里，在缤纷五彩的各色衣物中，在暖融融带着太阳清爽的味道中，在各大商店大折扣的叫卖声中，在农贸市场有计划的家庭采购中，不知不觉走近了，越走越近……

每个人对年的记忆是珍藏在心底、永远不会忘记的一道亮丽的风景，生活的阅历环境不同，真是各有各的记忆、各有各的辛酸和精彩。

儿时，对年的期盼真可谓望眼欲穿。一进腊月，我们便掰着指头数日子，觉得过年这一天特别漫长遥远，总数不到头的感觉。盼着吃满口流油的红烧肉，盼着吃包子和汤圆，盼着穿新衣服，盼着穿上妈妈就着如豆的煤油灯千针万线为我们做的绣花鞋，盼着平日里不苟言笑的父亲在年三十晚饭后，微笑着给姐妹们一人贰角，最多伍角的新票子的压岁钱。我们当珍宝似的拿在手里一边抚摩一边用手敲一敲崭新的新毛票，清脆的响声似一首欢快的歌，萦绕在我们纯真的青涩年华里。

父亲发完压岁钱，总要一个个摸摸我们小姐妹仨的头，语重心长地说："过年了，你们又长大了一岁。要听话，要好好学习，天天向上！"

而"发财"了的我们常常兴奋得一夜睡不踏实，一会儿把口袋里的毛票掏出来数一数，用手弹一弹，听听他们优美清脆的"歌声"，一会儿姐妹几个又研究毛票上的图案和年代。

从我开始有记忆的时候，细心的父亲年底总要到信用社换点崭新的毛票，一是一年到头让家里的孩子们乐呵乐呵，数数为数不多的压岁钱；二是作为大家族的当家人前来给他拜年的小孩子很多，谁来了一毛贰毛都得给点，图个喜庆。可能是为了让我们更开心的缘故，父亲如果换十元，一般全是一毛，也可能他很理解我们儿童的心理吧，一样数额的钱，张数多孩子会有个错觉认为自己钱也很多了。

年初一是最疯玩的一天，我们结伴满村子跑，听大妈婶子们评论着我们的新衣服、新绣花鞋，享受着小伙伴们羡慕的眼光。每到一家都有瓜子和年糕招待，当然给糖果的人家条件算优裕的。

中午回家，裤兜里满满两口袋的瓜子和年糕快装不下了，看看家中葫芦里的瓜子也少了大半。母亲笑吟吟地说来了很多孩子，你们把口袋里的放葫芦里吧，吃完了妈妈到年初五再炒。家乡的风俗在正月里初五、十五是要炒点瓜子给孩子们吃的，说劈啪的爆裂声中庄稼一年的虫害会减少。

年初二开始走亲戚看"玩旱船"，一直断断续续要热闹到元宵节。那时候电视还没普及，几个村子合并组织的文艺宣传队演出的节目深受欢迎。他们穿着花花绿绿的衣服，顶着"旱船"，舞着龙灯，边舞边唱，边说边跳，先给烈军属、军人家拜年，再到每个村子里演出，走到哪里都红红火火，后面永远跟着一帮不知疲倦的看热闹的孩子粉丝。

我也算其中一个粉丝，因为觉得他们说唱得很有趣，"旱船"、龙灯耍得也不错，最为关键的是我美丽非凡的大表姐一直是宣传队的台柱子，而表姐口袋里永远都有各式好看、好吃的五颜六色的糖果和年糕。至于他们在唱什么戏，现在已经没什么印象了。

随着年龄的增长，生活条件的改善，年的待遇是越来越高了，乡下的年也越来越丰富多彩了。瓜子、年糕已经不是稀罕物，也没什么人吃了。过年的时候肉丸子、鱼丸子、红烧肉、红烧鱼、整鸡、整鸭都越来越无人问津了，人家反而会去城里买点大棚里产的韭菜、青椒、野蒿回来跟豆干一起炒。

有线电视村村通，手机电话家家有，宣传队的表演不是年年演，偶尔还有，可是万人空巷看演出的盛况却只能是昨日温馨的回忆了。

前两天又梦见跟父母在一起过年的场景，母亲笑吟吟地在厨房里做着好吃的喷香的年饭，父亲跟我们一起弹着压岁钱，清脆的声响把我笑醒。醒来不禁潸然泪下，远在天国的父母，你们也过年吗？

该如何乘坐一辆逆着时光的慢车，回家去，回老家过年去……

不听使唤的胃

这两天可苦了我家顽童了，严重的感冒上吐下泻折腾了一天一夜，床单被套全部被他涂了个大"花脸"。

他对打针有天生的恐惧。邻居傅伯伯是医生，他从卫生所回来说："伯伯太残忍，对我双管齐下。"屁股打针，胳膊吊针，对于一年难得吃一两次感冒药的顽童来说，这次可谓病得不轻，因为在他的小学六年里，第一次请了三天的病假。

傅医生觉得他身体壮实给他用药较轻，他吊水回家还是呕吐拉肚子，悄悄地对他爸爸说："你们还总说伯伯医术高明，我看他就是个庸医。你看，我吊了两次水了，病情还是没好转，他又让我妈妈去药店买药，不是庸医是什么？"先生乐坏了说："你明天敢不敢把你这样的想法，直接给伯伯提出来啊？"顽童打了先生一拳："爸爸，你怎么这样？我要是说了，他打针的时候不把我屁股打烂才怪呢。"我逗他说："没事的，有意见你可以直接给伯伯提啊，打针是护士的事情，没人打你屁股的。"顽童急了说："你们大人怎么这样不给人留面子？我把悄悄话对你们说了，你们可不能出去说的。伯伯诊所里的人，如果听我这样说伯伯，他多没面子。"

顽童一直叫唤胃不听他使唤了。"我想控制呕吐，可就是控制不住，胃里没东西了，喝口白开水都吐出来了，还是要干呕，太气人了，等病好了也不给胃吃好东西。"他愤愤不平地说。我说："你知道胃为什么会这样对待你吗？"他说："是抗议我吃好东西太多了，没让它先品尝吧？"面对这样的顽童我哑然失笑："那只是一方面，最主要的是你这个食肉'动物'吃肉太多，给它的负担太重了，它消化不了一发怒就来惩罚你了。"

眼看下周就要年底期末考试了，复习阶段应该说是很重要的。哪知我还没提让他复习，他倒先说话了，让我别担心他，他一定会考好的，因为他有那个实力，现在复习的东西都是以前学过的，他已经全部掌握了。再说了，大家不是一直在说，"大考大玩，小考小玩，不考不玩"。我就是按照这个话来做的。我说，你平时太粗心，错别字多，计算题总是出问题，最不该丢的分数，你总是要丢分，你怎么来解释你的实力呢？他说，妈妈你也太大惊小怪的了，谁不写错别字？我看你文章里还有错别字呢，可你们同学还给你起外号叫"活字典"。

有次带他回汀苏老家，几个同学一起聚会，席间有同学对他说："你妈妈上学的时候可厉害了，从来不写错别字，书上的字没有她不认识的。我们写完作文，全请你妈妈先帮我们改正错别字，我们都叫她'活字典'。你可要向你妈妈好好学习学习！"

从此顽童看到我写错别字，或者查字典的时候，总会在一旁说："原来我的'活字典'妈咪有健忘症啊！"我顺势说："你现在知道温故知新是什么意思了吧，老师又为什么总让你们回家复习功课，人不学习要落后的，知识需要不断地去巩固！"

今天，顽童总算好起来了，喝了一小碗稀饭有些劲头了，中午就催我给他班主任打电话要不要去学校拿试卷。说周末了，估计老师会发两张试卷让他们做的，他已经三天没去学校了，误了好几张，应该补做两张的。呵呵，看来在我们眼里傻乎乎的顽童，多少还是有点懂事了。

　　家有顽童乐陶陶！

一大早，儿子给我上了一课

今天是儿子小学生涯的最后一天。昨天考了英语和科学，今天考完数学和语文后，他的小学时代就将成为历史了。

这两天老师已不再布置任何作业，一贯贪玩连老师布置的作业多少都想打点折扣的儿子，这下可找到借口不做作业了。他还一而再地在我面前表白："老妈，我真的全部准备好了，该背诵的全部会了，该默写的全部掌握了。我现在只要做到考试的时候细心一些，一定会给你考个好成绩回来的，你就等着乐吧。"

我们家历来追求民主的家风，每个人管好自己，顽童这样信心满满，我当然不会再强迫他做作业。一放学，他一直看漫画，看科学方面的书，想来考试前有个轻松的愉快的好心情更加重要吧。

昨晚刚刚过八点，他就打开房间空调，坐在床上又看了一本《阿衰》，一边看还一边哈哈大笑。关灯之前他跟我说："妈咪，我睡了啊，明天早晨给你讲故事。"九点钟他刚睡着，在外地出差的先生打电话回来吵醒了他。他说："妈妈我睡不着了，给你讲故事吧。"我说，你还是好好睡觉吧，明天考试完再慢慢给我讲故事，好睡眠对考试发挥也很重要的。

早晨，在睡意朦胧中儿子来推醒我，拽拽我的长发，贴着我的耳边说道："妈妈，五点五十九分了，我给你讲故事吧。我睡不着了。"闹钟还没响他就醒来是从来没有过的事情，我心想看来傻乎乎的顽童心里也念叨着事情啊。毕业考试他看上去轻松，心里面也重视的。昨天放学回家乐颠颠地跟我说："妈妈，英语、科学我考100分没问题的，卷子一点都不难。"

其实，我倒是从来没一定要求他考满分的，对于一个顽劣异常、粗心大意的小男孩，考100分真是件不容易的事情。上次数学考个100分回来乐坏了，说全班就两个考100分，老师也表扬他了。其实在老师的眼里儿子考100分和60分都是同一个人。前几天，去他们学校，跟教他四门功课的老师都交流了。老师们一致认为顽童聪明机智、知识广博，就是学习不够扎实。有足够的能力做得更好，可就是不去努力，所以成绩就像荡秋千，飘忽不定，有时候完全就像两个人一样。

"妈妈，你一定要笑啊，我跟你说《阿衰》的故事。"顽童躺在我旁边使劲摇晃我的肩膀，"小衰爸爸过生日，小衰对爸爸说，亲爱的老爸，我一定要为你点播一首歌曲，名字叫《世上只有妈妈好》，希望你能够喜欢。"还在迷糊的我禁不住扑哧笑出声来。顽童身上有许多小衰的影子，阳光灿烂，幽默风趣，特别喜欢看"闲书"，对待自己的主课得过且过，远远不够认真。希望自己取得好成绩，可是努力不够、用功不够，但是自我感觉良好。有忧愁的话也就三分钟，绝对三分钟后雨过天晴，啥事也没发生，依旧活力四射，精神饱满。我的睡意，在他一个个小笑话中消失了。

我突然想起，顽童怎么一直没向我要钱买毕业留言册呢，提及此事，他的回答简直让我大跌眼镜。

"我就没打算搞这样没意思的签名留念。你想想啊，六年，不，我转学来这里读两年，能成为好朋友的已经成了，不能成为的也成不了了。我黄山几个好朋友，我们不一直有联系吗？真的好朋友即便不在一起，搬家了，换电话号码了，大家都会主动联系的。一般关系的或者印象一般的，有了号码，不也从来不联系吗？好朋友不要多，一个班级有五六个就足够了。"听他娓娓道来他的朋友观，我禁不住抱着他的额头亲了亲他。我又问他们班级买留言册的人多不多啊，他给同学留言都写了些什么，他说，"太多了，就我和好哥们儿田田没买。我几乎给每个同学留言，让他们多保护野生动物，多节约能源。"

看着顽童稚嫩的脸庞、认真的神情，刹那间，竟对他有肃然起敬的感觉。小小年纪，虽然，缺点也有一箩筐，可他的所思、所想却让我这个读了几卷书、行了万里路的妈妈常常汗颜的！

我还清晰地记得，前年我们驱车路过武义收费站服务区。他去卫生间方便后，看见水龙头一直在滴水，便跑来拉他爸爸去看看，先生说，你使劲拧紧就是，他说如果能拧紧，我来找你干吗？先生和他一起去看看，原来是水龙头出了故障，怎么也拧不紧了。因为要赶路，他爸爸说你去告诉这里的工作人员一声，他们会维修的。顽童非拉着爸爸一起找到工作人员，还看着人家把水龙头换好才离开。他还在旁边跟大家大讲我们国家水资源的匮乏，说我们真的应该节约每一滴水，看着白白流失的自来水，大家如果都无动于衷就是犯罪。他的话让在场所有的人为他鼓掌。我当时感觉好骄傲，拍拍儿子的头，竟禁不住有些热泪盈眶了。

现实中我们总是规范这个，规范那个，应该这样做，应该那样做，可事实上，我们到底又做了什么？更多的时候，我们成人真的不如孩子自律，不如孩子认真说到就能够做到的。从那个水龙头底下瓷砖发黄的印记来看，那个水龙头滴水，绝对不是一两天的事情了，有多少人看见，相信也有很多人心疼一下白白流掉的水，可是，因为要赶路，因为都是过路人，因为不关自己的利益，下一程才是我们各自的目标，所以，我们无视着身边的点滴小事情。相信大家都有顽童的觉悟，但是去认真履行落实的并不多。

写到此得赶紧打住，我得赶快买菜去啦，顽童昨天就说今天考试完来班上的两个好朋友到家里玩电脑，刚刚考试中途又打来电话，让我多准备点饭菜，要来四个同学了。呵呵，这个臭小子，看来真的长大啦！

让我们一起祝福顽童，祝福所有小学毕业班的同学吧，你们今天是祖国的花朵，明天是祖国的栋梁。学习路漫漫，品德是根本！祝福你们快乐健康，积极阳光地过好每一天！

BP 机中的爱情

前两天跟先生一起散步，不知不觉又谈到对孩子的教育话题，毫无悬念地，他一如既往地批评我。我耐着性子"洗耳恭听"，他批评了一会儿，终于忍不住大嚷："你再这样的口气说话，恕不奉陪跟你一起散步了。"他赶紧拉着我的手说，"好好，咱们换个话题。你可不能跑，你一跑我可就没老婆了，那可怎么得了啊！"没过五分钟，他又是一副惯有的批评态度。我立马转身："我先清净会儿，回头再听你教训，好不？"说完真的朝相反的方向走去，听他嘟哝一声："什么人啊？"便没了声音。走到拐弯的地方，我偷偷往后面看，发现他并没跟上来，算你狠，竟然不跟班了，很有骨气嘛。看看他在原地打圈不停回头望，心中不免更恼火。我草草转一圈，回家躺床上生气，他也早早结束散步回来。

他见我躺床上，过来拍拍我肩膀："咦，真还以为你是小姑娘啊？可吓死我了，老婆大人。"一副嬉皮笑脸的样子，我搡开他的"爪子"翻个身没搭理他。一会儿熟悉的"爪子"又拍了拍肩膀说，"好了，我当初追求你是看上你 BP 机好了吧。"

"看上你个头……"我忍俊不禁，一起身拨开他的"熊掌"。他哈哈大笑："知己知彼，百战不殆啊。我就知道这一招永远管用!"跟他结婚后,我一生气就说他:"当初死乞白赖追求我,不是看中我的人,而是看中我的中英文 BP 机。"

我和先生因 BP 机结缘,至今回忆,仍温馨甜蜜。

我们俩对石家庄一直情有独钟,在石家庄三年,我们深深喜欢上这个省会中比较小的城市。如今,十多年过去了,还有几个逢年过节打电话、发信息相互问候的老朋友,一份友情温馨宜人!

因工作的需要,我单位在 1996 年给我配置了一个摩托罗拉第二代中英文 BP 机。年初买的时候,石家庄朋友动用关系,找人便宜了五十元。回来的路上,我请他吃饭花了六十多元。他笑着开玩笑:"看来你数学真没学习好,亏本的买卖啊!"我说:"有的买卖亏本也得做啊,情义无价。"记得当时价格是 2500 多元,寻呼台的号码好像是 60444444,反正 4 很多,我一看好玩,干脆 4 到底吧,选了个号码 84184,在乐谱中 4 也是发嘛。自从有了个 BP 机,我们俩就没少闹别扭。

星期天,我刚刚从石家庄去衡水出差,人家就不停地呼叫:"请速回电话,有要事找你。"有时候,在公交车上,有时候谈事情不方便回电话,你要是拖个五分钟不回,人家有本事连着呼你十次,等你赶紧回了,接电话的人说,那人等半天刚刚走。刚松了一口气,一会儿呼叫声又响起,索性关了可又怕单位有事情找不到我。

有次,我在邯郸办事,他跟几个好哥们儿一起聚会,席间他喝了点酒,就着酒劲跟朋友说他有女朋友了,几个朋友更是拿酒灌他,其中他最好的一个哥们儿让他呼我,说看看我心里有没有他,能不能及时回电话。

于是,他们几人看热闹般围着饭店旁边的公用电话亭,他左呼右呼我也没有回电话。于是，他那几个朋友轮番呼我，留不同人名字，我一个电话也没有回。

后来听他说，那顿饭他如嚼白蜡，心里那个气啊，觉得自己颜面扫地，我也太不给他面子了。他心里暗暗下定决心，再也不会主动呼我，我不去找他，他再也不会来找我了。

其实，我因工作的繁忙，辗转河北几个市下来，太累导致身体不舒服，那日中午早早关了 BP 机，想好好睡一觉。等我长长一觉醒来，打开 BP 机，发现有 20 多条呼叫信息来自同一个号码，就知道又是他在呼叫我，只是奇怪，为啥留不同的名字。

我起来赶紧回电话，电话那头老板娘说，姑娘，我听了半天明白一点，你男朋友今天好没有面子，你知道他其他号码，赶紧给他回个电话吧。

重归于好后，我给他约法三章，我出差在外面白天不允许呼叫我，有事情晚上呼叫。说归说根本不管用，人家死皮赖脸地说，一日不见如隔三秋嘛！

我说真这样你就写信吧，我还是希望看你有错别字的情书。第一封写了 11 页，问我看完后感觉。我说："想给你如此的名牌大学生纠正错别字，我数了数一共有 50 多个错别字。"

以为伤害了人家自尊不高兴呢，哪知道人家哈哈大笑问我："没听说过啊，'河南秀才，差字布袋'？我已经算好的啦。我们老乡写封情书 5 页 100 个错别字呢。"遇到这样的人，我是没话可说的了。

每个月我都要回江苏几天处理事务，那时的 BP 机可以在省内漫游，一出省就成废机一个了，怎么呼叫一点声音也没有。可把他郁闷坏了，直嘀咕："你们单位事真多，干吗每个月都得回去开会啊。浪费车票，有事情打个电话交代一下就可以了嘛。"

我说："那干脆不上班了，你在这里给介绍个好工作如何啊?"

还是现在的手机好，随便去哪里畅游无极限！特别是谈恋爱的姑娘小伙，一天都离不开手机信息的滋润。

1996 年满街找公共电话呼叫 BP 机的人，拿着个 BP 机找公用电话回电话的人是一道亮丽的风景。当然，能够手提个大砖头模样"大哥大"的人，更是让人另眼相看，想想真是遥远又温馨啊!

一片冰心在玉壶

说真的，我对河南印象原本跟全国很多人的感觉一样不是太好，很早看过这样的一条短信：十亿人民九亿骗，河南人民是教练……炸铁路抢银行，毒大米黑心棉。还有很多关于写河南人的段子，总之是说河南人怎么怎么不好，网上、现实中大家也都能感受到这样的氛围。

先生是洛阳人，作为半个河南人的我，接触的河南人多了，也常常为河南人民抱屈，河南人惹了谁啊？毋庸置疑，河南是个农业大省，城乡差异还很大，也许就因为是农业大省，外出务工的农民工太多太多，他们之间什么样的故事都有。其实，林子大了，什么鸟都有的，其他地方没有吗？同样故事也会有很多，可为什么总有人盯住河南人不放呢？

河南，一个中原大省，一个黄河文化的最杰出的代表地，洛阳、开封都是故都之城，南北的交通要道，自古乃兵家必争之地。曾经多少辉煌、多少盛景、多少繁荣绚烂多姿盛开在这片土地上，历史的天空永远把它们铭记！

我喜欢洛阳，最早是因为喜欢富贵甲天下的牡丹和十三朝故都厚重的人文气息人文环境，再后来因为工作上的往来常常去洛阳出差，接触了一帮洛阳朋友，他们豪爽热忱、聪明幽默也有些较真的性格，给我留下了极为深刻的印象。郭哥是这帮朋友中最典型的代表之一。

大学毕业后，郭哥被分配到医药部门上班，在当时这可是个不错的单位，可到了90年代中期每况愈下，郭哥勇敢地主动打破铁饭碗，自己开始经营药业。十几年下来，按他自己的话说虽没有大富大贵，却也为国家做了微薄的贡献。再就业没有给政府添麻烦，还领导一帮人自己把自己都养活好了。郭哥的好人缘、好人品、好口碑在朋友圈子里真是可圈可点的，不管是他的合作者、他手下的员工还有邻居想挑他的毛病都难。朋友们常常很羡慕郭嫂，说洛阳市如果评选模范丈夫，我们郭哥肯定能排前三名。

我们家在黄山的时候，郭哥一家来黄山玩过一趟。好多年了，黄山的朋友一直还记得他。郭哥每到一处风景名胜，几家小孩都是他管，他成了孩子队长，孩子们也全乐颠颠地喜欢跟在他后面玩。他极其幽默风趣，笑话多故事多，常常引得孩子们哄堂大笑。照顾完孩子又来照顾我们这帮大人，吃饭住店，没注意他就把账结了，搞得他像个地主。我们都说他，他哪是来旅游的啊，是来帮我们拍照片、结账带孩子来的。郭嫂司空见惯地说，你们别管他，他这半辈子都是这样，他不做事他难受，随他去，他喜欢为别人服务。在家他也整天闲不住，谁家要买紧俏药品，谁家有人要住院，谁买不着卧铺票，谁家要用车都找他。常常是朋友说好请他吃饭的，到最后一般都是他提前付账。我已经适应了，这样也挺好，说明他混得好啊。

这次回洛阳听朋友讲起一件事情，有个农民工骑车没注意，把郭哥停在路边的轿车撞坏了。当时交警出面处理，让农民工给四百元修车，他找朋友开的小店简单修理了一下只花了两百元，剩下的两百元可犯难了。当时也没留下农民工的电话号码，这可怎么办？后来他到《洛阳晚报》花钱登启事，请晚报记者无论如何帮他找到那个人，把钱退还了。先生后来问他修车的原委，他说："不说啦，其实很惭愧的，只修了两百元，当初不应该要他的钱。我们都来自农村，都是农民的儿子，农民的钱全是黄土地里刨出来的血汗钱。不容易啊！"

郭哥只是千千万万普通河南人的一分子，是洛阳的一个普通市民。他也常常为报纸上其他地方人讲河南人信誉差而痛心疾首！他说，洛阳是个旅游大城市，洛阳牡丹、龙门石窟、王城公园、白马寺、洛浦公园、音乐喷泉广场……经常有外地游客前来旅游，我为自己是洛阳人而感到骄傲自豪，但是我们每个人的形象也代表着洛阳整个的形象，所以，我们要从自己做起、从小事情上做起，点点滴滴都代表洛阳的综合素质。落后就要挨打啊，我想我们河南的经济如果像江浙沿海地区一样发达，关于很多刺耳的河南段子也就自动减少了。

"洛阳亲友如相问，一片冰心在玉壶。"

月虹瑞华

月虹与瑞华是我来金华一年多结交的朋友，跟她俩认识始于一个培训班。我去年刚刚来金华的时候，没事的时候喜欢到处转转，有各类培训也喜欢参加学习学习，觉得人不学习会落后，就算学不到多少新知识，也可以多结交一批有识之士。月虹原来在义乌上班，做一家化妆品出口企业的业务经理七年整，因太辛苦加上女儿也上幼儿园了，先生也一直希望她回金华上班，两边跑着太累，她便在依依不舍中回来了。

瑞华本是美术系的高才生，这家伙特别能折腾，师范大学毕业后做老师两年，便不停地倒换单位，好在她才貌能力双全走到哪里都吃得香，跳来跳去倒也风光得很！

说真的，刚开始对她俩印象一般，月虹给我的感觉是强势有余冲劲十足且处世方式简单，瑞华呢，看上去温婉可人风采动人，但个性偏激又十分较真。因为学习是短暂的，跟她们也无什么来往，倒是学习结束后，我常常收到她们俩的短信问候，让远在他乡的我，心里有了几许盈盈的温暖和感动。

也许是多年在外深感人生之路太不容易的缘故，更可能是一直认为出门靠朋友，多个朋友多条路吧。我应该属于那种给点阳光就灿烂的人，别人敬我一尺我总想着敬人家一丈。先生常常

174

说：一般朋友帮忙有十分的力出个七八分的劲已经很够意思，很不容易了，你倒好，只有八分的力，总想出十二分的劲，你累不累啊？是啊，也累，可性格使然，还真改不了。

前两天，月虹搬新房子请了她几个要好的朋友去家里吃饭，我和瑞华当然位在其列。参观了她在闹市区的高档住宅，禁不住更对月虹刮目相看，一路走来月儿真是太艰辛、太劳累、太酸楚了。

回金华后，月虹一直不快乐很压抑的，一者工作不太如意，最为关键的是她的身体，也许是在义乌的七年她透支太严重，一年来，病病歪歪反反复复，使她苦不堪言，欲说无语。她常常来我家玩，我总是好言相劝她，千万不能着急，先把身体养好了，以后机会很多很多的，没个好身体一切都白搭。我知道这些大道理她都懂得的，可是劳碌命的她就是闲不住，总觉得她心累，太累了！也能理解她吧，5岁父亲去世，跟着忠厚老实的母亲从小就受了不少的冷眼，而生性要强的她又常常不肯低头的。她读高中、上大学花费所欠的钱，都是她毕业上班后，自己一笔一笔还清的。

一年来随着了解的加深，我在心底真的很心疼她，这种心疼跟对待自己的亲妹妹没什么两样的。我也常常跟她的先生交谈，希望他能够多体谅、多关心她。一直像陀螺一样转个不停的艰辛女子，一下子被多病的身体拖累着蹦不得，跳不得，不能工作，不能赚钱，不能实现人生的自我价值，那种沮丧无奈、悲苦和困惑，没有经历的人是体会不到欲哭无泪的悲凉的。值得欣慰的是，最近她到杭州的一家医院再次检查，医生说她的病情在药物控制下一定会慢慢好转，吃了一个多月的药，她自己也明显感觉到病情有所抑制了，由衷地为她感到高兴！也相信她一定会战胜疾病开始新的生活。

瑞华跟月虹比简直就是个公主，父亲是退休干部，先生是音乐系的"钢琴王子"，9岁的女儿参加过多部电视剧的拍摄，琴棋书画样样精通，尤其是弹得一手好钢琴，唱得一首首动听的歌谣，多次在省市的比赛中获奖。温馨的三口之家，稳定的经济收入，平凡人中过着神仙眷侣的甜蜜日子。朋友一起聚会能歌善舞的他们一家，是一道亮丽的风景！

一直感恩，一路走来不管到什么地方都能结交几个心心相印的闺中挚友，让远离故乡的我不再孤单，总有朋友能够轻轻诉衷肠。一直感恩，身边的挚友对我的默默关照与帮助，让我这个在外的游子，有生活在家园里一样的快乐自由。

一直感念，感念朋友们对我莫大的信任和理解！

唯愿岁月可回首，且以深情共白头。

梦里看花

千岛云水间

相思无所寄

漫步绩溪说硼头

请到天涯海角来

一窗繁华

千里万里明月

乡愁是一棵没有年轮的树

行走山川的独行侠

一世情缘定秧歌

湖城烟云翠　四季流溢彩

黄山归来不看岳

会唱歌莲花的心语心愿

浮华流年里的拾荒者——多病的童年

浮华流年里的拾荒者——生气是拿别人的错误惩罚自己

浮华流年里的拾荒者——无巧不成书背后的故事

浮华流年里的拾荒者——网络抄袭，想说爱你不容易

· · · · ·

山谷幽兰

· · · · ·

第三卷

流 年 拾 荒

风起叶曳，莲花轻语，天地间总能相遇。徜徉月光，藕花深处，那艘舴艋还在一波顾盼，一波心语吗？

——题记

梦里看花

一、西栅

抵达乌镇西栅是薄暮黄昏、落日熔金，令人想挽留那一抹夕阳的好时光。行走在乌泱泱的游人中，我总是忍不住找个角度去拍摄芦苇倒影下的夕阳，去抓拍那摇橹人瞬间荡起的浪花，去不厌其烦地拍摄那小桥流水人家。

时间静如水，时间动如水。在一低头的恍惚间，千万盏华灯，灯火花千树般璀璨绽放。此时，灯光水影里缓缓行驶的乌篷船是一道靓丽的风景，那划过橹尖潺潺的流水声是最为动听的小夜曲，千百年来水乡船工的辛苦和喜悦，似乎都在那飞溅的水花中，诉说给河水听，诉说给游客听，更诉说给一代代船工听。

我眼睛一刻不眨地看着水岸边灯光投影在河流里的那些色彩斑斓的光影，仿佛置身于一个梦幻般的世界，更觉得小时候对万花筒里世界的向往神往，现如今真真实实地呈现在面前了。那种陡然间回归孩提时代的欣喜若狂的单纯和美好，顷刻间浸染浑身每个细胞。我贪婪地拍摄着，几乎挪不动脚步，在想，所谓天上人间的美景大致如此吧。

一枝垂柳拂面，突然想起陈樵《月庭赋》中"细柳分荣，琼池增色"的名句。蜿蜒流淌的静谧而又喧嚣的河流，此情此景成了名副其实的"琼池"了。

路过一户人家，橘黄色的灯光下，一家人坐在半开的木门里促膝谈心。游客们被那温情温馨的场景所感染，纷纷有人去他家木门前留影。我也被那灯光、那人影、那场景所感动，微笑着示意着算给门里的人打声招呼，忘情地拍摄他们，自己也斜倚在木门上拍了好几张。

在心底，我是多么向往、羡慕这家人临水而居，天天生活在风景中的淡定和舒展的生活啊！而我为五斗米折着老腰，在钢筋水泥高大的建筑物间穿行奔波，倚水而居，煮茶促膝，静看流水，似乎成了一生的奢望。

终于逛累了，走进一家特色小吃店，选一个临窗的位置，要一碗藕粉一块梅花糕。藕粉淡淡的清香，梅花糕的香甜，让我不忍心大口吞噬它们。我陡然间变得比淑女还要淑女，慢慢地慢慢地一点点一点点舔舐它们的清芬。

时而有乌篷船从我的面前悠然划过，我听不清游客和船工在说什么，只听见汩汩的水声中，隐约有美妙的琴音。这里没有高山，只有流水，是流水在呼唤高山这个知音的琴音吗？同游的同伴说，来乌镇最好带着恋人同游，否则，太辜负这良辰美景了！我倒是更觉得，结伴知音同游乌镇也是最佳拍档。

徜徉在这灯影桨声中，踯躅在游人纷扰的嬉笑中，处处是咔咔嚓嚓的拍照声，处处是悠闲的游人在美食小店门前排队付款的身影，处处是五彩缤纷的影像，林立的商铺各具特色，犹如唐肥汉瘦的美女们，争奇斗艳，各有千秋。

我第一次感觉面对这流光溢彩的夜色美景时自己的手足无措，犹如初恋时见到初恋的情人，雀跃心动而又欲说无语，那一

179

腔款款情深，只能在一抬头的羞涩里，恋恋不舍中，看着那个背影慢慢远离我的视线。

二、东栅

秋意阑珊的东栅，晨光迷蒙的水雾里，迎来了一批批游客。

秋阳懒散地照耀着东栅的小桥流水人家，游客们走三步停两步，悠长狭窄的小巷，一扇扇敞开和虚掩着的门扉后，有一张张淡然而又无动于衷的脸色。或许，于这些小小店铺的店主，早就习惯甚至漠视这些川流不息的游人了。各式小玩意，陀螺、风车、木头汽车、各式装饰品、明信片、发黄的复制的小人书，印染花布等琳琅满目……有的店主态度温和，允许讨价还价；有的店主大有你爱买不买，就是一口价的架势。

随着人流走进"江南百床馆"，顿时为那些精美的木雕眼前一亮，一张床一个木工要用三年的时间来打磨，何等的精致奢侈！原来，江南人的细腻讲究，婉约风情，真的随处可见。一张张风格迥异的木雕床，让人顿生睡觉也奢华的感想！

蜿蜒的小巷如一条流动的河流，游人们蹚过这条河流，时时有惊喜。一脚迈进"江南木雕陈列馆"，我便走不动路了。睁大眼睛，恨不能带个放大镜去仔仔细细欣赏每一件木雕精品。此处原为东栅徐家的豪宅，又名"百花厅"，其以木雕精美而闻名遐迩。"八仙过海""郭子仪祝寿"为大件木雕精品，那些考究的做工，带有灵性、灵气的雕工，恍惚之间，一个个表情神态各异的人物形象呼之欲出；而"打鱼""斗蟋蟀""敲锣打鼓"等生活场景的木雕又是那般贴近生活原生态，让人有身临其境的感觉；"龙凤呈祥""松鼠吃葡萄""梅兰竹菊"等传统图样，又是那般惟妙惟肖、活灵活现，看着想着，我只想伸手去轻轻地抚摸它们。

我边看边赞不绝口，真的恨不能悄悄藏几件带走，回家慢慢欣赏。走过的景点中，觉得唯有西递、宏村中的木雕可以跟"百花厅"里的有得一拼。

临水而居的日子，原本就灵动滋润，而水葱样的江南水乡美女，更是风景中的风景。而美女们五彩缤纷的服饰，更是将水乡美景点缀到极致。染坊的诞生，让中国服饰从枯燥单调的色彩变成五颜六色。"宏源泰染坊"里的那些高高飘扬的蓝底白花的印染布，像一面面胜利的旗帜，从隋唐开始鼎盛飘扬，到如今，依旧有情有独钟的追求者们将染坊工艺发扬光大。

逛累了，我们三三两两斜倚在临水的长椅靠背上，懒散地看着秋阳穿过水岸边婆娑的柳枝，眯起眼睛，看光怪陆离枝叶间隙里的光影，听乌篷船上船工们偶尔的几声软语清唱。看着清粼粼的河水，我忍不住拾阶而下，用手撩起水洒向同伴，洒向乌篷船。乌篷船的游客，回报我的是欢乐的笑声和洒向我的一掬清水。

看着街面店铺门前的猫咪和狗狗，它们貌似非常善解人意，不停地呈现各种表情配合游客们拍照，我只生感慨，原来，小动物也早就见多识广，为乌镇的美景无形中增添了一份情趣。好想赖在这里不走了，好想让时光就此停留，好想在这水岸边开个书店，与茅盾大师为邻，聆听他老人家风中的吟唱。

乌镇古代最大的名人是南北朝时梁朝的昭明太子萧统，他曾在乌镇筑馆读书多年，潜心治学并编撰了《昭明文选》，此书对中国文坛影响极大，可与《诗经》《楚辞》并列。

乌镇在中国近代、现代涌现出了一批有识之士，其中有政治活动家沈泽民（茅盾先生之弟）、银行家卢学溥、新闻学前辈严独鹤、旷代清才汤国梨、农学家沈骊英、著名作家孔另境、海外华人文化界传奇大师木心等等。一个个掷地有声的名字，照亮了乌镇的日月星辰。我尤其推崇两位女杰汤国梨和沈骊英。汤国梨是章太炎先生的夫人，她性情刚强，有丈夫气概，胸怀政治抱负，且天资聪慧，能诗善书，为近代女子先驱、诗词家、书法家。沈骊英有著作22种，大半译载于英、美作物育种学和生物学杂志，常为各国学者所引证，故钱天鹤誉之曰："骊英先生为农业界不可多得之科学家，其地位之高，在今日甚少有人可与之并驾齐驱。"

文学巨匠茅盾（原名沈雁冰）是新中国成立后的第一任文化部部长，其小说《子夜》《春蚕》《林家铺子》等是"五四"以来优秀文学作品的典范。

茅盾先生生于斯，长于斯。他是中国文坛的佼佼者，更是乌镇的骄傲！

徘徊在茅盾先生的纪念馆，看着先生八十五年间的影像资料介绍，更觉水乡乌镇钟灵毓秀，人杰地灵。少年时读先生的《林家铺子》《春蚕》很是同情"林老板""林小姐""老通宝"，但是，似乎又比他们还无奈。风云变幻的时局，动荡的人心，民不聊生，却又是那个时代真实的写照！茅盾先生将笔触深入江南民众的中层和底层，精准传神刻画了"小人物"在"大时代"背景下的挣扎苦闷和愤懑无奈。

茅盾先生还是一位出色的书法家。其作品布局缜密严谨，笔法精劲含蓄，秀逸疏朗，淳雅婉丽，如出水芙蓉，清新脱俗。

黄磊、刘若英主演的电视剧《似水年华》在乌镇东栅拍摄，当年的拍摄用的道具书，如今成为展品。

行走乌镇，恍惚间犹如梦里看花，看不尽的水秀精美，道不完的沧桑故事。梦幻的西栅犹如一位雍容华贵、气质非凡的美女，端庄高雅、华美绮丽。清纯朦胧的东栅，犹如李清照笔下"和羞走，倚门回首，却把青梅嗅"的邻家女孩。

好景常在，却留不住游子的脚步，依依不舍中不得不告别乌镇。

明代史鉴的诗歌："两两归舟晚渡关，孤云倦鸟各飞还。月明乌镇桥边夜，梦里犹呼起看山。"此刻最能代表我的心意。

千岛云水间

一

虽说节令已经入秋，热情似火的千岛湖朋友的盛情相待，堪比这酷热的 38 摄氏度高温。当然，碧波万顷处隐隐 1000 多个青峰也以同样的浓烈情感，配合"秋老虎"的虎虎威风，夹道欢迎我们。

车子行驶在江南的丹青墨色里，望着车窗外朵朵白云飘游在青山绿水上，心里有股说不出的柔软温情的忆念。苍茫的思绪，遥远的思念，似乎都隐藏在云卷云舒中，逍遥地遨游在云天外，缱绻在每个隽秀的山峰上，徜徉在一泓碧波里。那绿得让人心醉的盈盈湖水倒映着峰峦叠嶂，禁不住让人慨叹：青山绿水千岛湖，蓝天白云万家村。丹青墨色仙境处，千峰碧波伴年轮。

骑行在千岛湖畔，烈日的炙烤，丝毫不能阻挡我兴致勃勃的环湖游，大汗淋漓中一阵湖风吹来，凉爽的感觉沁人心脾。真想在此结庐终老，千岛湖畔的垂钓，垂钓日月流年，垂钓清风明月，垂钓一地鸡毛中的至真至善至美至信至情！

一路骑游，我被湖光山色的景致所吸引，时不时下车狂拍一气。只觉得波光潋滟的无限风情，都隐藏在那一千多座的隐隐山峰的背后。此时此刻，真的恨不能化身成一只彩蝶，翩翩翔飞在这迢迢水波上，穿梭于隐隐青峰间，聆听云水谣的故事，谛听山水间铭心刻骨、相依相伴的前世今生的传奇吟唱……

朋友家就在那"白云生处有人家"的山的那边，就在千岛湖镇山顶的最高峰上。四层小楼，白墙黑瓦，鸡鸣狗叫。满山坡品种齐全的水果树，尤其是枣树和石榴树分外引人注目，满树碧绿的青枣像翡翠让人爱不释手，满树的火红石榴，像情窦初开的少女，心中对爱情充满幻想和渴望，那炽烈的情怀，清纯如水，让人只可远观，不可近亵。

那满畦的辣椒、茄子、西红柿，那满架的冬瓜、南瓜、丝瓜、苦瓜……在泥土的芬芳里，它们花开蒂落，一季丰硕。

朋友两口子虽在这大山深处长大，却也算见过世面、开过眼界的人。二十五年前，两口子高考落榜，便去深圳一家工艺品厂家打工。男主人聪明好学，善于钻研，很快就被老板看中，聘为生产厂长。再后来步步为营，在东阳拥有了自己的工厂，在义乌批发市场买了摊位，一边生产工艺品，一边经销工艺品，再后来被千岛湖镇招商引资回到家乡办厂……

山里的孩子闯荡外面的世界，把外面精彩的世界又带回到生育、养育他们的故土，这样的轮回是大家乐于看到和值得好好抒写的！

二

初见千岛湖，惊鸿一瞥中，虽然是烈日当空照，大有不把人给晒化不罢休的架势，我的脑海中却突然冒出白居易那首脍炙人口的《忆江南》："江南好，风景旧曾谙。日出江花红胜火，春来江水绿如蓝。能不忆江南?"

是啊,能不忆江南?江南的山水镌刻在每一位游子的心扉上。月朗星稀,清风徐徐的初秋深夜,在异乡的我独上高楼,听那不知名的虫儿唧唧复唧唧,倾听那棵五百多年的香樟树对我无声诉说着云天外的陈芝麻烂谷子,虽然都是一些琐碎的啰唆,却是世纪老人般的经验之谈。

冒着酷热,再一次来到我心仪千千、心念依依的云水间。

青峰下,云水间青峰倒影的水底世界,就是座深不可测的秀美桃花源,让我有恨不能即刻沉入水底,溶化在其中的意念。掬一捧湖水,涟漪荡漾的瞬间,我恍惚之中乘一缕清风,衣袂飘飘在深邃辽阔的湖底清凉世界里,痴痴凝望着湖底倒影的美轮美奂。沉思良久,一滴清泪滴落在湖面。我知道,我终究无法邂逅那云水间的缥缈故事,终究抓不住湖底一条小鱼,只能任凭它们在我的心湖里自由自在地游荡吧。

好想纵身扑进碧波里,让碧绿和清凉把我深情拥抱,身体的不适,却只能用手轻轻拍打水面,掬几捧清泉水拍面,以示我对她们的深情厚谊。

都云爱到深处情孤独,情到深处人孤独,行走在云水间、青峰下,这样的孤独感将我紧紧包围。除了拿起手机贪婪地将云水青峰俏丽动人、妩媚灵动的身影珍藏在相册里,我似乎不能再有任何念头。美景是属于大家的,属于世界的,任何人都不可占有,也占有不了,却又是任何人都可以深情地眷念拥有她们。因为每个人的心湖里都有篇《云水谣》,有把青锋剑。

尽管对离开千岛湖镇有万般的不舍和留念,我终于还是不得不跟千岛湖的山水依依告别。

蓦然回首,月朦胧鸟朦胧中望不尽那天涯路。

　　天涯的路，一直延伸到远方，远方在何方？远方在那云水间与影共徘徊，远方在青峰上与剑共舞。远方在那心湖里，山水辉映，美不胜收。

　　遐思中的心被云水溶化了，此时此刻，我只想潜入云水间，做一只逍遥自在的彩蝶，让每一座青峰上都留有我的足印，让每一片彩云都成为我绮丽的锦衣，而在那一泓碧波荡漾里，则有我轻灵的梦想和万重的夙愿。

相思无所寄

一夜春风吹绿江南。

徘徊在柳湖边，看万千垂柳方兴未艾、争先恐后地吐着新绿，心境在刹那间轻曼柔软，澄碧悠远。

春，在柳条婆娑的舞蹈中，在玉兰花蓬蓬勃勃的绽放下，在湖边孩子们嬉笑追逐、摇摇晃晃的被风筝线牵引的欢呼声中，盎然如期地降临了。

柳湖，顾名思义，四周垂柳环绕的一个小湖。当然，她跟西湖的湖与柳显然不在一个层次上，春、夏、秋到过西湖的人，一定忘不了西湖"柳浪闻莺"的景致。

两次游览西湖，都是在夏末初秋。我对"柳浪闻莺"那闲情飘逸的、伶俐俊秀的、绿得让人能把万千情思刹那间融化的绿色长廊，可谓情有独钟、铭心刻骨般地挚爱着，梦魂萦绕着……

爱，一见倾心的爱，真的不需要任何理由和借口！

无数次在梦境里，我与我心仪的"柳浪闻莺"，进行着"月上柳梢头，人约黄昏后"的不期而遇。

不管我怎样的惦念和牵挂着西湖岸边的垂柳，她们却多年来，始终与我保持着不可逾越的距离。我只能在无期的遥望中慨叹着：相思无所寄，且待春风起。

岁月磨砺着我们的心智，光阴带走太多的遗憾和不舍。

十年的朝夕相处，日久见人心的柳湖边垂柳，不知何时款款情深地走进我的心怀，大有抢夺"柳浪闻莺"中的那绦绦绿丝的地位。

人生有几个十年？"柳浪闻莺"的垂柳啊，请你们原谅我的"移情别恋"，请你们宽容我的"三心二意"，请你们祝福我和柳湖边的垂柳们"情深几许，芳心暗许"吧。

十年前，我从另一个城市漂泊到柳湖岸边，我的心酸和苦闷、我的失落和惘然、我的快乐和忧伤，都是我身边的柳湖垂柳，给了我无尽的吹拂和宽慰！给了我无尽的勇气和信心！给了我无尽的动力和指引！

曾几何时，春暖花开的明月夜，我痴痴地忆念着我的忆念，徘徊在万千柳条拂面的柳湖边，对着一轮皎洁的明月，诉说着苍茫恍惚的心事。怅惘的心曲是淡淡的乡愁，溶在月色里，溶在春风过处、柳条拂过水面的涟漪里，溶在丝丝垂柳的绿芽中……

年年岁岁，春风裹挟着碧绿的丝绦，吹皱柳湖的水波，在那平静的水面上，有我深深的眷念和离愁，有我说不完的心思和凝望，有我驰骋的梦想和追求。

忆当年，老家池塘边柳树下，那个喜欢在春意绵绵、亮如白昼的月夜下吹横笛的少年，孤单的身影在春夜醉人的花香里，徘徊又徘徊。

少年吹累了，会动作轻盈地用柳条编织成各色各样的玩具。那些蚂蚱、麻雀、鱼、狗、兔、蛇等柳条玩具，陪伴着少年一起聆听着笛声……

在那"横吹笛子竖吹箫"的青涩年华里，池塘边的万千垂挂的柳条是少年最为忠实的伙伴和知音。尽管那些曲调，少年自己都认为实在是不着调，可轻轻飘拂的柳条，总是向少年点头示好，似乎一直都在勉励着少年。

夏日池塘边的垂柳，绿得让人涨眼，让人心慌。

暑期中的少年和她的小伙伴们戴着自己编织的柳条帽，在碧浪滔天的田野上，打猪草、放牛、拔草。每每劳作归来，务必要到池塘边来嬉闹一番的。

他们依次把水牛拴在柳树上，牛儿见到凉水，开心地打着滚。他们一个个被烈日炙烤成"红头蜈蚣"似的，见到水，便迫不及待地跟牛儿一起在池塘里翻滚。此时，柳条帽被他们一顶顶拆开，成了他们打水仗的"武器"。每个人手里拿着几根柳条，拍打水面处，翻腾的水花犹如一条条瀑布，自下而上地流淌着甘甜的清凉。这股清凉，滋润着他们的心田。

打水仗打得累了，饿了，他们便采摘池塘里的菱角和莲藕来充饥。直到大人们响亮地叫喊着各自乳名的声音，从庄子的另一头阵阵传来，他们才极不情愿地挎上在水里冲洗干净的猪草，纷纷回家吃饭。

夏虫的唧唧复唧唧声中，少年爬到柳树顶上乘凉，她使劲地借着月光向遥远的天边张望。朦胧月色下的星空，浩瀚的星河，给了她太多不切实际的遐想和美妙的情怀。她的自言自语常常惊起柳树上栖歇的鸟儿惊飞。此时，她会开心地大笑，觉得整个世界都是她的。

秋日不可抗拒地来临了。少年眼睁睁地看着柳条一日日变得苍绿枯黄，心里会有股莫名的心痛。

深秋的凌晨和傍晚，少年会常常拥抱着那棵，那棵她环抱不下的大柳树默默流泪。尽管她知道，来年春暖花开，她挚爱的柳条会依旧新绿，陪伴她孤寂自负的志向，陪伴她如柳絮纷飞般飘扬的梦想，陪伴她度过一个个"柳絮池塘淡淡风"的宁静致远的美好时光。可是，少年心底的那份不舍和落寞，却总是挥之不去。

冬日凛冽的寒风，终于吹落柳树上最后一片叶子。抚摸着皲裂褐色的树干和光秃秃的柳条，少年晶莹的泪花如飘洒的雪花，浸润在柳树的枝干上。少年常常异想天开地妄想着，待到来年春风起，自己的热泪定能暖绿老柳树。

岁岁年年的守望，池塘边摇曳多姿的柳条，安抚着少年多愁善感的心绪。

《天仙配》中老槐树开口说话的故事，曾经让少年入迷，她日日都要跟她的柳树说话。她一直在期盼，有朝一日，柳树也能开口跟她讲话，讲天外的故事，讲未来的故事，讲人生的故事。

苍天无语，柳树无言。

一年年的春夏秋冬，不管生活在何方，不管日子有多么惬意潇洒，也不管生活有多么失意郁闷，与柳树的约会，与柳树的对话，异乡漂泊二十载里，从未间断过，从未忘记过。

遥想屯溪那十年，家在新安江边，新安江边的垂柳，便是我最痴情的知音。新安江的涛声，依稀记得我与垂柳的缕缕情愫吧。新安江上的日出日落，也一定记得我踯躅的身影，穿梭在汪洋的柳条中的背影吧。新安江畔的垂钓者，耳闻目睹过我与柳树的耳鬓厮磨。

流年似水，滚滚东去不复返，二十载的柳树情缘，让我对"门前柳"，依旧一往情深，依旧牵肠挂肚，依旧爱不释手！

在这莺飞草长、百花盛开的江南春夜，暗香盈盈的是窗外的桂花伴着柳湖垂柳的飞絮，飘洒到我的窗前。

想起李白的诗歌："谁家玉笛暗飞声，散入春风满洛城。此夜曲中闻折柳，何人不起故园情。"

漫步绩溪说磡头

在绩溪的山水风光和人文思想面前，我的一支笔似乎无法，更无能为力去铺展那绝妙的景致、那睿智的理性和深邃的思想。我只能庸俗化地记一些庸常流年里的流水账，慰藉自己年老爱回忆的癖好。

离开黄山六年，趁着我家顽童放暑假，再次带他回黄山小住几天。第一站是许老师给安排的，许老师一家，带我们去他老家安徽绩溪家朋乡磡头村游玩。

许老师是黄山屯溪一中一位德才兼备的好老师，他在十多年前，我家顽童刚刚与他儿子就读同一所小学同一个班的时候，因孩子教育方面的理念，我们有许多共同话题，便留了电话号码。再后来，他知道我们一家爱看书，第一时间送来一本由他参与编纂的书《磡头志》。

在皖南众多的古村落中，绩溪的磡头村应该算得上最具特色的了。该村山环水抱，村中有文笔墩、狮子墩、塔岭墩、八卦亭墩、东山营墩，五墩散布；村边有寿山屏、阳和屏、平顶山屏，三屏鼎立；村外围有饭甑尖、黄茅、门前岩、山云尖、台炮尖、磨刀石尖，六山环峙，势若擎天。发源于荆（州）磡（头）岭的云川溪蜿蜒曲折奔腾而来，由南向北呈 S 形穿村而过。

　　磡头村云川溪两岸是长长的水街，溪两岸的两条街道，名为"水街"，用花岗岩条石铺成，是典型的徽州古道，沿街而上，即可看到六座山峰环峙着村落，民居沿溪谷两岸依山而筑，层层叠叠，错落有致。两边的街道有许多巷弄，深邃幽长，行走其间真是三步一道坎，五步一石阶。据说在有的居民家中，即便上床也得拾阶而至，俗语道：磡头磡，上床三档磡。将磡头村跌宕起伏的地形地貌描绘得淋漓尽致。想想"磡头"这一名字，倒也形象地概括了村落地理上的个性特征。

　　行走在水街的石板路上，我有恍如隔世的感觉！正午火辣辣的阳光，未能阻止我游兴不减的步伐。潺潺的流水陪伴在我身边，什么比喻都顿觉俗不可耐，像玉带、像白色的绸缎飘浮在眼前，像黄河之水天上来，像遥看瀑布挂前川？都像，都不像。我且在这天高云淡、青山绿水中，如诗如画、如梦如烟的江南小村庄里，肆意地享受着世外桃源的风光吧。

　　水是灵动的天使，一个四面环山、溪水环绕的村庄，不正是我们人人向往居住的仙境嘛。水街的水，缓缓的、潺潺的，从容优雅地汩汩流淌着，多少时光在涓涓细流中被微笑着带走。沧海桑田的变迁，在水街两岸居民们的一顿顿特有的水馅饺子宴的欢快笑声里，华丽转身，永不再现。再现的是历史的痕迹和记载。

　　坐在许老师家的老宅大门口，吃着他妈妈和夫人亲手做的绩溪特有风味的水馅饺子，看着大门外的风景，看着黑狗、黄猫争抢着吃食，真有点不知身在何处的感慨！

　　磡头村建村于明洪武二年（1369），"新安许氏"始祖许儒（居歙县许村）第二十二世孙许泰来相中了这块"云山拱秀，川水潆洄"的"风水宝地"，便从离这里五里之地的云川大桥头杏梅园下（即"下许村"谐音"霞水村"）迁来，开基建祠，繁衍人口。

许氏宗祠跟众多皖南的宗祠一样，恢宏的建筑，气势如虹，家族的兴盛延绵福昌，每个家族都是一本悠久的历史，每个家族都有一本奋斗史！

许氏家族的兴衰这里不表，单单说一说许老师的父亲。

一走进许老师父亲的书房，书桌上的书，《中国机械发展史》《中国古建筑探微》《人生艺术》等等，就让我对这位白发苍苍、精神矍铄的老人肃然起敬！一个只读了小学四年的老人，自学桥梁设计，全县有 53 座大小的桥梁出自老人家的设计，再看墙上挂着多种乐器，摊开的乐谱是刘天华的《月夜》《良宵》。

老人话语不多，只是一再向我们频频点头微笑，真正一次长时间交流是在我们临走前中午的餐桌上，或许通过两天的接触，老人家慢慢信任我了。老人简单诉说了他的经历，有些事情，竟然他儿子和媳妇也还是第一次听说。

老人 14 岁在安徽省黄梅剧团工作过，所以，对声乐的爱好一直痴迷不改。18 岁回到家乡，因当时老人的哥哥和妹妹都出去工作了，老家剩下寡母和他的奶奶，他不忍心让自己的母亲和奶奶常年饱受孤独之苦，便毅然离开剧团，回到老家帮母亲务农打理家务。再过两年，他又积极参军，临走前的晚上，奶奶一夜的眼泪，终于让他放弃去部队。在当时来说，去部队锻炼，绝对是有光明前途的一条大路。从此，他安心农村，陪伴老人，好好务农。老人 60 岁前，一直担任着村党支部书记，卸任后，县里根据他的才能，多次聘请他到不同的岗位上去工作，都被老人一一婉拒了。老人跟我说，我一辈子不在乎虚名，只知道踏踏实实地做好事情！老了，更不会去争什么，我能够做到的事情，县里、乡里的同志尽管来找我，我依旧会全心全意地做好！

谈到现如今关于孩子教育的话题，老人感慨颇多，他说每每看见孙子许胡哲，放暑假回来都有做不完的作业，他看着都有点累。老人一再强调他的观点，孩子们一定要学以致用！否则，真是人才的极大浪费！他现身说法，说他自己大半辈子边学边用，收获颇丰！

听老人的一席谈话，我深深感喟一句古语：真正是深山藏虎豹，田野埋麒麟啊！民间自有高人在，山野逍遥度余生。一生勤劳尽孝道，溪水无言伴仙神。

我们相约，再过四年，一定要来磡头村，好好为老人祝贺80岁的生日。

全国有几多以英雄烈士命名的县，而以英雄烈士命名的乡镇却是不多的，磡头村的主管单位家朋乡，就是以抗美援朝的英烈许家朋的名字来命名的。

许家朋是又一个黄继光式的英雄人物，根据他生前申请，所在部队党委追认他为中共党员，朝鲜追授他"朝鲜民主主义人民共和国英雄"称号和金星奖章、一级国旗勋章。

1954年2月15日，中国人民志愿军领导机关给他追记特等功，并追授"一级英雄"称号。

看不够绩溪的山山水水，说不完绩溪的人文荟萃，徽文化博大深邃浸润着的这方热土，千百年来的积淀和发展，如独树一面的旗帜，高高飘扬在精神文化领域的天空。

徜徉在磡头村的山水中，看着顽童和他同学许胡哲，一到清澈见底的溪水旁，常常奋不顾身鞋袜都不脱就尽情地嬉水，我们大人也不顾衣衫湿透，在溪水里捉鱼逮虾，开心清凉地享受着清冽的溪水，仿佛一下子回到童年的美好时光中……

请到天涯海角来

　　《请到天涯海角来》这首歌，相信很多朋友都非常熟悉且会哼唱。这首歌不仅让演唱者沈小岑从一个默默无闻的建筑工人成为一个炙手可热、家喻户晓的明星，同时也为海南岛做了个立体广告，让海南人民至今铭记于心，也让众多的喜欢天涯海角风景的人们想去亲眼看看歌词里所唱的："请到天涯海角来，这里四季春常在。海南岛上春风暖，好花叫你喜心怀。三月来了花正红，五月来了花正开。八月来了花正香，十月来了花不败……请到天涯海角来，这里花果遍地开。百种花果百样甜，醉你甜到心里外。柑橘红了叫人乐，杧果黄了叫人爱。芭蕉熟了任你摘，菠萝大了任人采。"

　　哼唱着这首经典歌曲长大的我，终于在今年的阳春三月里，和单位里的一帮同事来到了这个美丽富饶的宝岛。

　　都说三月份去海南旅游是最佳的选择，因为，这时的海南气候宜人，鸟语花香中神清气爽。可是，今年的冬天去得比较迟，在去温州机场的当天，我们一行全部穿着冬装，大多数还穿着羽绒服，都希望着到海口气温升高，海南的夏天迎接我们，没想到一下飞机，扑面而来的不是温和的海南夏之风，依旧是丝丝春寒料峭的寒意。于是，我们把希望寄托在三亚的大海边，在天涯海角处尽情地嬉戏。

　　一路的阴雨和寒气使得我们心里有股说不出来的懊恼和惆怅，觉得选择这个季节来海南真是来错了。五日行程的第四天，终于来到了梦魂萦绕的向往中的蓝天碧海之地。面对碧波荡漾一望无际的大海，面对蓝蓝的天空白白的云朵，面对椰树婆娑的身影，面对和煦的阳光，阵阵扑打我们的涛声……突然间仿佛自己置身在仙境里，贪婪地张大嘴巴，呼吸着阵阵涛声溅起的朵朵浪花里的灵气。心，被这清丽妩媚、多情妖娆的海滩迷惑了，怎么看也看不够，恨不能把这一切美景揽入怀中亲吻着梳理着她们的前尘往事。时间在三月的那个午后凝固了，静止了。赤脚漫步在沙滩上，我仿佛来到了一个极乐世界，尽情地与海风涛声对话，静默地倾听天涯海角、海枯石烂的故事，"鹿回头"的传说在耳边再次响起，阿黑和梅姑娘相亲相爱永不分离……

　　"天涯海角"并非地理位置上的尽头，而是意境意义上的天涯海角。史载，"天涯"两字为清雍正年间崖州知州程哲所题，铭刻在一块高约10米的巨石上。"海角"两字刻在"天涯"右侧一块尖石的顶中端，据说由清末文人题写。这两块巨石通称"天涯海角"。传说一对热恋的青年男女分别来自两个世仇的家族，双双发誓不管到天涯海角也要永远在一起。在其族人的追赶下，被迫双双逃到此地。而此时两人跳进大海，化成两块巨石，永远相视相对。后人为纪念他们的坚贞爱情故事，在此石头上刻下"天涯""海角"。现在恋爱中的男女也常以"天涯海角永远相随"来表达自己的心迹。

　　历史上，远离中原的天涯海角在历朝历代似乎成了遥远荒蛮之地，专为古代封建王朝流放"逆臣"之所。宋代名臣胡铨的"区区万里天涯路，野草若烟正断魂"与唐代宰相李德裕的"一去一万里，千之千不还"这样描述了谪臣的际遇。在所有的"逆臣"中不得不提苏东坡，苏东坡被贬的三年，在儋州所居的"载酒堂"给海南学子讲学，使得这块"蛮荒之地"开始"书声琅琅，弦声四起"不久，海南人读书求学蔚然成风。苏东坡离开海南后，为了纪念这位传播中原文化的先驱，海南人民在载酒堂的原址修建了东坡书院。苏东坡也留下了《被酒独行》的诗篇："总角黎家三四童，口吹葱叶送迎翁。莫作天涯万里意，溪边自有舞雩风。"三年后苏东坡离开海南，这个一开始感觉荒蛮困顿之地到走时却依依不舍了。《别海南黎民表》里深情地告白："我本海南民，寄生西蜀州。忽然跨海去，譬如事远游。平生生死梦，三者无劣优。知君不再见，欲去且少留。"

想来历朝的受贬大臣们的诗词歌赋成了最早介绍宣传海南的广告，如今得天独厚的旅游资源和风光无限的美丽风景，在重环保重休闲重养生的热爱旅游人的心境里，天涯海角成了所有人心中一道亮丽的风景线，追随着向往着的是一个现代美丽神话之地，每个人心中都有一座风光绮丽的小岛。从天涯海角回来，朋友们问我感觉咋样，我笑道："咋一个美字了得，此情那景，只想找个人私奔到天涯海角。在那无限的风光里平静地细数日月流年每一天，人生夫复不求也。"

一窗繁华

春雨、春风在料峭的早春二月里，总是不经意间对梅园里尽情绽放、满怀欢喜的梅花造成伤害。

春天的脸是"孩儿面"，说变就变，让人防不胜防。

听说又要下雨，我着急慌忙，在一个日暮黄昏的喧嚣里，一路跟着拥挤的车流，来到梅园。

年前的一个周末，带外地朋友来看过梅花。那时，梅开几枝头，花骨朵儿怯生生地打量着造访她们的游人，彻骨的寒风吹过梅树，梅枝摇曳着暗香，风过处似乎在对游人说：我们正在接受冰天雪地里的洗礼，正在历练着"梅香苦寒来"的过程，立春过后才能怒放枝头。想看我最美的芳华，请在年后的第一时间来到我的身边……

回先生老家过年的那一周，心里始终心心念念着这梅园里的梅花。

回来后上班的琐碎又耽搁几日，看着朋友微信圈不时有人晒梅花，心里的那个急啊不言而喻。

终于来到了梅园，迎接我的是满树繁花和满园黄昏下依旧恋恋不舍赏梅、拍梅的人群。由此可见，人们对梅花的珍爱和珍视吧。

满园的喧闹，想来梅是无奈亦无言的吧，一直觉得梅是寂寞的、空灵的、有灵性的冰清玉洁的仙子。冰天雪地里独凌寒霜的孤傲，早就让她们和禅意诗性合为一体了。她们骨子里忍受不了我辈俗人对她们过度地拍摄晒照，过度地攀摘和倚靠着，摆出各种姿态摆拍的吧。她们在心底渴望在一窗繁华里，有个懂她们的君子对话的吧。

只可惜"梅妻鹤子"故事里的林逋千年难遇一人。

终身未娶，散养几只仙鹤视作自己的"儿子"，带着"儿子"跟梅相依相伴、相亲相爱一辈子的人，除了林逋还能找出第二个吗？

"众芳摇落独暄妍，占尽风情向小园。疏影横斜水清浅，暗香浮动月黄昏。霜禽欲下先偷眼，粉蝶如知合断魂。幸有微吟可相狎，不须檀板共金尊。"

林逋其实一直未曾远离他钟爱、挚爱、深爱的梅吧，寒月当空的深邃星月下，一双关注梅的炽热的眼睛，何曾离开过梅一刻？而梅也正是在那铭心刻骨的思念里，岁岁年年秉承着她们千年不变的宗旨，寂寞绽放，傲然独立。

知音王冕且行且画且歌着："我家洗砚池边树，朵朵花开淡墨痕。不要人夸好颜色，只留清气满乾坤。""冰雪林中著此身，不同桃李混芳尘。忽然一夜清香发，散作乾坤万里春。"

王冕赞梅的歌声，唱响宇宙，唱响梅园的每个角落，更是唱响了梅暗生依恋他的情愫。只可惜，历史的烟尘里，王冕隔空赏梅，却再也发不出声。而梅却在年年岁岁的回眸中，潸然泪下把王冕思念、牵挂着吧。

于我在心底拉近梅的距离是在寒夜里苦读的那些散淡无光的日子，那些日子有了杜耒的"寒夜客来茶当酒，竹炉汤沸火初红。寻常一样窗前月，才有梅花便不同"的陪伴，有了我的发小梅子的理解与帮助，让我在最困窘落魄的年华里，迎接梅的到来。煮茶当酒，彻夜长聊的过往，成了我生命中最闪光的记忆，最难忘的记忆，最刻骨的念想。

对梅子的感情，使得我对梅花情有独钟的爱愈发由衷，愈发肺腑，愈发萦绕心怀。

今夜，一轮满月倾泻在窗台。一窗繁华，只愿与君对话。

千里万里明月

咖啡的香气氤氲弥漫在书房……

敲打键盘处，窗外雪飘飘，落地即化。江南的雪总是姗姗来迟，轻盈灵动，翩翩轻舞，犹如江南的美女，清秀淡雅，雅致温婉。北方洛阳大雪年初五漫天狂卷，一路飘飘洒洒。也许是漫长的旅程，让雪姑娘也疲乏劳累了吧，抑或雪儿也通灵性，一到江南便入乡随俗了。

这个年，因了这场北方罕见的大雪封门，因了我们一家在大巴上行进 1200 多公里，度过了漫长揪心无奈的四十多个小时，因了收获太多亲情友情的关爱，而将永远被珍藏在我们的记忆里，刻骨铭心，没齿不忘！

远在异乡漂泊的经年累月里，最最难忘和无法释怀的就是过年到底留哪里过。也许当年背着行囊傲然走天涯的我，在走出老家不回头的一刹那，就注定了我的一生要比别人更为艰辛和无奈！这些年，常常自己安慰自己：路是自己选择的，婚姻是自己选择的，生活的城市也是自己选择的，有什么可抱怨？有什么可诉苦的呢？健康快乐地活好每一天，是我此生最朴素最崇高的愿望！所以，我的笔端不愿太多地去叙述我半生的挫折和失落，相反，我喜欢记述一些生活中琐碎的庸常的快乐。

常常在汽车站火车站，面对大包小包的行李，真恨不能多长出两只手来拎东西的时候，总对我家那位发感慨："我真是在老家嫁不出去的啊！否则，哪用一大把年纪，过着颠沛流离背井离乡的日子?!"而他总是自信地笑着回我："你就知足吧，当年如若不是我慧眼识你这个不是英才的人，你到现在怕是还流浪街头呢。"

春运的车站历来是拥挤不堪、人声鼎沸、杂乱无章而又气味难闻的！我家顽童从两个月开始坐火车，小小年纪到长成一米七五高个子的帅气阳光青年，对于拥挤嘈杂的车站，他上下车比我们两个大人都还要有经验。有时候，因为赶时间买了无座位的火车票，如何快速抢位子，上到火车上，如何跟邻座人搞好关系，如何赢得一个车厢里大哥大姐们、叔叔阿姨们的信任，跟他们探讨人生，也给他们讲故事，一起分享美食，一起谈论天文地理，一起说些历史和纵横世界的大事件。漫长枯燥的旅程，常常因为有了儿子的别人不给阳光、自己灿烂的好心态，让疲倦无奈的我总是忍俊不禁。有这样一个"活宝"的顽童一起坐车，再长的枯燥无味的时光竟也充满了乐趣。

2014年，我们一家三口回到了先生的老家洛阳市郊一个稍显偏僻的小山村过年。车子驶出洛阳市，我深切地感受到洛阳这几年的巨大变化，高速公路的宽阔，让我仿佛来到了经济特区的感觉，山里通向老家的水泥路也修好了，车子可以一直开到家门口。唯一让人觉得不怎么方便的是，移动信号不稳定，移动数据上个网就像火车站窗口排队买票一样的心情。

小村庄的年红红火火，热闹非凡，婆婆天天忙着烧饭烧菜，只是等她烧好两盘菜，大嫂一桌子菜都已经端到桌上了。为了不让婆婆落寞，我总是把婆婆烧好的菜端到大哥家，我们一起敬她老人家两杯酒，也让老人家有成就感。婆婆一直极其爱干净，只是做事速度超慢。以前儿子回到老家常常挑剔奶奶做的饭菜，这次回去，什么也不挑剔了，还不停地夸奶奶、大妈做的饭菜比我做的好吃。我私下里问他，你这次怎么不挑剔啦？奶奶、大妈做的饭菜真的好吃吗？他搂住我的脖子说："老妈，我已经长大啦！天下最美味的菜肴，永远是妈妈做的那几道菜。"

先生是个大孝子，回去过年的一个星期，除了大年初一在家待着，其余天天马不停蹄地忙着串亲戚，二舅妈家、三舅四舅家、大姑妈大姑父家、小二姑父家、小姑妈小姑父家、二姨夫家……七大姑八大姨，每走一家除了带份精心准备的礼品，还要给老人包个红包。年初四的晚上，满天繁星，一弯新月下，三弟开车去另一个亲戚家，一路山路颠簸难行，儿子看着车窗外，突然冒出一句："爸爸，我们这次回来，披星戴月串亲戚啊！"一车人忍不住笑出声来，忙过年忙熬夜打牌的大哥在似睡非睡中笑醒。

年初六的票，年前约好了年初五这顿团圆饭务必要在住在洛阳市里的二叔家吃的，腊月二十九抵达洛阳市的中午，先生的老同学盛情款待了我们，为此，做好饭迎接我们的二叔都有了意见。初五的早晨，婆婆不停地忙碌着往我们的行李包里装土特产，依依不舍中，在雪花纷纷飘落的那一刻，我们离开老家，来到了洛阳市。

大雪下了一天一夜，地面上积雪片片，两个朋友的帮忙，才把所有行李物品搬上大巴。洛阳直达金华的火车年初七才开启，因行李太多，我们不想转车，无奈之下别无选择坐上了直达大巴。

车子还没有离开洛阳站就晚开了 40 分钟，我们大家心知肚明，这趟车，发车是极其勉强的，我们一家坐这趟车也勉强，所有选择在大雪纷飞的道路上远行的人都是极为勉强的，可是，种种的际遇遇到一处，我们只能顶风冒雪上路了。

茫茫雪夜，寂静空旷，车子如蜗牛般游走在国道上，河南境内的高速全线封闭。或许是多年不走国道省道了吧，驾驶员也不知道到底该怎么走才好，由于大巴上没有导航系统，一路弯来绕去煞是费劲。一车人也是屏气凝神，连大声说话的人都没有，只有两个三四岁的小孩时不时的哭闹声，算是对无聊枯燥的长途跋涉、不舒服中的抗议吧。从洛阳到平顶山，正常三个小时的路程，花了八个小时。八个小时里，人们实在是憋不住了，才轻声细语跟驾驶员商量要求上个厕所，谁也不敢也不能打扰驾驶员的注意力。

从车上下来，踩在硬邦邦的雪凌上，我深切地体会驾驶员在雪夜里开车是多么不容易。走在雪地里，我们脚都踩不稳，可想见，千里之遥的冰雪路程，要多高的技术和耐力，开好载有 60人的大巴！

我原本窝在车里假寐，只知道路滑车子开得慢，也就只能窝着慢慢等待了，百无聊赖中还发了条微信调侃："洛阳大雪一天一夜一直断断续续下个不停，朋友说洛阳四个月没有下过雨雪，瑞雪兆丰年被我们一家赶上了，喜庆啊！尽管直达金华的车，现在蜗牛般行进在雪野里。可是，为了大地的丰收，为了春雪贵如油的宝贵，大家都有好心情，我们闷点就闷点，慢点就慢点吧。"为此，微信圈里华南理工大学的周教授来留言说我思想境界真高！

再坐上车，内心的恐惧不安剧增，怎么也睡不着了，心情随着大巴在冰天雪地里颠簸动荡……

夜深人静，疲劳无奈的人们渐渐靠着座椅睡去了，此时我突然想到钱钟书老先生《围城》里主人公方鸿渐、赵辛楣、李梅亭等人一路颠簸辗转，赴西南三闾大学任教的经过……也想到大片

《泰坦尼克号》，想得最多的是心中默默祈愿此趟之旅，不管如何蜗牛般爬行到猴年马月，只愿平安抵达！

想着想着，到凌晨两点，我还是沉沉地睡着了，梦中鲜花盛开，阳光明媚。

醒来说是到安徽蚌埠地界了，看车窗外，田野阡陌白茫茫一片，路面无积雪，貌似也没有结冰，大家的心情一下子好了起来，车厢里欢呼雀跃，大家都认为可以上高速了，大巴上管事的老板也说，估计到南京的高速开通了。车子绕着蚌埠城一大圈还真绕到了高速路口，排队等待上高速，好容易上了高速，开个10来分钟，堵车了。这一堵就是两个多小时，说前面高速路旁有家化工厂失火了。无奈又被赶下高速，继续沿着省道蜗牛般前进。原本师傅说上了高速，晚上七点可以抵达金华，正点时间是早晨七点到金华。

晚上七点终于给盼到了，只是在滂沱大雨中，车子才刚刚到南京浦口。等大巴加完气，全车人终于忍不住，要求驾驶员停车吃顿饭了，冒着大雨下车，大家在加油站的小卖部里，香喷喷地吃了一碗泡面。这是两天来的第一顿大餐。一路走来，所有的人都是在提心吊胆中度过的，大家心照不宣，对"行路难，难于上青天"总算有了深刻的体会！

年初八的凌晨四点半，在淅淅沥沥的春雨里，车子终于安全抵达金华，所有的人都露出了笑容，互不认识的人，甚至都相互留了手机号码。这一路同甘苦共患难足以让每个人铭记一生！这个特殊年里的旅程，让我一家人终生难忘！

断不了的故乡路，忘不了的故乡情，岁月的磨砺，让我们每个游子对家园的眷恋越老越牵挂，"山南山北雪晴，千里万里明月""洛阳亲友如相问，一片冰心在玉壶"。

乡愁是一棵没有年轮的树

一

异乡漂泊的人，每个人的心里都有一棵没有年轮的树吧。乡愁，自从我们背着行囊，傲然走天涯的那一刻起，就一直浸溶在我们的血液里。

2020 的春节，让三年未回娘家过年的我更是期待已久、准备已久、快乐已久的一件大事。

2020 年的春节，在汹涌而至的新冠疫情面前，回到故乡的我，看着我的亲人和乡亲们对疫情的无动于衷，我是忧心忡忡，寝食难安。年初一的闲聊中，当我得知邻居腊月二十九与武汉打工回来的亲戚见面接触过时，我苦口婆心地劝说他，像他这样的情况，过年不能到处跑了，在家里待着才是对自己、对别人最安全的做法。我耐心地、反复地跟他讲武汉封城事态的严重性，以及全国人民都要积极配合政府的指令严防死守疫情的发展。

不用智能手机，也不怎么看电视的邻居，看我的表情突然很古怪，认为我不必要如此乱紧张，并且很不耐烦地告诉我，他家亲戚回来就到医院体检过了，医生说他正常，没有毛病的。

我耐心地跟他讲，那只是测量个体温，病毒是有 14 天潜伏

207

期的，医生见他体温正常就让他回家隔离，包括他的家人都要做好防护，不能在一起吃住的。

邻居像看怪兽似的看看我说道：姑奶奶（以他家孩子的口气叫我），我一直很尊重你，也很相信你，因为你有文化，也一直在外面工作，见过世面。你现在说的话，我真不爱听，你到县城看看，大街上人来人往都不怕病毒，就你怕成这个样子？告诉你，我老婆所在的饭店明天就要上班了，再过两天他们酒店还要举办婚宴。我真没有想到，这个病毒看来把你吓傻了。说完，他不再搭理我，拂袖而去。

我一个人徘徊在乡间的小路上，看着夕阳发呆，看着看着，潸然的泪水悄然滑落……

三年未回老家过年，原本每次回到故乡，我的内心是何等地雀跃丰盈，我对故乡永远不变的那份真挚情感，日月可鉴，清风可证啊！每年回来的这几天，我除了一解乡愁之苦，还可以让我的味蕾，尽情享受我记忆中最最难以忘记的美食，当然，我想见的亲戚朋友，那是一定要聚聚的。

如今，时刻关注新闻和网络的我，见全国各地都陆续派出医护人员火速驰援武汉。医护人员在年三十离家奔赴武汉，可见这病毒有多么凶险地危害着武汉人民?!可是，老家的父老乡亲好像武汉离大家太遥远，我们这里是安全的，大家照样一起打牌、吃喝、拜年、串门，这可如何了得啊?!

远在天国的父母亲啊，你们看到这一幕了吗？女儿我该怎么做才能让我身边的亲人们、邻居们重视起来，停止一切活动，安静地待在家里啊?!

夕阳在寒风里寂寥无声，冷飕飕的余晖倾斜在一望无垠的麦地里，麦苗在风中扬着头，期待着春天的到来。

二

思来想去我决定再次找侄儿媳妇好好谈谈，我一直觉得侄儿媳妇珠珠是个明白人，她在苏州一家外企上班。无论如何，我要让她取消我们家早就预定好的年初四侄子的生日大聚会。

其实，年三十晚上我就跟珠珠聊过，看现在外面疫情形势，非常不明朗也不乐观，我们家的生日大聚会还是取消吧。她说，姑姑，那怎么行啊，七大姑八大姨，还有舅舅他们年前早就约好了，一定要好好聚聚的，现在取消会被亲戚们说闲话的。我说都什么时候了，你还在乎闲话？现在不聚餐，就是对别人最大的尊重和爱护，也是对自己最好的保护。

我跟侄媳妇年初一晚上的谈话继续陷入僵局，无奈，我去找哥嫂做工作，哥嫂轻描淡写地说："你放心，我们这里是安全的，孩子们把生日聚会放在过年，就是等你一起回来热闹一下的。"

我哑然失笑，我何曾体会不到哥嫂待我的深情厚爱，父亲离世得早，我们小姐妹仨是跟着哥嫂长大的，姐妹们对哥嫂的感情那是掏心掏肺啊！

跟哥嫂说不通道理的我，一个人悄悄来到堂屋里，我看着父母亲的遗像，心里默默地跟父母亲说："亲爱的爸爸妈妈，我该怎么办？难道真的是我太过紧张，草木皆兵了吗？平日里不管我说啥，哥嫂、侄子一家以及邻居都会认为我说得有道理，他们一般都会听从我的意见和建议的。如今，他们到底怎么啦？如此严重的疫情，他们为何听不进我的劝说？"

三

年初一临睡前，我浏览新闻，总算看到一条县里的《关于加强新型冠状病毒感染肺炎疫情防控工作的通告》中有这样的重要信息："根据《江苏省突发公共卫生事件应急预案》，江苏省人民政府决定，自2020年1月24日24时起，启动突发公共卫生事件一级响应，实行最严格的科学防控措施。"

我一颗悬着的心，终于放下来一些，回去的几天里，终于沉沉睡了一觉。

初二一大早，我打闺密荔枝的电话，问她哥哥还在我们村当会计吗，荔枝说他哥去年退休了。荔枝听到我声音，抱怨我回来也不联系她。她说他们公司年底太忙了，她一直没有闲住，外界的事情，她也没有多关注。我说，连你都没有多关注，也就难怪乡村里毫不在意疫情了。我问现在的村书记是谁，她报出名字，我就知道他应该是我的初中同学。我要来村书记号码，说回头再跟她聊，便挂了电话。

我立即打我们村书记电话，老同学悄声接了电话说正在乡里开会，会议内容就是部署防控疫情等事宜。我给他发条短信："书记老同学好！我今年在不知道疫情形势严峻的情况下回老家过年。这几天全国形势非常严峻，感觉老家人防范意识不强，整个县、乡，我感觉没有外地防控到位。县里通报我昨天看了，希望你这个村官赶紧加大力度宣传到位。让村民们高度重视起来，坚决不拜年、不聚会！浙江行政工作人员过年一天假没休，我也准备回到岗位上了！祝福你新一年吉祥安康！"

总之，希望他即刻加大村里防控疫情的宣传，现在村里村民到处串门聚餐，没有任何防范意识。他说开完会再联系我。

年初二的这一天，我跟当村书记的老同学通了好几个电话，我反反复复跟他讲外面疫情的严重性，讲我们村，现在村民到处流动、聚集所存在的风险。告诉他我听另一个同学讲，我们县年前从武汉回来的打工人员有五百多人，如果我们县每个村都像我们村这样随意走动，一旦武汉回来人员发病，传染性不可预估，那将是一户户，甚至整个庄子上都会有人被感染，细思极恐啊！

年初二晚上，我跟哥嫂提起要回浙江上班了，哥嫂陡然觉得我不可思议，瞪大眼睛看着我。不善言辞的哥哥问我，武汉不是离我们很远吗？我们村又没有从武汉回来的人，你到底怕什么？我说，我怕的是你们这样漫不经心。邻居接触过武汉回来的人，天天在庄子上，到每家每户溜达，还到处打牌，你们也到处打牌。我现在说什么你们也不相信，我要回去上班也是事实。

嫂子说，你前两天不是说你们领导同意你在老家多住几天了吗？现在年还没有过完就要走，算怎么回事嘛。我们听你的，不出去打牌行吗？只要你多留家里几天。你三年才回家过年，就算今年情况特殊，你任何人都不见，家里姊妹几个过年总得聚聚吧。

我跟嫂子正说着话，邻居走进来说他喉咙疼，跟嫂子要两粒感冒药。我们面面相觑，嫂子赶紧拿几粒药给他，让他赶紧回家多喝开水、多睡觉，感冒好得快。

邻居很快走了，嫂子关好大门跟我说，我明天就把大门关起来，谁也不让进来，随便他们怎么想，你就在家里多住几天好吗？

我跟嫂子说，你我情同姐妹，我知道你们都觉得我现在不可理喻，更不通人情了。三妹家虽说在另一个县，开车也只不过几十分钟吧，我为何连三妹家都不去了，就是因为我们家邻居接触过武汉回来的人，我不能再到处跑，去接触任何人。我明天回浙江，唯一的希望是你跟二哥多保重身体，哪里也不要去，就在家里看看电视。我沉重的心情，你们谁都不能理解，我不怪你们的。

侄子、侄媳妇说姑姑只要你留下来，我们听你的话，生日聚会也不搞了。我说不管你们聚会搞不搞，我明天一定要回去上班了。我的同事们现在都在忙碌着，我没有任何理由袖手旁观。你们要是真的听姑姑的话，你们明天也赶紧回苏州家里去。在老家天天人来人往小孩子学习不安心。另，形势的发展，我相信很快也需要你们回到各自的岗位。我们现在接触的邻居情况，估计回去还得居家隔离半个月才能工作。

四

回来隔离的日子，我依旧时刻关注着生我、养我的那个小村庄以及我的邻居们。每天我都要跟嫂子打电话询问庄子上的情况，嫂子告诉我，我离开家后，村里管理得越来越严了，村口的路也封了，邻居也不来我家溜达了，也不跟嫂子说话了，邻居的老婆说我们一家人，嫌弃他们一家人身上有病毒。听完嫂子的话我哭笑不得。我说邻居总有一天会明白我让他不要到处乱跑的好意的，把一切交给时间吧。

回来隔离的日子，我也密切联系我那当村书记的老同学。估计，那一阶段，他虽然很能理解我的好意、善意和对村庄上每个人的关爱，但也觉得我多少有点神经质了吧。

回来隔离的日子，看着武汉新冠疫情暴发的数字和医护人员奋战一线舍身忘我的工作，那阶段，我的泪点超低，每天看着各种新闻报道都会泪水滂沱……

回来隔离的日子，我心乱如麻，家人感冒咳嗽，我天天盯着体温计绷着神经。所幸，家人没有发热。感谢在药店上班的红，她总是在第一时间，力所能及给我们配点药带来，以解我们的燃眉之急。

回来隔离的日子，感谢邻居芳每次去菜场帮我们代买生活用品，感谢老乡送来口罩和各类好吃的，感谢心灵手巧的同事君丽送来她做的粽子、包子、馒头等食品。

回来隔离的日子，我时刻关注着我同事们的辛劳，多宣传他们是我的分内之事。

非常幸运的是我的故乡，从武汉回来五百多人员，无一例人员感染。

当我走出家门，迎着朝阳投身到一线的工作时，我的心情却没有在家里的那般沉重不堪了。

2020 年的春节，席慕蓉的《乡愁》时时在我耳畔响起："故乡的歌是一支清远的笛，总在有月亮的晚上响起。故乡的面貌却是一种模糊的怅惘，仿佛在雾里挥手别离。离别后，乡愁是一棵没有年轮的树，永不会老去。"

行走山川的独行侠

——读江淮先生《千川独行》之怀想

一辈子跟山水相依相伴，一辈子在山水中体验命运多舛，一辈子在山水中感悟生活无常，但是，一颗悲苦的火热的执着的心，从未在苦难的悲伤的流年里放弃过。当柳暗花明又一村来临时，依旧不卑不亢、从从容容抒写自己的心曲、讴歌时代、人性魅力无穷的诗人，值得世人敬仰推崇。

含泪阅千川　独行真情在

捧读江淮老师的新书《千川独行》，尽情地享受着先生诗意的语言和肆意流淌才情的同时，也被主人公赵恺老师那九死一生、至真至善、荡气回肠的人生历程所感佩！

我一边阅读，一边抹泪，5岁的振寰离开母亲，他得面对："一排排臭虫，成群结队。大摇大摆，爬来爬去；青色的草蛇窜来窜去，旁若无人，似蛇类的聚会""每一口饭都有沙子，无法下咽；每走一步都能踩到蛇，心惊胆战。"

我相信任何一个母亲，读到这样的片段、这样的情景，发生在一个5岁的幼儿的身上，都会肝肠寸断，有泪轻盈的！

对父亲记忆模糊，原本一个简单的阑尾炎手术，因为日本鬼子飞机轰炸，父亲被匆匆抬进防空洞，导致手术感染，死于非命。此等国仇家恨，在振寰幼小的记忆屏幕上是多么地残忍无情，多么地匪夷所思，多么地无力回天啊！

10岁的振寰，在浦口的瑟瑟秋风里，哭到眩晕窒息，哭到天昏地暗，哭到江水也呜咽，也没能留住母亲远赴美国的脚步……从此，一个10岁的赵恺，领着5岁的弟弟寄居在姨妈家长大。

对母亲铭心刻骨的思念，对生活中的种种苦难际遇，弱小的赵恺，除了选择坚强再坚强地活着，别无选择更无路可走！

读到此，我除了潸然泪下，对赵恺的母亲心生起怨恨和不解。作为一个母亲，怎么能够忍心把两个嗷嗷待哺的幼儿放下不管？即便是每个月邮寄生活费，孩子们更需要母亲的呵护和拥抱啊！

父爱、母爱都缺失的孩子，成长中的悲苦和疼痛，冷暖自知，多少泪水涟涟，抛洒在思亲的梦境中；多少喜怒哀乐，诉与清风明月听；多少衷肠绵意，倾泻在滚滚浪涛里。

苏北大地淳朴善良的大妈和大爷，在那个司空见惯饿死人的年代里，一个黑窑碗里，一碗山芋叶稀饭，一双粗糙大手里，默默无言塞过来的两个熟鸡蛋，让赵恺在苦难的艰苦的劳作中，感受到"真诚人心，珍贵良知"。

也正是来自淳朴乡村、来自田野的朴实无华的人性、人心的美丽，让在苦水里泡大的赵恺，心中始终存留善念和初心吧。

明代文学家王守仁说过：良知是个是非之心。

五千年的中华大地，五千年的文化传承，不管世道如何风起云涌，风云变幻，公道却是一直自在人心、自在民心的！老百姓的良知是检验社会道德底线的尺子，这是一把情义无价或薄情寡义的尺子。

挚爱初恋杨英芬老师，每个月自己省吃俭用，顶着跟右派恋爱种种的风险和刁难，义无反顾奔波在码头镇到公墓公社。尘土飞扬的崎岖土路上，遥遥七八十里地，一个倔强勇敢的身影，背着每个月自己口中省下来的二斤面粉和半斤油，形影孤单地独行中，有她对爱情的执着无悔，对恋人的情深意浓，对美好生活的勇敢向往。

赵恺在《一点不能忘记的记忆》里写道："当她告别我们走向夕阳的时候，我和'五七'难友们列队一般为她送行。她默默无语，我们也默默无语。大家都沉浸在神圣庄严的境界中，仿佛她去的地方是天国，而她是属于天国的女神。"

杨英芬是女神，是天使，是赵恺的"圣母玛利亚"。

爱情的芬芳弥漫，爱情的责任重大，爱情的义薄云天，爱情的信仰良知，让杨英芬义无反顾摒弃世俗的狭隘和偏见，勇敢地、坚定地一直站立在赵恺的身边，成为赵恺在苦难的岁月河流里最后一根精神上的"救命稻草"。

28 岁最为盛开的花朵，却因长期的劳累和心焦，终使得杨英芬一病不起，她的生命在 28 岁的年轮上停下了脚步。

十二年苦难煎熬的爱情，杨英芬的一言一行，感动天感动地！想起孟郊的诗句："心心复心心，结爱务在深。"

"她和赵恺'分担起那本属于一个人的不堪重负的十字架'……在 1957 年至 1962 的六年里，两只鸟同病相怜，命运相依。以羽毛贴羽毛，以体温暖体温，以扶住携扶住，以心灵感心灵。"

人世间何为"惊天地泣鬼神"的爱情？我以为杨英芬和赵恺的爱情就是典范和楷模！

那个纤秀的身影，衣袂飘飘，香消玉殒在婚后六年的大雪纷飞的冬季。读到此，潸然的泪水打湿书页，合上书本，我禁不住长叹一声，失声悲泣，为祭奠杨老师的英灵和芳魂，为当今世道再也难以寻觅到如此情义两重天的纯真炽烈的完美爱情，为赵恺老师苦难人生、痛失爱妻的残忍和无助，为那个年代的荒唐和苦痛……

读到此，我有半个月不敢再翻动书页，我心中的郁积和悲愤，对那个不算太遥远年代的反思和审视，觉得自己是多么幸运的同时，尤为赵恺老师那个时代的人们鸣不平。那个 19 岁的青年稚嫩的手臂，在井冈山挥舞着砍五百里的毛竹，累得口吐鲜血的画面，那棺材板烧死猪肉的画面，那猪食槽里寻觅豆饼屑、泔水里捞食物的画面，久久盘桓在我的脑海……

侧身拭血泪　初心永不改

"我死在十九岁，伤口是在背后。"

罪名是："在一次球赛后说'肚子饿了'。"

"虽然没有一寸土地，成分却成了'地主'。"

一位"侧身血泪二十一年的老右派"，一位有良知、有追求的诗人，一位与时俱进、独立思考的老人。

读完《千川独行》，对赵恺老师有了全新的、全方位的认识，抑或是我的孤陋寡闻，抑或是我的不经意间，抑或是我远离故土二十载。虽然，我勉强算是个文字的爱好者，一路走来，我一直偏向于散文和小说的阅读，除了少年、青年时代喜欢阅读唐诗宋词，但我对中国当代诗歌所知寥寥无几。当然，赵恺老师的大名是久仰于心，但是，读他老人家的诗歌却是一鳞半爪。如同对我的故土清江浦的了解和理解，完全是因为江淮老师写的长篇纪实《清江浦六百年祭》，才让我对故土有全新的认识。

我对我的故土深感惭愧不已！由于我的无知浅薄，由于我的偏狭孤傲，由于我的眼界思路的狭窄……我对养育我的那片热土，对我梦魂萦绕的故乡，其实并不理解！

人到中年再回首，更加珍爱我的故土，更加敬畏我的老师们，更加珍惜故乡的人文风景！

故乡永远是漂泊者心灵的精神港湾，故乡永远是一个人不可割舍的脐带，故乡永远是流浪者温暖的天堂。何时回忆起，都有酸甜苦辣咸的往事涌上心头，而那些过往中一切的一切则是我们流年里最最牵动心灵的美好忆记。

19岁被打入"精神地狱"的一个原本踌躇满志的青年，在经历二十一年的侧身血泪后，他有足够的理由颓废放纵，有足够的理由愤怒追责，有足够的理由懒散享受。可是，赵恺老师选择了抓紧时间，弥补那苦难中虚度的光阴。他执着地在他挚爱的诗歌王国里大展宏图，尽情抒写。抒写他撕心裂肺的疼痛，抒写他满腹的才情，抒写他痛悟后对时代的深刻反思，抒写他心中那腔感人肺腑的《我爱》《第五十七个黎明》《走向青铜》《周恩来》《鸟巢》《射日者》《披萨饼》《哭墙——致汶川》《大方阵》《诗雕》《卢沟桥》《大冲撞》《神曲》《漂母记》《荷花荡记》《明祖陵记》《柳树湾记》《五岛湖记》《铁山寺记》《天阶》《太极石》……

鲁迅先生的"寄意寒星荃不察，我以我血荐轩辕"，用在平反昭雪的赵恺老师身上应该是恰如其分的吧。

侧身血泪二十一年后的赵恺，用手中的一支生花妙笔，汪洋肆意地在描绘他历经磨难后，对诗歌痴情不改的人生印记。

"你若认定人只活了一次，便更没有随波逐流的理由"。

当年的"难兄难弟"萧兵如是评价赵恺：浪漫诗人，孤独心态。其实，不足为怪，古人云：自古圣贤多寂寞。在当下滚滚红尘物欲横流的时代潮流里，思想跋涉者总是难免孤独的，赵恺老师也难避免。可是，诗人的浪漫情怀却是与生俱来的，任凭谁也打不垮、掐不灭的诗情伴随着他一生一世。

人性即良知　做诗先做人

冰心老人的一句诗歌："年轻的时候，会写点东西的都是诗人，是不是真正的诗人，要看他年老的时候。"却不承想这一广为传颂的经典诗句，是冰心老人初次见赵恺的赠言。赵恺老师在当今诗坛上堪称一位大诗人了，他一直都在坚持写诗且很注重诗歌的创新。

尼采说：高贵的灵魂，是自己尊敬自己。我要说，灵魂的高贵才彰显人格的魅力！

一辈子敢说真话、坚持说真话的人不多了，赵恺老师是一位身体力行的践约者。哪怕有侧身血泪二十一年梦魇般的噩运相伴过，也丝毫阻挡不住老赵恺追求"真、善、美"的脚步。

做诗是诗人的职业，人品文品始终保持一致的就得有做人的良知和道德。赵恺老师的一生，做人风范和做诗的道德水准，何曾远离过苏北大妈一个黑窑碗里一碗山芋叶稀饭和苏北老大爷在嘈杂的人群里默默递过来的那两个鸡蛋的滋养，何曾远离杨英芬老师为了纯真炽热的生命之爱，那舍得一身剐的决绝和坚守！

巴黎"先贤祠"，看到赵恺老师抚摸着雨果的石棺，颤抖地说："影响我一生的一个人是雨果，影响我一生的一本书是《悲惨世界》。"读到此，潸然的泪水，再次悄然无声地滑落面庞……

赵恺先生对人类社会，对良知道德，对人性人心，对文学文艺的叩问，振聋发聩，激荡心灵！

理想的王国是我们每个人的终极追求。只是，在前行的道路上时时充满了诱惑阻挠，处处在进行着交易背叛，精神上的净土，似乎只存在于极乐世界里。现实中的千疮百孔，足以让人不寒而栗而又心生厌恶。每个人的价值取向源于灵魂不屈的拷问，生与死在一线之间。背叛和堕落，坚守和无畏，何曾不是我们心灵天幕上的过往影像。

赵恺言："先做人，然后再做诗人。"

赵恺先生是行走山川的独行侠，行走在人生边缘上的探索者，行走在心灵皈依路上的诗人。

赵恺先生一直渴望"写出能够垫在骨灰盒下的作品"。什么样的作品够资格垫在骨灰盒下？除了作品本身的内涵和力度，写作者的人品操守得堪称典范，写作者的人格魅力更应经得起历史的检验，想起托翁的名言："在清水里泡三次，在血水里浴三次，在碱水里煮三次，我们就会纯净得不能再纯净了。"

一世情缘定秧歌

——读秋水长天先生《秧田飞歌》之怀想

今年的寒冬，似乎一直与阴冷和雾霾相依相伴。阴冷和雾霾足让人心生倦怠，滋生出凄清无奈的心绪。如果，还要与种种病痛做不屈不挠的斗争，其境况和心情非一般人所能承受了。

《秧田飞歌》的作者秋水长天老先生正是在这种种一般人无法承受的境遇下，出院后，仅用三个星期时间就完成自己给自己所下达的任务和目标。病痛住院一个多月中，老先生靠构思他的中篇小说，来打发他老人家的万般疼痛和无奈。老人家对秧歌的情义和对自己毕生所从事职业的钟情，由此可见一斑。

读罢《秧田飞歌》，我的耳畔一直萦绕着"格咚代"的节奏和旋律，心儿也随着那一声声熟悉的曲调和朴实优美的歌词，一起飞回了故乡，飞回了我的少年时代。

听着金湖秧歌长大的我，对金湖秧歌的感情就像对金湖方言一样，二十年如一日珍藏在心间不敢相忘。在外这些年，每每遇到老乡，总是迫不及待地跟他们说金湖话，似乎只有说着金湖话，才能更淋漓尽致表达我对故乡的惦念和情感。

少年时每逢插秧季节，上学、放学的路上，打猪草，或是在田间放牛的时候，一声声"格咚代"，总是让我听得如醉如痴，流连忘返。

那时候，我一直认为我们金湖秧歌是世界上最为美妙动听的旋律，是引领我们进入音乐之门的钥匙。我那有一肚子秧歌的金凤堂嫂，就是唱秧歌的主角，田头、家门口，我常常能听到她悠扬悦耳、激情澎湃的歌声。我常常会缠住金凤嫂子给我讲秧歌的歌词，讲秧歌里的故事。金凤嫂子总是不厌其烦地根据她的理解，来尽量满足我的好奇心。

我一直还记得我们老家广为流传的两首秧歌《栀子开花白如霜》："栀子开花白如霜，姐摘鲜花戴头上。郎叫姐姐少要戴，姐又标致花又香。小红娘，花香牵引少年郎。"《美好家乡赛苏杭》："千里运河水流长，运河两岸鱼米香。河东稻米堆成山，河西鱼虾满湖荡。乡亲们，美好家乡赛苏杭。"

乡音难忘，乡音难改，乡情于怀！

《秧田飞歌》，整个篇幅以秧歌为主题，从兴盛到禁唱，到消亡，到抢救，到保护，环环相扣，凝练集中。

作者把文章定位在小说。以我对老先生的了解，小说中穿针引线的"姚老师"就是作者本人生活的真实写照。那种对秧歌的痴迷，对民间文化倾注心血，执着追求，对乡亲们的朴实、炽烈情感，让人难以忘怀。去看刘大友的父亲还记得买包茶食，一个小小的细节，活灵活现展示出"姚老师"身上的淳朴善良。

小说围绕三代人的命运，突出秧歌之命运。刘长富受伤不能再唱，刘大友与植新桃、林望春与秦红，两代人爱情，有悲有喜，构思奇妙。

看完小说，我在想，大友在水面上寻找新桃三天，活不见人死不见尸，那么新桃一定还活着。我多么希望新桃活着！

大友的无奈、望春的忠厚、秦红的智慧，以及植大先生的悔恨和王二艮的刁难，无不生动形象。

我尤其欣赏秦红这个人物的塑造。她是水乡妹子敢爱敢恨、拿得起放得下的典型代表。在那个"成分论"害死人的年代，多少人为了求得自身的平安，不得不忍痛割爱；而秦红为了实现能嫁给心上人望春，自导自演了一出落水事件。她利用被望春人工呼吸抢救的一幕，以达到传统观念中"男女有别，授受不亲"的目的。都已经肌肤相亲过了，且在光天化日之下，那么，秦有才纵有一万个不愿意，这个时候，他也无奈、无言了，只能由着女儿的心愿，成就这段因缘。

植大先生，原本是一个私塾先生，君子的礼仪风范最该记在心头的。可是，面对林庆和送上门来的"糖衣炮弹"——烟土和美酒，终使得他忘记君子的诚信，硬是把女儿新桃嫁给林二老爷做小，硬生生拆散刘大友和植新桃这对有情人。植大先生的一生是在悔恨和愧疚中度过的，可谓死不瞑目。

王二艮，在小说中是唯一的所谓反派人物。虽然着墨不多，但是，时代造"英雄"，顺应潮流，见风使舵的形象跃然纸上。任何朝代，王二艮这样的人，总是"野火烧不尽，春风吹又生"。

整个小说语言朴实厚重，具有浓郁的地方特色，而且留有巨大空间，给读者以想象的余地。其中歌词的运用恰到好处，起到画龙点睛的作用。

我一直认为秋水长天先生是个故事大王。他老人家只要一开口，那真是应了一句古语：知前八百载，知后八百年。

老先生把毕生的时间和精力，都毫无保留地花费在对民间文化、地方风情的研究上。金湖秧歌得以在众多地方特色民俗文化中脱颖而出，终于入选"国家非物质文化遗产名录"，与先生一世的秧歌情缘有着密不可分的联系！

交响音画《格咚代》在维也纳金色大厅和肖邦音乐节上大放

光彩。这独具特色的民间音乐，将金湖地方风情传播到了全世界。

漂泊异乡的我，在关注家乡秧歌存亡的同时，也关注着异乡的风俗民情。来浙江的这些年，对浙江的特色文化了解不多，读了秋水长天先生小说中引用的陆游的一首诗歌："时雨及芒种，四野皆插秧，家家麦饭美，处处菱歌长。"想起陆放翁是浙江绍兴人，绍兴人在宋朝插秧季节总不会都在唱和"海内知心人渐少，眼前败意事常多。问君底事浑忘却，月下菱舟一曲歌"吧。

原来绍兴也有秧歌戏，嘉兴也有"田歌"。网上几千个视频，打开几个听听，浓郁的地方方言演唱，我是一句没有听懂。于是，请教婺城"歌词大王"谢老师，谢老师说他去嘉兴采风过"田歌"。

嘉兴田歌一般在耘苗、耥苗、摇船、捻泥等劳动时演唱，夏天晚上乘凉时也是唱田歌的主要场合。在演唱人数的组合上，一般多是一人演唱，也有歌班的组合。歌班由三人、五人、七人、九人组成，成员分工明确，各自固定唱"起头""卖""撩""二卖""细腰""撩梢"等段落，互不相混。歌班组合是其他江南民歌演唱所未见的。

嘉兴田歌也被列入第二批国家级非物质文化遗产名录。

文化、民俗总有相通的一面，也有独具特色的一面。正因为独具一格，才值得广为流传，才值得我们大力挖掘，才值得我们代代传承下去。

我们可以想象，秋水长天先生数十年如一日不畏寒暑，不辞辛劳，不忘初心，对金湖秧歌的搜集整理、传播推广，可谓呕心沥血，甚至因为去河渠纵横的田头采风而落水，差点搭上性命。

一辈人的辛勤付出，只为金湖秧歌能够得到更好的保护和传承。

我辈有何理由，不去关注我们的本土文化？不去爱护、推广我们老祖宗留给我们的宝贵文化遗产？不去善待我们这片热土上最为清澈、清纯的原生态的艺术存在形态？

一世情缘定秧歌，天籁之音永相传，人生回眸七十载，只为秧歌踏浪来。

湖城烟云翠　四季流溢彩

——读秋水长天老先生《四季翠湖园》有感

　　异乡漂泊二十载，夜深人静的时候，俯首在梦境的深处，总是家乡的人和景在清凉辽阔的梦乡里游走徘徊。

　　翠湖园是金湖最早的公园，也是唯一的公园，是我刚刚上班闲暇之余去游逛的最好去处。去公园里读书，去公园里郊游，去公园里跟三五挚友畅聊，那是我们那个年代最好的休闲方式和最时髦的做派！当然，那更是年轻人恋爱的宝地。

　　对翠湖园最深的忆记，是一个朋友刚买的"飞鸽牌"大轻便自行车被盗的事件。这个年轻小伙有可能是从报纸上看过我的文章，也有可能是从广播电台里听过我的散文诗，总之，他一直间断地给我写信，谈文学，谈理想，谈人生。有一次，他鼓足勇气在书信里跟我约定周日下午三点钟在翠湖公园的小桥上等我，到时他手里拿本畅销的杂志为信号。

　　信收到了，我还未来得及回信，单位让我出差去南京办事，办完事周末，我从南京直接回到乡下老家。周一上班，打开抽屉，看到那封信才想起自己的失礼，赶紧回信解释。他随即回信说到你们单位打听过了，听说你出差去了，说我们都还很年轻，要以工作为主，并深表理解。直到一年后，他鼓足勇气，跟我们单位同事的儿子来我们单位玩，站在我面前说他就是某某某，我震惊之余赶紧说抱歉！这时，他开玩笑说，我今天来是让你赔我一辆新自行车的。

原来，一年前，他把刚买的新自行车锁在公园门口，便去园中小桥上傻等，望眼欲穿也不见游人对他手上的杂志瞭一眼。于是，他又到园中转了个遍，再回到小桥旁傻等，一直等到天黑，才悻悻离开。走到他停放自行车的地方，他傻眼了，"飞鸽"早已不知飞哪里去了，无奈他围着翠湖公园周边摸黑找，终究无果。

经年后相遇时他说的一番话更让我感动，自从那辆自行车丢了，我就有个不好的预感，我们俩肯定没有戏了。其实，我跟你们单位同事的儿子到你们单位看过你，你当时很忙，没有注意到有人在观察你。自从见过你，我就觉得我配不上你，只能默默祝福你。一年后，又去你们单位，是因为我终究不甘心，跟你一句话都没有说过。

从此，我欠他一份人情似的，对翠湖园都觉得有份歉意了。

谋了秋水长天老先生的《四季翠湖园》让我又想起往事，想起金湖翠湖园的种种妙处。秋老笔下的翠湖园如春夏秋冬的四幅画卷，活灵活现展现在我们的面前。

春季是生发的季节，情侣游春，难免书生意气般胸怀丘壑，指点美景。激动开心之余，面对春意盎然的景致，面对绿丝绦的垂柳拂面，面对灿如桃花的美人……看着风筝在碧蓝的天空下自由翱翔，绿油油的草坪三三两两热恋中的情侣耳鬓厮磨、浅笑款款，春风微醺，吹得游人惬意地微眯眼，嗅那满园的花香。

诗中一对情人"戏说昨夜欢愉"，女孩"粉面飞红云"，恰如其分地描摹出初恋的羞涩，正是情趣盈盈处，温情脉脉，贴切生动。

　　夏季是繁华的季节，莺飞草长，翠湖园名副其实一片葱茏青翠。那碧波荡漾的湖水，倒映着岸边盛开的鲜花和绿得俨人的垂柳，湖边蒹葭旺盛的生命力，竭尽全力地扩展着地盘，恨不能挤走湖心袅娜的荷花。真想跳进湖水中尽情地游弋，洗却盛夏的溽热和烦恼，让清凉的水中倒影常驻在心湖。

　　晨练的人群，一大早就喜欢直奔他们心中的凉爽地——翠湖园。凉爽的盛夏早晨，广场舞是老人们的盛装节目。她们十几人、几十人的团队，各有各的地盘，红红绿绿的服装绚丽夺目。她们扭动着灵活的腰肢，迈着轻盈的舞步，丝毫看不出来是年过六旬的老人。舞蹈的轻灵欢快，曼妙身姿，给翠湖园锦上添花。整个园子在悠扬欢快的旋律下，灵动轻盈。花开拔节的声音点缀成音乐的符号，活色生香般让人感觉到生活的快乐和美好。

　　诗中一位老翁携孙儿漫步、健身，忘情地交谈，专注地打太极拳。蓦回首，发现小孙子不知道跑哪里去了，"急得老翁呼唤，孙儿无处寻"。其实，调皮的孙儿并没有跑远，他就躲在不远处的花丛中，看着爷爷着急的样子，他捂着嘴巴偷笑。再后来看到爷爷绕湖走远，急切的呼唤声让他再也藏不住了，赶紧又去追赶爷爷的脚步，大声喊道："爷爷，我在你后面，等等我。"活灵活现的场面，饶有情趣的生活跃然纸上。

　　秋季是收获的季节，"又见鲤鱼戏水，儿童数红鳞"。鹅肥鱼丰，前来观赏的孩童一边拿着手里各色食品喂着鲤鱼，一边细数红鳞，水中的鱼儿像是跟孩子们捉迷藏似的，一会儿探出水面，一会儿沉入湖底，且鱼群上下翻游，看得孩子们眼花缭乱，数了半天也数不清这翠湖烟云渺渺的水中到底有多少条大鱼。

　　斑斓的秋总是在不知不觉降临到翠湖园，公园里层林交错的树木在秋霜的浸染下，呈现出色彩缤纷的层次感，红黄绿是秋的主打颜料，此时的翠湖园就是一幅厚重端庄的油画。秋风起，秋意凉，行走在曲桥上，丰盈丰美之情油然而生！那曲项向天歌的白鹅像似欢迎游人的到来，机敏的少女一边伸长玉臂逗着白鹅，一边撒娇般地让陪行的人赶紧拿出手机跟一双白鹅合影留念。

深深迷恋秋阳西下时翠湖园那道美丽的风景线。翠湖园围墙外，那一排排高大的梧桐树，飘零的落叶飘落在游人肩上，仰望天空，五彩祥云如织锦铺展着延伸着，间或飞过的鸟儿，啾啾地鸣叫着，骤然间内心的安然淡定，只想永远留存这幅风景在心灵的天幕上。

冬季是深藏的季节，昨夜雪处晴，翠湖园内游人罕见。大雪纷飞，皑皑白雪，让翠湖园换上了银装素裹。最耀眼的是探出白雪间隙的朵朵红梅暗香浮动月黄昏的雪景，且深藏在每个有情人的心扉里。

此时，有一对金婚伉俪来到亭台雕栏处，重温他们第一次约会的情景"相约年年此处"，作为永恒的纪念。

诗中"树裹银，苍松格外青"，以此衬托爱情不老，幸福长存，更显得寓意深长，温馨而从容。

全诗结构严谨，句式工整，音韵流畅，朗朗上口，充分展示了诗歌的形式美与音乐美。它更为显著的特色，是以景写人，以人写情，情景交融，饶有兴致，令人读后备感亲切。是啊，原来诗意的生活就在我们每个人的身边！

"湖城烟云翠，四季流溢彩"。故乡的山水，无论何时都在我心底氤氲成画卷，任凭我凝望思忆。故乡的记忆，栩栩如生伴着我流年日月，如潺潺溪流汩汩流淌在我的心河。故乡的风情，在远走天涯的游子心里，是一首隽永、百读不厌的诗歌，每每吟诵泪光点点。

黄山归来不看岳

——读马踏落花先生《黄山三眺》

浏览淮网文版，陡然间看到马踏落花先生的《黄山三眺》，禁不住眼前一亮。先生妙笔生花，在他的笔端，黄山的"天都峰""莲花峰""丹霞峰"三峰各有特色，三峰争奇斗艳，三峰更像个世纪老人，雍容大度，淡定安然！

我的思绪，跟着先生温情优雅的文字，跟着先生深邃勃发的构思，跟着先生纵横千里的情感，行走在苍茫绵延的山脉；我的心意，随着先生笔下绮丽的风光，尽情地怀想着黄山亿万年来成山、成峰的痛苦嬗变；我的心田，在山风的吹拂下，湛蓝澄碧，坦荡无垠；我的心情，陡然间冲破茫茫雾霾，随着先生的三眺，去畅游，去遨游，去云游！

一直觉得好的山水散文，能让人有身临其境之感，只是第一重境地，让人流连忘返，不知归路是第二重境地，让人寄情山水，而山人合一是最高的境地。

我对黄山的感情，就如对初恋的情愫，一直深藏在心海，遥遥祝福，默默凝望。割不断那清纯如水的纯洁，舍不下青涩年华中那份永不再现的美好，丢不掉青梅竹马两小无猜的故事。一切的一切，永恒地珍藏在我记忆的天幕上，犹如夏夜的繁星闪烁，照亮着我前行的脚步，温暖着我一颗游历千山万水后疲惫而又欣然的心绪。

我在黄山生活过十年整，也去黄山游览过两次。我青春年华里最美好的时光是在黄山脚下——屯溪度过的。恋爱、结婚、生子，女人一生中最为重大的科目，都是在黄山完成的。

对黄山的情，对黄山的爱，自然不言而喻！那真挚浓烈、炽热深沉的情愫深埋在心间，只是可恨自己，在绝美的风景面前，我犹如笔还拿不稳的稚童，无法尽情用笔来泼墨山水。在历经沧桑的黄山人文精神面前，我犹如小学生，面对我无以下笔来抒写的美景，面对我扛不动的群山，除了激动地在山崖上使劲拍打几下，来抒怀我满腔的雄心壮志和柔美千千的心念，无法宣泄我对黄山肆意汪洋的情和爱。

于是，沉默是金般地缄默着，不提也不敢提黄山一个字，无数次梦境里梦回黄山，畅游黄山仙境美景，品尝着"祁红""屯绿"，欣赏着那"八百里歙砚"里的恢宏气势和历史文化，遥想当年沪杭大商埠会的盛景。程朱理学盛行之际，在徽文化熏陶下，走出来的一个个声名显赫的徽商，他们的童年和少年可都是面对着有灵性、有悟性的黄山风景茁壮成长起来的。

一方水土养育一方人，黄山的博大精深，黄山的秀丽壮美，黄山的不朽传奇，犹如风铃般在风中响起，清脆悦耳，余音袅袅。

连读三遍先生的《黄山三眺》，禁不住击节赞叹，三峰的秀美多姿，三峰的前世今生，三峰的慨叹怀想，在先生笔下字字珠玑，如那大珠小珠落玉盘的珍珠，字字晶莹剔透，馨香四溢，句句沁人心脾，让人回味无穷，如那山野里吹来的煦暖清风，花香鸟鸣中的一缕温淡阳光，照亮读者的心路。

有缘在黄山生活十年，有缘读到先生写黄山的散文，有缘在梦里常常回到黄山，我跟黄山的缘分可谓深厚持久。念念不忘中的频频回眸是最难以割舍的深情厚谊，流年往返中的遥遥追忆是最为真切的执着情怀，心意切切的遥想是红尘中最为牵挂的浓烈情缘。

亿万年成山、成峰的三峰啊，历经沧海桑田后的深邃壮丽、巍峨俊俏牵引着众生的目光，更引导着众生的魂灵。来到你脚下的众生，看风景也成了风景，山人合一，精神永存！

黄山三眺，眺出风光绮丽的三峰的秀美和壮阔，眺出人生入世出世的三种彻悟境界，眺出人与自然景致的相生相依的浓烈情怀！

经历过亿万年变迁的一座山脉，沧桑的历史是宇宙间一部不朽的传奇，那阵阵松涛吟唱，如仙人手中的指挥棒，点石成峰，点云成雨，点雨成溪，点溪成泉！

感谢先生对黄山的挚爱深情！黄山的山峦起伏，黄山的沟壑纵横，黄山的溪流，黄山的一草一木，在先生的笔下都是有生命的生灵，她们的喜怒哀乐，她们的锦绣年华，她们的风姿绰约，她们的所思所想，无不在先生天马行空而又美轮美奂的心境下，粲然盛放出生命中永不凋敝的芳香！

"五岳归来不看山，黄山归来不看岳"。静数流年里的风轻云淡，卧看岁月中的云卷云舒，我只愿如先生所写："人到五行三界外，心可练石补青天。"

会唱歌莲花的心语心愿

——读马踏落花先生《会唱歌的莲花——金湖秧歌记》

　　拜读了马踏落花先生的《会唱歌的莲花——金湖秧歌记》，觉得笨拙、愚钝的我还是想写几行文字，仅仅因为我是金湖人，仅仅为感念先生对金湖秧歌的深情与厚爱！

　　莲花的天然美丽和风姿绰约，迷倒众生，迷倒天地，迷倒湖泊山川。千百年来，静默的莲花出淤泥而不染的秉性，让多少文人墨客，击节称赞而又芳心自许。如今莲花开启曼妙的朱唇，婉转缠绵、抑扬顿挫地唱起金湖秧歌，何等地让人遐想无边，匪夷所思后粲然一笑。富有想象力的题目，一下了把人们拉进金湖秧歌的天地里去探寻，去追索，去期待，去聆听……

　　岁月的风尘，在八千里云和月里徘徊怅惘，翻开一页页新篇章，沉淀下来的都是宝贝疙瘩。

　　艺术的生命力来自民间，来自大众的认可，来自大众的喜闻乐见。

　　金湖秧歌是里下河民俗文化的一朵奇葩，这朵奇葩，历经岁月风霜的吹打，历经几代人的口口相传，历经时代风云的变幻，依旧牢牢扎根在金湖这片水乡，娇媚傲娇如红莲，在清凌凌的水面上，在碧绿无垠连天璧的荷叶裙裾上，回眸一笑百媚生地盛开着。

山　谷　幽　兰

公元前三四千年前，淮水畔，森林茂密，古树参天。一颗硕大果实自树上坠下，落入淮水之中，只听"格咚"一声。这动静令人关注，心中盘桓，大约成熟的东西就叫"格咚"吧。

一位淮夷人在淮水畔追逐一群鸟类，鸟儿翅下坠落一粒种子，被风吹进洼地，兽类的蹄子将种子踩进土中，风儿轻刮，雨儿斜洒，种子竟破土发芽，结穗成熟，饱满丰隆，剥开谷壳，见一粒如玉细米，飘散清香，这是何物？

淮人嘴里嚼着清香谷粒，陡然想起果落水中的"格咚"声，开口便唱：格咚来耶——格咚来——

生活里不乏美感，缺少的是发现美的眼睛。作者发现美，发现诗意的眼神，延绵到远古三四千年前，联想何其自然，何其妥帖，何其诗情顺意！读完这段，我的感受是思绪插上想象的翅膀，遨游宇宙，纵横古今，驰骋的逍遥让人心生满足和惬意！

金湖秧歌的华诞，在活色生香的原生态生活里，原来就是那般在经意和不经意中诞生了。

稻谷，是淮人的主食。淮水岸，水田相连，碧水映天。莲花含苞时，便到了忙碌时节：耙田、插秧、灌溉、除草……眼前景象是"蓺之荏菽，荏菽旆旆。禾役穟穟，麻麦幪幪，瓜瓞唪唪"。（《诗经·生民》）

插秧，是最繁重劳累的农事。躬身垄亩，弯腰俯面，两腿叉开，左手拿秧，右手栽插，秧苗在前，一步一退。一滴汗，一棵禾，污泥里抓，浊水里滚，汗水、泥水交织一起，风中雨中，劳作不息。

此时，身心疲惫至极，汗雨纷纷落下。

突然，一声唱响：格咚来耶——格咚来——

人们的脑海里马上浮现出那枚果实"格咚"落水的场景，听

234

见那声，颇似滑稽愉悦，这寻常声音竟成了一首传唱的歌曲，啧啧令人称奇。于是，浑身筋骨，又添了几分气力，心头渗出新的意念，对生活充满无限向往。

稻谷在歌声中生长拔节，清香在成熟间飘洒弥漫，心情在收获里充满欢悦，快意在荷尔蒙分泌下骚动不安。

汉子嚼着晶莹的稻米，挺着饱满的腹部，倚在水畔柳树下，肚子里来了心思：

> 想姐姐想得渴焦焦，
> 四两灯草不能挑，
> 哪个大姐允了我，
> 石磙子能挑好几条。

"日出而作，日落而息"的繁复繁重的日子是农耕人一辈子的生命流程，这个流程里的艰辛和苦难，需要有阳光和歌声来陪伴那些"面朝黄土背朝天的农耕人"。于是，秧歌号子，年复一年，在里下河地区最为忙碌、最为辛苦的插秧季节里，蓬蓬勃勃应运而生，经过漫长时期的融合，尤其是从外地山歌、经卷、忏词、勾栏小曲里的借鉴，加上每个时期文人们的即兴创作，金湖秧歌在淮河岸边、在里下河广阔的田野里，如一只涅槃过的金凤凰，翔飞在碧空里，尽情歌唱着。天籁般淳朴浑厚、空灵美妙的原生态的声音，热情似火，爱恨分明而又激情四射的歌词，让人记忆犹新，难以忘怀！

会唱歌的莲花，该是怎样的一种情怀独立于世?! 会唱歌的莲花该是怎样一副姿容傲立日月沧桑?! 会唱歌的莲花又有什么样的心语心愿，藏于她那颗出淤泥而不染的金心里?!

金湖秧歌，这朵会唱歌的莲花，经历岁月的雨打风吹去，傲然走过千年，迤逦丰美的身姿，摇曳在世纪的天空下，熠熠生辉的光芒，同一轮皎洁的明月一样普照大地，不言不语却暗香缕缕。

金湖秧歌，这朵会唱歌的莲花，深植民间文化这片沃土里，葳蕤了湖泊水畔，芬芳了河流山川，美化了勤劳善良插秧人的苦乐年华。

金湖秧歌，这朵会唱歌的莲花，唱出了人类最原始、最朴实的情感世界里那份初始的欢愉和向往。苦累的生活里，需要情感最直接、最畅快的宣泄，更需要耳熟能详而又通俗易懂的情感有个发泄的载体。金湖秧歌，这朵会唱歌的莲花，在苍茫大地上，余音袅袅，唱响大地，唱响寰宇。

最美丽的月色，总是出自荒芜的山谷。智慧的价值无人能知。

金湖秧歌，她表达着人的尊严、价值和力量，因此成为千古绝唱。

伫立淮水岸，聆听大地，又一声"格咚来"，令心头一振：

不知哪棵树上又坠落了一枚成熟的果实?!

这颗成熟的果实，刚好坠落在莲花心上，于是会唱歌的莲花，回眸一笑百媚生的莲花，年年岁岁，岁岁年年，在水草丰盛的夏季，在秧歌号子响起来的刹那间，深情款款地启动她那婉转悠扬的歌喉，在古老的大地上，在淮水清凌凌的波涛中，千年不厌倦地唱响一曲秧歌的天籁之音!

浮华流年里的拾荒者

——多病的童年

　　看了戴老的最新文章《住院记》感慨颇深！人生无常，吃五谷杂粮的我们，谁也保不准谁，不知不觉中就生病了，真是防不胜防啊。

　　朋友最近也跟我说她上二年级的儿子，近阶段反复发烧，怎么着都阻止不了儿子反复发热的趋势。无奈，她向单位告假，陪伴儿子去各大医院检查病因。她说儿子自幼体质偏弱，发烧生病是常事。我安慰她孩子的成长过程是痛并快乐着的，随着年龄的增长，体质会慢慢好转的。我自己就有切身体会。

　　回忆我小时候的病痛，记忆犹新啊！最辛苦的是我妈妈，我的母亲起五更睡半夜地为我操碎了心。

　　母亲健在的时候，一直对我肠功能紊乱深深地自责。说我的出生，让她和帮助接生的邻居张大妈十分费劲。初春，春寒料峭，低矮的茅房里没有任何取暖设备，只有一堆摊放在地上的稻草。母亲床上、地下草堆里不停地折腾，从上午直到半夜我才呱呱坠地，气得张大妈狠狠扇了我屁股几下。

　　母亲生我，在寒夜里受冻太久，整个月子她都在拉肚，奶水挤出来都是黄的，可是，家里实在没有什么东西给我吃，只得让我喝发黄的奶水。由此，我幼时经常发烧拉肚，母亲便内疚得不得了，总认为是她的奶水害了我，才使得我自小体弱多病。

孩童时，张大妈对我特别亲近，我们庄子上跟我差不多人的小孩子都是她接生的，她时常指点着我们，说我们谁调皮难生产，谁乖巧好生产。我是被她骂得最多的"坏丫头"，她把出生难产的小孩调侃成"坏孩子"，说是太让母亲遭罪。

是啊，有句古语："孩子奔生，娘奔死。"母亲们生孩子，在过去医疗条件简陋的农村，每个母亲只有半条命的。有多少母亲在难产中毙命啊！母亲的伟大和付出，永远感恩不尽！

打上小学起，班主任就很了解我的习性了，只要我不能按时来上课，不是头疼发烧，就是上吐下泻起不了床，因为，作为班长的我，绝对不会无故旷课的。唯一让老师们欣慰的是，不管我生病时间长短，只要一来到学校上课，很快就能把落下的功课给补上，且每次考试还是全班最高分。

最让我难忘的是小学四年级暑假的那场大病，高烧一周不退，上吐下泻，一会儿发热，一会儿发冷盖被子。吃药打针都不管用，母亲日夜陪伴在我的床头，父亲一天两次把赤脚医生王伯伯请到家里。赤脚医生当过兵，在部队是卫生员，复员后在村里当赤脚医生，在当时的农村，他算医术高明又德高望重。他跟父亲是一起长大的好朋友。我每每生病，他就像对待他自己的儿女一样，对我尽心尽职。可以说，我童年、少年多病的阶段，他陪伴我的父母亲一起度过了许多不眠之夜，所以，自幼我对王伯伯又爱又怕！

就在王伯伯费心费力，特意针对我的病情，跑到镇上买回来药水，给我打针的第十天，他终于跟父母亲说，如果明天再不退烧，发烧再反复的话，你们赶紧带孩子去大医院检查吧，我也没有办法了。

如豆的煤油罩子灯下，母亲红着眼睛，安慰我说没事没事的，我们的兰子明天就会好起来的。瘦弱不堪的我，伸出皮包骨头的小胳膊，替母亲抹泪，让母亲放心，我明天早晨一定会好起来的！

母亲终于失控大声哭了起来，一边用热毛巾帮我热敷屁股上的针眼，一边哭着抱怨自己的无能，说从小就让我遭罪，从我出生的这十多年，我的屁股上全部是针眼，没有一处好地方。

母亲常说的一句话，你姑娘命大，一定能逢凶化吉的！

小时候落水，我们家大黄狗不可思议地救活了我一条小命。或许真有冥冥然吧，就在赤脚医生王伯伯让我转院治疗的第二天凌晨，我再次呕吐，呕吐出一条长长的虫子后，病情迅速好转，第二天烧退了，上吐下泻也止住了。只是，我昏沉沉睡了十天，人很虚弱。

母亲扶我靠在床头，轻轻替我梳理着长辫子，一边高兴地抹泪，一边说，我就说我们家兰子福人命人造化大，这不，我们又好起来了。

那时候，生病轻点的吃几粒药丸，严重一点的就是不停地不停地打针。而我历来对疼痛感尤为敏感，长大后常听母亲说笑，小时候医生给我打针可费劲了，得有几人把我强摁着不能动打才行，我的哭声撕心裂肺，我的反应激烈得要跟医生拼命。我稍微懂事点，虽然不会再哭闹，但是，每次打针的感觉犹如上屠宰场般的恐惧，一边抹眼泪，一边咬母亲的衣袖，有几次还把母亲的胳膊给咬了两道血痕。

小时候，除了发烧拉肚的毛病，还有个毛病也几乎伴随我整个童年，那就是害"耳底"（中耳炎）。耳朵发炎的毛病，一直到初中才好起来。母亲和王伯伯也说过，我没有聋掉，也算一个奇迹。

我工作时，父亲已经离世。赤脚医生王伯伯早已经退休享清福，他常常来我家跟母亲几个老朋友打打纸牌，每每看见我，总要摸摸我头发说："这丫头，从小长大可没有少让你父母亲操心啊。你父亲深更半夜敲我家门的次数，在我们村里是最多的，你母亲为你流的眼泪有一大水瓢。他们就怕养不活你啊！我给你打针，你咬我踹我的事情，都记不得了吧。你父亲要是健在，看见丫头现在这么聪明能干，这么通情达理，这么健康漂亮，该有多开心啊！"

每个孩子都是父母亲的心肝宝贝，都是父母亲的心血所融合，都是父母亲一生的希望和期盼。家里有个体弱多病的孩子，父母亲们精神上的苦痛，远远要超过孩子的皮肉之苦！

感谢父母亲给了我宝贵的生命！感谢父母亲陪伴我走过的风雨历程！

浮华流年里的拾荒者

——生气是拿别人的错误惩罚自己

有人说：先学会不生气，再学会气死人。如果你没错，那你没必要生气；如果你错了，那你更没有理由生气。真正厉害的人，早就戒掉了脾气。要知道，唯沉默是最高的轻蔑，若无其事才是最狠的报复。

读到这段话，我哑然失笑。戒掉生气的脾气，不是每个人都能做到的，我想起我的堂嫂英姐姐。

英姐姐是我大伯家的大儿媳，她家老二跟我一般大。英姐姐和母亲的关系亲如母女，她待我像亲妹妹。只要她家里有好吃的，她总是自己不吃都要留一份给我。

小时候，常常听父母亲说堂哥脾气不好，总是没事找碴儿，跟英姐姐吵架，甚至打架，而英姐姐从来不生气，即便打完架英姐姐照样烧饭、吃饭，该干吗干吗。

有一次，我跟母亲一起去堂哥家有事，堂哥躺床上面朝墙壁，唉声叹气。英姐姐坐在门槛上，头发凌乱，端一大碗米饭在有滋有味地吃着。

母亲看到眼前的这一切，立即明白堂哥、堂嫂又打架了。母亲故意装作啥也不知道，拽拽堂哥的被子问道：老大怎么啦，天还没黑，这么早就吃完饭睡觉了？堂哥欠欠身子说他感冒了。

母亲说，老大，我觉得你这点不如英子，你有本事挑起事端，打不过英子就躺下装怂。我早说过你，你可是我的亲侄子，英子是我侄媳妇。于感情上讲，按理我应该更偏向你不是，可是，你总说我偏袒英子。我不是偏袒英子，我只是觉得你不够爷儿们。

婶子当然知道你怀才不遇，可是，咱们得面对现实过好日子不是？你觉得你凡事都不顺心，你总是嫌英子没有文化，大老粗，不能理解你。啥叫理解你？你又理解英子多少？英子跟你一样凄凄惨惨地怨恨命运的不公，恨你的招工名额被别人顶替了，地里的活也不干了，就能解决问题？你要知道，你家英子挣工分可是比你多啊，你大老爷儿们该干的活，可都是英子替你干了啊！

你再看看我们村里，有几个媳妇会犁地的，有几个媳妇跟丈夫打完架，当作啥事情也没有发生，做好饭还帮丈夫先装上一碗饭。你倒好，听说你自己不吃饭，看见英子吃饭，你还往锅里撒过草灰，让英子也吃不了饭吧。我都懒得说你了，我知道，我不是清官，清官也难断家务事。你家的事情，我也断不了，你睡你的觉吧，我跟英子说点事，走了。英子，你到门外来一下。

堂哥听完母亲的话，穿上衣服，下床吃饭了。

此时，英子姐姐说，这就对了，我早就跟你说了，睡什么觉嘛，起来吃饭，吃饱了才有劲打架。

英子姐姐的这句话，惹得我跟母亲开怀大笑。

这一画面，一直定格在我的脑海深处，英子姐姐的开朗豁达，打架后的若无其事，我在外二十多年，也没有见到任何一个女人，有如此毫不计较的气量和放得下的气魄。

读了几本书的我，难免总有些伪小资的做派和情味，而先生又是典型的北方大男人，于是，恋爱开始，各种冲突矛盾总是在所难免。每每我义愤填膺，甚至愤怒地恨不能找他去打架的时候，我总想起英子姐姐的做派和方法。只可惜，我很难达到英子姐姐不计较、真不生气的那种境界。

不过最近一次做到了，下班回到家里，为一点小事，先生生气地数落我，我也没有饶他，两人说来说去都在火气头上。照着以往，我虽然会懒得搭理他，但一定会甩门而去。这次我想学学英子姐姐的做派，我走进厨房，做了一大碗面条，我自己装了大半碗，特意把碗端到客厅，他在客厅看电视，我若无其事把面条吃完。临出门时，想想自己还没有做到英子姐姐那份上，饭做好了没有给对方先装一碗啊，想想竟然不生气了，何必呢？还是多想想对方的好处吧。

康德说，生气是拿别人的错误惩罚自己。可是大家都明白的道理，事到临头，那股"气"还是会油然而生。

据说苏东坡在江北任职时，和一江之隔的金山寺住持佛印大师是至交，两人经常谈禅论道。

东坡和佛印大师的故事，在文坛上堪称佳话。

一日，东坡居士自认为参禅礼佛心得满满，即撰诗一道："稽首天中天，毫光照大千。八风吹不动，端坐紫金莲。"

诗写成后，东坡先生左看右看，自我感觉良好，于是，立即派书童过江，送给佛印禅师品赏。佛印禅师看后，拿笔批了两个字，即叫书童带回。

苏东坡以为禅师一定是对自己的诗意禅境大为赞赏，急忙打开，一看只见上面写着两个字：放屁。

东坡先生看完佛印的评价震惊又愤怒，即刻乘船过江找佛印理论。

船至金山寺，禅师早已在江边等候，苏东坡一见佛印，立即怒气冲冲地说："佛印，你我乃是知交故友，你即便不认同我的修行、我的诗，也不能随便骂人啊！今天来找你，就是想跟你理论一下，你的不雅和无理。"

佛印哈哈大笑说："咦，你不是说'八风吹不动'吗？怎么一个屁字，就让你过江来了？"

苏东坡听后恍然大悟，惭愧不已。

"八风吹不动，一屁打过江"的笑谈，让我辈在庸碌的日月流年里，给自己的"小肚鸡肠"找到了一个极好的借口和慰藉。

浮华流年里的拾荒者

——无巧不成书背后的故事

一

我今天敲几行文字，成不了书，但是巧还是有的，特此记录生活中琐碎的小事，也算欢快的浪花一朵。

这两天，我一直为文件柜打不开而发愁，无数次地想找来配锁的人换锁了事，无数次地不厌其烦地到处找钥匙，能找的地方都找了，始终寻不见钥匙的踪影。一筹莫展中不停地拿其他钥匙去试着开锁，希望奇迹发生，有把同型号的钥匙，能意外地把文件柜打开。可惜，一次次失望了。

因急着要拿文件柜里的材料，我必须要撬锁重新配钥匙了。此时，我看着办公桌抽屉角落里，有把我两年前就想扔，一直没有扔的作废的一把钥匙发了一会儿呆后，决定拿起那把旧钥匙去试开。这一试，竟然打开了文件柜的门。

我万般惊讶，现在的文件柜是铁皮的，以前淘汰的文件柜是木质的，型号大小完全不一样，锁匙也不是同一个型号的，究竟是一种什么样的巧合啊！瞬间，我欣喜若狂，觉得也太巧了，也太不可思议了吧。

我跟同事开玩笑，由此可见，你们兰姐的人品爆棚到啥程度啊?!奇迹就在身边,一切皆有可能。

这一幕,让我想起二十年前"无巧不成书"的往事……

二

那一年,我出差在河北邯郸市。因工作需要,我每个月都要在邯郸住一个星期,有时候,事情多要住上个十来天。

邯郸业务单位的朋友,给我介绍邯郸中行招待所住宿,说那里干净便宜,最关键那里离火车站近,方便我来回坐车。于是,我每个月到邯郸后,中行招待所就成了我的大本营。一来二往总是遇到熟面孔,其中,天津"英雄"牌墨水厂的李姐和张家口制药厂的王姐,我们仨在不期而遇住到三人间两次后,三人情投意合。以后我们每个月来邯郸,只要时间凑巧,我们仨都要住同一个房间。即便不是同一天到邯郸,我们也总是找所长,尽量把我们调到一个房间。

从此,来邯郸出差的日子,我们仨快乐无比,总有聊不完的话题。我们每个月像"约会"一样,雷打不动要在邯郸中行招待所聚会一下。有时候房间紧张,即便我们不能调到一个房间,也丝毫不影响我们仨一起吃饭,一起逛街,一起细聊。

天津的李姐,每次出差都要熬制一罐肉末炸酱带来给我们分享。我们仨常常在办完公务后,不约而同买一兜好吃的回到招待所。李姐爱吃馒头和黄瓜蘸酱,我总是多买几个馒头和各种点心带回来。王姐知道我爱吃酱猪蹄,她总是绕道去邯郸一家老字号的店,买几样卤制品,当然,酱猪蹄买得最多。李姐知道王姐爱吃水果,她回招待所手里总是提一兜各式新鲜的水果。

邯郸出差三年的日子,我们仨情同姐妹,相互关心,相互照应。李姐的业务比较平稳，每个月不咸不淡，按照李姐的话来说撑不死，饿不晕。王姐的业务，三角债比较多，按照她的话来说，曾经业务好的时候撑死了，如今医药系统处在改制、混乱的时期，她每月来邯郸的任务，就是清理各大小医药公司的欠款。

我和李姐常常跟王姐开玩笑，说她瘦死的骆驼比马大，她跟我们俩比就是一大款。王姐出手一直也很大方，只要我们仨一起吃饭，说好 AA 制，最后结账她总是抢着比我们多付钱，为此，我跟李姐总是通过其他的方式来感谢她。

原本出差异乡，对我来说，除了办完公事就泡新华书店，买几本书，打发一个人时的无聊时光，有了李姐和王姐的陪伴，我出差的日子变得丰富多彩。

三

邯郸市永年县（现永年区）一家医药公司欠王姐单位一笔款子，很长时间还不了，王姐为此焦头烂额。那家公司也深表歉意，说别人欠他们单位的款也还不上，大凡单位账上一有进账，他们即刻还清王姐单位的货款。可是，那家公司已处在倒闭的边缘了。

王姐实在没有办法，找到那家公司的老总说，请尽快解决欠款问题。如若不能解决，她以后出差就随时跟着老总走，老总上班她也去他们公司上班，老总回家，她也跟着他一起去他家吃住。老总实在无计可施，决定拿他们公司一辆旧货车抵债。

老总的态度是好的，承诺也好，就是迟迟不落实。无奈之下，王姐回到邯郸跟我们商量，怎么样才能速战速决签协议开车走人。我跟李姐想破脑袋给她出主意，最后一致通过，让王姐单位速派两个人过来，一个是让办公室主任带着单位公章过来起草协议，一个是派个技术好的驾驶员过来开车。

王姐跟他们单位打完电话安排好后，盯着我看半天笑着说，驾驶员我们单位派，办公室主任非你兰子上阵莫属了。你伶牙俐齿又博览群书，最关键你还是销售行家。我说那可不行，我怕露馅。李姐在旁边附和，兰子你肯定行，你王姐的事情，你可得帮忙。我是个大老粗，没有什么文化。否则，我就去了。兰子，你不一样，你在我们三人中虽然最小，但是，你最机灵。最关键你有文化，说出来的那话，既有道理又中听。你看这三年，我们仨情同姐妹，与其说我们在生活上照顾你，不如说我们跟你这个才女后面，学到很多销售的新观点，我们可爱跟你聊天了，跟你说话能长见识啊。

王姐得意地看着我，你李姐的话，我举双手赞同。你要不帮我，可就是你不够意思了，你看着办吧。

我自己也没有想到，我的有理有据、不卑不亢而又据理力争的谈判，半天时间就帮王姐草拟好协议，双方盖章，下午提车走人。中午，那家公司的老总，还请我们一起吃饭，说业务不在人情在，说以后只要有机会，他还愿意跟我们张家口制药厂合作，说我们制药厂人素质高，说话有礼有节，值得信赖。

下午，驾驶员愉快地把车开走，临走一声一声叫我兰主任，说后会有期。

我跟王姐从永年县回邯郸的路上，王姐一直在学我跟那个老总谈判的语调。她搂住我肩膀说，兰子，我真是没有看错你，你太厉害了，简直就是谈判专家。我咋就没有你谈判时那个气场和应变能力呢？我本来可以跟我们单位驾驶员一起回去的，今天特意不回了，我要回邯郸好好庆贺一番，我要好好感谢你。我过两天要跟你一起去石家庄，好好跟在你后面学习谈判技巧，以后我拜你为师。

我说你跟我一起去石家庄玩我很欢迎，千万不要再说感谢的话了。我们在外面出差都会遇到困难，相互帮助那是应该的，更何况，我帮你只是讨回你应得的货款。

四

邯郸出差三年，因有着王姐和李姐的陪伴，让我感觉尤其充实快乐。我们仨性情相似，都属于心直口快、善良热情之人，相处中更是惺惺相惜。

有次，天津李姐有事迟来邯郸出差，我和王姐住在三人房间里等李姐。恰巧那一阶段，邯郸中行招待所客房爆满，客房部的人来跟我们商量，说实在不好意思，要安排一个从焦作来出差的小姑娘跟我们同住，并且保证等李姐来出差，她一定想办法把李姐调到我们房间里来。我们虽然心里不乐意，但是，也能理解便同意了。

焦作的小窦住进来后，一直闷闷不乐。她每天出去办完事，就躺在床上一声不吭，有时候还唉声叹气。我和王姐看她满腹心事，总是逗她说话，还拿出好吃的，请她跟我们一起分享。慢慢地她向我们敞开心扉，说她自己谈了个对象，可是，她父母亲却逼她，让她与另一个她不喜欢的小伙结婚。她说她这次出来办完事，就想离家出走了。我们劝她一定要慎重，可不能意气用事。

我跟王姐百般安慰、开导她。她跟我们住在一起的一周多时间里，我们天天从外面回来都帮她多带一份饭菜，慢慢地她人也变得开朗起来，什么话都愿意跟我们说了。因我们俩年龄相当，她尤其信赖我，晚上总拉着我一起出去散步，诉说她的爱情故事。我觉得她很不容易，总是耐心地疏导她，鼓励她，还给她很多局外人的善意劝导。为此，她感激涕零，常常拉住我的手，眼含热泪表示衷心的感谢，说认识我是她的福气！

我们一起住到十来天的一个晚上，王姐出差去周边县里办事，她原本说好晚上赶回来的，临时有事误了班车没有赶回来。天津的李姐那天下午也赶到邯郸出差，原本要跟小窦调整房间的，哪知道她死活不肯，还泪眼婆娑地跟我们说好话。我私下里跟李姐讲了小窦的个人情况，李姐说不调房间就不调吧，她也不容易。小窦千恩万谢的，让我们觉得她非常懂事。

也就在那个我和小窦独处的晚上，由于我的信任和疏忽，我的手提包被人给偷走了。

那晚，我们一起在外面吃好饭回到招待所，小窦说她有点累了，便和衣躺在她靠门口的床铺上，我坐在台灯下看书。刚看了一会儿，楼层服务员跑来说，总台打电话找我有事，我赶紧去接电话。总台的小姑娘说，我和王姐的房费要续交了，我说明天续交吧。她说，我好几天都没有找她玩了，下来玩一会儿吧。

我回到房间，从手提包里拿出钱包，用被子把手提包盖上。临出门时，我跟焦作的小窦说，我下楼到总台续房费，手提包没有带，我一会儿就上来。她面朝墙壁，鼻腔哼了一声。我随手虚掩上房门。

下楼到总台续完房费，总台的小姑娘想拉我多说一会儿话，我说，明天请你们吃酱鸡爪，便赶紧回到房间。

走到房门口我傻眼了，刚刚虚掩的门敞开着，远远地我看见我床上的被子被掀开了，我的手提包了无踪影，再看看小窦依旧面朝墙壁躺着。

我说，有人进来偷走我的包，你没有看见？她依旧躺着，说没有看见。我赶紧到隔壁叫来李姐，李姐听我说完情况，进得房间一把拽起小窦，你就这么瞌睡，兰子临下楼跟你说她包没带，你还哼了一下。就几分钟的时间，你就熟睡如猪，小偷进来你一点不知道？

小窦坐在床上一声不吭，李姐打开她的床头柜找我的包，啥也没有。李姐说，小窦，你可是个大活人就在门口躺着，有人进来你一点不知道？兰子的床可是在最里面，小偷可是要经过你床边走进去的啊，难不成小偷会飞吗？我们都是经常在外面出差的人，你知道信任有多宝贵吗？本来我昨天如果坚持要跟兰子住一个房间，你是必须要让出来的。因为，在你住进来的时候，总台就跟你说过，这个房间每个月都为老顾客留着，只要我们来出差，先住进来的都要接受调整房间。是兰子跟我说，让你跟她们住一起，说你心情不好，你们一起住了好几天，兰子舍不得你再换地方，在一起可以说说话。你说这事情，你没有责任？

不管李姐怎么数落小窦，她反正一句话也不说。

我赶紧跑到总台，希望总台负责人，此时如果有人退房，请招待所门警帮忙检查一下退房人的行李。总台的回答是否定的，说只有派出所，才有检查房客行李的权力。正说着，有两个中年男人退房，蹊跷的是他们随身行李的大袋子，用塑料袋捆绑得紧紧的。我怀疑地看着那个捆得紧紧的大袋子，想着我的手提包有可能就装在里面，可是，我除了束手无策，似乎找不到更适合的理由去阻止他们退房。

我无可奈何地回到房间。此时，房间里聚齐了几个经常打照面的住客，他们都在数落着小窦，小窦除了沉默就是无语。

李姐提议，为了避嫌，她希望大家打开房间门，让我搜一下。也有人建议我报案，我说算了，包里没有多少现金，有一张今天下午业务单位刚办好的五万元汇票。那张汇票，谁偷走也没有用的，因为汇票兑现，必须要有我们单位和总账会计的公章。

五

有两个热心肠的住客为了帮我，在招待所几层楼角角落落找手提包，折腾很久，啥也没有找到。

我看时间不早了，对大家表示感谢，请大家早些散去休息，明天各自还有事情要做。大家走后，李姐要搬过来住王姐的床上，我说不用。我要单独面对小窦，我想听听她跟我解释一些什么。

李姐走了，我斜倚在床上看着小窦。白色的灯光下，小窦眼睛通红地看着我，依旧一言不发。我说你不想说就不说吧，继续睡觉去。我说过了，包里没有多少钱，就是一张汇票和一个我随身带的笔记本，汇票就夹在笔记本里。

小窦带着哭腔说，请你相信我，我真的没有偷你的包，我也不知道到底谁进来过。我说我相信你，你去睡觉吧。我要好好想想，问题到底出在哪里。

小窦躺在床上，面朝墙壁一夜没有动弹。我和衣躺在床上，看窗外一弯新月，冷月无声，我在心底问新月：新月啊，新月，你可是见证者，这一幕你可是看得清清楚楚，你能告诉我到底怎么回事？

人心隔肚皮，真的如此深不可测吗？小窦到底是一个什么样的人？带着解不开的疑问，我一夜无眠。

一大早，李姐跑来敲门，她要陪我一起去我的业务单位，请业务单位财务带我去银行，把办理给我们单位的那张五万元的汇票给注销掉，等过一个月后，再为我重新办理汇票。

我婉言谢绝李姐相陪，让她赶紧出去办她自己的事情。

我踩着上班时间的点赶到业务单位，刚走到业务经理办公室的门口，李经理爽朗的笑声就传来了：兰子，你今天中午可得请我们吃饭啊。我说，我今天可是来找您帮忙给我找个工作的，我昨晚手提包被偷了，我都没有钱买车票回去了。

李经理说，让你请客，是因为我帮你找到了你的手提包，你的包里可有一大笔钱啊。

刹那间，我惊讶得说不出话来，怎么可能的事情啊。我的手提包昨晚在招待所被偷，李经理怎么可能捡到我的包呢？

李经理给我倒杯水，你赶紧坐下来听我说吧。昨天晚上临下班前，你们江苏新沂制药厂的冯经理来我这里推销他们的新产品。冯经理跟我要名片时，你也凑热闹要一张了。我当时还说你，早就有名片了，还要干吗，你说再多一张也不多。这时，我们财务把办好的汇票给你，你随手把汇票和名片一起夹到笔记本里了吧。下班后，冯经理请我去喝酒，当时让你一起吃饭，你说你不会喝酒便走了。

我说您怎么知道的啊，李经理笑着说我会算啊。此时，我觉得太神奇了，简直不敢相信，茫茫人海，我的手提包还能失而复得。

原来，李经理昨晚快十二点时，接到我住招待所对面的邯郸大厦保卫科一个电话，保卫科的余科长跟李经理核对，当天是不是给江苏某单位办理过一张五万元的汇票。余科长还告诉李经理，他们在晚上巡逻的时候，发现地下一楼的墙角有个手提包，包里的物品散落一地。他们把所有物品都捡起来，放到包里拿到保卫科逐一核对，发现笔记本里有一张汇票和名片夹在一起，再仔细看名片上的单位和汇票汇款单位是同一家，就按照名片上的手提电话打给李经理。

李经理说，我一接到电话，就知道你失窃了。我看看时间太晚了，也就没有打你电话。我就猜到你今天一大早，准得到我们单位来要求注销汇票。

李经理让他们办公室给我开好证明，去找邯郸大厦保卫科的余科长领手提包。我走时他千叮咛万嘱咐，一个女孩子在外地出差，一定要看好自己随手携带的物品，再也不能粗心大意了。他又说道，我昨晚不打电话，还有一个原因，让你记得被盗窃时的郁闷和无奈，给你长点记性！

六

那个年代的人们流行抽红塔山香烟，为了表示我衷心、诚挚的感谢，我走商场买了两条红塔山。

我见到余科长，出具李经理他们单位给我开的证明。余科长热情地接待了我。他怎么也不肯收下两条红塔山，他说这是他们分内的工作，让我不必客气。于是，我只得把整条香烟拆开，每个桌子上放两包。

据余科长推测，小偷偷走我包后，来中行招待所对面的邯郸大厦住宿，住下来后，把我包里所有值钱的东西统统拿走。然后，就把我的手提包，以及他们认为没有用的笔记本和许多名片给扔掉。汇票很薄，夹在厚厚的笔记本里，小偷可能都没有看见的。

余科长语重心长地跟我强调，出门在外的人，务必要保护好个人的物品，物品丢失，会带来出差旅程中的种种不便，甚至会有很大损失和麻烦。

我离开时，他送我到大门口，温和地对我说："你以后来邯郸办事，如若遇到什么麻烦，尽可以找我，我一定尽力而为。"

我看着手提包里的物品，被余科长整理得整整齐齐，刹那间，我有泪轻盈。多么善良、热心的邯郸人，多么尽责尽心的余科长。

从此，我来邯郸出差办完公事，我会经常去邯郸大厦看看余科长和他们保卫科的同志们，对邯郸这个城市心里多了一份别样的感情。

我回到招待所的时候，看小窦行李还在房间，估计人出门办事去了。中午王姐回来了，她一定要请我和李姐一起吃饭，祝贺一下我的包包物归原主。

席间，两位姐姐义愤填膺，说我太宽容了，对小窦太客气了。我说，我很奇怪的是她在我离开房间的十来分钟里到底睡着了没。两位姐姐一致认为，小窦不可能睡着的，最关键你离开房间时跟她讲了你包没有带，让她看着一点的。我说，难道小窦这次出差不止一个人，有同伴跟她一起呼应？李姐说，你去总台看见有人退房，且退房的两个男人用塑料袋把随身带的大包捆得紧紧的，我猜测你的包就是被那两人偷走的。王姐也说怎么那么巧合，你包刚丢，立马有人退房，十有八九你的包跟那两人有关联的。

晚上，小窦很晚才从外面回到房间。她一回来，王姐把我的手提包放到她床上问她，面熟吧，小窦？

小窦吃惊地看着包，也吃惊地看着我。

王姐愤怒地说道：小窦，我只有一句话问你，是不是我和兰子都瞎了眼，这十来天喂了一个白眼狼。你怎么好意思对兰子下手，我们对你好不好？兰子对你还要怎么样才算好？！你回答我。

小窦依旧说她真不知道是谁进房间偷走我的包。王姐问她，你真的睡着了吗？她说她迷迷糊糊的，真的没有感觉到有人进房间。我见小窦依旧不会说什么，拉拉王姐的衣服说，算了算了，反正包已经找到了，我以后一定会多注意的。王姐说，兰子，你也太好说话了吧，我可不好说话。她用手指着小窦的鼻子说道，我们虽然没有足够的证据说你是帮凶，但是，兰子的包被盗，你有不可推卸的责任！好了，你去总台调房间吧，我不想再看见你。

小窦说她明天就回家了，她知道她怎么解释，我们都不会相信她的，所以，她什么也不说了。

我说，小窦，我们善待你，相信你，觉得你被家人逼婚也不容易，关于包的事件已经过去了，我临出门给你打过招呼的，等我回来包丢了，你说你不知道。而房间里就你一人，你怎么解释都是苍白无力的。当然，还得怪我自己对你太信任，随身的包，怎么可以托付给一个不知根底的人呢？说白了是我自己轻信于你，也怪不得你吧，希望你以后做个重守信的人！

出差回来，我跟单位的领导和同事们讲我在邯郸汇票失而复得的故事，他们一致认为我在编故事，说我在写小说。我说无巧不成书嘛。

出差的日子是辛苦又充实的，我非常感谢在市场部工作的那些年，那是一段"读万卷书，行万里路"的逍遥又锻炼人的好时光。那段艰辛又忙碌的岁月，愣是把我一个晕车吐得一塌糊涂的人，锻炼成坐车风轻云淡的人。

人的一生，所有的苦累都会有收获的，生活的丰盈在苦乐年华里开花结果。

浮华流年里的拾荒者

——网络抄袭，想说爱你不容易

关于抄袭的话题和悬案，自古以来就是个悬而未决、争论不休的难题。网络抄袭多如牛毛，就更不值得一提了。大家都耳熟能详的诗句："年年岁岁花相似，岁岁年年人不同"就是宋之问和刘希夷，舅舅和外甥之间有些残酷冷血的案底。

我曾经在一篇文章里这样写道：

"一首诗歌成就了风华正茂的刘希夷，同样一首诗歌，也让他和他的舅舅宋之问的跨世纪恩怨，成了历史的公案！天嫉英才吗？不足30岁的青春大好年华啊！如果真的是因为诗人宋之问的卑劣人品，想把外甥的绝妙诗句占为己有而不能，就不择手段至以希夷被活埋土下窒息而亡的话，那么刘希夷为诗情殇的悲剧，天空也会黯然泪垂的。历史的真相到底是什么？只有历史知道，当然那弯遥挂天空的明月也知道。可是明月无声亦无语，早已习惯了沉默是金的沧桑。尘封的历史已远去，尘封的记忆随着日月流年淹没在时间的江河里……

'年年岁岁花相似，岁岁年年人不同。'千百年来人们在慨叹时间的飞逝、光阴的无情，在红尘滚滚中迷惑彷徨时，总还能记起这首千古绝唱中的佳句，总还能提醒自己珍惜时间，从容淡定地对待生活，享受生活。刘希夷短暂的一生却又辉煌无边了。"

曾经创造过版税新高的 80 后翘楚郭敬明，跟抄袭有着源远流长的关系。"因为《幻城》一书而走红的 80 后作家郭敬明，其第二本小说《梦里花落知多少》被曝抄袭庄羽的作品《圈里圈外》。郭敬明承认抄袭但拒绝道歉。在事件尚未平复的同时，他第三本作品《夏至未至》又被曝抄袭日本漫画《NANA》，郭敬明也被封以'抄袭男生'的称号。"

"拿来主义"固然被人鄙视，但是，的确是一条通往功成名就的捷径，尤其是那些本身也的确有些所谓才华的人，合理讨巧地抄袭别人一些经典之作，再加一些自己的东西，那么，成功的大门貌似也就洞然大开了。

自从博客盛行后，网络上的抄袭，可谓层出不穷而又千姿百态。抄袭与被抄袭人之间，有的相安无事，熟视无睹；有的纠结万分，恨不能把对方掐死；更有甚者鸠占鹊巢后，还大肆谩骂原创者，纷纷扰扰，犹如雾里看花。所谓天下文章一大抄的谬论此起彼伏，一浪高过一浪，抄袭与被抄袭者，都有心戚戚心愤愤之感，有的抄袭者甚至百般狡辩，死不认错！更有甚者理直气壮，恬不知耻地认为，文章就是文字的组合，文字不同的组合，大家都在用，也就谈不上谁抄袭谁的了。

是啊，仓颉创造了汉字，汉字在喜欢码字人的手里，可以犹如精灵般活泼俏皮可爱，让我们的生活充满真挚真情；可以如一位风度翩翩的中年人，理性中也感性，睁眼看世界，愤世嫉俗中，忧国忧民；也可以是一位睿智高深的老人，历经沧海桑田的苦难，温馨从容地笑看这个世界，宠辱不惊，风轻云淡地数着日月流年。汉字的魅力，在有思想人的手中，种种如变魔术的神奇组合后，带给了我们高深莫测的文化传承，带给了我们视角和心灵上的强烈震撼，当然，更是熏陶陪伴我们成长的良师益友。

其实，千人千面也好，文如其人也罢，人与人之间，文与文之间，生活经历、修养阅历、思想境界是永不可复制的！文章的精髓和风格是任何一个人不可替代的！人格的魅力，在擅长码字人的手里，彰显得淋漓尽致，一泻千里。

网络抄袭，想说爱你不容易！相信大多数人，是很鄙视抄袭之风的，只是，我们无能为力去阻止，去禁止抄袭的逆流成河罢了。我们所能做到的，是自己对得起自己标榜出来的原创即可，即便看上别人的好文章，自己非常欣赏喜欢，爱不释手，那么采用的时候，请务必注明是转载，更要标出原创作者，这是对原创者辛劳创作成果的最起码的尊重。

前一阶段，我把 2009 年发表在凤凰博客上的一首诗歌《念去去千里烟波》发表在老家论坛上，因是自己一个字一个字敲打键盘组合的长短句，我当然理直气壮，注明是原创作品。老乡夏公子看完，客客气气，拐弯抹角问我："你在别的地方是不是还有个博客，这首诗歌以前是否发过？"我说当然有啊，凤凰博客是我的大本营。夏公子问，"不是凤凰博客，你其他还有没有？"我看他吞吞吐吐，便让他把那个地址发来，一看是易网一个叫易知的博客，我的诗歌到她这里被换了个名字《俯首回望》，原文一字不少，却变成了她的原创。我再问，才知道原来是论坛上，有朋友私下里看到易网上易知的《俯首回望》，怀疑我抄袭了那个人的文章，还标榜成自己的原创，便私下里带着疑问，把易知的博客发给了夏公子。我翻出发在凤凰博客上的地址给夏公子，《念去去千里烟波》首发时间为"2009-12-30 12：10：34"，而被改成《俯首回望》发于"2010-04-03 10：04：51"。网络很无奈，网络也很公正的，至少从发表的时间上，网络给了我一个强有力、明事理的证明，再输入几句诗句，立马显示出来的是我凤凰博客的地址，这也算响亮公正地还了我一个清白吧。

我对堂而皇之抄袭别人作品，还标榜是自己原创的人，是深恶痛绝和万分鄙视的！干吗啊，网络写文章，纯粹是自娱自乐，没有人给钱，没有人给利。能写好文章就多写写，不能写不会写也神清气爽，毕竟吃文字饭的人不多，实在是没有任何必要打肿脸充胖子，剽窃了别人的好文章冒充自己的，事情虽然不能算大，反正我感觉抄袭是件挺龌龊的事！

网络抄袭，虽说爱你不容易，现在也慢慢淡定了，因为这事叫事也不是事，更难有人去管这事。在凤凰一开始，见别人总顺手牵羊，把我好多文章到处乱搬，很生气。后来凤凰一个博友的一句调侃，让我释然了："每次，我在别人的博客或者空间看见你的文章，都觉得你真了不起，怎么有那么多人喜欢你的文章啊。我的破文章随便他们搬，甚至恳求谁来抄袭，别人都不来看一眼。你就知足吧，你被抄袭得越多，说明你的文章越好，越有影响力，所以，才有那么多人待见你的好文章。"被抄袭的人听了这话，有几个还能不心平气和？多么受用又暖心的劝慰啊。

抄袭，不管是现实还是网络，也不管你爱与不爱，它们都在茁壮地生长着。古往今来，抄袭之风葳蕤盎然！奈何？

独上高楼
将窗外的喧嚣揉成一盏淡茶
在江南的丹青墨色里等你
你的歌让我一醉不起
一颗初心 慢煮岁月
负着快乐前行
在薄情的世界里深情地活着
一念欢喜
坐在秋意里
不老的爱情
今夜有雨敲窗
梨花院落溶溶月
杨梅滚过白色的裙装

山谷幽兰

第四卷

今夜有雨敲窗

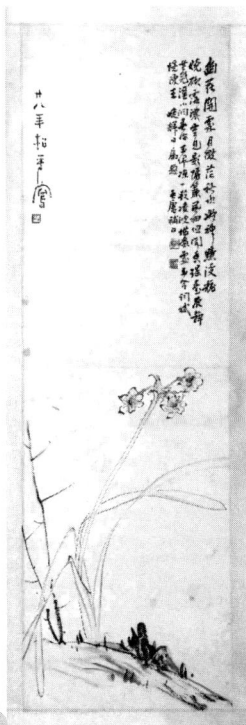

生命之河畔，蒹葭苍苍。骑着梦里的赤兔马，踏雪
而来。单等一人到，西风卷帘，弹一曲高山流水。

——题记

独上高楼

在冷月如钩的夜晚，独上高楼，对弯月、对星空诉说一些遥远的苍茫的思绪，是每个外乡人思乡之情的最好抒怀吧。

常常深夜读史，与作者在思想和情绪上产生共鸣的时候，便会来到阳台，听风吹过耳畔带走遥远的思乡之情，听月呢喃细语对我倾诉一些不为人知的前尘往事，看星星调皮地眨着眼睛，无声地对我莞尔一笑，星月所耳闻目睹的故事，你可知否？你可知否？

晏殊的《蝶恋花》是我的挚爱！"昨夜西风凋碧树。独上高楼，望尽天涯路。"其实，天涯的路是望不尽的！正因为望不尽，才生出万般慨叹。

我们生活在喧嚣沸腾的红尘，为五斗米折腰，为青丝三千而烦恼，被流年庸常的琐碎所困惑，被物欲横流所迷惑。生存的巨大压力，在城市高大的钢筋水泥建筑群里无处释放，似乎独上高楼，来聆听万籁俱静，月夜里的温情故事，白天的浮躁和心底对尘世的厌倦才可缓解。

江南早秋的月夜，凉爽的风吹拂面颊，带来丝丝温润，缕缕淡香。

窗前一棵百年的香樟树是我喜怒哀乐最好的见证人！多少风

清月明的夜晚，她陪伴我灯下夜读，陪伴我敲打键盘，陪伴我拍案而起，陪伴我闲适温情的回忆。又有多少个风雨交加的午夜，她陪伴我卧听风雨，彻夜不眠。

少年丧父，青年丧母，让漂泊异乡的我，在坚强的外表下，有一颗柔软脆弱的心灵。只是，对生活对理想的追求，我从未敢懈怠和放弃。尽管生活不是很富足，我一直很感恩我所经历的际遇和磨炼。所谓笑傲江湖的那些年，我一直努力勤勉，一直自强不息。都说"天道酬勤"！在经历无数次"山重水复疑无路"的失落和迷惘后，还是迎来了生命中的"柳暗花明又一村"！

我感念善待我的所有的朋友，有缘遇到你们是我一生最大的荣光和财富！你们给我的每一个灿烂的微笑，给我的每一句温暖的鼓励，给我的每一句善意的批评，我都铭记在心，也让我更坚定地认为，五百年前，我们确实曾经回眸过，因此，今生的相遇早就注定。

我也感念所有不待见我的人，是你们，让我明白了我身上的缺点和存在的问题，是你们让我的内心渐渐强大成熟起来，让我学会了多从自身找原因，而不是去抱怨，去回击。在这个世界上，每个人注定都有天敌！其实，这个天敌就是自己人性中的劣根性！也唯有自己是自己的克星！

无数次在月朗星稀、清澈如水的月光下默念着乔吉的"瘦马驮诗天一涯，倦鸟呼愁村数家。扑头飞柳花，与人添鬓华"。随着年龄的增长，渐渐少了忧愁和悲伤，多了淡定和从容，虽然还没有达到"不以物喜不以己悲"那样至高的境界。

一个朋友史诗般的纪实长篇连载，一个关于一座城池几百年的变迁史，每看一个章节都会令我击节称赞的同时扼腕叹息！我在感叹作者深厚的文化底蕴，执着的追求精神，对所生活的城池的那份铭心刻骨的爱恋的同时,更敬佩他以史学家的严谨态度,以作家自身的使命感和责任感,向我们独到深刻地展现了一个个王朝的兴起和没落的背影,一座城池的命脉走向,与一个王朝荣辱与共的关联!"大江东去浪淘尽,千古风流人物",到如今"青山依旧在,几度夕阳红"。

历史的烟云在浩瀚的宇宙里徘徊千年,历史是陈旧的,历史昭示的一切更是崭新的。以史为鉴,不忘历史,一直是每个王朝和每个有良知、爱思考者的警戒线。只是,历史的进程,"久分必合,久合必分"依旧在每个直播的日子里,差池百出,刀光剑影和太平盛世从来都是相互依存、相互更替的。流淌的历史有太多的偶尔,造就了意想不到的必然。"烽火戏诸侯""冲冠一怒为红颜"、冯僚、武则天、贾南风、萧太后、孝庄、慈禧等一串女性的名字,在有形无形中也改变了历史的走向。历史跟人一样有时候坚不可摧,有时候又是极其脆弱不堪一击的!于是,无言无声,静躺在史册里的历史,每每夜深人静会发出如泣如诉的悲鸣长叹,皓月当空、群星璀璨的夜晚,也会笙箫悠悠。

生活在现实的日子里,也生活在过往和未来里。我们一生都在行走,在心意苍茫中追索,常常会困顿地思考,我们所生活的这片脚下热土的前世今生。"人从何而来?"达尔文说,"人类和其他物种同是某一种古老、低级、早已灭绝了的生物类型的同时并存的子孙。"

来的人,走出了古老,走出了低级,成为有感情的高级动物。活着,有思想,有价值,精彩绝伦地活着,似乎成为人类的终极追求目标。笛卡尔的"我思故我在",让有理想、有抱负的智者去研究历史的进程,去思索每座城池的辉煌和衰败的必然联系!

历史终究不是个任凭打扮的小姑娘，翔实的史料面前，详尽的历史记载，血雨腥风和繁华昌盛是一直密不可分的两条线。犹如历代王朝，忠臣和奸臣两大阵营，貌似帝王们永远离开不了抬轿拍马溜须和埋头苦干实干的列位臣工。

板桥先生说"难得糊涂"。我辈庸碌的众生，不是难得糊涂，而是在稀里糊涂地混过一天天所谓的锦瑟美好年华。夜深人静的时候，扪心自问也会自行惭愧，只是，天亮之时，依旧被烦琐包围，继续过着胸无大志的小日子。

世事沧桑，月色朦胧中回望历史，胸中波澜壮阔又唏嘘不已！月色迷离中回望家园，故乡如一幅四季流动、色彩鲜明的山水画，垂挂在心灵的天幕上。

独上高楼，望尽天涯路；独上高楼，望不尽的天涯路。

将窗外的喧嚣揉成一盏淡茶

　　行走在寒风凛冽的街头，心底的丝丝温热，支撑着我的思绪天马行空奔驰在我理想的王国……

　　一直非常喜欢席慕蓉的一段话："不是所有的梦都来得及实现，不是所有的话都来得及告诉你，内疚和悔恨，总要深深地种植在离别后的心中。尽管他们说世间种种，最后终必成空，我并不是立意要错过，可是我一直都在这样过，错过那花满枝丫的昨日，又要错过今朝。今朝仍要重复那相同的离别，余生将成陌路，一去千里，在暮霭里，向你深深地俯首。请为我珍重，尽管他们说，世间种种，最后终必，终必成空。"

　　一晃又是一个年头，在上万次自己对自己诉说心曲的过程中，发现自己依旧没有长大成熟。情绪化、率真忧郁的本性，时不时地格格不入在现实生活中体现出来，真是应了那一句古语："江山好移，本性难改。"

　　本性难改的我啊，早就满头大包，早就满目疮痍，也早就无奈中淡定无谓了，只是却依旧没有改掉骨子里的那点所谓的清高自负，所谓的孤僻傲然，所谓的藐视万丈红尘的雄心壮志！

　　其实，在这物欲横流的滚滚红尘里，所谓的"雄心壮志"总是用来自己给自己鼓气，自己给自己交代，自己给自己安慰的吧。日子一天天决绝地悄然而逝，连个背影都无踪可循。至于藐视一切的底气，也只不过是来源于"无知者无畏""我在故我乐"的气概罢了。

喧嚣的尘世，事与愿违、一地鸡毛的烦琐流年里，想在精神层面上笑傲江湖，真的需要点与众不同的勇气和自娱自乐的精神。

岁月是把锋利无比的杀猪刀，光阴的流转让人在不知不觉中面目全非。聆听时间旋转的脚步声，声声叩击心扉，声声催人老去，声声催人泪下……

学会将窗外的喧嚣揉成手中的一盏淡茶，学会将流年光阴风干成一册精美的标本，学会将庸常的琐碎熬成一壶老酒，学会将所有的酸甜苦辣烹饪成人生的盛宴……所有的修为是点亮我们生命历程的火焰，让熊熊的烈火普照我们的万里征途吧。

"瘦马驮诗天一涯，倦鸟呼愁村数家"，瘦马驮诗天一涯的天涯啊，天涯何曾远离过我们，天涯一直深藏在心海，海天相接处，几许海鸥翔飞，帆船点点；几许彩云萦绕，云卷云舒；几许凭海临风，卧听风雨的子夜，遥想那塞外的荒漠，那一处绿洲深处的驼铃叮当。在那叮当梦幻般的驼铃声中，江南迎来莺飞草长、百花盛开的春季。

人在征程，山叠叠，水迢迢，青山绿水的梦境深处，故乡是一朵摇曳在清梦尽头的野菊花，芳香四溢，沁人心脾；故乡是一曲忧伤又明快的小夜曲，无数个不眠之夜，徘徊在路灯拐角处的街头，心底有个声音在说：不如归去，不如归去，不如归去……故乡更是将窗外的喧嚣揉成的手中一杯淡茶，浓淡相宜的苦涩和清芬，氤氲在世纪的天空下，袅袅茶水迷蒙的气雾里，内心柔软的角落总被淡茶浸染成一道明媚的笑容和几行酸楚的清泪。

泪眼蒙眬处，望瘦一轮满月，望穿千山万水，望尽前尘往事，将窗外的喧嚣揉成手中的一盏淡茶，煮茶把盏，想起那无数个黎明里，迎着漫天朝霞，行走在露珠打湿裤管的求学之路上，心中对外面世界的向往、神往之支柱，鼓舞着自己在困难面前勇敢地跋涉，只为远方有诗意、远方有我想探索的风光无限；想起那无数个夜不能寐的子夜，醉卧在繁星闪烁的夜空下，吟诵着"明月高楼休独倚，酒入愁肠化作相思泪。"想起那"无可奈何花落去，似曾相识燕归来，小园香径独徘徊"的过往，想起那"少年不识愁滋味，为赋新词强说愁。而今识尽愁滋味，欲说还休。欲说还休，却道天凉好个秋"的行程……且行且珍惜中，把红尘滚滚的喧嚣串成一册诗文，让每一行诗句，经过茶水的酽泡都晶莹剔透、活色生香中散发着淡淡的茶香、茶韵、茶魂。

日子的通透源于心灵的纯净和美好，源于将喧嚣揉成手中的一盏淡茶，源于灵魂遨游在天堂的路上，这也算化腐朽为神奇的人生境界吧。

人的一生，有几人没有"错过那花满枝丫的昨日"呢？其实，不仅已经错过，我们依旧"又要错过今朝"。今朝又如何？今朝我们仍要重复那相同的生死离别空余恨的余生，我们将形如陌路在暮霭沉沉的千里之外，泪眼凝望深深地俯首，让万语千言只化作一句"珍重"别在衣襟上吧，只为世间所有的恩怨情仇终必随风而逝……

那些随风而逝的日子啊，却是镌刻在我们生命年轮上铭心刻骨的印记！

如果余生的流年光阴里，有一处向阳的茅屋，院落中的海棠和芭蕉相得益彰，鸟儿啁啾的窗前有一盏淡茶，几卷诗书，且能够将窗外的喧嚣信手拈来揉进淡茶里，细饮慢品中吟诵纳兰性德的词："谁念西风独自凉，萧萧黄叶闭疏窗，沉思往事立残阳。被酒莫惊春睡重，赌书销得泼茶香，当时只道是寻常。"

寻常的日子，只求寻常中有份逍遥快乐，有份淡定从容，有份海角天涯梦。

在江南的丹青墨色里等你

又是江南的梅雨季节。

雨季，在江南的丹青墨色里是道如丝如幔、如纱如雾的斜笔勾勒的即景。

雨季的葱茏和繁茂，雨季的婉约和多情，雨季的绵绵和潇潇，构成了江南独特的如诗如画、如梦如幻的景致，也形成了江南独有的人文地理和别具匠心的韵味。这种韵味浑然天成而又美轮美奂中，彰显江南的风情、风骨、风韵。

撑着一把"天堂"伞，我独步在江南的大街小巷，寻找那个"结着愁怨的丁香一样的姑娘"。江南的小桥流水人家，慕煞多少国人的眼球，激发多少文人雅士的遐想，浸润多少有情人缠绵悱恻的情愫。

江南是一幅浓妆淡抹总相宜的山水画，挥毫泼墨的笔，游走在江南的丹青墨色里。在俯首路漫漫的深情回眸中，江南在姹紫嫣红中迎来莺飞草长，梅子黄时雨的春夏，江南在秋意染红枫叶后，"江南雪，轻素剪云端"。

徜徉在四季美如画的江南风景中，在丹青墨色的江南里等你。异乡流年里的相逢是一首婉约的宋词，经年累月里的寻寻觅觅，"把栏杆拍尽"后的执着坚守，只为心中那不灭的梦想和追求；他乡遇故知的偶遇是一曲轻音乐，舒缓悠扬的旋律，空灵唯美的意境，在一壶浊酒喜相逢的酣畅痛饮后，把手言欢，只为缘分的使然，让我们格外珍惜乡音、乡情；蓦然回首的相见是"行至水穷处，坐看云起时"的安然淡定，那在水一方的静候啊，只为前世五百年里款款深情的回眸中，那滴腮边的相思泪。

等你，在江南的丹青墨色里。行走在远山的呼唤中，郁郁葱葱的苍茫，伴着我去寻找山那边的人家。山那边的小桥流水人家，山那边徘徊在雨巷"倚门回首，却把青梅嗅"的姑娘，山那边"竹喧归浣女，莲动下渔舟"的人儿，何曾离开过等你的视线之中。

等你，在江南的丹青墨色里。漫步在西湖"柳浪闻莺"的绿波荡漾里，静听"白娘子"和许仙的故事在风中轻吟慢唱；聆听"三潭映月"中，天上的月亮和水中的月亮在私语；凝望"保俶塔"那玲珑剔透的倒影，将一湖碧水摇晃。孤山不孤，断桥未断。西泠是西湖的西泠，西湖是琴棋书画的西湖。

岁月的风霜，何曾让西湖苍老过？时间的隧道里，何曾让西湖面目全非过？日月流年里的西湖，愈发被日子浸润得玲珑秀丽，风姿婉约，卓尔不群！于是，总是忍不住地遐想，邀上你，在江南的丹青墨色里，在西湖边上，披一件蓑衣，戴一顶斗笠，携一卷诗书，煮一壶龙井，独钓江南烟雨笼罩，一江繁花落尽后的缤纷，独钓那些堪与不堪的日月流年。

等你，在江南的丹青墨色里。枫树林的忧伤，风是我的知己。忧伤的风驻足在我的肩头，看着翩翩飞舞的枫叶，播撒一地泣血的相思。风无语凝噎，笑看风轻云淡。

游走在江南的丹青墨色里，云游在心与心契阔的嫣然回眸中，遨游在灵魂不屈的执着追索中，云海苍茫深处的低眉，朵朵彩云如绚丽的花朵，别在衣襟上，萦绕在梦境里。

山 谷 幽 兰

诗和远方，曾经是我们共同的追求和夙愿。只是时过境迁后的心境，诗和远方已然成了遥远的回忆和念想。一切不可回头，一切已成定局，一切依然美好！只为，心中那不曾泯灭的梦想和追求。

一路走来，山长水阔几徘徊；一路走来，"取次花丛懒回顾"；一路走来，悲伤逆流成河流；一路走来，"等闲识得东风面"；一路走来，"柳暗花明又一村"；一路走来，在江南的丹青墨色里等你。

在江南的丹青墨色里等你，从此，故乡是摇曳在清梦尽头的一朵野菊花，年年芳馨四溢，岁岁清芬葳蕤；从此，故乡是一幅丹青墨色的山水画，垂挂在我们心灵的天幕上，时时凝望，百感交集；从此，故乡是梦呓里风度翩翩的情人，珍藏在我们浩瀚的心海，启迪着我们遥远的遐思。

等你，在翩然而至的美好岁月丛林中；等你，在山清水秀的江南广袤大地上；等你，在烟雨江南的丹青墨色里。

你的歌让我一醉不起

2020年的故事，必将镌刻在每个人的生命年轮上，一生难忘！

岁月的河流奔腾不息，按照生命的节点，有序地流淌，至于暗礁和险滩，总是在所难免。

日子依旧，生活依旧，故事也依旧。

嗨翻红遍全网的歌曲《可可托海的牧羊人》，在2020年千难万险的岁末，给大家心灵带来一股清新又哀婉的慰藉。

不管日子有多么不尽如人意，不管我们多么无可奈何，不管我们有多少不可逆转的遗憾，生活总是阳光明媚和凄风苦雨相依相伴着我们。

生活中的执着念想是我们精神上的指路明灯，岁月里风风雨雨的爱情是我们一生不可缺失的向往和追求。

可是，爱情的王国总是很难遂了各自的心愿，于是，一个个凄美动人的故事，一个个感天动地的执着情深，一个个为爱不顾一切的举动，在现实面前，统统分崩离析。很多时候，故事没有结局，没有结局的故事，才更让人欲罢不能，欲说无语，欲哭无泪吧。

有谁懂你撕心裂肺的苦痛？有谁懂你彻夜难眠的煎熬？有谁懂你啊，日出日落你眼里滴血的盼望？盼望着驼铃声响起能见到她瘦弱的身影；盼望着春暖花开，你能喝到她家的蜂蜜；更盼望着冬日毡房里，蜂蜜煮羊奶的温情画面吧。

可可托海的风，听懂了牧羊人泣血的歌唱，风儿无言，静默地把你的深情厚谊带到天涯海角。可可托海的云，明白你坦荡无瑕的爱意。云儿无语，悠然地把你的一往情深带到海角天涯。天涯咫尺、咫尺天涯的默念里，你的情深吟唱在她的耳边，你的眷念悄然别在她的发髻上。

爱过才知情深，恋过才知意浓，或许，牧羊人这辈子真的再难如此刻骨铭心地爱上一个人，可是生活依旧，日子依旧，爱情也依旧。把这段情深藏在心海吧，让她沉睡海底，让她尘封在记忆深处，让她在往事里与你告别吧。

不管养蜂女捎来的消息是真是假，她已经明明白白告诉了你，你不要再等她了，你们俩的故事自此落幕，永不再演。

永不再演的铭心刻骨的恋情啊，在岁月的风云里一边回忆，一边释然吧。

余生很长，只要你爱的人真的自己觉得自己的选择是对的，那么，一切的一切就成全她吧。成全她的同时，何曾不是帮她成全了你啊。

人的一生，有许多困局，最为走不出的当数爱的困局吧。情非得已，孤枕难眠的是自己跟自己较真的放不下。时间是药，医治一切创伤，而爱的伤口永远是一道无法愈合的伤痕。

有人说：爱是亘古长明的灯塔，它定睛望着风暴却兀不为动，爱就是充实了生命，正如盛满了酒的酒杯。

一颗初心　慢煮岁月

　　岁月的河流，沿着我们的出生地，几十年如一日紧紧跟随着我们的足迹，穿越崇山峻岭，横跨沟壑纵横，踏过逶迤小径……伴随着我们风雨兼程，陪伴着我们"山重水复疑无路，柳暗花明又一村"。

　　世事沧桑，世事难料，世态炎凉人情冷暖后，一颗初心善待一切，是何等地难能可贵！何等地凤毛麟角！何等地可遇不可求。

　　一颗初心，总会让我想起纳兰性德的词："人生若只如初见，何事秋风悲画扇。等闲变却故人心，却道故人心易变！"

　　初心与初见是惬意的春风拂面马蹄轻，是肆意的秋风飒飒丰盈美，是一低头藏不住的莞尔一笑后的心领神会，是朝朝暮暮彩云飞的绮丽心意，是挂在嘴角妩媚愉悦的笑盈盈，是凝望远方、心悠悠情切切的相望和不舍。

　　只可惜，岁月在毫不留情把沧桑镌刻在我们容颜上的时候，更把我们的初心锻炼！经年后的相逢，物是人非事事休的背后，我们似乎只能慨叹："人生若只如初见，何事秋风悲画扇。等闲变却故人心，却道故人心易变！"真的是故人的心易变吗？暗忖，又何曾不是自己在变啊！

其实，变也不可怕！我们的人生旅程中，谁都难以避免磕磕绊绊、起起伏伏的历练，每个人的人生之路不同，遭遇也就不同，那么感慨、感悟也就不同！再回首，即便有太多的满目疮痍，只要心底的初心还在，一切美好就永存！

我敬畏怀有"一颗初心，慢煮岁月"的人，我敬畏历尽磨难，依旧怀有纯真美好念想的人，我敬畏理想一辈子实现不了，依旧心怀梦想的人！他们的初心如一颗璀璨的钻石，镶嵌在心灵的天幕上，何时何地，他们的心灵都熠熠生辉！心灵的月光，陪伴着他们笑傲江湖，遨游灵魂。

岁月的活色生香和精彩绝伦，让人世间的众生流连忘返，追逐嬉戏。让上苍再给五百年是一代代帝王的夙愿，也是众生的祈求，因为，上苍给不了我们五百年，我们对美好的生活才更珍惜留念！才更觉得光阴似箭，一寸光阴一寸金。

岁月总是阳光明媚和凄风苦雨相伴相随的，不管是阳光明媚的如意顺境，还是凄风苦雨的逆境，如果我们都能怀有"一颗初心，慢煮岁月"，那么，我们的日子一定是温馨从容、淡定潇洒的。

人的一生，大江东去浪淘尽，千古风流人物的境界，毕竟是精英们的生活圈，少之又少的一小部分人的生活模式，绝大多数人的日子是在"温水煮青蛙"的模式中，不知不觉耗尽一生。不能说"青蛙"们没有了反抗和初心，只是，在温水里待久了，"青蛙"们不再想起初心初意，毕竟初心与现实相差十万八千里，那么就心安理得地慢煮岁月吧。殊不知，没有了初心，慢煮出来的岁月是那般枯燥无味，那般面目全非，那般词不达意！

俯首流年，静看岁月。岁月的风云变幻，在我的头顶上四季分明地抒写着不朽和传奇，贪婪的我伸长臂膀想把一切揽入怀中，往往却一无所获，两手空空，于是，我慢慢学会放弃，慢慢学会取舍，不再为红尘喧嚣而困惑，不再为"剪不断，理还乱"的情愫所左右，不再为患得患失而怅惘。只怀一颗初心，善待一切，慢慢发现，善待别人的同时，其实，也就善待了自己。

冗长的岁月，需要心平气和的初心来抚慰千疮百孔的心灵，需要初心来安定浮躁的思绪和无言的悲凉。走过去的岁月，一去不复返，不复返的青春好时光，在流年里沉淀。

"不忘初心，方得始终。"这句话成全鼓舞了追求梦想的成功者，这句话也能安慰追求梦想的失败者，因为，漂亮的失败何尝不是另一种成功！

岁月静好，岁月无奈，岁月芳馨，岁月更苦涩，我只愿自己有颗初心，安静地慢煮岁月。

负着快乐前行

严冬，在历经江南山长水阔知何处的一杯红茶氤氲的雾气里，真切地来到我们的身边。

哈着冻红的指尖，在柔和的台灯下，有一搭无一搭地翻看着书卷，读到清代诗僧大须的《暮雪》一诗，心境竟是如此相通，甚幸甚幸！

"日夕北风紧，寒林噤暮鸦。是谁谈佛法，真个坠天花。呵笔难临帖，敲床且煮茶。禅关堪早闭，应少客停车。"好一个"呵笔难临帖，敲床且煮茶。"

我辈凡夫俗子，为了生存和生计，一日日弓着老腰，为着那聊以度日的五斗米而辗转奔波。俗事、俗务缠身，那骨子里的一腔空灵婉转、天马行空的思绪，早就随风流浪到天涯海角，去陪伴那悬挂在天幕上的皎洁明月去了。

一辈子能够坚持读书、写字是件苦事，也是件幸事，只是坚持的过程中，快乐远大于烦恼也就足够了。

晨起，看窗前满树金黄的银杏树叶，在一夜凛冽的北风中纷纷凋谢枝头，近乎光秃秃的银杏枝丫，刹那间显得丑陋又笨拙。银杏叶儿的金黄是秋冬一道靓丽的风景线，只是，这再美的风景，也经不起寒风的"爱抚"。那时而温柔拂过树梢的寒风，时而盛气凌人呼啦而过的寒风，愣是没有几天就彻底让银杏树剥皮似的被打回原形了。

这是春夏秋冬四季更替的现实和无奈，这是庸常岁月里万物的自然规律，这更是一棵树给人的启迪和遐想吧。

其实，每个生命都踽踽独行在时光的隧道里，我们不必慨叹"长恨春归无觅处"，不必纠结在"天长地久有时尽，只有相思无觅处"的落寞里，不必心痛"长于春梦几多时，散似秋云无觅处"的蹉跎中。换一种思路吧，一生的际遇里，只要我们足够坚持努力，足够锲而不舍，足够心平气和，又有多少"踏破铁鞋无觅处，得来全不费工夫"的惊喜和意外的收获啊。

傻愣愣地看着窗外，一阵咳嗽赶紧关闭上窗户，脑海里陡然冒出雪莱的诗句："冬天来了，春天还会远吗？"

蓦然回首，我的思绪，还未从那满山盛开的桃花清芬里走出来，寒冬却拽着我的衣襟，让我无处可逃。

有时候，日子厌倦得多说一个字都多余，冬日里的寂清和萧索，无形中总让人有心事苍茫的感触。独在异乡为异客的我，每每对着一盏灯，捧着一杯茶，听着一首思乡的曲子，总会吟诵起晏殊的词："昨夜西风凋碧树，独上高楼，望尽天涯路。欲寄彩笺兼尺素，山长水阔知何处？"

独上高楼，其实是望不尽天涯路的。天涯路在天涯，任凭我们极目远眺，终究在目力能测的范围内。能望尽的不是天涯路，而是人生一路走来的心路。至于"欲寄彩笺兼尺素"，更是成了一种奢望和念想，暂不说庸碌的流年，早就让一腔热血冷却成冰，且有那山长水阔横阻着日渐凋零的心绪。

常常拿茶圣陆羽的《六羡歌》来抚慰一颗被喧嚣红尘浸染成千疮百孔的心："不羡黄金罍，不羡白玉杯，不羡朝入省，不羡暮登台，千羡万羡西江水，曾向竟陵城下来。"

想来茶圣这里的不羡，其实，说白了还是不曾拥有吧。既然不曾拥有，那就洒脱的不羡也罢。只是现如今，浮躁的众生之所以活得疲惫不堪，就是太爱羡别人的所有了。攀比之风，早就成了当下不择手段、盲目追逐利益的挡箭牌。众多的时候，我们对那些可遇不可求的东西，即便羡了也不会拥有，倒不如高亢地长啸一声："仰天大笑出门去，我辈岂是蓬蒿人。"

陆羽从一个弃婴蜕变成茶圣，一路的艰辛和执着，一路的苦楚和追求，一路的山重水复疑无路，只有时刻陪伴他的清风明月知晓其中的酸甜苦辣咸吧。

只是，茶圣一路从唐朝走来的路上，历经千辛万苦，游历名山大川，煮茶品茗交友写《茶经》的过程，早就镌刻在史册里，镌刻在历史的天空中，镌刻在生命之树常绿的年轮上，镌刻在《茶经》的字里行间，当然，更镌刻在每一位懂茶品茗人的心扉上。

岁月倥偬，人生苦短，不为往事扰，只愿余生笑。往事如梦，梦如人生，梦醒时分，一定是在历经喧嚣红尘的苦难之后；一定是在"书到用时方恨少，事非经过不知难"的体验中；一定是在"白了少年头，空悲切"的遗恨下。梦醒了，那么就让可回首、不可回首的往事，随风飘逝吧，让所有的过往都不再纷扰我们的当下生活。

今夜，微恙中的忧伤铭心刻骨，凝思中悲怆的情绪，游走在唐诗宋词里，宰相词人沉郁、洒脱地在我耳畔吟诵着："满目山河空念远，落花风雨更伤春。不如怜取眼前人。"

余生背负着快乐前行，只愿嫣然、安然、淡然的笑意绽放在心田里。

在薄情的世界里深情地活着

院落里的一株樱花又璀璨地盛开了。

这几日的早晨，我总要提早一刻钟来到办公楼，为的是与这株陪伴我三年的樱花树，无声地絮叨一些日月流年的琐事。

光阴似水，光阴似箭，一晃调到这座小院落里上班快三年了。这三年来，我的万般酸甜苦辣咸，院子里的这株樱花树耳闻目睹的同时，与我情义两相知般休戚与共。

抑或每个人都是一样的吧，随着年龄的增长，恋旧、怀古的情结会愈发地浓烈厚重！我们无法割舍的，总是那些触动我们灵魂深处的一些人和一些事。只是，在婉转流年的浸润下，那些过往越走越远，只留下一个模糊的背影，投影在我们的心灵天幕上，偶尔翻阅，慨叹中一声叹息……唯有真诚地祝福和忆念，托明月清风捎去。除此，别无所求！

"花开花落两相知"，花儿一到节令总会次第争芳，她们欣喜地盛开在天涯海角，她们呼朋引伴，在广袤的田野上肆意绽放，她们在院落房后，悄然地香气四溢。她们绝不会瞻前顾后，有所保留。因为绚烂的怒放是她们金色年华里最美好的一段光阴呈现，她们拼尽所有的所有，只为了一年一度地盛开。不管有无人来欣赏、赞美她们，她们都要不卑不亢地在枝头完美地亮相。她们更不会去计较这个薄情的世界里，有几人真的在乎过她们，有几人真的善待过她们，有几人真的厚爱过她们。她们穷极一生的梦想，就是为了深情地活着，为了美丽地绽放。

花儿尚且如此，人又何尝不是？

"时间煮雨，光阴煮酒"，光阴里的苦痛快乐、是非恩怨，在这薄情的世界里，我们遍体鳞伤中，深情回眸处，依旧恋恋不舍，欲说无语。

闲暇，与一位很清新、很文艺范的妹子闲聊几句。我说她通情达理、知书达理，她的话，让我笑喷后又若有所思。

她说：姐，我是个比较不讲道理的人，谁跟我好，我跟谁不讲道理。

我说：你那是跟老公耍个小性子罢了！那是年轻的美女、才女的惯性！

她说：我跟闺女也不讲理，闺女也让着我。

我说：妹子，这就对了，谁对你不好，你说啥也不好使啊！

其实吧，我小性子也不小！可是没有人买账啊，只能无趣地自己跟自己耍几天后，乖乖地该干啥干啥去！

说起耍小性子，估计《红楼梦》里的黛玉姑娘，那真是把小性子耍到了极致。黛玉的小性子耍得宝玉寝食难安中肝肠寸断，满园春色里，独对黛玉痴迷癫狂。宝黛在耍小性子的青涩年华中，爱得伤痕累累，爱得荡气回肠，爱得感人肺腑。

他们俩在那个薄情的世界里，也算两朵奇葩，遗世独立如一株曼陀罗花，摇曳在每一个"红迷"的清梦里。梦醒时分的潸然泪眼，依旧深情地凝望着这个薄情的世界。

"因为相知，所以懂得。因为懂得，所以慈悲。"这震撼人性的美丽的情愫，让这句话跨越时空，成为永恒的经典语录。只是，说这句话的两人的情殇故事，却是那般满目疮痍，不堪回首！不过，他们轰轰烈烈而又无可奈何的情感归宿，也算在薄情的世界里深情地活过一场吧。

薄情的世界里有个更为薄情的人，而那个薄情的人啊，偏偏拥有旷世之才的才女对他深情地痴爱。人生如斯，冷暖自知！

想起仓央嘉措的一段话："好多年了，你一直在我的伤口中幽居，我放下过天地，却从未放下过你。我生命中的千山万水，任你一一告别。世事间，除了生死，哪一桩不是闲事。"

是啊，既然除了生死，哪一桩事都是闲事，我们面对这个薄情的世界，深情地活过一生，也算没有虚度锦瑟年华。

光阴的故事，镌刻在大浪淘沙后的生命年轮上，在每一个有刻度的年轮上，都铭心刻骨地抒写着人世的薄情和人们对生活深情相待的故事。

看一树樱花盛开，想薄情苍狗白云，忆浮生深情款款，去留肝胆两昆仑。

一念欢喜

落雪了，江南的雪，如一位害羞的妙龄女孩，总是羞于见人似的，落地即化，空留下一个如梦似幻的背影，让喜欢雪花的人，怅惘忆念，恋恋不舍中又无可奈何。

尤其喜欢张磊演唱的《南山南》这首歌曲，轻缓如流水的旋律，低吟浅唱中，倾诉一段心灵的故事和一生的梦想。

夜晚，独坐在月光倾泻入室的书桌旁，一杯清茶，关掉台灯，静静地聆听音乐的旋律在书房里弥漫……

"你在南方的艳阳里大雪纷飞，我在北方的寒夜里四季如春。"艳阳里的大雪纷飞，是怎样地悲伤无言?! 寒夜里的四季如春，又是怎样的坚强无畏?!

潺潺流水的日子，带走了我们的清纯年华，带走了我们相逢的欢声笑语，带走了我们历经沧桑后粲然地一笑。

"时光苟延残喘，无可奈何"，时光是顺滑依旧的，苟延残喘的是我们对世事变迁的态度和心态。"穷极一生，做不完一场梦，大梦初醒，荒唐了一生。南山南，北秋悲，南山有谷堆。南风喃，北海北，北海有墓碑。"

是啊，光阴里的所有过往和故事，终究会成为北海的墓碑，和我们的墓碑一起竖立在荒郊野外。到那时，谁给谁送上一束菊花和一杯薄酒，那么，墓碑里的人就是幸福无比的！

穷极一生的梦想里，不管你在何方，不管你怎样地面目全非，又何曾敢把你忘怀？又何曾能把你忘怀？"少年不识愁滋味，为赋新词强说愁"的岁月里，我们的相逢是一首悠扬动听的歌，我们的相识是一曲高山流水的鸣奏，我们的渐行渐远是一场旷世奇缘，北方的雪地上，有我们葱茏的脚印。那时候，我们的梦想，犹如雪地上的一簇簇篝火，跳跃的火苗如彩蝶，翩翩翔飞在我们澄碧辽阔的心灵天幕上。

一念随缘，南方的艳阳天里，四季如春，只是没有了雪地上葱茏的脚印。南山南，南山有谷堆，坐在高高的谷堆上，凝神远眺，望不尽的天涯路上，枫叶飘零，人影憧憧。只是，与你擦肩而过的那个秋天里，迷失在艳阳里的我，把你给弄丢了。

我耗尽所有的所有，换来的只是失之交臂，于是，我学会忘记你的眼，在心灵的孤岛上，过好属于自己的荒无人烟的生活。

那个九九艳阳天，迢迢的山水，遮断了来时的路；那个艳阳天，茫茫的雾霾，让我陡然间成了鼠目寸光的一个人；那个艳阳天，云卷云舒中大雨滂沱。

那呼吸之间，已成往事的追忆里，蓦然回首，"却道天凉好个秋"。

四季更替，斗转星移的苦乐年华里，望穿秋水后的决绝，对月慨叹："离别家乡岁月多，近来人事半消磨。唯有门前镜湖水，春风不改旧时波。"

一念欢喜，徘徊在木棉花缤纷盛开的季节里，我对这被冠为"英雄花"的木棉花，历来崇敬而喜爱至极！她的花语即珍惜，惜福。她的豪气、英气和壮士断腕亦从容的落地姿态，让我敬重她的风骨和壮观。

木棉花开一年年，当年你我共同所植的那株木棉树，如今依旧枝叶繁茂，岁岁花开之际，我会依旧在南方等候你的归期，只是，归期无期。花丛中的我，醉卧月光下，遥想这一轮清辉明月下，你也在思念这株茁壮疯长的木棉树吧。

你来与不来，木棉花开依旧，哪怕有一天，你我都到了苟延残喘的时日。

坐在秋意里

秋雨淅淅沥沥敲打着窗台，敲打在窗前百年香樟树的枝叶上，那窸窸窣窣的混合的声音随着舒缓的、空灵的歌曲《山水之间》的柔美情愫，一起袭上心头。

一场秋雨一场凉，在这个仲秋的节令里切切地上演着。半开的窗，风声雨声和着许嵩的歌声，在这个秋意渐浓的雨夜里，在书案上的一杯安吉白茶里氤氲着缕缕的忧伤和期许，氤氲着沧桑年轮里的沧海桑田，氤氲着山长水阔知何处的无奈和落寞，氤氲着心有千千结的故园情怀……

坐在秋意里，聆听岁月如歌是我对许嵩的《山水之间》的感触。

　　昨夜同门云集　推杯又换盏

　　豪言成笑谈

　　半生累　尽徒然　碑文完美有谁看

　　隐居山水之间　誓与浮名散

　　湖畔青石板上　一把油纸伞

　　旅人停步折花　淋湿了绸缎

　　满树玉瓣多傲然　江南烟雨却痴缠

花飞雨追一如尘缘理还乱

人生如浮云，我们貌似早已经看穿、看透一切，事实上，众生又何曾不被浮名所累呢？隐居山水间了，依旧难忘难舍那青石板上的撑着油纸伞的佳人，心疼着穿着绸缎的佳人，被雨水淋湿的弱不禁风的样子，疼惜着满树繁花被雨水打落枝头，再傲然的玉瓣，终究成了一地落红，在江南的烟雨里痴缠。

世人提起归隐山林、洁身自好总会想起"竹林七贤"。事实上，历史上桀骜不驯的"竹林七贤"有他们在山水之间肆意纵情、狂放不羁的潇洒一面，更有他们隐士又出仕的各自不同的政治立场和思想抱负。他们的结局，在当时的司马朝廷里，最后也只能是各散东西，分崩离析。这或许也正印证了现如今无奈又自我解嘲的一句俗语吧，"理想很丰满，现实很骨感。"

浮云的一生，"昨夜同门云集 推杯又换盏"的情景是多少有识之士和达官贵人交集交流、互助互利的沟通、理解的平台啊。那个平台就是如今的"圈子"，"圈子"的同门云集之时，觥筹交错中把酒言欢，畅言雄心抱负，可是，各自的政见和不同的立场，最终却是不尽相同的"半生累 尽徒然 碑文完美有谁看"。

坐在秋意里，坐在《山水之间》的优雅温婉旋律里，坐在方寸之间的书斋里，聆听岁月如歌汩汩流过心田，遥想那前尘往事在山水间翩然翔飞，掠过山重水复的时光隧道，掠过记忆的崇山峻岭间，掠过故乡的万亩荷花荡和水杉林上空，掠过我儿时逮鱼捕虾的小溪旁，掠过烟雨秋梦的桃花岛上，掠过打湿过我裤管的那条蜿蜒曲折的求学田埂上，掠过我庭院深深深几许的心房上，掠过我曾经在茫茫人海多看你一眼的传奇故事里……

古木檀香小筑　经文诵得缓

锦服华裳一炬　粗袖如心宽

林中抚琴曲委婉　群山听懂我悲欢

泪如雨落才知过往剪不断

落花雨　你飘摇的美丽

花香氤　把往日情勾起

我愿意　化浮萍躺湖心

　　人总是矛盾的，甚至是滑稽的。内心有化不开的心结，总喜欢给自己找个借口和精神寄托，于是吃斋念佛，把锦服华裳付与一炬，做个粗袖如心宽的人，成了自己最大的念想和追求。其实，佛祖心中留，心中念，行为善的人，佛祖是不会追究你是穿绫罗绸缎，还是粗麻布衣的人吧。拘泥于形式，绝对不是佛祖的本意和苛求！

　　寄情于山水，在林中委婉地抚琴，把心事心愿诉与群山听，希冀群山能够听懂自己的悲欢离合的心绪。群山懂与不懂，群山都缄默无语，那阵阵随山风传来的松涛声，何曾不是群山自己的心曲诉说，我们又有几人听懂了群山的悲欢呢？只是，那泪如雨落的琴音里，知道那过往云烟的故事，无论如何是剪不断的情丝，那情丝犹如作茧自缚的蚕蛹，拼劲最后一丝力气，用一个厚厚的坚硬的蚕茧，把自己紧紧地包裹着。把一切交给时间，让山水为伴，让山水见证，假以时日，终会化蛹成蝶，那翩翩舞蹈着的彩蝶就是蜕变后的自己。

落花雨　你飘摇在天地

晚风急　吹皱芳华太无情

我愿意　化流沙躺湖堤
只陪你　恭候春夏的轮替
落花雨　谁深藏山水里
落花雨　谁深藏在我心

"落红不是无情物，化作春泥更护花。"那瓣瓣馨香在雨中飘摇坠落，心痛心惜心也安然吧。花开花落总有时，我曾经在山野里看花、看草时慨叹过：我们都是路过花花草草的客人，叹息着无情的风雨，对花草的伤害和摧残，却不知，所有的花草，在一岁一枯荣的流年里，也以款款深情的目光怜惜着我们不可重复的一生吧。

不可重复的一生啊，不可辜负春光，不可辜负山水，更不可辜负一颗玲珑剔透、寄情山水的初心。

纵观历史的烟尘，走过生命中的烟雨人生，且行且歌、且行且求索的岂止是"竹林七贤"啊！吟诵着"吾不能为五斗米折腰，拳拳事乡里小人邪"的陶老夫子，说罢这句话索性取出官印，把它封好，并且立马写了一封辞职信，随即离开只当了八十多天县令的彭泽县。由此可见，陶潜当时的心境是多么悲愤，又是多么洒脱，在他的心里有山水间的"采菊东篱下，悠然见南山。"

"扬州八怪"里的"八怪"，他们的旷世才华倾倒众生，留在史册里的板桥，在一声"难得糊涂"的喟叹里，隐藏着他的"修身齐家治国平天下"的理念。他要"立功天地，字养生民"。在文学创作上也主张"理必归于圣贤，文必切于日用""作主子文章，不可作奴才文章"。如此一个铁骨铮铮的汉子，却以卖画为生，也算把毕生抱负寄情山水之间的典范吧。这不也正印证了：

"落花雨　谁深藏山水里。"可是，"落花雨　谁深藏在我心"？

心与心的契阔是徜徉在山水之间，疲惫之时的嫣然一笑；心与心的契阔是行走山水间，蓦然回首里的深情一瞥；心与心的契阔是驻足在山水间，默默凝望腮边的一滴欲说无语的相思泪……

或许是反复听许嵩的《山水之间》吧，一夜夜我的梦境游走在山水间……

山水有相逢，相逢在我梦中的四季更替里。坐在山水里，看大河结冰，看冰水消融；坐在山水里，看潮涨潮落，碧波荡漾；坐在山水里，垂钓着日月流年；坐在山水里，忆念着迢迢山水尽头的那片彩霞满天、云卷云舒的故事！

窗外的香樟树，在秋风秋雨中酝酿着它的果实，那缕缕的清香，让我恍如隔世般坐在秋意里，聆听岁月如歌。

不老的爱情

久居喧嚣的都市，似乎很少体会到月色溶溶的温馨和美妙了。夜晚的城市各色的灯光，早已冲淡了月光的温情和淡雅。庸常的日子亦很少有心境，遥望星空煮茶当歌，沐浴在皓月的银辉中尽情泼洒心底的美好情愫了。

今夜无眠，打开阳台，遥望浩瀚的天空，禁不住心潮起伏……

月夜给人的感觉总是扑朔迷离而又美轮美奂的，总能让有心人、有情人想起"但愿人长久，千里共婵娟"的诗句，想起经典的老歌，刘欢的《弯弯的月亮》、徐小凤的《明月千里寄相思》、蔡琴的《月光小夜曲》、张宇的《都是月亮惹的祸》等等。最让我难以忘怀的是唐朝诗人张若虚的《春江花月夜》，在《全唐诗》中他的诗歌仅存两首，但是一首《春江花月夜》我认为让所有唐诗里写月亮、写相思、写情景的诗歌，全部黯然失色！"孤篇横绝，竟为大家"！千古绝唱情景交融的意象，让人遐想无边，魂牵梦萦！也许因为他是江苏扬州人，是我的老乡吧，所以尤其地偏爱钟情于他，由衷地赞赏迷恋那《春江花月夜》。

春江潮水连海平，海上明月共潮生。

滟滟随波千万里，何处春江无月明。

江流宛转绕芳甸，月照花林皆似霰。

空里流霜不觉飞，汀上白沙看不见。

江天一色无纤尘，皎皎空中孤月轮。

江畔何人初见月，江月何年初照人。

人生代代无穷已，江月年年只相似。

不知江月待何人，但见长江送流水。

白云一片去悠悠，青枫浦上不胜愁。

谁家今夜扁舟子，何处相思明月楼。

可怜楼上月徘徊，应照离人妆镜台。

玉户帘中卷不去，捣衣砧上拂还来。

此时相望不相闻，愿逐月华流照君。

鸿雁长飞光不度，鱼龙潜跃水成文。

昨夜闲潭梦落花，可怜春半不还家。

江水流春去欲尽，江潭落月复西斜。

斜月沉沉藏海雾，碣石潇湘无限路。

不知乘月几人归，落月摇情满江树。

从此以后来到江边的游子，满腹心事欲语还休，有泪轻盈的多情人，追求美丽爱情，相思在心田汩汩流淌的浪漫人，风华正茂情愫暗生的恋人，历尽沧桑回眸一笑的智者，曾经沧海难为水的凄凉与豪迈中，大家都把这首《春江花月夜》在月夜下低语轻吟。徜徉在无边的思绪里，往事越千年，心与心的交融，情与景的相似，在天幕下，随着秦时的明月汉时的风，永恒地驻扎在月朦胧、心朦胧的心海里。那一泓清水的闪烁是点点的泪光，岁月的惊涛骇浪，未曾颠覆追求理想情爱的心舟。苍莽的巍峨群山，松涛阵阵应和着涛声拍岸，潋滟波光里，似水年华中，嫣然含笑花开有声！

人类的历史是一部奋斗的历史，也是一部爱情的历史，爱情是人类不老的话题、常提常新的话题，爱情是个美丽的天使，一辈子在摇篮里长不大；爱情是株常青藤，终年郁郁苍苍，一生新绿；爱情是聪颖的少女，风度翩翩，优雅一世；爱情是曲优美激越的歌，爱情是首缠绵刚烈的诗，爱情是篇洋洋洒洒的传奇小说，爱情是家长里短中摩擦的火花，爱情是心底留给自己的自留地，种植培育中的酸甜苦辣回味悠长，沁人心脾。

一直也忘不了黄安的《新鸳鸯蝴蝶梦》，优美的旋律、通俗的歌词，当年被广为流唱。记得那时候刚刚工作，颇有些"为赋新词强说愁"的孤傲自许，也有些目下无尘的清高，"爱情两个字，好辛苦"！真的好辛苦啊，辛苦得月夜辗转无眠，独倚高楼，仰望星空泪光闪闪。辛苦得衣带渐宽茶饭不思，辛苦得月光下徘徊千里，苦苦地傻傻地在木棉花静开的月夜里，酩酊大醉，醒来缤纷的花瓣成美丽的睡衣。

一生中有不老的爱情相伴，虽然有些幼稚有些梦幻，但对于女人来说应该是种福气。爱情，对男人的一生来说只是一部分，而对于女人却是人生的全部，是一辈子的希冀和追求。康格里夫看来更懂得女人的心啊，"没有爱情的人生叫受罪。"

"爱情是生命中的盐"！

呵呵，今天，大家吃"盐"了没?！

今夜有雨敲窗

五月的江南，绿意葱茏，柳絮纷飞。

淅淅沥沥的雨水，赶趟似的对暮春的美景，恨不能寸步不离地追随着。

连续两夜，急缓错落有致的雨水，敲打着窗棂，梦中醒来竟再也无法安睡。索性起床，也不开灯，摸索着拉开窗帘。窗外的风声雨声，在迷蒙路灯下，丝丝缕缕的雨线，穿过窗前影影绰绰的香樟树，斜飘着住进心扉。

凝视窗外，雨帘下的雨夜，不再静谧，滴答雨声相伴着。雨，仿佛遇到一个寻觅千年的老知音，一会儿激情四溢，诉说着云天外万年的寂寞；一会儿又柔声细语，倾诉着千年无以启口的衷肠。如歌如泣，荡气回肠。而黑夜，像位历经沧海桑田的智者，静默无语中，有条不紊地梳理着雨的思绪，安抚着雨的情绪，任凭大珠小珠落玉盘般的雨滴，围绕着它肆意蔓延流淌。想起顾城的诗歌："黑夜给了我黑色的眼睛，而我却用它来寻找光明。"雨夜后的天明，何曾不是一个艳阳高照的晴天！

傻愣愣伫立窗前半天，窗台上的君子兰，在夜色的浸染下，墨绿色的枝叶像镀上了一层蜜蜡，闪烁着光芒。叶间橘黄色的花瓣，散发出淡淡的忧伤和淡淡的馨香。我一直认为兰花是清高孤寂的隐君子！花中君子的孤傲，何曾不是现实中君子难做的写照！

今夜被多情的雨水浇得无法入睡。多年养成的习惯，异乡漂泊二十载，每每遇到开心的事情、烦恼的事情都会敲打键盘，喜欢听敲打键盘的噼啪声。曾经在我文章里提及过，写字的乐趣，于我就像美女们喜欢逛街、买时装那般开心。敲打键盘处，常常会有种幻觉，转瞬间似有嫣红的玫瑰，在指尖盛开！恍惚中所有的风风雨雨，都会化作汩汩流淌的清澈溪水，缓缓流进我的心田，浇灌着我的理想之花！腐朽化为神奇的美妙嬗变，是我喜欢写字最好的缘由吧。写几行文字给自己，成了我的一个习惯，成了我排解喜怒哀乐的一个载体。

在这个风声雨声交加的深夜，有窗前一棵百年的老香樟树，陪伴我一起听风雨足矣！

此时此刻，突然想起李商隐的《夜雨寄北》。

漂泊异乡的人，或多或少都会感觉到灵魂无处妥放吧！

遥望北方，山叠叠，水迢迢。盼望着回到故土，却又近乡情怯！

时间煮雨，光阴煮酒。弹一曲古筝《渔歌唱晚》，坐等天亮。

梨花院落溶溶月

一直对晏殊的诗词情有独钟，7岁能文，14岁就因才华横溢而被朝廷赐为进士的他，在北宋文人雅士、诗词大家纵横的文坛上，小小年纪能够脱颖而出，再回首品读他的《珠玉词》，几乎篇篇有佳句，首首见真情，诗词的意境缠绵悱恻，温婉凝练，情之真，意之切，芬芳袭人，柔情淡雅中"似曾相识燕归来，小园香径独徘徊"。

江南的春，梨花、柳絮可谓一道亮丽的风景。记得10岁左右在舅舅家第一次读他的《无题》："油壁香车不再逢，峡云无迹任西东。梨花院落溶溶月，柳絮池塘淡淡风。几日寂寥伤酒后，一番萧索禁烟中。鱼书欲寄何由达，水远山长处处同。"对诗的意思是不甚理解的，但对"梨花院落溶溶月，柳絮池塘淡淡风"这一经典名句却一直难以忘怀。随着年龄的增长，越发读出诗意的深远和凝重，情感的温润和秀洁。

自从读了晏殊的《无题》，老房子院落里的那两棵梨树、池塘边的杨柳从童年时代起就成了我的好朋友，三月下旬是梨花盛开、柳絮飘飞的季节，皓月当空，清澈辽阔，浩瀚神秘的星空下，洁白如雪的梨花散发着淡淡宜人的芳香，令人心旷神怡，神思飞扬。月光下的柳树像是镀上了墨绿的油漆，婆娑的舞姿在春夜微凉的清风中尽情舞蹈，一年又一年的春，在柳絮拂面的絮痒中把我们的青春年华、喜怒哀乐真情地雕刻。

青春的岁月总有太多的美好和向往，总有太多的恩怨和情殇，总有太多的无奈和失落。徘徊在梨树下，看片片飘落的梨花，黯然神伤韶华的流逝，踱步池塘边，杨柳依依拂面，春寒料峭袭心尖。少年识尽愁滋味的凄凉，随着纷飞的柳絮漫天飞舞，真正是：梨花年年开有时，落英缤纷泪暗垂。杨柳岁岁换新枝，飞絮漫舞愁肠催。

"为赋新词强说愁"的青春时光，青涩的情感，浪漫的情趣在古典诗词的蕴藉下，蓬勃的热情如雨后春笋茁壮成长！

今夜梦回老家，院落中的梨花雪白一片，晃得我睁不开眼睛，馨香依旧，芳香袭人。池塘边蛙声阵阵，杨柳低垂，曼妙的笛声从天际缓缓地飘来，仰望星空，璀璨的星星对我调皮地眨着眼睛，诉说着天外的故事。回眸处梨花柳絮在空中搭起一座汉白玉般的银桥，桥上人影绰绰，却再也寻不见青春年少的时光。

淡然地对自己莞尔一笑，岁月的利剑把这千年的梨花和柳絮，早已雕刻成一幅山水画，垂挂在每个人的心灵天幕上。溶溶月光下，淡淡风凉中，多少沉浮荣辱，多少离情别恨，多少喜悦和苦痛，全部消逝在银河寰宇中。

人生饱览四季的风景，更饱览生活的风景。王国维把人生的境界分为三种意境，今夜再来感悟"梨花院落溶溶月，柳絮池塘淡淡风"之时，却真有了这三种境界："昨夜西风凋碧树，独上高楼望尽天涯路。""衣带渐宽终不悔，为伊消得人憔悴。""众里寻他千百度，蓦然回首，那人却在灯火阑珊处。"

杨梅滚过白色的裙装

六月是兰溪杨梅上市的季节。爱吃杨梅，也写过杨梅的故事。

承蒙兰溪朋友盛情，送来一篮乌紫乌紫的杨梅，看着让人垂涎欲滴。原本想最近江南的汛期连续的阴雨天气，刚晴好两三日，杨梅的味道会不会不尽如人意，哪知品尝后甜美爽口，越吃越想吃。

其实，贪吃就意味着要发生点什么事情。吃到兴起，好像忘了自己今天穿了一套白色的裙装，刚开始吃杨梅时也犹豫一下是否要换套衣服，一想自己又不是三岁小孩子了，不至于让一颗杨梅滚过白色的裙装上吧。

真是怕啥有啥，愣是一没注意，眼睁睁看着一颗杨梅从我手指尖滑落，大弧度地滚过我白色的裙装上，那一刻，恨不能把一篮杨梅全部扔到窗外去；那一刻，心中的懊恼和着急真是恨不能让时光倒流，我还没有吃杨梅；那一刻啊，心疼我这身白天同事和朋友还夸奖的仙气飘飘的裙装。

越想气越不打一处来；低头寻找那颗杨梅算账吧，滚过我白色裙子上的杨梅像犯了错的孩子，躲在远远的角落里，怯生生地看着我。我真恨不能一脚把它踩个稀巴烂，可又一想，踩个稀巴烂又是一脚底板和一地的紫色汁水需要处理，冷静冷静一下，到底是杨梅无辜还是我的白裙子无辜抑或我无辜呢？

杨梅无语，白裙子也无语。

只可怜了我白色的好看的裙子了，紫色的斑斑点点随着杨梅滚落的弧线清晰地刻印在白色的裙子上！那般地耀眼，那么地难看，那么地无奈地看着我。我心想杨梅啊杨梅，你有本事让滚过的弧线上盛开出一朵朵梅花该有多好啊！

此时，我只觉得窝心又闹心，一颗杨梅咋就如此好色呢?!

我赶紧换下白裙子，用三种不同的去污剂使劲搓洗那一溜排的紫色斑点，直到两根手指搓出血泡生疼才住手。

一夜心心念念心疼我那白裙子，思来想去还是只能怪自己粗心大意。想起我在手忙脚乱，一遍遍清洗白裙子上的杨梅汁水时，坐在沙发看新闻的先生似笑非笑地看我一眼说道："大人咧咧的人，还喜欢穿白色裙子，美是要付出代价的，好好多洗几遍吧，但愿你能洗干净。我看你半天了，还瞪着地上的杨梅，你有本事把它打一顿啊。嘿嘿。"

是啊，杨梅无辜，白裙子无辜，它们都是静默地由我在支配。

沉沉睡去，梦境里杨梅在我白色的裙子上翩翩起舞，我是惊喜又无奈，好想伸手抓住这颗纵情肆意、为所欲为的杨梅，可这颗杨梅像魔术师手里的指挥棒一样，在白色的裙子上跳来跳去，所经过的弧线，刹那间开出一朵朵鲜艳夺目的梅花。梅花盛开处，我亦随着杨梅滚动的节奏欢快地翱翔在天地间，翩翩起舞在彩云上……

醒来看见白色裙子上杨梅滚落的弧线哭笑不得！

岁月倥偬，我们来不及做的事情太多，别让那些负面清单影响自己的心情！

都知道要凡事看开看淡，只是，每个人自己面临一些想不开的事情时，又有几人真的做到淡然一笑呢?

也不奇怪，这就是人性！

聆听心语
芬芳文字寂寞影
取悦自己
默然相爱，寂然喜欢
秋意浓
时光不会辜负
在岁月中静修
三更有梦书当枕
一朵祥云飘在朗月心海
心有千千结
心有归期
等你踏香而来
行走在时间里

山谷幽兰

第五卷

等你踏香而来

　　春花烂漫，夏莲灿灿。不如禅心静坐，独寻一个"淡"字，于淡中识人生味，于静中品日月长。淡而静美，则超越凡俗。

——题记

聆听心语

喧嚣的尘世，红尘滚滚中的众生，为着生计四处奔波，很多的时候，大家连心底的那点小爱好、小情趣在不知不觉中都被庸常的流年给消磨殆尽。

遥想凤凰博客鼎盛时期那股红火劲，那股热火朝天的沸腾景象，大有全民皆成作家、评论家的趋势。

十年的大浪淘沙，长博客的兴起，其实也就昙花一现。热闹过后是寂寞和萧条，而后转战微博、微信，大家似乎都越来越慵懒了。毕竟我们都不是吃文字饭，也吃不了文字饭吧。庸碌的众生更没有多少真知灼见可传播，可引领别人。于是，慢慢地发现，十年来能够一直坚持每月更新博客的人越来越少了。不写也罢，过好现实中的小日子，才是人间正道。

今日，终于能够静坐下来敲打键盘，终于没有忍住潸然而下的泪水，终于在夜深人静的时候，依旧想聆听那些生命中的片片心语。

十年的韶华，在指尖间飘然划过，像风一样的无痕，却在我们耳际吟唱着一首天籁之音；像水一样的涓涓有声，缓缓地浸润着我们的心田；像月一样溶溶倾泻在我们的心灵天幕上，那片片诉与清风明月的心语，在皎洁的月夜里，如一盏心灯，慰藉着众生的喜怒哀乐。

无论凤凰博客经历怎样的变迁，相信十年来坚持在此空间写字的人，都是心怀眷念和感恩的。全媒体的快餐式阅读，早就让人对长博客敬而远之了。如今微信各式群里的链接，内容五彩缤纷，让人目不暇接，可有几人能够心平气和地认真看完一篇呢。

于我一直把喜欢写几行文字定位在自娱自乐上，以至于十年来坚持写了近四百篇，依旧初衷不改。

心底时时会怀念起凤凰博客的鼎盛时期的繁华和热闹，一帮天南海北、五湖四海的博友那股豪情万纵、惺惺相惜、笑傲江湖、放眼世界的精、气、神，将一生镌刻在凤凰博客的老朋友们的心扉上吧。

走也终须走，留也无处留，人间没有不散的宴席。大浪淘沙后的风轻云淡，痛苦纠结后的释然坦然，让我们在流年深处里回首，依旧心怀感动和惦念，也算不枉结识一场。

此生，感恩凤凰博客，让我结识了一批饱学之士、人文精英，更让我在茫茫人海里找到前世分散的几个兄弟姐妹。此生，我们虽然各自在天涯海角遥望着，却是如亲人般善待着，感念着，我们由网络成了现实中的兄弟姐妹。十年光阴，从来不曾因为距离遥远而使得我们疏远冷淡；十年变迁，从来不曾因为见面少而渐行渐远；十年，3650 个日子里，我们彼此关心着冷暖，彼此遥遥祝福着安康。那种心灵上的相依相知，犹如一抹春阳，普照温暖着彼此。

不管现实如何庸常又无奈，我们一直坚持着坚持，我们一直善待着善待，我们一直感恩着感恩。

我很荣幸，我们在人生最美好的年华里相遇相知，携手走过一段博客历程，还能携手走过一生相约去看长城，去看海……

佛说，前世五百次的回眸，才换来今生的擦肩而过，那么，我们今世的相知又是何等的机缘?！

今世在历史的长河里，我们都是一朵朵平凡的浪花，在时间的长河里，我们翻滚扑腾几下，终究在一排排的后浪中，在沙滩上成为一粒粒砂砾。或许，我们都是前世彼此手中的细沙吧，所以，今世我们相遇、相知、相惜。那么，既然我们透过浩瀚的烟尘，找到了彼此的那一粒细沙，请在这滚滚的红尘里，在跨越千山万水的凝望中弹一曲《平沙落雁》吧。

今世在现实生活中，我们为庸碌而又精彩的俗务，而一直行走在奔波的路上。无论生活堪与不堪，我们都要有颗耐心垂钓岁月的心态，到底是时光催老了我们，还是时光在时光里也无奈，我们的心，一颗向善、向上的心却是一直凌驾在时光之上，万古不朽与日月同辉。

抑或，时间真的无情，不知不觉后的十年里，我们青丝里有了太多太刺眼的白发丛生，我们曾经光洁的额头上，有了密密的细纹，我们明亮的双眸，在回忆里总是禁不住热泪盈眶……

终于明白，转瞬即逝的美妙光阴里，我们都已经到了放慢脚步，用心去聆听生命的片片心语的心境。

我在李清照笔下"水通南国三千里，气压江城十四州"的金华城，在江南溽热的雨后见彩虹的山林间，在极致的燕尾洲彩虹桥公园里，在双龙洞的"冰壶洞"前，在尖峰山下日月长的岁月里，我期待着我凤凰博客里五湖四海的兄弟姐妹们来寻幽探访，来煮酒论英雄，来煮茶品茗。

芬芳文字寂寞影

午休，在宣传部工作的老朋友发来一句话：有人说，当女人沾染上文字，注定了女人的寂寞。是这样吗？

我回复：我没有那么多想法，我敲打文字的感觉，如别的女人喜欢逛街，喜欢买高档衣服，仅仅是一种喜欢，信笔写来。

女人不要太多情，自古多情反被无情恼！

喜欢看书写字的女人，别人一般会称谓"才女"。当然，生活中所谓的才女们，大多都是多愁善感、缠绵悱恻的，其中当然不乏真的才华横溢、妙笔生花；也有极多一部分是浪得虚名，写几行文字给自己看看而已，慰藉一下逝去的、永不复返的青春韶华，追忆一下那些蹉跎岁月，抚慰一下现实中的种种无奈。我就典型地属于后者。

千百年来，文字的魅力和魔力经久不衰，芬芳怡人中发人深省！自从我们识字以后，便喜欢上阅读，阅读让我们开阔视野，让我们与时俱进，让我们一生都在成长壮大。品读一本好书，我们会有收获，会感谢作者辛劳的码字过程，会从中深受启迪。

高尔基说，书籍是人类进步的阶梯！

培根说，读史使人明智，读诗使人灵秀。

书读多了，想法也就多了。女人想法一多便也不安分了，喜欢写文字，也算女人不安分的一个因素吧。

我常常自我调侃，所谓的才女，一般皆丑女比较多，当然，现今也不乏"美女作家"，那些另当别论了。

美女本来就是稀缺紧俏资源，她们不用向任何人证明什么，外貌就是天下无敌的通行证。而长相平平的众多所谓才女，一般都是自身条件不够好，不够优越，才拿所谓的学问、所谓的才气来装饰装饰一下自己的门面吧。装饰的过程中，大多落得个"腹有诗书气自华"的恭维，却又不乏学富五车无人爱了，比如女研究生、女博士往往会陷入"剩女"的尴尬境地。

都说"自古圣贤多寂寞"，只是，在瀚海的历史长河中，圣人也就那么屈指可数的几个。再说，做个高高在上的圣人，固然受人顶礼膜拜，可是，一生的寂寞孤独也如虫子，吞噬着他们的日月年华。不希望芬芳的文字背后，也隐藏着一个个孤独寂寞的灵魂！不是说，"面朝大海，春暖花开"吗？那么，让我们的心灵多享受海风的吹拂，吹拂掉心中的阴霾。

幸福是种感觉，快乐是种心态。一个女人，如果因为多读了几本书，多喜欢敲打文字，而由此被冠以或者贴上沾染文字的女人，注定是个寂寞无边的女人，那么，还不如不去沾染那文字。

寂寞忧伤也会上瘾的吧，一个人总习惯把自己想得苦兮兮的，抑或感觉自己总是这不如愿、那不如意，怨恨、愤懑自然就会常驻你的心里。事实上，在我们庸常劳碌、为生活四处奔波的一生中，我们的一己之怨，除了影响自己的心情，关不了任何人的事。即便是你最最亲爱的人，如果，你一味地装扮着林黛玉，或者自认为自己就是林黛玉，总有一天，你那至爱都会慢慢疏远你，谁也受不了一个整天抱怨、动辄无理取闹的女人！

成就芬芳的文字，需要平和淡定、温馨从容的意念来相伴，需要睿智担当阳光的心态。女人，千万别把自己当情种，这个世界上，能有一个真正把你当宝贝疼的男人，有一个出现，已经是上帝对我们最大的恩赐了！男人多情是随性，女人多情害自己。女人的无病呻吟也算一种病，一种病入膏肓、无药可救的大病！

生活总是不以我们的意志为转移的，女人们，所谓的才女们，请先把自己的现实生活给经营好，再去书写芬芳的文字，希望这些文字陶冶别人的同时，更能陶冶我们自己，可不能，你的文字芬芳了，你自己的小日子过得愁眉苦脸，像个怨妇。对不起自己啊！

风生水起、蒸蒸日上的日子，我觉得可以事在人为，可以在我们每个女人的掌控之中。日子里的我们，不吃文字饭的我们，多看看芬芳的文字，少去体验寂寞影相随。

取悦自己

江南的溽热，随着节令翩然而至……

午休时间，我窝在沙发椅子上被热醒，满身的汗水湿哒哒地恼人。在这个开空调奢侈、吹风扇睡不安稳的溽热天气里，好像睡觉总是不安稳。尽管只眯着了几分钟，看看时间还早，却再也睡不着了。

索性刷一会儿微信吧，看到有朋友留言：兰姐家永远是图文并茂的好地方！这样类似的留言我常常收到，也有老朋友来留言：多年不见，好在微信上天天见。看你的微信圈是一种美的享受！感谢微信上一直有你！也有同学来留言：兰子，你的日子过得潇洒自在，你不用上班，天天游山玩水吗？

每每看完这些，我总是莞尔一笑。

每个人的日子都有自己的难处吧，只是，我们何必把那些难处拿出来示众、抱怨呢?！抱怨能解决问题吗？为了生存，为了追求自己的梦想，每个人各有各的艰难和苦衷。对于那些艰难和苦衷，又何必时时耿耿于怀?

微信圈是一个公共平台，每个人是自己的代言人。我喜欢看大家积极阳光的一面，厌烦那些负面情绪中的牢骚和怨言。当然，自己的圈说啥自己做主。

生活不易，让我们先学会取悦自己吧。生活的本真，原本就不是用来取悦别人的，事实上，取悦自己是一种能力和情怀，取悦自己是一种睿智和谋略，取悦自己是一种雅致和情趣。如果一个人连取悦自己的心情和能力都没有，何以有魅力、有水平来取悦别人呢?! 事实上我认可的取悦别人，是要有让别人喜欢跟你相处的模式，是要有诙谐风趣的性格，是要有善解人意的缜密心意，更要有一种豁达大度与包容平和的心态!

想起老杨的猫头鹰写过一本书《好看的皮囊千篇一律，有趣的灵魂万里挑一》，本书分为 25 个主题，由 50 个小故事组成。作者用以小见大的写作手法，昭示着一地鸡毛的生活意义以及在庸碌琐碎的日子里我们每人都必须应有的生活态度。归根结底一句话:"永远不要蓬头垢面地面对这个世界，你那么怂，难道还想让世界为你堆满笑容?"

说起有趣的灵魂，不得不提苏轼。

纵观历史上那些灿若星河的文人墨客，我最欣赏和钦佩的要数东坡先生了。这位先生的故事可谓家喻户晓，我认为他在取悦自己方面，可谓做到了极致。

有人说他的生活状态:不是被贬官，就是奔波在正在被贬官的路上。他和王安石、司马光之间的恩怨故事更是淋漓尽致地折射出他的人品、文品和操守。

也有人调侃苏轼是个"二百五"，王安石推行"改革新政"他反对太"冒进"与王安石闹掰，被贬官。可是等到保守派司马光当政，他又说改革派的种种好处，又继续被贬官。

贬官不贬官对东坡先生来说似乎并不重要，重要的是他敢说真话，并且按照自己的意愿去生活，而绝不是苟且偷生、违背他的良知和良心去说话做事。

因了东坡先生文采斐然和特立独行，我们才能欣赏到他大气磅礴和别具一格的诗词和书画，而这些仅仅是他生活中的一部分。我觉得东坡先生更让我对他肃然起敬的是他取悦自己的绝世高超水准。

不管是在杭州、密州、黄州抑或是海南儋州等地方，苏轼都留下了他取悦自己的诗词和佳话。"苏堤"、"东坡肉"、鲈鱼的美味、生蚝的鲜美等等，都反映出苏轼在恶劣的政治生态环境下，在困窘压抑而又悲怆无奈的境遇里，依旧热爱生活、享受生活的超然脱俗之秉性！

回顾自己在外漂泊二十载的酸甜苦辣，我常常自勉，不管平台和处境怎么样，任谁也剥夺不了你一颗努力进取的上进心；不管身边的人怎么样，任谁也阻挡不了你行万里路后，成为一个博览群书的人；不管别人对待你的态度怎么样，任谁也无法扼杀你有个强大的丰盈、丰美、丰富的内心世界。

取悦自己最好的方法就是热爱生活、善待生活、珍惜生活。我们每个人的一生跟四季轮回更替一样，有春暖花开就有严冬风雪，有硕果累累就有满目疮痍的一地憔悴损。

我常常跟赞赏我微信圈的朋友们开玩笑，我属于不给火种即自燃的那一类傻乐派，自娱自乐早就成了我异乡漂泊二十年的一味暖心药。曾经有网站请我把自我介绍一起贴在网名后面，我沉思良久写了一句话："一个闲暇之时喜欢写几行文字，娱乐自己的同时，也希望娱乐别人的江苏人。"

我可以对着一个小水塘，拍出大海般的诗情画意来；对着一座光秃的山峰，拍出生命的雄伟和历经沧桑后的坚强；对着一地缤纷的花瓣，拍出"化作春泥更护花"的深沉爱恋；当然，也可因为这恼人的溽热，在键盘上敲打几行文字，与诸君共勉。

我们总是向往远方的诗意生活，殊不知，其实，美景一直隐藏在我们的周围！用心去善待身边的每一个人和每一件事，见不到身边的美景是瞎子，见不得身边人的好，更是连心也瞎了！

相信谁也不愿做一个眼瞎、心瞎的人吧?!

学会取悦自己吧，人生路漫漫，唯有真情实感、身心愉悦最重要！学会取悦自己吧，潺潺流水的日子，将心比心、真诚友善最有魅力！学会取悦自己吧，来日方长的转瞬回眸里，善待别人的前提是你得先让自己阳光灿烂后才能光泽别人！

取悦自己，才是人生最大的幸福！

默然相爱，寂然喜欢

"你见，或者不见我，我就在那里，不悲不喜；你念，或者不念我，情就在那里，不来不去；你爱，或者不爱我，爱就在那里，不增不减；你跟，或者不跟我，我的手就在你手里，不舍不弃；来我的怀里，或者，让我住进你的心里；默然相爱，寂静欢喜。"

尽管这诗 2008 年发表在《读者》上的时候，错署名成了仓央嘉措的作品，其实作者叫扎西拉姆·多多，一广州女孩，现追随十七世噶玛巴大宝法王在印度菩提伽耶修行。这首《班扎古鲁白玛的沉默》，出自其 2007 年创作的《疑似风月集》中集。真正使得这首诗歌风靡一时、家喻户晓的是出现在冯小刚的电影《非诚勿扰 2》里的台词，当然后来的当红穿越剧《宫》的片尾曲，再次采用了这首诗歌做歌词，唱得荡气回肠，让爱恨纠结的人，心灵得到了不少的安慰，但是很多人的记忆里，依然认为这首诗歌的作者是六世喇嘛仓央嘉措。估计原诗歌的作者扎西拉姆·多多知道自己的诗歌被以讹传讹，被置换了作者的红火景象，她最想说的话，应该就是再款款深情而又波澜不惊地自己在心底再朗诵一遍《班扎古鲁白玛的沉默》来表明她的心迹。一首 2008 年发表的禅诗，一个美丽姑娘写就的禅诗，一下子被嫁接到了三百多年前的一个高僧头上，其寓意和造诣那是达到了相当的高峰了。

历史上移花接木鱼目混珠颠倒黑白的事情不在少数，所谓屈死鬼哪个年代、哪个时期都会防不胜防地产生。事实上，历史的长河里孰是孰非我们一直都无法考证的，历史的真相也只有历史知道。因为是历史，因为是过眼云烟，因为是经典，我们记住美好的事件和诗歌足矣，至于事件的主角和诗歌的作者，到底真相如何似乎不关后人什么事了。想起钱钟书先生的一则逸事，当年《围城》小说出版后，引起很大的轰动。许多人想见见钱钟书，钱老不解："鸡蛋好吃，干吗非得要去看下这颗蛋的母鸡呢？"

是啊，我们喜欢吃鸡蛋尽管吃就是，何苦非要去追究是哪只老母鸡所生的蛋呢？引申一点，"默然相爱，寂然喜欢。"永远是自己的事，不关别人的事，只有这样的做法和心态才能持久地去做一件事情，去坚持自己的那份执着，事实上对错已然无所谓了。就拿这首《班扎古鲁白玛的沉默》来说，现在很多人更多地把它当情诗的典范来解读来领悟了，事实上据说作者写这首诗歌的初衷，是来自莲花生大师非常著名的一句话："我从未离弃信仰我的人，或甚至不信我的人，虽然他们看不见我，我的孩子们，将会永远永远受到我慈悲心的护卫。"他想要通过这首诗表达的是上师对弟子不离不弃的关爱，真的跟爱情、跟风月没有什么关系。

浩瀚的宇宙，璀璨的星辰一直遥挂在历史的天空上，繁星闪烁在茫茫的云海里。回眸间秦时明月汉时风一直伴随着我们身边，穿越逶迤的群山，跨过江川湖泊，踏遍尘世的角角落落，一路风雨一路高歌，一路风景一路沧桑，一路失落一路豪迈。风月相伴天涯海角，永不分离，默然相爱，寂然喜欢在时空的隧道里，年年岁岁，岁岁年年，俯首回时路，泪眼模糊处，莞尔一笑，风轻云淡。只是禅诗禅意、风月爱情统统在静默流淌的日月流年里，悄悄地镌刻在生命的年轮里，一轮轮成为历史，成为记忆，成为永恒！

秋意浓

今年的盛夏尤其炎热，经历过酷暑的曝晒，似乎把整个人给晒蔫了。

很长一段时间了，一直有点找不着北的状态，时常傻傻地、焦虑地看着日头一日日升起下落，心里有股说不出的隐隐作痛，是对现状的不满，还是对自己彻骨的厌倦和无奈，抑或什么也不为，仅仅是吃饱了撑得慌的后遗症。慵懒无聊，没着没落的黯然神伤，总是时不时地掠过心头。

时令，在斗转星移中悄无声息地进入到仲秋时节，"一场秋雨一场寒"的谚语，在我们身边切切地上演着。虽说早过了悲秋的年龄，行走在细雨绵绵、寒气逼人的秋风中，还是禁不住地有瑟瑟之感，心底的那份苍凉和无助，那份寂寥和萧索还是油然而生。此时耳边突然从遥远的雨帘中传来王杰的经典老歌《一场游戏一场梦》，歌词原本是写刻骨铭心的爱恨情愁，我更愿意把歌词的意境，延伸到理想与现实的冲突和悲伤中。

方岳言："人生不如意事十之八九，可说与人无一二。"看来自古到今，人们的生活感慨皆相同、相通啊！诗人们提起诗歌的意境，总爱用一句"只可意会不可言传"来形容诗所要表达的"说不清，道不明"的那份情愫和寄托吧。其实，"人生不如意事十之八九，可说与人无一二"的意境，又何曾不是如出一辙啊！尘世里的红男绿女，在那满腹的"只恐双溪舴艋舟，载不动许多愁"的"八九不如意"中，众多的时候纠结徘徊"可说与人无一二"的那个"一二"到底是说还是不说，最终在"人生自是有情痴，此恨不关风与月"的秋雨潇潇中，选择了沉默是金，选择了卧听风雨，选择了"三更有梦当书枕"，选择了"各安天涯听涛声"。

人，这辈子谁都不容易，那么还是在"人生不如意事十之八九，唯有快乐在心头"中过完短暂而又漫长的一生吧。

"一场秋雨一场寒"，秋雨的寒冷，终究阻挡不了绚丽斑斓的秋色明艳地铺展在大地上。

喜欢秋的浓烈色彩，也唯有在秋天里，赤橙黄绿青蓝紫是那般泾渭分明，那般让人沉醉不知归路，那般让人在色彩里迷失心智。

秋高气爽，秋阳妩媚，秋风飒爽。秋色盎然，秋月多情，终究将"一场秋雨一场寒"挤到心灵的墙角，扶墙抹一把心酸的眼泪，转过身，尽情地享受秋的丰硕和明艳吧。

我出生在一个春寒料峭的早春，却一直对秋情有独钟地偏爱，对秋喜不自禁地喜爱，对秋一往情深地挚爱。

岁月的沧桑镌刻在容颜上，很庆幸，那颗敏感脆弱而又坚强不屈的玻璃心，却一直在栉风沐雨中，顽强地保持着那份纯净和善念！

即便在寒雨中听那雨打芭蕉，听那落红飘落，听那悲秋、悲伤、悲愤的经典老歌，我依旧觉得于我的心田里，那些不堪回首的过往，在时间的过滤器中，也早已经滤掉杂质和苦涩，还给我的是岁月赐予的静好和厚爱，是光阴给予的厚重和成熟，是生活反馈的善因和善果。

怀有一颗慈悲感恩的心，感谢所有的遇见，感谢所有的磨难，感谢所有的春夏秋冬。一年年光阴的利剑，把我们锻造成一棵坚硬的铁桦树。质地致密的铁桦树啊，即便长期浸泡在寒水里，它的内部依旧是干燥的，任何风吹雨打都淋湿不了它一颗比钢铁还坚硬的心。

一直非常崇尚泰戈尔的诗句："生如夏花般绚丽，死如秋叶般静美。"也一直把这句经典的诗句，当作我的人生座右铭。尽管，我的前半生貌似没有夏花般绚丽，最起码，那一直是我努力、奋斗过的目标和方向，我所有的追求和坚持，在别人眼里也许就像堂吉诃德般可笑迂腐，于自己的内心却是丰盈和快乐的，尽管，其间的苦楚和泪水，只有天上的星星知道流了几许到银河里吧。

林语堂说过："人生在世，还不是有时笑笑人家，有时给人家笑笑。"在相互的笑谈中，一生悠然而过。等到能够坦然静坐下来回味，已经是两鬓斑白，连笑也笑不动，连笑也懒得给予对方了。

由此看来，能够说笑、能够嘲笑、能够欢笑和苦笑的年华，还是值得珍惜和拥有的。过去的岁月不会再回头，未来的时光也不必去恐惧。春夏秋冬是节令的更替，更是人一生经历的写照。所有的所有，来也终将来，去也无处留。只能把时光镌刻在生命的年轮上，生命中那棵铁桦树的年轮上，记载着我们人生旅程中千山万水的印记，记载着明月照古今的绮丽风光，记载着红尘滚滚的庸常流年。

秋叶般静美的日子，何惧"一场秋雨一场寒"？秋叶般静美的日子，让我们尽情享受秋的博大精深和宠辱不惊，让我们坦然接受秋的无私馈赠和秋意绵绵，让我们嫣然回眸秋的绝妙风光和硕果累累吧。

生活是一面镜子，哭笑都在镜子里面呈现；生活是一首歌，酸甜苦辣都写在歌词里；生活是一道风景线，在秋意里念无恙。

时光不会辜负

新的一年悄无声息，降临到每个人的面前。

随着年龄的增长，时常会突然生出对光阴的恐惧感和无所适从的困惑。

2016 年的元旦，你被恐惧和无奈的情绪浓浓地左右着。感冒，使得身体说不出来的不舒适，好像看透了所有的前尘往事，看穿了所有的世态炎凉和人情冷暖，看惯了所有在物欲横流中苦苦挣扎的众生态。每每提笔，却又被陡生"欲说还休，欲说还休，却道天凉好个秋"的情绪所浸染，心绪在说不出的沮丧中而颓然弃笔。

内心的惶恐，源于自身的浑浑噩噩与无可奈何花落去的凄清。你其实一直在"小园香径独徘徊"里，追那一轮"夕阳西下几时回"吧。

人生的旅程，到底是你辜负了时光，还是时光辜负了你?! 在这个世界上，唯有时光是上帝恩赐给我们每个人最公正的礼物。她不论富贵和贫穷，不论高贵和卑微，一日 24 个小时，对谁都不会多给一秒，也不会少给一秒。生老病死、喜怒哀乐都在这分分秒秒中耗尽。

你的付出，时光不会辜负!

少年时期在"少壮不努力，老大徒伤悲"的诗句中懵懂着读书求学，只为你那不可预测的未来奠定着基石。

多少雄心壮志，多少雄才大略，多少雄视天下的激情豪迈，在一卷卷泛黄的诗书里千古吟诵，随风唱响宇宙！

怀着"书生意气，挥斥方道"的激越情怀，你踏上了社会，开始自食其力地养活自己。这个时候，你会时常感觉到孤立无援，你会觉得书本上的理论知识，在现实面前很多都不好使！

你一路磕磕绊绊，头破血流，把自己比天还大的委屈和痛苦，留给黑夜和黑夜里听你无数次哭泣过的满天星星，然后，你终于笑傲着，跨过一道道坎，越过一座座山，蹚过一条条河，把自己安置在城市的一角，算是过着城市人的美好生活。

这些，可是你童年、少年在小村庄里最为梦寐以求的夙愿啊！你该击鼓欢庆胜利啊，你该自豪地向全世界的人陈述你奋斗的历程，你该精神抖擞地唱一曲，庆贺自己的灵魂安妥地置放在自己想放的地方了。可事实上，你并没有感觉到多少由衷的欢乐！

其实，不安的灵魂永远都是行走在路上的，所谓安妥地置放只是暂时的。人的善变情绪如同斑驳的疏影，不可捉摸，随着光影的变幻在时刻变换着图案。你除了站在光圈外欣赏着疏影的迷离和神奇，似乎并不能，更无法掌控它们。

你的付出，时光不会辜负！

成家立业，安身立命后，生活带给你的一切更为充实和现实！更为苦累和有成就感！一家老小需要你的执着付出和细心的呵护。

庸常的烦琐，让你慢慢接地气过着"日出而作，日落而息"的小日子，一日日被"柴米油盐酱醋茶"浸泡着。在漫长的岁月里，不知不觉被泡成了一颗泡菜，通体金黄透彻，口感爽脆。幽然回眸，你已经不认识自己了，何时，一株亭亭玉立的风荷，成了一颗泡菜?！

此时，夜深人静的时候，你会对着尘封的日记，想起"柴米油盐酱醋茶"，还有几个下联吧，"琴棋书画诗酒花""锅碗瓢盆衣裤袜""酸甜苦辣咸香涩"。至于，选择哪个下联来配对，全由你自己来决定。

最近跨年度大戏《芈月传》在热播。芈月，中国历史上首位被称"太后"的奇女子，纵观她跌宕起伏、九死一生，又叱咤风云的人生轨迹，深深感受到，"你的付出，时光不会辜负！"

芈月的智商和情商显然都是一流的，能够成为秦惠王的宠妃，她靠的不是美色，是文韬武略的见识和秀外慧中的内涵。能够成为摄政四十一的"宣太后"，靠的是她在漫长流年里善待着、感恩着身边的所有的人。一个善念，让她拥有"小狼兄弟"，一个拿命来报答她一生的白起将军，为救她同母异父的兄弟魏冉的性命，她不得不改变初衷，去依附、讨好秦惠王，终使得魏冉成长为辅佐她的秦相。

芈月的付出，时光没有辜负她！

我辈平庸，可是，时光不是趋炎附势的载体，时光面前，众生平等！你在时光面前做了什么，时光即会回报你什么，善因善果，一直冥冥然中牵引着我们向上、向善。

我来浙江的契机，因为我曾经发自肺腑的一次善举，那一碗老母鸡汤的故事，值得年老的时候，写篇回忆文章来纪念一下。

新年里思绪万千，跌跌撞撞的人生，一晃已经行程大半了。自己时常给自己提个醒，异乡漂泊的人啊，你的根永远在故乡，可是，在这个异乡生活一辈子的你，异乡人的关系和人缘又是何等的重要！人性最为相通的即是善待一切，不求回报。不求中的回报，才是最令人欢欣鼓舞和意料之外的美好！

人性本善，你的付出，时光不会辜负！

在岁月中静修

岁月的沧桑，沧桑了容颜，沧桑了年轮，沧桑了心态。

我们绝大多数人活着的本真意义是那开门七件大事：柴米油盐酱醋茶。开门去为五斗米打拼，关门过好自己的小日子。

当然，在流年的深处，"心中有丘壑"，心中戚戚然，心中的愿望时常在死亡中复苏的人，还是大有人在的！人世间，有多少行尸走肉般苟活的人，就有多少心怀梦想、一辈子都在追逐梦想的人，尽管，那个庞大的梦想，可能一辈子只是个梦想，可是，丝毫也不影响追逐道路上的苦乐和执着！

其实，人如草木的一生，"一岁一枯荣"却又做不到"春风吹又生"的。草木是年年岁岁，发芽生根，葳蕤一季。人的一生却是认真也好，糊涂也罢，过完这辈子，下辈子再也不知道谁是谁的谁了。活到老学到老，活到老修养到老。就算天天都在修养修为自己，随着时光无情地流逝，在岁月的尽头，无能为力、无可奈何的芜杂，终究淹没那个一直修为的自己。

年复一年在这庸常的流年里，让时间如梭从我们的指缝间悄无声息地溜走，回首临镜额头的皱纹，发际的白发刺眼耀目，却也无话可说。

如何在岁月中修养自己，需要心平气和的修为和淡定从容的心态相伴。

岁月风霜如剑，剑出鞘，所向披靡；剑在手，笑傲江湖。只是，江湖上的刀光剑影，躺着也中枪的悲催，时不时地不以人的意志和感情的意旨在游走。于是，是非恩怨纷至沓来；于是，百口莫辩的无奈悬挂心头；于是，熙熙攘攘的人流里备感孤独无助……

拈花一笑的境界可遇不可求，释迦和迦叶的心灵默契跨越时空成传奇，风中吟诵的绝唱余音袅袅，回荡在天际缥缈的云雾中。

想起元觉的《拈花》诗："懒度庸人意，且拂明镜台。我自拈花笑，清风徐徐来。"

徐徐来的清风，在一轮明月的普照下，拂过盛开的莲花，袅娜的荷花静默无语，月色下荷叶上晶莹的水滴似颗颗潸然而下的泪滴，深情款款地对着蒙蒙月色，淡淡凉风倾诉着荷的前世今生的故事。

世人只道荷花的高洁优雅、娉婷芬芳，有谁知道那"出淤泥而不染"的背后，也有"一把辛酸泪"后茂盛成长的过往。

在岁月中修养自己，让自己茁壮成长，让自己刀枪不入，让自己宠辱不惊，让自己回归少年时明净质朴的心灵港湾，那是个看上去很容易，却是个说到做不到的纠结的心路历程。

岁月丛林中，总有意想不到的变故和意外等着我们去经历，古语云："书到用时方恨少，事非经过不知难。"

"纸上得来终觉浅，绝知此事要躬行。"我们在纸上所得来的一切，在现实中被撞得头破血流后，才能深刻感悟"绝知此事要躬行"的哲理和经典。

捂着满脑袋"包"的人往往反而淡定从容、豁达大度了，这就是岁月中的修养！

　　岁月，风云变幻，风起云涌，风风火火的岁月，让我慢慢学会淡忘和宽容。

　　人生所有的际遇都必将随清风明月浪迹天涯海角，所有的付出和善待，所有的恩怨是非，所有的悲喜年华，终将随着滚滚浪涛，一浪高过一浪，翻卷在历史的长河里。

　　驻足海边，凭海临风，我常常被大海的宽广和深邃所震撼。大海在风和日丽的日子里，呈现给我们的永远是一片蔚蓝和碧波万顷。雪白的浪花总是温存又热烈地来亲吻每个光临她身边的人，她把所有的风姿绰约和跨越时空的博大精深，在不经意间向我们昭示着生活的真谛。

　　大海又是个藏污纳垢的地方，闲暇时光去近海捕鱼过几次，每每看见偌大的渔网里全部是人类抛弃的各色垃圾，心头会有莫名的阵痛。我近乎每次都傻傻地跟渔老大们说，你们把垃圾汇总起来吧，不要再扔到海里了。他们头也不抬地大声说，就算我们把这些垃圾弄到岸上去，还是有人会把它们抛进大海里，我们何苦做无用功呢？我有些哑然，只能手足无措地、眼睁睁地看着他们把各样的垃圾再一次次抛洒在海面。

　　雨果说："世界上最宽阔的是海洋，比海洋更宽阔的是天空，比天空更宽阔的是人的胸怀。"这只是雨果先生一个美好的愿景吧。如果，人世间人人都有比天空还要宽阔的胸怀，世界上哪还有那么多的纷争战乱和恩怨情仇？哪还有那么多的明枪暗箭和钩心斗角？哪还有那么多的哀鸿遍野和血流成河？

　　在岁月中修养自己，哪怕你平凡得如同路边的一株狗尾巴草，也要完成装点蓝天大地的己任。尽管蓝天大地，可能无视你这株狗尾巴草。

三更有梦书当枕

一日日被烦琐侵吞，一月月被现实淹没，一季季被光阴抛弃，一年年被生活摧残。一个人如果对现状不满，如是说流年并不过分。毕竟，庸碌的我辈就是在稀里糊涂混日月中，迎来送往着岁月。

岁月无情，让我们在时光的长河里匆匆走完一生，众多的时候，来不及回顾，来不及悲伤，来不及慨叹，我们就走到了生命的悬崖边。

岁月有情，让我们在活色生香的流年里，欣赏人生曼妙的风景。众多的时候，我们红袖添香在"三更有梦书当枕，千里怀人月在峰"的意境里。正因为心中有梦、有思、有想，才让我们庸碌的一生顾盼飞扬、其乐无穷。

生活中的情趣源于内心的丰盈和安然，源于对梦想的执着和执念，源于对心有灵犀一点通的会意一笑，源于对一路走来披荆斩棘的快意当前，源于"相逢一笑泯恩仇"的大气温情。

最近刚刚结束的欧洲杯，球场厮杀，精彩纷呈。黑马横空，笑傲赛场。血染征袍，伤痛离场。各路精兵强将，经过一个月的鏖战，终于花落葡萄牙的头顶。

或许，做了伪球迷15年的我，真的老矣！熬夜看球赛的心劲，不知道在何时慢慢丢失了，似乎看看体育新闻和第二天的录像也能凑合着过了。犹如，十年前三天不看书，还不如要了我的命的那股劲，不知不觉中，三十天不摸书，貌似也能凑合着活得没心没肺地傻乐。一本书拿手里，看一个月也麻木地认为，没有什么不妥。

不知何时，众多快餐式的阅读充塞着国人的手机和电脑，书香、墨香却是越来越远离视野了，床头柜上的杂志和书，几乎成了摆设。

认识一个教授院长，前一阶段发微信说是要"闭关"，网络上"大V"的他，博客、微博、微信花费了他太多的时间，牵扯了他不少的精力。他要闭门修炼写书，务必要关闭所有与外界的联络，似乎才能平心静气下来，在不受外界任何干扰下，静听键盘的噼噼啪啪，聆听指尖花开有声，回眸处嫣红的文字如玫瑰，馨香四溢在书房弥漫。

或许，在清风明月中行走的断肠人在天涯的拐角处，在花开花落两相知的时光河流里，在纷争纠结的滚滚红尘中，为五斗米折腰的众生背影摇曳中。我们的心，一颗历经沧桑、依旧初心不改的心，总是向往流年深处，静水深流时，有这样的日子"但有闲情卧杏村，吟哦浅唱觅诗魂。金炉缭绕薰香细，玉簟招摇烛影昏。秋雨惶惶飞院落，阊风戚戚响庭门。三更有梦书当枕，留与他年说梦痕"相伴我们年年岁岁吧。

"三更有梦书当枕"的深夜，窗外皓月当空，澄碧辽阔，疏影迷离处婆娑舞蹈的百年香樟树，缕缕暗香萦怀，生命中可怀想的人与事，在千里之遥的山峰上，又犹如藏在月宫里，与我们捉迷藏般可遇不可求。心里倒也坦然了吧，有书当枕，枕着书香入梦，在梦境的深处俯首来时路的我们，总是无法攀上那座心海里矗立的山峰，更是无法去峰顶赏月的。于是，学会遥遥的默念和祝福吧。生命中有座丰碑，有座"月在峰"的丰碑，是何等的幸运和丰富多彩。

喜欢苏轼的诗句："人似春红来有信，事如春梦了无痕。"如梭的光阴，总是让我们在来不及回顾总结、来不及回忆往事、来不及回眸凝望中，让我们的鬓角挂满雪花。"少年不识愁滋味，为赋新词强说愁"的时光里，来不及为消逝的青春祭奠，便迎来了"欲说还休，欲说还休，却道天凉好个秋"的境地。

人的一生，追求和梦想永远是座遥不可及的精神世界里的丰碑，多少心绪难平徘徊在"枯藤老树昏鸦，小桥流水人家，断肠人在天涯"的异乡，多少孤独无助徘徊在"三更有梦书当枕，千里怀人月在峰"的书房里，多少苍凉悲怆徘徊在"梧桐更兼细雨，到黄昏，点点滴滴"的雨帘中……任凭苍茫无序的念想弥漫在浩渺的心湖上，任凭愁肠百结的情感溶化在心海里，任凭满腔的豪情化作翩翩翔飞的彩蝶，遨游在云天外。

一朵祥云飘在朗月心海

又是一年七夕，在秋老虎虎虎生威中，伴着婺江汩汩流淌的清澈，不知不觉地来临了。

如今过节不用看日历，各大微信群早几天前就有人预报了。

牛郎织女的故事家喻户晓，古老的神话故事算得上中国最精彩、最煽情的情人节！王母娘娘的恶名由此而来吧，对了，还有部《天仙配》。

常常想，我辈凡夫俗子都不如仙女，为了纯粹的爱情，义无反顾跟一个家徒四壁的穷丑挫爱得荡气回肠，名垂千古！

因为我辈太庸常、太世俗吧，所以，我们世世代代只能仰望着、纪念着、羡慕着他们的爱情故事！

想来，织女就是牛郎生命里的一朵祥云，七仙女就是董永生命里的一朵祥云吧。她们摒弃世俗的观念，顶着触犯天条的惩罚和自己看中、相中的恋人相亲相爱成为绝唱经典，成为风中的传奇！

人生中有一朵祥云为你萦绕是种多么幸运、多么幸福、多么激动人心、多么催人奋进、多么荡气回肠的福气和运气啊！

每个人的生命里都有一朵祥云吧，只是，从广义的角度上讲，这朵祥云，有时候不一定是自己相依相伴的伴侣，而是自己生命中所谓的贵人、恩人、有缘人吧。

无论如何，我们的生命中，总有一朵祥云飘在朗月心海，犹如，我们负重前行的一生磕磕绊绊。一路走来，在某个路口，有人递来一杯可口的热茶，有人送一束芬芳的勿忘我，有人微笑着给一个鼓励的眼神，有人默默地在关注你的行踪。当然，也在所难免，有更多的人对你不屑一顾，对你漠不关心，对你冷言冷语，甚至，给你下绊，用得意的、蔑视的眼神看着你轰然倒地抑或头破血流。那又怎样呢？毕竟，你的头顶还有一朵祥云，在月朗星稀的夜晚，澄碧清凉地萦绕在你的心海，抚慰着你坚强不屈而又伤痕累累的心绪，慰藉着你万丈雄心不得志后在尘埃落定里的寂寥无言。

曾经在一篇文章里，看过这样一段话：人的一生，真正欣赏喜欢你的人，其实只有20%，莫名讨厌你、看你不顺眼的人也有20%，剩下的60%的人，其实是没有是非观点的。因为，你的荣辱成败，别人丝毫不感兴趣。如此说来，人们只快乐地生活在20%由衷看好你、善待你的人群里。这或许就是所谓的缘分吧，让我们在这20%的有缘人中，尽情挥写自己的人生，尽量呈现不虚度的年华，尽力成就心中的梦想吧。

流年光阴如水，潺潺地流淌在经年累月里，让你坚硬如铁的心，慢慢被水浸湿中变得温润如玉；让你浮躁不安的心，在朗月里静观一朵生命中的祥云，看着那朵祥云在心海里云卷云舒。此刻，感同身受地体验着到王维的"行到水穷处，坐看云起时"。

"年年岁岁花相似，岁岁年年人不同"的慨叹里，总叹人生无常，总觉命运黯淡，蓦然回首时，在人生的拐弯处，在命运的跌宕里，会有一种温馨的眼神注视着你，给你力量，给你支持，你的心底会升起一缕希望，西风古道上，并非都是落日残阳；黄河入海处，也有万里辽阔待你眺望。

祥云如光，拨云见日。你身边的同行者，或许与你有过过节，有过恩怨，在此一刻，能相逢一笑，莞尔释怀，双眉舒展，就足够了。再远的风景也不可能只你一人张望，再远的征程也不会只有孑然孤影。当寒风袭来，当猛雨扑面，你才会咀嚼出"风雨同舟、不离不弃"的意味，才会感到同舟的分量与偎依的重要，沧海茫茫，失去彼此依靠，在风浪盖顶时，谁是你最后的祥云呢？

女人如花，容颜易老，而不老的则是成就女人的心。青春烂漫时，奔跑在田野上，迎着春光，迎着明媚，心底分外敞亮。当身在太阳花丛中，嗅着清芬的气息，张开双臂，呼唤青春的名字时，那一刻，多像花一般烂漫，花如云海，萦绕身边。

女人唯有此刻，才更像女人花，这才是女人最灿烂的生命年华。如果把女人比如成熟期的花，这时的女人正被青春的祥云笼罩，在男人眼里，这个时期的女人才能算得上真正意义的女人，才懂得生命的含义，她们远比维纳斯更让男人动心吧。

祥云之重，重到生命如山；祥云之轻，轻到如风拂过。女人伤感，必有伤感之痛；痛得深沉，痛得疲惫，皆因爱的牵挂、爱的缤纷，当失去了爱，痛便成为所有的经历如雨纷呈。当婺江之浪伴着七夕的传说再次涌来时，心头荡漾的一定是成熟的期许、慨然的深情。这是七夕的祥云，又一次落在心头。

踯躅婺江岸边，抬首间见一朵祥云漂荡在婺江水面上，倒映在水底美轮美奂的那朵祥云啊，让我恨不能立刻变成一只水鸟，潜入水底去深情款款地拥抱着那朵祥云翩飞……

想起猴子捞月的故事，不是猴子傻，而是水底的月亮太有诱惑力了。或许猴子本身也明白，水底捞月终究是场空，可猴子依旧要成群结队一一牵手去捞一回。其实，那轮满月，何曾又不是猴子心中的一朵祥云啊！

婺江边的怀想，源于这个七夕行走在婺江边，源于对婺江执着真挚的爱恋。驻足江边，回眸凝望马路对面有个大嫂，在用力地舞动着手中的捶衣棒敲打、清洗着拖把。我穿过车流来到她身边，友善地对她微笑，她像老熟人似的自言自语，看你站江边很久了，风景好看吧？

我天天看对面的风景，好像没有啥感觉了。我家新门市在前面红绿灯对面，快搬家了，我得把所有的东西规整好，清洗干净。我这人有个坏毛病，只要清闲下来不做事情，就浑身不舒服，你看我后背都湿透了吧，这样出汗我才舒服。你是不是觉得我有点贱啊。

我说今天七夕，大嫂没有活动？她哈哈大笑，我家老头说晚上请我喝杯红酒。我倒是怀念小时候听来的故事，说夜深人静之时躲在丝瓜藤下，就能听到牛郎织女说的悄悄话。

我说，一晃我们在丝瓜藤下，偷听着悄悄话中都变老了，牛郎织女的故事永远不老！

大嫂豪放地甩甩手上的水珠，老就老呗，干干净净过好自己的小日子就好，像我天天做好家务，把家里搞得一尘不染，看着都舒心。空闲再为老头打打下手，老头开个小店，赚的钱撑不死我，也饿不晕我。老头今天还不让我做饭，说要请我吃顿馆子，喝杯红酒，我很知足了。年轻的时候没有过过"七夕"，老了赶回时髦。

生活的本真其实就是如此简单！可是，滚滚红尘的众生却总是在无奈中，给自己的生活套上枷锁！于是，一个堵、一个累成了世态人情！

无论如何，有朵祥云飘在朗月心海就是好日子，就是好时光，就是天天值得珍惜的好流年。

心有千千结

最近翻阅《宋词大全》，对 88 岁老寿星张先的《千秋岁》："数声鶗鴂，又报芳菲歇。惜春更选残红折，雨轻风色暴，梅子青时节。永丰柳，无人尽日花飞雪。莫把么弦拨，怨极弦能说。天不老，情难绝，心似双丝网，中有千千结。夜过也，东窗未白孤灯灭。"似乎有新的想法，也想给这首千古名词一点新的注解。

提起这首千古绝唱，大家的意识里都认为是："此词为惜春怀人、抒写恋情幽怨之作。"我倒是觉得，此词也可解读成珍惜时光，把理想事业当挚爱的情人般来珍惜、看重，来抒发一生缱绻的真挚情怀！

当年由甄妮和秦祥林主演，根据琼瑶小说《心有千千结》改编的同名电影在第一时间里轰动影坛。由此，心有千千结也成了恋人间缜密细腻心思的代名词。

心里有张网，且结上千千结，这该是怎么样一种欲说无言、欲说不行、欲罢不能的纠结徘徊的心态？

在想，如果让这千千结变成笔下汩汩流淌的不老文字，如潺潺的溪水涓涓成河，汇向海洋，驻足史册里，这个千千结该是多么化腐朽为神奇啊！在想，如果让这千千结变成雷厉风行的行动，经年后，荒芜的大地上，草木葱茏、鸟语花香的画卷，这个

331

段 ...

千千结该是人世间最美的风景！在想，这个千千结变成一粒种子，在茂密的森林里，随风摇曳生长成一棵参天大树，这个千千结可谓意义非凡吧！当然，这千千结也可是漂泊异乡的游子，柔肠百结，乡愁漫漫，思念故土的情愫！

人世间的爱恨情仇，喜怒哀乐都在一念之间，站得高看得远！滚滚红尘，我辈都属凡夫俗子，抛不开的恩怨太多，丢不下的念想太多，逃不脱的宿命也太多！何不自己解脱自己，有生之年，多干些有意义、有价值、值得记载铭记的事情呢？

心有千千结的人，属于有想法、想法太多的人，只是，如何把自己的想法变成现实是个简单而又浩大的工程！

古往今来，喜欢写字的人，有几个人心中没有千千结的？没有千千结般的谋篇布局，没有千千结般对人物事件的合理把控，没有千千结般细致入微的场景和人物个性的描写，一本大书如何能饱满激情？如何能让阅读者们击节称赞？如何能作为文化传承下去？如何能体现文字的精彩和不朽？

有理想、有抱负的人，有几人心中没有千千结？胸怀大志的人，很多人自小就有超强的禀赋，他们博览群书，刻苦努力，可以一月无肉，绝不可一日不读书！他们一生的勤勉和执着的精神，撼天动地。天道酬勤，势必成就他们。

想成就宏图大业，不甘居平庸的人，心中的千千结更多吧。现如今，在能力即价值的体现的模式下，涌现出诸多出类拔萃的职场精英，他们每个人的奋斗史都是一部血泪史！而我们时常看到的表象是"看见贼吃肉，没看见贼挨打"。

"人活一世，草木一秋。"流年里的日月，像浮云天天掠过我们的头顶。我时常想伸手抓住那些变化莫测的五彩云朵，也幻想着自己是一只遨游在苍穹下的淮鸟，盘旋在故乡的天空下，翱翔云游，久久不愿飞走。可是，那是怎样一个美丽不可能及的幻想！

带着解不开的心中千千结，带着我执着追求的梦想，带着我不变的情怀，我一生像只淮鸟，在梦中的淮河边飞翔、休憩。梦醒时分，满含热泪追溯着淮河的前世今生，追溯着我生活的这片故土上不老的故事，追溯着我灵魂深处的思索，追溯着古往今来的变迁，追溯着现实和未来走向的拷问。

《故乡的原风景》是我百听不厌的曲子，每听一遍，内心对故园的感情如宗次郎所说："是对空气的耕耘。"陶笛清新悠远和凄婉哀伤的旋律，把我对故乡的深深眷恋和离愁别恨，演绎得淋漓尽致。常常在音乐声中，有泪轻盈，心中的千千结如翩飞的彩蝶，越过故乡的淮河、运河、白马湖、洪泽湖，越过故乡童年捉鱼虾的河湾、美丽的小村庄，越过故乡碧浪翻滚的稻苗和万亩水上公园的水杉林，越过柳树湾和风荷婷婷的万亩荷花荡……翔飞在我的心灵天幕上。我心沉醉，不知归路！

此时的千千结又如盛开的莲花，在微风荡漾的湖面上，开启曼妙的歌喉，在我的心湖里轻轻地吟唱，吟唱我记忆中的歌谣，吟唱我故乡的风景，吟唱我的思乡之情，轻缓悠扬而又淡淡忧伤的旋律，如天籁之音回荡在山谷……

家园家话，故土情怀，故乡的一草一木，乡情乡音的迷恋，是每个游子刻骨铭心的心灵对话主题。

心有千千结，我爱我乡。

心有归期

一年又一年，年的脚步踏遍千山万水后，周游列国后，历经姹紫嫣红后，一路逶迤向我们款款走来……

年的来临，催生出春运一票难求，难求年年求，催生出交通拥堵不堪，不堪也得去排队！

随着年龄的增长，对光阴似箭的快速，心中五味杂陈，悠然回眸，百感交集中慨叹万千，想起吴激的《诉衷情》：

夜寒茅店不成眠，残月照吟鞭。黄花细雨时候，催上渡头船。

鸥似雪，水如天，忆当年。到家应是，童稚牵衣，笑我华颠。

一年又一年，年味乡愁，在北雪南雨中摇曳云隐……

回不去的童年趣事，回不去的美好单纯，回不去的人来人往事无忧！

为何游子总是在固执己见地寻找前世之旅，寻找那些永不再现的物是人非事事休的当下啊，你我漂泊天地间太累，太无奈！

可是，可是，心怀梦想的我们，半生漂萍总是坚信，有诗意和远方等我们去探索，等我们去发现，等我们去分享！于是，曾经年轻有为的我们，曾经意气风发的我们，曾经打谷场上遥想公瑾当年的我们，在某一个凌晨日出之时，迎着朝阳，毅然决然背着行囊远走天涯，这一走，便是山长水阔难回首；这一走，便是晴天雨天自己扛；这一走，便是再回首云遮断归途；这一走，便是乡音无改鬓毛衰、儿童相见不相识，笑问客从何处来的境况。

无论走多远，故乡的原风景，总是在心田里蒙太奇般萦绕在梦境深处；无论走多远，故乡的那些记忆，总是活色生香如故；无论走多远啊，心有归期，不忘来路！

有人说，味蕾是儿时母亲的家常便饭所培养起来的，母亲做的饭菜，永远是游子最记挂的味道。其实母亲的手艺极其普通单调，饭菜的味道真的朴实无华。只是，母亲以情感和爱护做佐料的烹饪方法，是世界上独一无二的！也是任何一位大厨所无法体会和拥有的！

有人说：不知从何时开始，过年，不再是一种渴盼和喜悦，早已沦落成一种负担和心累。这话貌似跟喜气洋洋的年味和阖家团圆的气氛多少有些不搭，却是对奔波在旅途和年味寡淡的一个侧面的写照！

小康社会的众生态，过年早就不是吃碗红烧肉、吃顿团圆饺子、多蒸几锅白面馒头的年代了。现如今家家户户，天天都可以过着过年的日子，年味寡淡也在情理之中了。

心累是一票难求和开车的拥堵，一到节假日那个堵啊，堵得你刹那间成蜗牛，堵得你怒火万丈，却啥脾气也发不出。堵得你望着车流，看花开花谢。堵得你暗暗发誓，下次绝不节假日出门，等到节假日你依旧怨恨着、无奈着继续扎堆，行进在拥堵的路上。

"年年岁岁花相似，岁岁年年人不同"，相同的是现如今一年又一年的拥堵依旧，回家过年的路程，俨然成了一种心理负担！这种负担成了游子们的心痛和心病。

心有归期，不忘来路。归期年年岁岁，来路蜿蜒曲折。

等你踏香而来

非常喜欢纳兰性德的词:"山一程,水一程,身向榆关那畔行,夜深千帐灯。风一更,雪一更,聒碎乡心梦不成,故园无此声。"

异乡漂泊二十载,故园于我似乎近在眼前,又远在天边。

在经历了一阶段欲说无语、欲哭无泪的身体上的疼痛,精神上的涅槃之后,似乎,对所有的前尘往事都能释怀了。

无数个别梦依依的凌晨和黄昏,在冉冉升起的朝霞里,在彩霞满天的夕阳下,追逐着秦时的明月汉时的风,我心向天歌,我心向明月,我心向孤独漂泊的灵魂,去寻找去云游去等候。

约一程时光,等你踏香而来。

在无声守候一个世纪漫长的等待中,你姗姗而来,迈着优雅的步伐,款款走进我缠绵交织的视线。那一刻,默默相望,心碎泪奔。如果说红尘中,前世无数次的凝眸,只为了今生的相遇,我愿意再用一生的情义,来呵护好你的安然。

四季在我的指缝间,从容不迫而又宠辱不惊地流逝,一起逝去的还有韶华的背影,决绝地不再回眸,如一位衣袂飘飘的仙子,莞尔一笑,掩面而去,空留下惆怅遗憾给尘世里苦苦追寻的人。

人生如梦，梦如人生。只是，再辉煌无边、灿如星河的梦，都该有醒来的那一刻吧，那么，我依旧无怨无悔，约一程时光，等你踏香而来。

江南的春，是天真无邪的少女，清纯浪漫，顾盼巧笑中姹紫嫣红。小园香径独徘徊的寂寥中，几番离愁别恨，几许嫣然一笑，几多才下眉头，却上心头的无奈中，静默中撕着一张张日历，任凭岁月的风霜，浸溶模糊的容颜；任凭五彩的风筝，遨游在心灵的天空；任凭木棉花瓣飘落，染香寂寞的石径，逶迤着你的脚印，眺望水迢迢的远方。约一程时光，等你踏香而来。

江南的梅雨季节，总有恼人的雨滴，敲打在流浪天涯的心扉上，寻一把火梦，把锁在心底泛黄的思念烧光。红彤彤的火苗中，翩飞出一对彩蝶，扶摇青云碧霄，飞越千山万水，聆听天籁之音，比翼翔飞在理想的王国里，不离不弃，不言不语。只为莺飞草长的六月，江南一隅，约一程时光，等你踏香而来。

江南的秋，缤纷绚丽，妩媚多情，热情似火的枫叶，年年岁岁，岁岁年年，只为等候你的来临，尽情燃烧自己。存留枕边诗集扉页上的那枚枫叶，在你疲乏地从字里行间抬头的瞬间，粲然微笑。秋意染红层林的景致，"竹喧归浣女，莲动下渔舟"的锦瑟年华里，等待横塘路上的偶遇，约一程时光，等你踏香而来。

"江南雪，轻素剪云端。琼树忽惊春意早，梅花偏觉晓香寒。冷影褪清欢。蟾玉迥，清夜好重看。"徘徊在江南的雪景中，我时常想起"骑驴风雪中，雪碗冰瓯句"，那是怎样的一幅潇洒任我行的画面啊！独钓寒江雪的渔竿，在风雪中如游龙惊梦，傲然独游海角。约一程时光，等你踏香而来。

　　俯首回望，日月流年里的酸甜苦辣咸，因你的遥遥相伴，因你的如影相随，因你的切切慰藉，伴我走过多少山重水复，横跨多少沟壑纵横，笑傲多少物欲横流！

　　约一程时光，等你踏香而来。青丝变白发的人生旅程里，你成了我生命中的知己，你成了我眼中独特的风景线，你成了我相濡以沫的知心爱人！

　　心与心的契阔不是等待与追求，而是幽深的思念所蕴藉，是灵魂之间的共颤和默念！

　　约一程时光，等你踏香而来。

行走在时间里

　　秋风渐凉，秋阳温和，秋的韵味越来越浓了。秋天来临，最最让人挂怀关注的便是中秋节了。

　　异乡生活十几载，多少酸甜苦辣，多少无奈苦楚，多少傲然一笑，仿佛恍如隔世的记忆，伴着一轮皎洁的明月，默默向天歌般，在心底吟唱一首思乡曲。

　　对故乡的追忆，在每个游子的心里，犹如拒绝长大的孩子，思念回忆的往事，大多定格在少年、青年最最美好的忆记里。

　　异乡，中秋节夜深人静的夜晚，我总会抽点时间，独步在小区四面柳树环抱的湖畔。一个人轻声细语，对着浩渺的天空，对着一轮皎洁的明月，从最初快乐的一股脑的诉说，到情不自禁中潸然泪下……

　　我相信，我远在天国的双亲，一定能够听到我的倾诉，一定能够感知，我对他们铭心刻骨的思念，二老也一定为他们不能陪伴在子女们的身边，而撕心裂肺地苦痛着。亲爱的爸爸妈妈，如果有来生，我一定还要做你们的女儿，只是，我有一个请求，祈望上苍保佑你们健康长寿、颐养天年，让我多尽点孝心！让二老多承受子女们的绕膝之欢。

"每逢佳节倍思亲"，中秋节是团圆喜庆的节日，我相信我远在天国的父母亲，我远在老家的兄弟姐妹们，一直关注着我、关心着我的所有的朋友，都希望我快乐平安、幸福吉祥的！

这个节日，在短暂的黯然神伤追忆后，我命令自己一定要快乐！一定要像妈妈当年，在物质条件还较为贫乏的年代，母亲为我们炕"土月饼"，带我们下荷塘采摘莲蓬和菱角过中秋，给我们营造中秋节的快乐温馨的氛围，我一定要传承下来，让我家顽童长大后，也能想起，在他的记忆里，也有很多个快乐难忘的中秋节的回忆。

想念我儿时的伙伴，儿时中秋前后，月光下几人在秋意寒凉里到荷塘崴莲藕的往事，早已经镌刻在心灵的天幕上，一生未敢忘怀。我的一帮小伙伴啊，异乡生活的日子，我时时做梦，不想梦到你们都难！按照老家的习俗，我每每念叨你们，你们的耳朵也该发热的吧。

梅子，你是家里的独生女。你的家境比较殷实，你是你父母亲的掌上明珠。你家所有好吃的东西，有一大半都下了我的肚。春节过后的馒头干，你总是放在贴身的口袋里，如果只有三片，你一定会留给我两片。端午节的粽子、鸡蛋、鸭蛋，在我们上小学的时候，绝对算是个奢侈品，你明里暗里没有少往我书包里塞。

中秋节的月饼，你用黄油纸裹了一层又一层，课间找个无人的地方，悄悄塞到我手里，让我赶快吃掉，不要给其他同学看见。我每次都要掰下半边再递给你。依稀还记得，每次吃完月饼，我们俩把裹月饼的黄油纸上的饼屑，都要舔得干干净净，舔完发现彼此的嘴角和鼻尖上都留有月饼屑，我们相视而笑，相互刮一下鼻子，哈哈大笑中，追逐着，一蹦一跳回到教室。

有一年过中秋节，我把你拉到教室的后面，神秘地跟你说，今天要让你尝尝，你从来没有吃过的月饼。你好奇地看我打开一层又一层的黄油纸，里面第一次呈现出一块黄澄澄的没有皮屑的月饼。你惊讶万分，欣喜异常地问我，还有没有月饼屑的月饼卖吗（即不掉皮屑的月饼）？我得意地跟你说，当然有啊，我四叔在南京工作，这次回来过中秋，特意送给我们家一小盒四块装的月饼，我妈妈说我经常吃你家东西，特意多分我一整块，让我一定给你尝尝。我看了盒子上的字了，这种月饼叫"广式月饼"。长大后我们才知道，我们边吃边舔月饼屑的月饼叫"苏式月饼"。

年底你家杀猪了，你会找种种借口，拉我拖我去你家，我实在过意不去，实在不好意思再去你家蹭好吃的了，你就让你们庄台上的几个小伙伴，在岔路口不容分说把我架到你家，拽到你家。知道我最爱吃肚肺汤，你自己舍不得多喝一碗汤，总是让我多喝点。

佳妹，我的远房小表妹，为爱情，你在中秋节这天而殉情的傻妹妹。我在少年时代，所谓知识面较广的赞誉，与你家的丰富藏书有着密不可分的联系。你还记得，我拿半边月饼跟你换书看的往事吗？可你说走就走了，再也不回头看我一眼。

时不时会梦见你，梦境里，你总是要远行的样子，任凭我拉着你冰凉彻骨的小手，任凭我哭泣着求你不要走，你还是义无反顾，抽身决绝而去。醒来泪水打湿枕巾一片。

又一年的中秋如期而至了，灯下敲打键盘的我，泪水双流……想念着我的想念，忧伤着我的忧伤，慨叹着似水年华，一去永不复返。

窗外一轮明月，冷冷地而又温情地注视着我。举杯，遥遥敬清风明月一杯。月儿寄相思，月儿传心语，月儿话家常。

千里东风一梦遥，月亮代表我的心！行走在时间里，不辱风华之年的使命。光阴的背后，我们在任何时候，都能够淡定从容地跟流逝的岁月絮语。

不老的文字

姑嫂情深

四月的天空

淡定是一味心药

江南不思春，秋色不共天

唯愿岁月可回首

游离在梦想和现实中

如果有来生

秋风丰盈了一池秋荷

指甲花盛开在年少的记忆里

思念成一方圆圆的『土月饼』

一路向寒　静候花开

与足球共舞，与世界杯同行

千里东风一梦遥

一年又一年　归去来兮

心有猛虎　细嗅蔷薇

心若相知　无言亦默契

跟嫂子一起晒书的那些年

『臭美疯子』们的美好生活

陪你笑看千山暮雪　落日雨霞

只闻花香　不谈悲喜

· · · · ·

山谷幽兰

· · · · ·

第 六 卷

不 老 的 文 字

蓦然回首，不老的文字里蕴藏着不老的琐碎和心意。你若安好，便是晴天。

——题记

不老的文字

七月的江南原本溽热难熬。三天的大雨，把溽热给赶得远远的，斜风伴着淅淅沥沥的雨水，在窗外肆意流淌着。

拧亮台灯，泡杯绿茶，尽情享受着貌似秋风送爽的清凉夜晚，翻阅着厚厚一本大书，与作者对话，与自己对话。

文字的魅力，只有喜欢文字的人，才真正明白她的内涵，才真正懂得她的曼妙风姿，才真正欣赏她的国色天香似的高贵优雅，也喜欢她小家碧玉般的温润秀洁。

多年养成爱阅读的好习惯，尽管阅读貌似没有给我的现实生活带来巨大的改观，可是，数十年如一日地喜欢文字，却让我的内心世界在无形中变得葱茏茂盛！变得柔媚刚强！

在漫长的历史长河中，开天辟地以来，人类的历史是一部勇往直前的奋斗史，也是一部不老爱情的延绵史。而记载这些的载体就是文字，所以，我一直认为，文字跟历史、跟爱情一样，永远不老，永远精神焕发！

不老的文字，带着世事的沧桑，一路逶迤，行进在山长水阔的历史长河中。司马迁对文字的感慨可谓最深吧，宁愿受宫刑，也不愿意颠倒黑白，让文字蒙羞，让自己失节！可以想见，奇耻大辱的宫刑日子里，司马先生凝望着自己的脆弱，过着生不如死的日子，看着不老的文字，在自己手中吐出莲花般的馨香，他是何等地快慰与自豪！"无韵之离骚""史家之绝唱"的盛名之下，谁能理解他当时铭心刻骨的精神和肉体上双重的苦痛?！文字的背后，文字的故事，时时在凝望着无言的脆弱，只是脆弱，在风云不定的时局里，在文字中，在懂得文字的真谛和有超凡意念的人的思想境界里，已经升华为不灭的信念和追求！

不老的文字，背负着时代家族的恩怨，蹒跚在沟壑纵横的道路上，牵引着自己的灵魂，不卑不亢。每每翻阅《红楼梦》，"满纸荒唐言，一把辛酸泪。都云作者痴，谁解其中味?"想来大家还是了解其中味吧，国人对"红学"乐此不疲地研究和热衷，足以说明这部大书怎么看，都有不同意蕴的演绎和惊醒当世的小说，是经得起推敲，值得流芳百世的！

不老的文字，承载着万家灯火的辉煌，在黎明的前夕，给大地、给人类输送着精神食粮。儒家、道家、法家、墨家、佛家等诸多著作和理论，像盏明灯，一直指引着、浸润着、影响着千百年来国人的文化走向和价值取向。

"江山代有才人出，各领风骚数百年。"不老的文字，沉睡在史册里，何时去翻阅她，她都精神矍铄而又神采奕奕。沧桑的历史，经过岁月风霜的濡染，外表沉着老练，貌似刀枪不入，可是，文字的精髓和内在，依旧美若天仙，栩栩如生。

不老的文字，是我们永远的知己、永恒的红颜，我们的所思所想，我们所有的快乐和忧伤，在她"滚滚长江东逝水，浪花淘尽英雄。是非成败转头空，青山依旧在，几度夕阳红。白发渔樵江渚上，惯看秋月春风。一壶浊酒喜相逢，古今多少事，都付笑谈中"豪迈的歌声中，我们"相逢一笑泯恩仇"的释然，化解一个世纪的冰川。

　　文字的魅力带给我们心灵的愉悦，让我们在苦其心志中，感谢仓颉造字，让我们在"柳暗花明又一村"的明旷下，倾听文字在风中吟唱的袅袅余音，让我们仰望星空，发出我本尘埃一粒，因为文字，尘埃也上了明镜的月台，心灵之花的美丽绽放，摇曳在时光的隧道里，芬芳来时路。

　　历代的大家们，都在抒写着当代和个人的传奇，他们也可谓"卧薪尝胆""头悬梁，锥刺股"存留在书卷中激励后人，孙敬、苏秦的名字也如繁星闪烁在银河。只是，过往的往事早已经成风，飘散在寰宇，找不到痕迹。可是，不老的文字将他们一一记载下来，好像，所有的过往就在昨天，就在眼前上演。

　　感谢文字，感谢记载文字的人，感谢千百年来一直视文字为情人、为知音的喜欢文字的人们。活色生香的时代，活色生香的生活，活色生香的你我，正因为有不老文字的陪伴，生活才更显得活色生香，生活才更有意义，历史才得以留存和昭示。

姑嫂情深

嫂子嫁给哥哥的时候，我还是个梳着羊角辫、背着小书包一蹦一跳的小学生。

我一直记得当年她在媒人的带领下，第一次来我家相亲的情景。她修长的身材，一对水汪汪的大眼睛害羞得到处躲闪，一根齐腰的大辫子上扎着一对漂亮的红蝴蝶结。媒人说什么，她都不置可否地一笑，露出一颗洁白的小虎牙，好看极了！我们那时候真恨不能现场就叫她一声嫂子，恨不能拉住她的衣角就在我们家住下来。也不知道她对眼前这个还稍微寒酸的家，一见面就对她亲热友善、在她眼前转来转去的有几个小姑子的家，她如果嫁过来就给她添麻烦的家，到底是满意还是不满意？可我从一起过来相亲的她大妈那里，一点都不看好她跟哥哥的亲事。她大妈一会儿问这问那，一会儿皱眉头，一会儿说这不行那不行。

嫂子真正能嫁过来应该归功于她的姑妈，是她那位曾经参加过革命，当时在县城当领导的姑妈，在见过哥哥和我父母后立马拍板："这样通情达理的人家不嫁，你要嫁什么人家？"嫂子从小失去父亲，是她大妈一家一直救济她家。而她的母亲又很忠厚老实，她家一切事情都由她大妈说了算。她大妈当初坚决反对，是因为我们家小姑子太多又都在上学，怕嫂子过来受累又受气。

父母亲真的很通情达理，在嫂子嫁过来三年后，主动提出来要求分家，不想让哥嫂陪忙、陪累还要供我们姐妹读书。哥哥怕嫂子受委屈，也劝嫂子同意分家吧，哪知道嫂子边哭边说："我不同意分家，一辈子也不会闹分家！我是因为家里太穷，没上过学，现在条件好了，只要妹妹们愿意读书，我心甘情愿一直把她们读书供到底！"

嫂子说到做到了，父亲去世后母亲身体一直不太好，一大家子的重担更多地压到她的肩上。嫂子无怨无悔地操持着里里外外，任劳任怨毫无怨言。我们姐妹对嫂子的那份情、那份爱也一直深藏在心底。这么多年，我们姐妹从来没叫过她嫂子，都叫她"杨姐"。

嫂子让我们由衷佩服她的是她的勤劳和能干。地里的活她拿得起放得下，家里的活更不用说。各色针线活没有她做不好的，她会做缝纫活，我们姐妹的衣服都是她缝制的，她有时还帮邻居缝很多。尤其让人公认称道的是嫂子的好厨艺，都说五星级的大厨也不如嫂子的好手艺。这个手艺也让她受累不少，村里的红白喜事，总少不了她忙碌的身影。邻居们常常说，这一家婆媳俩实在是太能干，太让人羡慕了，从来没吵架过，也从不见他们家姑嫂红脸的。

其实，我很爱挑剔的坏毛病，自己认为还是容易跟嫂子红脸的，只是嫂子从来不跟我斤斤计较，更不会到处宣扬我们姐妹的缺点罢了。有时候为一句话，有时候为她教育孩子的方法，我总是很较真地把她批评得一愣一愣的。总是常常找碴儿，不是说嫂子给我的衣服没洗干净就是说嫂子饭烧硬了，菜炒得太淡没味道，抑或说嫂子溺爱侄子、侄女……反正总能挑出一大堆的理由。嫂子总是笑笑，极少跟我辩论，有几次眼泪汪汪地跑到屋后竹林里偷偷抹泪。母亲知道后总要狠狠批评我一顿，叫我一定要向嫂子道歉，一再地对我说，嫂子嫁到我们家这些年，吃苦受累太不容易！而这时嫂子总会说："妈，你听谁乱说了，兰子没有说我什么。她还是个孩子，再说她说得也没错，是我没有文化，不懂教育小孩，她说得都有道理的。"

知道感恩嫂子为我们这个家立下汗马功劳，是在我上高中的时候。那时候嫂子常常为我送衣服、送干粮，还悄悄把她的私房钱塞到我口袋里，为此同宿舍的女生睁大眼睛，羡慕我有这么一个漂亮能干、心地善良的好嫂子。她每次去我们宿舍，总会不声不响地买点糖果瓜子之类的奢侈品给我们享受一番，最让我们难忘的是嫂子总要带一小袋香脆的锅巴，放在公用的桌子上。于是大家有一阶段不见嫂子来，晚上睡觉的时候总会念叨：杨姐该来看我们了。

也许是长大后一直在外地的缘由，对家的眷念，对嫂子的记挂，随着年龄的增长，越来越如常春藤一样萦绕在心头。嫂子常常歉意地说："有你这样的姑子是我一生的福气，你为这个家贡献太多太多。兰子，你知道我们这里做嫂子的人，有多嫉妒我吗？我们家的姑子对娘家的情意，早已成了做姑子们的学习榜样了。这些年，我胃不好，你带着我到处求名医到处买好药。还有你给我买的时髦衣料、裙子、大衣、鞋子，真是数不清的。我家两个孩子如果不是你和姑爷的教育、帮助，也绝不会有今天！"跟嫂子二十多年如一日辛劳无比、不求索取的精神相比，我力所能及地报答嫂子的点滴之恩又算得了什么啊。

时光流逝，如清澈的溪水淙淙向前流淌。斗转星移的岁月里，嫂子一直为我们这个大家庭默默地操劳、默默地承受着一切，无私地奉献着她的青春年华，她的仁义、她的品德一直影响感染着我们姐妹。我们一直把这个文化水平不高，心智却很高超的嫂子当楷模当榜样！

俗事如山，隔不断亲情似水，思念在静谧中如云飞扬……

四月的天空

　　回望四月的天空，清明节的习俗可追溯到2500年前的周代。隋唐年间，寒食节和清明节便渐渐融合为同一个节日了。提起寒食节，晋文公重耳和忠臣介之推的故事，可谓家喻户晓了。只是一直觉得当了五霸霸主之一的晋文公，他的报答之恩，报得太勉为其难了！绵山上三天三夜的大火，烧死了大孝子、大忠臣介之推和他的老母亲。十九年的伴君，到处流亡颠沛流离；十九年的护驾跟随，忠心耿耿无二；十九年的呕心沥血，鞠躬尽瘁无怨无悔。一把大火恩断九霄云外，只留下了一首立志劝勉的诗歌，情谊绵长与日月同辉！

　　　　割肉奉君尽丹心，但愿主公常清明。

　　　　柳下作鬼终不见，强似伴君作谏臣。

　　　　倘若主公心有我，忆我之时常自省。

　　　　臣在九泉心无愧，勤政清明复清明。

　　介之推走了，背着他的老母亲长眠在大树下，清风明月千古为他吟唱。四月的天空，他是一颗熠熠生辉的星星，永远闪耀在史册里。以死明谏，共患难舍浮华，只要君心心系天下，心系众生，死而无憾，死而无怨！

　　少年失去父亲，青年母亲远离，英年的大哥，在母亲远走的第二年，又意外地长眠地下。多年的好邻居哑巴哥、嫂及他们家和我一起长大的小儿子——明子，一想起他们，我最最至亲的亲人，我最最好的身边邻居，他们都已经远在天国了，那份悲、那份痛常常禁不住泪湿衣襟，喟然长叹一声中，那份无力回天的悲伤痛彻骨髓！

　　人的一生都要经历生死离别的伤痛，只是我的这份伤痛，来得太早太早。常常仰望星空责问上天，为何对我如此如此的不公平，过早过早地让我忍受饱尝亲人间生死离别、撕心裂肺的苦痛……

　　四月是思念的日子，是雨纷纷愁断肠的祭奠习俗，又是"万物生长此时，皆清洁而明净"。春光明媚，绿树成荫，姹紫嫣红，自然界到处呈现一片万物复苏、生机盎然的景象，所以一直觉得四月是个复杂的月份，是个苦乐全都有的铭心刻骨的日子。

　　我撑着一把雨伞，行走在异乡的土地上，霏霏的细雨打湿了我的面庞，徘徊在城市的喧嚣里，心儿早已经飞回家乡的田野。多想再像小时候一样挎着个小篮子，跟着母亲后面挑荠菜，荠菜汤圆的清香一直萦绕在记忆的深处；多想跟随父亲身后，提个鱼篓，到水塘里一起去摸鱼，鱼鳍刺破手指，父亲心疼地把我的小手指衔在嘴里；多想跟随大哥一起，戴着他编织的柳条帽子，让他爬到很高的树上为我摘桑葚，吃得满身满脸成个"紫花猫"；多想跟哑巴哥，在沙滩上拿树枝做笔，我们比赛写字，他总是逮住我的错别字，微笑着要拿枝条刮我的鼻子，小时候，一直奇怪哑巴哥到底是怎么学习认识字的呢；多想跟明子在炎炎的盛夏，一起捉蛐蛐，他没注意手用劲太大，捂死一只蛐蛐，我生气地把他推倒在地，石头磕破他额头，鲜血直往下流，吓得我的哭声比他还要大。他擦擦血说没事没事，回家告诉他妈妈是他自己不小心。多想回到从前，再也回不到从前！

行走在光阴的旅程里，徘徊在人生的道路上，生与死的对话透过时空，跨越千年。常常做梦，梦回童年，梦回老家，院落还是那个院落，亲人们还都在劳碌着，炊烟袅袅围绕着村庄，宁静的夕阳温淡柔和，窗台边茁壮生长的那朵野菊花，摇曳在永恒不变的清梦里。年年岁岁，岁岁年年，心伤悲，情馨香！

淡定是一味心药

物欲横流的世俗，纷扰芜杂的红尘，早已经让我辈在这滚滚红尘中、随波逐流处一声叹息！

其实，每个人的内心都在渴望、追求温馨从容、豁达大度的境界，可是，面对一地鸡毛的纷繁曲折，有几人真的能够淡定中莞尔一笑，让一切风轻云淡呢?!

淡定是一味心药，只是，这一味心药熬制的秘方还真的难以配齐，即便配齐了，熬制的火候和方法亦不好把控。

曾经克服千难万险，游历大江南北，只希望开阔自己的视野，不要陷入偏狭的思维里自怨自艾。都说读万卷书，行万里路，可以让人强大强悍起来，都说"兼听则明，偏听则暗"，都说一分耕耘一分收获。其实，我是一直在耕耘，并不在意收获的！

虽说不在意收获，内心的苦涩和失落也只有自己懂得。

是的，每个人的路是自己走的，也只能自己一步一个脚印，才能走得踏实稳健。无论如何，我不后悔自己的选择，我一直崇尚"得之我幸，失之我命"，生命是个过程，努力过，拼搏过，便无怨无悔！

我们不淡定的缘由，源于我们被所谓苦和累所背负，源于我们无穷无尽的欲望。

读过这样的一则故事，说一位高僧在森林里发现一棵树下埋藏着黄金。他失魂落魄般逃也似的跑出森林，口中还念念有词，不好了，不好了……这时，森林外面的两个富人急忙问他何事惊慌。他以实相告，匆忙离开。那两个富人笑岔气，将这个所谓傻和尚调侃一番，然后，按照高僧所说的路线，找到藏宝的地方，在一棵大树下，果然发现有重金埋藏。两人欣喜若狂。为稳妥起见，两人相约，晚上再把黄金运出森林，可眼下饥肠辘辘了。

于是，他们两人商量，一人出去买饭，一人留在树下看住黄金。买饭的那个人一边走一边想，这不义之财，如若归我一人所有，该有多美。他吃饱饭后，在给另一个人所带的饭菜里下了剧毒。留守看黄金的人想，这天上的大馅饼已经砸到我手里，岂能容他人再拿走一半。一会儿等买饭的人回来，我趁其不备，一棍子将其打死，再也没有人来与我分一杯羹。于是，当买饭的人，转身拿出饭盒时，看守黄金的富人从后面一棍子打下去，结果了其人性命。他优哉游哉，吃饱饭坐等天黑自己独吞黄金。只是，没有一会儿，他亦被饭食毒死，空留下一堆黄金，依旧深藏在森林。

我们一日日，忙碌着忙碌，追逐着追逐，有谁能够静下心来，心平气和、悠然淡定地倾听别人的话语，聆听自己的心跳？

其实，人生这一辈子我们要的真的不多，纵然住别墅、开宝马也是一日三餐，一晚一席。

现如今生活的富足，"三高"人群年龄越来越年轻化，吓得多少人在美味佳肴面前，即便有条件随便吃，敞开来吃，从养生和健康的角度，他们也小心翼翼，不敢也不会顿顿大快朵颐了。

明明都知道，这辈子吃不了多少，花不了多少，生命的尽头也只是一缕青烟，眨眼之间在天空里无影无踪，无处寻觅，一抔黄土掩埋的是一把青灰。可是，我们为何在庸常的岁月里就淡定不下来呢？

是无休止的欲望和攀比，让原本简简单单的生活变得天天打仗似的，时刻准备好赴汤蹈火的架势。是自己的虚荣心在作怪，是自己的虚伪好强在逞强，是人们在社会大环境下，一个个都在无形中上演着官场现形记的闹剧和丑剧！

淡定是一味心药，心药才能治得了心病。心病是百病中最难治愈，甚至是无药可治的顽疾！

都说，百病从口入，心病却是从心底起，防病比治病还要难，为了少患不患心病，我们首先要学会防病，尽量不要得心病。

说了半天，其实，我也是无秘方的，只是自己的经验告诉我，想不得心病，凡事不要跟别人比，只跟自己比。纵然所有的人都不待见你，那么，你自己一定要自我感觉良好地待见自己！然后淡定地跟自己说，我在故我快乐！

"弱水三千，只取一瓢饮"，何苦在红尘苦海里挣扎玩命，何苦在灯火辉煌处黯然神伤，何必在路口拐弯处纠结郁闷。该来的总会来，该走的不强留。

淡定是一味心药，心药治心病。心药到，心病除。

淡定！淡定！淡定吧！

江南不思春，秋色不共天

《双调蟾宫曲·咏西湖》："西湖烟水茫茫，百顷风潭，十里荷香。宜雨宜晴，宜西施淡抹浓妆。尾尾相衔画舫，尽欢声无日不笙簧。春暖花香，岁稔时康。真乃上有天堂，下有苏杭。"

一直为自己出生、生活在苏杭的毗邻而骄傲自豪，尽管苏州杭州是全国的、大家的。很荣幸上帝对我的馈赐，让我生活在山清水秀、富庶美丽、妖娆风情、绚丽多彩的江南。每每出差外地，格外地眷恋着家乡的山山水水、一草一木。每每有外地朋友来游玩，我也总是很开心地借陆凯的诗句"江南无所有，聊赠一枝春"来表达自己的热情和希望。

好个"一枝春"啊！江南的一枝春里蕴含着多少令人美好的情愫？蕴含着多少向往的期待？蕴含着多少情真意切和盎然生机？白居易的《忆江南》："江南好，风景旧曾谙。日出江花红胜火，春来江水绿如蓝。能不忆江南？"朗朗上口，通俗易懂，令人击节赞叹！杜牧的诗歌："青山隐隐水迢迢，秋尽江南草未凋。二十四桥明月夜，玉人何处教吹箫。"秋意中的江南依旧俊俏风情、诗情画意！

谁能不爱这样袅娜娉婷、明眸皓齿般美女样的江南？谁能不爱烟雨蒙蒙中，那个撑着雨伞徘徊在雨巷里有着丁香花一般美丽、惆怅的女子？谁又能拒绝江南莺飞燕舞后，"落花时节又逢君"那传奇般的故事？

写不完江南的诗情画意，道不尽江南的美妙绝伦，说不了江南的风华绝代。

古之江南，今之江南都还是那个叫江南的江南，江南的绮丽风光也依旧倒映在江南的大地上，生气勃勃气象万千；镌刻在江南人心灵的天幕上，钻石般熠熠生辉华光流彩；刻印在史册中，山水辉映永葆青春。

只是如今的江南，节令的变化有些让人迷惘和无奈，江南似乎已无春秋，只有冬夏了，夏天热浪滔天，冬天白雪皑皑。今天穿着羽绒服，明天也能让你穿件衬衫。尽管科技的发达可以让鲜花四季盛开，可以让物种四季如故，只是，心底的那份失落和缺憾隐隐作痛！江南，原本是个四季分明，如天堂一般令人神往的福地，是谁在不知不觉中安葬了江南的春秋？是谁偷走了江南慵懒的春天？是谁撕毁了"落霞与孤鹜齐飞，秋水共长天一色"的画卷？是谁在任意涂改着江南的水墨华彩？

江南的迷蒙山水萦绕着多少人的梦魂，江南的妩媚多情吸引着多少人的追求，江南的卓越风姿倾倒了多少人的心血啊。江南喜思春，江南共秋色，江南是位才气横溢的美人，她日日思念着江南的氤氲，她年年思念着江南的风骨，思念如花，在四季孕育中期待灿然开放；思念如画，烟雨蒙蒙鸡犬声，柴门轻响，风雨夜归人；思念如幼年时额头磕破的伤疤，常常喜欢用一缕刘海来遮掩，稍有风吹草动，伤疤昭然若揭；思念如灯，在崎岖的人生旅途中点亮来时的路；思念如水，冰凉清澈又暖意盈盈；思念如茶，清香苦涩又微醺绵长。爱思念，爱江南。

四月的江南，和煦的春风不再扑面，扑面的是颇有烈日余威

下的暖风，掩藏在青山绿水共为邻的都市中，躲在钢筋水泥高楼
大厦里，思春的心在隐痛中喟然长叹：江南不思春，秋色不共
天！远眺窗外，蓝天白云依旧，有泪轻吟起心底那首写给自己
的歌。

天荒地老的誓言耳畔犹响
芬芳娇艳的玫瑰掌心凋谢
天长地久是一种遥遥不可及的传说
疼痛无语是一种浊浪滔天的麻木
一地狼藉一地碎片
一地憔悴一地荒凉

晓风残月的意境是文人情殇的安慰
衣带渐宽的从容是情人无奈的执着
大江东去浪淘尽的豪迈
把栏杆拍尽后的踌躇
在一壶浊酒论英雄的笑谈中
泪沾衣襟江火渔舟上
一片蓑衣一顶斗笠
一竿鱼钩一卷诗书
在江南烟雨笼罩的江面上
独钓一江繁花落尽后的缤纷
追忆似水年华日月如梭
有多少爱可以卷土重来
有多少梦可以辉煌重现
有多少情可以永恒不变

有多少人值得一生期待

月蒙蒙山叠叠
水清清路迢迢
在水一方的静候
任凭岁月雕刻成一道风景
在西湖的断桥旁
雷峰塔里的孤独决绝
深深凝望西湖的山水
回首间万缕情丝
化作西湖岸边的垂柳
绿荫浓浓情意绵绵
守望西湖生生世世

唯愿岁月可回首

日子，总是不以人的意志为转移。

光阴的不可捉摸，犹如晨曦和夕阳里那些在光与影中上下左右沉浮的光圈，貌似可以伸手可捉，尽在掌控中，却又是光影幻化的一道绮丽风景线，只可观瞻，却不可掌控。

随着年龄的增长，愈发生出对光阴流逝的恐惧，每每追着那夕阳西下，总有一股说不清、道不明的黯然神伤的情绪，瞬间充塞在心田……

在岁月的长河中，我们一路劈波斩浪，遨游人生长河，畅游生活长河的同时，也难免悲伤逆流成河。唯愿岁月可回首，且以深情共白头，是每个人一生最美好的、最朴素的、最真挚的愿望吧。

岁月的深处，流年的背后，冷暖的故事里，不管何时回首，总有深情与共的绵绵挚爱和不离不弃的朋友，陪伴在天涯海角，陪伴在月朗星稀的午夜，陪伴在卧听风雨的凌晨，陪伴在重重万山险阻的山峦中，陪伴在迢迢风光旖旎的云水间。人生如此，夫复何求?!

对光阴的恐惧源于我们对现状的不满，对自己无言的失望，对生活的不甘吧。理想和现实总是一个太丰满，一个太骨感的。

我们的希冀总是在大浪淘沙后，面目全非中让人不忍期盼；我们的心愿总是在是非恩怨中，潸然泪下，无语凝噎；我们的梦想总是在遥遥无期的路上，得过且过的不是日子，而是我们拿各自的生命在苟安！

提起苟安，不得不提南宋，建都临安的南宋是个名副其实的苟安王朝。这个苟安的王朝却有着152岁的高龄，1279年，厓山海战爆发，南宋最后一个皇帝赵昺由大臣陆秀夫背着跳海而死，南宋在欲哭无泪、欲说无语中怆然走下历史的舞台。

南宋虽然偏安于淮水以南，虽然在历史的舞台上苟安地存活152个年头，但却是中国历史上经济最发达、古代科技发展、对外贸易、开放程度较高的一个王朝。南宋是与金朝、西辽、大理、西夏、吐蕃及13世纪初兴起的蒙古帝国并存的政权，为了求得苟安一隅，不得已向金国纳贡称臣，割地求和。

南宋渐行渐远的背影，行驶在时光的隧道里已经742年，斗转星移的270830个日子，在历史的长河中也只不过弹指一挥间，10万余人投海殉难，宁死不降，标志着"厓山之后，已无中国"。

这样的苟安，铭记史册的同时，也令人唏嘘伤怀，感慨万千！每段历史都因其独一无二的背景和无奈，风光背后的万般妥协，甚至是不堪回首的血淋淋，而令人回首驻足，以史为鉴。

时间是药，医治一切创伤。

岁月无敌，所有一切的一切都无法跟岁月相抗衡，所有的可堪回首、不堪回首的历史和过往，在波涛汹涌的岁月长河里，在历经险滩礁石的搁浅和碰撞后，在历经暗流漩涡的挣扎中，在月黑风高、凄风苦雨的征程后，势必行舟到风平浪静、风和日丽的港湾里。在这一点上，每段历史、每个人生总在惊人的相似中，重复着那亘古不变的宿命般的行程。

唯愿岁月可回首，且以深情共白头。

可回首的岁月里，能够深情共白头的人，值得珍惜一辈子，值得镌刻铭记，值得生死相依，值得没齿不忘！

流年过往处，我们生命中的有缘人，那些在历经沧桑磨难后，依旧能够陪我们一起继续行走在人生旅途上的有缘人，都是深情共白头的人。一路走来，我们总是结交形形色色的人，遭遇光怪陆离的事，慢慢地看所有的人都顺眼了，对所有的事情，都能见怪不怪，都能坦然相对了。

我们所有的雄心壮志和文韬武略，所有的《向天再借五百年》的恢宏气势，滂沱气韵，到头来都敌不过岁月这把杀猪刀的宰割……

无论如何，荏苒的光阴，终会过滤掉我们心灵的杂质，锦瑟年华终究让我们在"人生自是有情痴，此恨不关风与月"的吟诵中，善待我们一生的岁月风光。

岁月可回首，人间有真情。静水深流处，白首笑晚晴。

游离在梦想和现实中

琐碎，庸常的琐碎生活，使得我越来越懒散，越来越远离书香的浸润和敲打键盘的快乐。

喜欢读书，喜欢写字，如同时尚的、有品位的女子，喜欢出入各名牌专卖店，狂购香衣香水化妆品。买的过程跟使用的过程，一样充满成就感和满足感。想来，我写文字的感觉也是如此吧。

写字的乐趣，在我异乡漂泊的经年累月里，如吃了一副兴奋剂，在我孤独无助、彷徨郁闷之时，总能带给我心灵的慰藉。文字，心灵渴望美好祥和的文字，是心灵的鸡汤，总能在我沮丧颓废的时候给我正能量。生活依旧，文字的感染力也依旧！

非常感谢，在我的似水年华里，一直有我喜爱、钟爱的文字陪伴在我的左右，让我可以随心所欲，而又真情实感地随时记录一些我的生活经历和心路历程。

一路有文字相伴的日子，是丰盈喜悦的。即便有太多的不如意，文字在风中吟唱的魅力，会让我顷刻间，在风轻云淡的世界里，淡然处之一切。

一路有文字相伴的日子，是充实冷静的。即便尘世的喧嚣让我无所适从。文字在一个个月朗星稀的夜晚，对我深情款款而又睿智淡淡地诉说，会让我立刻安静下来，多少往事成风，要把现实过好。

一路有文字相伴的日子，是自我反省、自我提升的最好契机。读过千卷书，走过万里路，得与失对我，已经不再重要，重要的是所有的过往，如今我都能够坦然、安然地相对！一直在心底告诫自己：在这物欲横流的滚滚红尘里，我只做我自己，做一个言行一致、文如其人、光明磊落、坦坦荡荡的真君子！

人无完人，我也一样，这样那样的小毛病在我身上，常常防不胜防地一一呈现！感触最深的，当数家里那位，他时常恨铁不成钢中，愤怒地声讨我的种种不是，末了，还得自嘲一番：如果不是他当初义无反顾地娶了我，估计，我现在还没有嫁出去。我时常会顺着他的话调侃他，非常感谢他，这么多年的收留和宽容，让我这么差劲的一个人，不至于流落街头。最感谢他，让我生了我们家的"顽童"。可以说，顽童是我一生最珍贵、最得意的杰作！尽管，顽童也就是个顽童而已！可是，哪个艺术家不爱自己的作品？哪个妈妈不爱自己的宝贝啊?!

一直记得年轻时候的梦想，那其实也只能是个梦想！尽管那个宏大的美好的梦想，到如今都没有现实，但是，在心底，我依旧非常、非常感谢那个绚丽多彩的美梦，正是那个宏大的美好的梦想，支撑着、支持着我，才使得我在一路坎坷中，一路歌唱。年复一年，一直游离于梦想和现实的世界中，我很享受这样的单纯和幼稚！

日子依旧，生活依旧。年复一年的流年里，我们抗争着现实中种种的不如意、不顺心，心里又时刻在期盼着什么？期盼明天更美好，期盼我们的日子过得称心、舒心、静心。希望各种病毒、毒大米、地沟油、伪劣产品都灭绝，希望我们天天能够呼吸到新鲜清新的空气。经济如此发达，生活条件如此地安好，谁不希望自己颐养天年、健康长寿?! 谁不希望我们的下一代生活在阳光明媚中?! 谁不希望我们的国家繁荣昌盛、国泰民安?!

年复一年，游离在梦想和现实中，梦想虽不能成真，可是追逐梦想的心愿，放飞在我们生命的天空下；年复一年，游离在梦想和现实中，静看花开花落，卧听夜阑雨声，山长水阔，雾霭沉沉，聆听一曲箫音，沉思冥想中，朝霞满天；年复一年，游离在梦想和现实中，蓦然回首间，青丝成白发，回眸处，点点泪光盈盈笑意，痴人梦一场，醒来断肠人在天涯；年复一年，游离在梦想和现实中，家长里短的小日子里，锅碗瓢盆进行曲是永恒的生活主题，色香味俱全的菜肴是我们饮食文化的传承和根本。

过庸碌的小日子，闲暇之时敲打几行文字，娱乐自己的同时，也希望娱乐别人，仅此而已!

如果有来生

一直很喜欢三毛的这段话："如果有来生，要做一棵树，站成永恒，没有悲伤的姿势：一半在尘土里安详，一半在空中飞扬；一半散落阴凉，一半沐浴阳光。非常沉默非常骄傲，从不依靠从不寻找。"

回顾三毛的一生，算得上"非常沉默、非常骄傲"。骨子里却是为了她理想中的爱情生活，一生都在寻找依靠，寻找值得她依靠的精神生活。

庸碌的生活磨砺着我们的心智和情商，岁月的风云，在我们"日出而作，日落而息"的似水流年里，带走我们的青春年华，带走我们的喜怒哀乐，带走我们的梦想天堂。于是，在满目沧桑的光阴背后，在斗转星移的日月里，在一声悠长叹息的回忆里，我们望瘦一轮明月，望穿一江春水，望落满树繁花。

我们总是习惯把现实中的失落无望，悲伤无言，不可企及的愿望，寄托给来生去好梦成真；总是在历经磨难后，感喟"如果有来生"定不负，定如何，定努力……

事实上，即便有来生，奈何桥上的那碗孟婆汤，也早让所有人忘记了所有的人和事，即便有执着者不愿喝孟婆汤，心甘情愿纵身跳入忘川河，那千年的等待和煎熬，也难如愿以偿再去和自己最钟情心仪的人，有半点瓜葛了。

我们的来生终究会刷清所有的前世记忆，开始新一轮回的又一个"今生"。

如此，我们还是先过好今生吧，今生的来时路，我们已经无法再去走一遍了，子在川上曰："逝者如斯夫，不舍昼夜。"

其实，我们要过好的永远是当下和明日。而每个人的近乎宿命的思维，总是当下的困扰和纠结，总是要到明日里才能坦然相对，才能释怀安然。于是乎，我们的一生，绝大多数人都是在万丈红尘里，在物欲横流中规划着、挣扎着、唏嘘着、苦痛与快乐并存着度过一天天、一年年……

今生看似漫长，其实也在弹指一挥间，我们所有的人终成陌路。如此期盼来生好好活，活好来生也只是个愿望罢了。

那么何不先活好今生，不去管来生呢。事实上谁也管不了来生，众生绝大多数人为了生存而一生奔波劳碌，等到终于可以不慌不忙，可以睡懒觉，可以不上班，却也是老眼昏花，吃啥也没有多少滋味，吃啥也怕这高那高了。人生何以无奈又无奈啊。

睿智豁达的人不是不纠结今生的失落和遗憾，而是他们拿得起放得下，他们的心中有更多的事情、更重要的事情去等着他们去做。如此，他们没有时间，也不愿意为如果有来生去设想，还是先完成好自己今生肩上的使命吧。

纵然我们有太多的心戚戚，却要明白过好今生才是唯一最明智的选择。

如果有来生，让我们俯首今生无怨无悔；如果有来生，让我们在历经所有的是非苦痛后，依然觉得今生最美好；如果有来生，让我们继续相逢，过好来生，忘记今生吧。

秋风丰盈了一池秋荷

——散记博友荷塘秋风

　　古语说傻人有傻福，所以我真的愿意一辈子做个好傻人，当然也就一直是个有福之人啦！在凤凰博客上结识荷塘秋风姐姐是我一生的幸运和福气。

　　记忆犹新地记着 2007、2008 年初来凤凰上的那一帮老博友，对凤凰博客的满腔热情和热忱真挚。真的，现在回想起来都有些忍俊不禁。那时候，开个博客估计很多人真有当了老板的感觉吧。当然，是个不赚钱的老板，只觉得有了一块属于自己的自留地，自己可以随笔挥洒的空间，想写就写，写完了大家相互串门子，有认真阅读相互学习的，有坦诚快乐交朋友的，当然也有到处看看热闹围观的，博客世界的精彩，在草根这里不用肩负使命，自己想怎么玩耍都可以，想怎么写更是由着自己的小性子，今天发首唐诗，明天发首宋词，后天来句名人名言，大后天发张自己的摄影图片，弄个视频，等等，反正大家率性、随性地玩着博客，就图一个字：乐。后来，凤凰博客改版，增添了许多新功能，其中相册功能的开发，极大地满足了那些摄影控的需求。

　　荷塘秋风姐姐"每日一句"里名人名言特别有哲理，觉得真是难为姐姐了，不知道她是在网上搜索出来的还是照着《名人名言全录》精选出来的，总之，许多富有哲理的名人名言我以前都没有读过，进她博客算是积累知识来了。

真正让我对姐姐刮目相看的是她后来贴出来的家居装修理念的图片，陡然间感觉遇到了知音，我们的审美观、我们对装修设计的理念和风格相当地吻合，从那以后，我们像一对对上眼的热恋的朋友，大有相见恨晚的感慨。

姐姐是个旅游摄影控，后来的游记和摄影专题让我大开眼界，流连忘返，让我在领略了祖国风光绮丽的山山水水的同时，也深深感觉到姐姐热爱生活、豁达乐观的生活态度。只有心底的世界是美丽多彩的人，他（她）的文字和摄影的图片，也才能体现出诗意的美好和美轮美奂的意境吧。姐姐的凤凰博客相册里有23 个摄影专辑，《花花草草》《帅哥特技飞行美丽瞬间》《自然、美丽、休闲的格兰岛》《马尼拉街头吉普尼》《最美湿地》《凤凰古城美景》《花城广州》《丽江风情》《北极村风光》等各具特色的系列摄影作品。其中《星湖》《浓浓秋意》《稻城亚丁风光》《落雨杉》《荷花》《美丽的三亚海滩》《贵州·黄果树瀑布》《贵州行·西江千户苗寨》《湖南之行·张家界》等更是精品中的精品。

我尤其迷恋《星湖》《浓浓秋意》《美丽的三亚海滩》《贵州·黄果树瀑布》《贵州行·西江千户苗寨》《湖南之行·张家界》《稻城亚丁风光》，每每走进姐姐相册里浏览观赏，总是禁不住地感叹原来镜头同样可以妙笔生花啊！

姐姐镜头下的山各具特色，雄浑苍凉的，清秀俊俏的，犹如美女"唐肥汉瘦"各有各的曼妙多姿，风情万种；姐姐镜头下的水妩媚轻柔，湖光山色中让人心旷神怡，似乎能够嗅到淡淡的淡淡的沁人心脾的芳香；姐姐镜头下的花花草草，姹紫嫣红争奇斗艳中尽情地叙说着生命的美好坚强，也叙说着春夏秋冬更替中的绝然和欣然。

　　受姐姐的影响，慢慢地我也迷上了摄影，拿起相机才知道要想拍出一张好的作品实在是太难了，有时候拍 50 张里面也挑不出一张满意的。第二次游三亚回来，我对一个懂摄影的老朋友说，我发几张我的摄影图片给你看看吧。他认真看完毫不客气地说："你那些东西也叫摄影吗？恕我直言，你那充其量叫拍照片。"巨晕过后，我也不得不承认朋友的一针见血的批评。想起姐姐精美绝伦的图片，可见她在构图、立意和创作中花费了多少心血。敢说，热爱摄影的人必定是热爱生活的人，他们在用手中的相机记录着世间成千上万种美丽景致的同时，也在深情地抒发着对山川草木的挚爱，当然，也是对生活的挚爱！

　　在博客交流的过程中，我们成了无话不谈的好朋友。姐姐一直跟我开玩笑说是我最为忠实的铁杆粉丝，为了我们以后有机会见面有更多的话题，她还积极地把她先生和儿子也培养成我的粉丝。记得姐姐第一次跟我打电话就拿家里的电话打过来，我们畅聊了一个多小时。谈家庭，谈工作，谈博客，后来我一直笑话她，一直都觉得我是个很傻的人，在网上从来不会伪装自己，没想到还有比我更傻的人，问她为什么如此地信任我，她说："仅仅喜欢你的文字，一路走来，读你篇篇文字，觉得你是个真性情中人，也一定是个文如其人的人。我在网络上没有任何朋友，我从来不跟陌生的人聊天，但是，我凭直觉你是个好人！"

　　好人、傻人的我，跟感觉比我还要好人、傻人的荷塘秋风博友，这一聊就是整整四年。四年里，我们相互关心，相互鼓励，我们常常煲电话粥；四年里，我们心中由博友网友，早就变成了家里的亲姐妹样亲密无间，我们之间的惦念和牵挂源源不断，细水长流。

2011 年 11 月 27 日，因公出差到广州，我终于见到了荷塘秋风姐姐。见面的那一刻，我们紧紧拥抱在一起，她带着先生和儿子，我带着我的三位同事，我们吃饭聊天逛街，开心得只想跳起来。我们之间没有丝毫的陌生感，只觉得我们俩就是亲姐妹，只是相距遥远，几年未谋面而已。我们说话的风格和思维习惯都惊人地相似。同事在旁边直乐，网上还能够交到如此志趣相投的好朋友也算是个奇迹吧。回来后，我把我们俩的合影发给同学朋友看，都说你们姐妹俩可真像！也许这就是缘分吧，茫茫网海，相识相知是何等宝贵的情谊啊！

四年来姐姐对我的关爱，让我有种被幸福一直所包围的感觉。觉得我非常幸运，非常有福气，上帝对我这个有些傻的率真之性格的性情中人，实在是太眷顾、太垂爱了。有这样的好姐姐，我愿意一辈子做她的傻妹妹。

姐姐喜欢秋荷，喜欢秋风的微醺，故取名"荷塘秋风"。虽说秋风有些萧瑟，但是当秋风吹拂荷塘时，荷塘里的秋荷又何曾不是丰盈了一池的丰硕秋果啊！

指甲花盛开在年少的记忆里

江南的燥热，在一夜雷阵雨的驱使下，热浪暂时退得无影无踪。早晨的天空瓦蓝清澈，习习凉风拂面，顿使人心旷神怡、神清气爽。

路口拐弯遇见同事穿着漂亮时尚的凉拖，下意识中她不停地低头看脚，我顺着她的目光，发现她做了美甲。花了八十元，手指、脚趾盖一下子成了翩翩翔飞的玫红蝴蝶，整个人一下子也靓丽了三分。

我不由得想起了指甲花。

凤仙花，又名指甲花、染指甲花、小桃红等。因其花头、翅、尾、足俱翘然如凤状，故又名金凤花。凤仙花属凤仙花科一年生草本花卉，原产中国和印度。

想起毛泽东主席一首诗歌《咏指甲花》："百花皆竞放，指甲独静眠。春季叶始生，炎夏花正鲜。叶小枝又弱，种类多且妍。万草披日出，唯婢傲火无。渊明爱逸菊，敦颐好青莲。我独爱指甲，取其志更坚。"

指甲花，少年时代用来美化手指甲和脚趾盖的必选染料。从童年到少年，乡村少女们纯情而又温情地重复着夏日里那个美丽宜人、自我陶醉的粉红色的美梦。

　　每年指甲花盛开的时节，多是放暑假的时候，我们小姐妹仨总是缠着妈妈帮我们把指甲染得红红的，相互攀比着谁的指甲更红，更漂亮，更长久。妈妈总是不厌其烦地一次次采摘最红、最大的指甲花，也采摘一些老点的叶子，回来把花和叶子放一起捣碎，加明矾放置一会儿，等水分蒸发掉一些，再用采摘宽大的苘麻叶，像包粽子一样把指甲全部给包裹好。一般都是在睡觉前包裹，因为一旦包裹了，手上脚上就像一下子生出二十个"榔头"出来，行动就极其不方便了。

　　大姐也不知道从哪里得到了一个秘方，说要想长时间保留指甲上的红色，就要摘掉包裹指甲上的苘麻叶后，第一时间把指甲伸进盛猪食的猪缸里，用发馊的泔水浸泡几分钟。为此，爱美的姑娘们在卸掉"榔头"之前，绝大多数早晨起来直奔泔水缸前。从小有洁癖的我却是无论如何都不肯把手放泔水里浸泡的。包的次数多了，我慢慢地发现，没有在泔水里浸泡过的红指甲，也没比小伙伴们褪色得快。为此，我动员小伙伴们，以后不要把红指甲再放泔水里浸泡，可是，爱美昏了头的她们，宁愿相信馊泔水的无形作用，也不愿听从我的建议。

　　夏日早晨的院落天井里，有几个伸着指甲嬉闹着、争吵着谁的指甲染得红染得漂亮的玩伴，那是多么美丽质朴的一幅风景画啊。母亲在月色溶溶的院落里，一边给我们包裹着指甲一边讲指甲花（凤仙花）的故事，更是让我们对朴素艳丽的指甲花顿生敬意和爱慕。

　　相传很早很早以前，在福建龙溪有个叫凤仙的姑娘，长得亭亭玉立，秉性温柔善良，与一个名叫金童的小伙子相爱。一天，县官的儿子路过此地，见凤仙这般漂亮可爱，顿生歹心，前来调戏，被凤仙臭骂一顿灰溜溜地走了。凤仙知道这下可闯了大祸，县官儿子肯定要来找麻烦，于是决定与金童一起投奔外地。凤仙只有父亲，金童上有母亲，两老两少连夜启程远走他乡逃难。途中金童的母亲患病，闭经腹痛，荒山野岭又无处求医访药，四人只好停步歇息。

再说县官听说儿子被村姑骂了一通，就命手下前来捉拿凤仙，眼看就要追上，无奈之中凤仙、金童拜别父母，纵身跳入万丈深渊，以死保洁。两位老人强忍悲痛，将凤仙金童二人合葬。晚上两位老人依坟而卧。凤仙和金童夜间托梦给父母，告之山涧开放的花儿能治母亲的病。次日醒来，果见山涧满是红花、白花，红的似朝霞，白的似纯银。老人采花煎汤，服后果真药到病除病愈。后来，人们就把这种花命名为凤仙花以示纪念。

远去了，少年的美梦情怀；远去了，儿时的伙伴；远去了，无边的母爱化作皎洁的清辉，普照经年的思念。远在天国的母亲啊，可感知我泪光盈盈的问候和最最美好的忆念。

思念成一方圆圆的"土月饼"

"年年岁岁花相似，岁岁年年人不同。"静默的时光如同旋转的地球，在不知不觉中，转过一个个春夏秋冬。又一年的中秋在流水无痕中降临了，都说"每逢佳节倍思亲"，在外远游的游子此时此刻的心情是最为"剪不断，理还乱"的吧。每每逢年过节，我最为思念我的母亲。

母亲走了，在遥远的天国再也无法相见了。哥嫂几年来似乎成惯例地让我回家过年，一是他们真的很想我，想我回家看看；二是他们怕我常年在外，母亲不在人世了感觉更孤单。所以，逢年过节哥嫂总是要打很多电话，让我们一家子无论如何回老家转转。而我们总是难以成行，以至嫂子对我都有些意见，总抱怨我："我就不相信，你忙得回家一趟的时间都没有？虽然妈妈不在了，可这里还是你的家啊！你怎么这样狠心，兄弟姐妹都不要啦？"我无语泪双流，其实我也真的很想常常回老家看看，那是我生长的地方，那是我梦魂萦绕的家园，那是我精神的寄托地啊！在外的游子，有谁不热爱自己的故土？有谁不怀念家乡的山水？有谁不惦记、难忘难舍母亲做的老家美味菜肴？在子女们的心目中，母亲做的菜肴永远是世界上最美味的珍馐佳肴！

最为怀念的是母亲做的中秋月饼，儿时家中姊妹众多，当时都在读书的我们，已经让父母亲捉襟见肘过日子了。会过日子的母亲总是一般节日也就很一般地过，能省就省，从来舍不得花费钱为我们买什么，那时候，不懂事的我们没少噘起嘴巴羡慕别人，抱怨自家的不是。母亲总是说："你们一定要好好读书，等你们长大了，一切都会有的！"但有两个节日母亲是要好好地隆重地过一下的，一个是春节，一个是中秋节。

母亲常常说，这两个节日是团圆喜庆的大节日，砸锅卖铁都要满足你们，都要让你们吃好、穿好、玩好。我印象最深的是母亲过中秋节自制的"土月饼"。

每年中秋节一大早，母亲总要醒上一大盆面，中午做一顿那个时候最为丰盛的午餐，到了下午就开始忙着做她的"土月饼"。只见她把大团面剂放在案板上，加适量的小苏打水，使劲不停地揉捏，直到面团爽手润滑，然后把大面团切成小面团，再揉成长条，再撕下一小团不停地揉捏，再用掌心轻轻拍打小面团，然后，把准备好的芝麻红糖馅包在圆平的厚面皮里，把面皮合起来搓成圆形用掌心轻轻拍打，平整放在旁边的筛子里，等做满两筛子便能下锅炕了。如果家里芝麻多的话，母亲还在饼面上再撒点。

炕"土月饼"的火候也很重要，刚开始一定要在灶膛里多加点稻草，把锅烧热了。有句古语："锅不热，饼不贴。"等饼全部下锅了，赶紧盖上锅盖，小火两分钟左右，闻到香味迅速揭开锅盖，慢慢地把饼一个个翻身，再盖好锅盖小火炕两分钟。停火焖一会儿，饼起锅前把饼全部用锅铲抄起再小火炕，不停地随便翻转饼，直到香味满院子飘，饼的双面都有些微黄的颜色。这时候等候在锅台旁垂涎三尺的我们，顾不得刚出锅的热饼烫嘴又烫手，一边甩手往衣服上擦，一边不停地撕咬。母亲总会笑笑说，慢点慢点，今天保准你们吃个够。

月亮升起来了，母亲在如水的月光下摆上两盘"土月饼"，两盘我们下河塘采摘的莲藕和菱角，燃起一炷香，让我们拜月亮，还说什么"中秋不拜月，出门遭雨雪"。我们姐妹窃窃私语地说笑着妈妈的迷信，但想象着一轮皓月里，那令人神往的嫦娥仙子，我们还是恭敬虔诚地一拜。

妈妈讲的广寒宫里嫦娥、玉兔、吴刚、桂花树的故事一直让我迷恋入怀，好想也能飞到月宫里探个究竟。

嫦娥奔月的故事广为流传，家喻户晓，倒是出身于书香门第、读过私塾的妈妈讲起吴刚伐桂的故事，引得我们唏嘘不已！觉得吴刚很勇敢，很坚强，很有耐力！一棵五百丈高的大桂树，他天天不停地砍伐，可是随砍随合，永无休止的劳动，似乎他并不觉得疲倦，明明知道刚刚砍完，桂树就会自动愈合，他还在永不停息地砍下去。我总觉得他太傻了，什么也没有砍到，天天都还在那里砍，一点成就感都没有。

妈妈说，每个人犯错了都得接受惩罚，砍不断桂树，一生都要砍下去是炎帝对吴刚的惩罚。我说炎帝又没有派人在他身边监视他，他干吗要天天砍树，就不砍能怎么样？妈妈说，你做作业不认真做，条条都做错，老师又能拿你怎么样？不管做什么事情，认真做好是自己对自己最起码的要求吧。以后，你们还要走出去读书，跟别人相处，诚实是千万不能丢的。

记忆中，中秋的月亮总是格外地清澈明亮，年年中秋之时，也是收获的季节。家门口的专用场地上总是晒满了秋收的稻谷，我们围着妈妈，坐在高高的谷堆上，听妈妈讲我们百听不厌的关于月亮的故事，关于我们小时候的趣事，夜阑人静，我们还在唱歌嬉闹……

　　远去了，馨香甜蜜难忘的"土月饼"；远去了，姐妹小伙伴们月光下的迷藏嬉闹；远去了，稻谷场上妈妈月光下的故事和歌声。如今市面上各色价格不菲的月饼令人眼花缭乱，每每尝来却味同嚼蜡，怀念母亲做的"土月饼"却再不能吃到母亲炕的"土月饼"了。

一路向寒　静候花开

　　江南的冬季，总是在山长水阔处徘徊再徘徊，逶迤而来的路上漫长而又骤然。

　　静听百年香樟树树上的风声雨声，一夜间萧瑟的、寒冷的冬天就突如其来了。

　　晨起打开窗户，冬天特有的刺骨寒风扑面入怀，一个寒噤间寒气从心头起。低头看窗下，满枝丫金黄色的银杏树叶，还没有来得及尽情展示绚丽的风采，便铺满一地金黄。

　　那满地金黄的落叶，何尝不是银杏树一路向寒的过程中静候的花开花落啊。刹那间，一股震撼、大无畏的美萦绕在我的心怀。

　　一路向寒，花开花落；一路向寒，花落也是花开。

　　怀念老家的冬天，怀念儿时拖着清水鼻涕在雪地里翻滚打雪仗的趣事；怀念围坐在火盆旁小姐妹仁烤红薯，因分配不均争吵的过往；怀念放学的路上，在结冰的水塘里滑冰，一窝蜂的熊孩子们，在冰面上蹦跶得正欢的时候，冰层断裂，跑得快的孩子跑上岸，跑得慢的总有一两个失足落下冰冷的河水。

　　大家合伙捞上落水的小伙伴，把他们送回家时，总有挨顿他们父母亲训斥的经历。有火爆脾气的父母亲，顺手拿起扫把抑或竹竿或者细长的树枝，抽打几下落水的孩子。而我们也像犯了齐天大错的样子，低眉顺眼大气不敢出，生怕多说一个字，棍子也落到自己身上。当然也有脾气好的父母亲，赶紧给孩子换衣服烧热水泡脚，给孩子烧碗红糖姜水驱寒，也捎带让我们送的人喝一小碗。等我们喝完摸摸我们冻得通红的小脸蛋，语重心长地嘱咐着：乖乖，你们下次再也不要从冰上走了，冻坏了可不得了啊，赶紧回家吧。

在一路向寒中，我们在拔节疼痛中快乐地成长。

一路向寒，只为静候花开；一路向寒，只为迎接花开；一路向寒，只为享受花开。

曾几何时，风霜严寒的日子里，为墙角数枝梅花开，为那萦怀的暗香，为冷月下那孤傲、疏离的倩影，我独自徘徊在彻骨的雪后初晴里，傻愣愣地捧着一杯冰凉的红茶，遥想林逋先生"梅妻鹤子"的境界。

"众芳摇落独暄妍，占尽风情向小园；疏影横斜水清浅，暗香浮动月黄昏。霜禽欲下先偷眼，粉蝶如知合断魂；幸有微吟可相狎，不须檀板共金尊。"

我辈凡夫俗子，在物欲横流里沉浮挣扎，却再也不能有林逋先生的情怀去养鹤种梅为生。当然，西湖孤山依旧，其实孤山不孤的，如今孤山是观赏西湖风光的绝佳胜地，又是文物荟萃之处。我们除了来孤山赏梅，慨叹一下当年林逋先生的境况，也只能让时光在流年深处将孤山蹉跎成一道风景线，镌刻在心灵的屏幕上。

一路向寒，静候花开，有花儿绽放盛开的日子，夫复何求啊！

与足球共舞，与世界杯同行

——一个伪球迷自娱自乐的絮叨

四年一次的足球盛宴，四年一次的全球球迷狂欢的一个月，可以这么说，到目前为止，没有任何一项体育竞赛的全球转播覆盖率和影响力能超过世界杯的盛况和狂热的程度。

84年的辉煌历史，21届赛场拼战的实况，四年一次的赛事从欧洲到美洲到亚洲到非洲再到欧洲的循环。每一届有每一届的精彩绝伦，每一届有每一届的遗憾悲情，每一届有每一届的意想不到和悲喜两重天……

或许正是这些不确定、不可捉摸的变数，才让世界杯充满了更多的魅力和期待吧。

2018年的俄罗斯第21届世界杯32强进16强的赛事于6月14日到6月29日，在俄罗斯如火如荼地上演完了。截至6月29日凌晨，16强已经新鲜出炉，尘埃落定。

回顾近阶段，让球迷们操碎了心的球队，莫过于上届的冠亚军两支球队德国和阿根廷队。这两支被外界和球迷一直看好有夺冠实力的球队，在小组出线的赛场上，让球迷和媒体担惊受怕，站在悬崖上的阿根廷队，在小组赛第一轮中，被"北欧海盗"冰岛队逼平。次轮再遇克罗地亚队，"格子军团"用一场3∶0的完胜，几乎击溃了潘帕斯雄鹰的心理防线。整场比赛，梅西被说成在散步。末轮面对尼日利亚，梅西在开赛第 14 分钟终于打破进球荒进了一球。光有一球是远远不够的，好在曼联后卫罗霍帮助球队打入了决定比赛的绝杀，帮助潘帕斯雄鹰在最后时刻惊险晋级。希望阿根廷从跟跄的步伐中，越走越稳健。

最匪夷所思的是卫冕冠军德国队了，几十年来从未缺席 8 强的德国人小组垫底出局了，灰头土脸地结束了自己的世界杯征程。首场比赛，墨西哥人凌厉的防反，让驾驶着日耳曼战车的勒夫在莫斯科失去了方向。次轮对阵瑞典，他们仅凭借克罗斯在加时赛最后一分钟的时间里绝杀侥幸逃生。相信看过那场比赛的球迷在凌晨赛事结束后，都睡不着觉的，绝处逢生的心情欣喜之余更是沉重不堪！

太玄乎了，德国队的处境就是整个人挂在悬崖边，只有一只手死死抠住悬崖峭壁的石缝里。所幸，在挣扎的过程中，在精疲力竭的最后关头，德国人绝处逢生了，尽管双手的指甲盖都抠出了血，总算顽强地从悬崖边站起来了。

在最后对阵韩国的比赛中，"太极虎"众志成城地防守反击，2∶0 完胜德国队，爆出了本届世界杯惊天的大冷门。纵观全场比赛，德国战车就像失灵的一辆旧车，怎么找也找不到进球的方向。随着一次次角球、任意球的无功而返地被浪费掉，看球的我心里为德国队那个着急啊，恨不能上去帮着临门踢一脚。韩国队最后一球进得那个爽啊，面对全境德兵压在自己的球门口狂轰滥炸的态势，"太极虎"在打太极般防范的同时，以迅雷不及掩耳之势，偷袭了德国队的空门。

难道真的有卫冕魔咒的存在?!众星云集的德国队啊，莫斯科不相信眼泪，莫斯科有辉煌战绩的莫斯科保卫战。

看着埃及球星萨拉赫无奈忧伤的眼神，刹那间，为非洲队一个不留，统统止步在 16 强的大门外，心里顿时怅然若失，埃及 3 负，进 2 球失 6 球；摩洛哥 1 平 2 负，进 2 球失 4 球；尼日利亚 1 胜 2 负，进 3 球失 4 球；突尼斯 1 胜 2 负，进 5 球失 8 球；塞内加尔 1 胜 1 平 1 负，进 4 球失 4 球。"非洲雄鹰"终究没能展翅翔飞。期待有一天，"非洲雄鹰"叼着"大力神"杯翱翔在世界杯的赛场上。

悲情的英格兰小组赛虽然取得晋级，可我以为，三场小组赛有两场踢得乏味，尽管 6∶1 胜突尼斯，比赛踢得倒是没有多少技术含量。对阵比利时的这场球也找不出什么可圈可点的新鲜。

三战全胜的乌拉圭，进 5 球失 0 球。任意球进球率让人刮目相看的同时，对手心惊胆战。乌拉圭的防守同样令人不可小觑。"格子军团"克罗地亚队老牌劲旅，虽然以前世界杯上一直磕磕绊绊，但是，其实力和技战术一直值得对手尊重，此次，三战全胜，进 7 球失 1 球。

"欧洲红魔"比利时 3 胜，进 9 球失 2 球的战绩，大有要报当年 0∶2 被西班牙打败止步冠亚军争夺的一箭之仇。

6 月 29 日凌晨，比利时队依靠曼联旧将贾努扎伊的精彩弧线球破门，1∶0 小胜英格兰队，结束了此前 82 年来 11 次对阵三狮军团的不胜的纪录，同时也是连续两届世界杯在小组赛阶段都是三战皆胜头名出线。

日本队的出线寄托在塞内加尔的黄牌上，塞内加尔与日本同积 4 分，但因黄牌数更多，塞内加尔黯然出局。

"蓝武士"日本队在本届世界杯中的前两场小组赛中表现算非常出色的，他们在首轮的比赛中 2∶1 爆冷击败了南美豪强哥伦比亚队，拿下了亚洲球队对阵南美球队的首场胜利，随后又在第二轮与塞内加尔的强强对话中，2：2逼平了"特兰加雄狮"。
第三轮只要跟波兰队打成平局，他们就可稳稳晋级前16强。事
实上，0：1不敌波兰队败下阵来还能晋级，日本队得感谢哥伦比
亚1：0战胜了塞内加尔队。

"蓝武士"们在与波兰队一战0：1落后的情况下，后半场后
十分钟在得知哥伦比亚取胜塞内加尔后，在后场倒球磨洋工的做
派得到赛场球迷们的一片嘘声，赛后也得到日本媒体的口诛笔
伐。好在赢球晋级是硬道理，祝福亚洲唯一幸存进入前16强的
日本队，在接下来进前8的淘汰赛中打出自己的水平吧。比利时
在小组赛中可是三战全胜，日本队也没有任何可依附和侥幸
的了。

法国、葡萄牙、西班牙、巴西这三支球队虽然小组赛踢得不
算凶险，却也多少有点跌跌撞撞的。最出彩的莫过于C罗一人进
4球，一个人在跟一支球队作战的坚毅背影，让人刻骨铭心地记
得他在球场上的风采。

絮絮叨叨是伪球迷的显著特征之一，乱猜比分也是伪球迷乐
此不疲的爱好。只不过，今年的世界杯貌似套路太深，不好竞猜
比分和胜负的。32强所有的比赛结束后，大家普遍认为这届世界
杯强队不强，弱队不弱，黑马还不能全黑。赛前大家普遍看好的
冰岛队，终究还没有黑起来就摔倒了。

常有人问我足球到底有啥可看的？我说，足球的魅力在于场
上的一往无前的拼搏精神，在于一个团队的锐意进取的协作氛
围，在于不到最后一分钟都不能定输赢的不确定性，更在于为名
次、更为国家荣誉而战的崇高理念，也在于全民健身强体的一种
潮流、一种健康向上的时尚。

国人对国足伤心了几十年依旧没有死心，里皮的年薪近1.5

亿元人民币，不是人民币不值钱，足以说明的是国家对国足的重视，国人对国足雄起的期盼。那么，我们权且再给里皮、给年轻的国足一点时间吧，希望假以时日，一支英姿勃发的年轻国足，能给我们在世界杯上呈现几个盘带进球的矫健画面。

让我们与足球共舞，共舞在五大洲的土地上。翩翩舞动的足球赛场上，有我们永葆童心般的率性和美好，有我们振臂一呼的释放和追求，有我们不分国籍、不分肤色的善意和温暖，有我们对足球盛宴的享受和寄托，也有我们对精彩纷呈的赛场即人生舞台的联想和感悟。

让我们与世界杯同行，四年一次的足球盛宴，总是在红了樱桃、绿了芭蕉的季节里如期举办。仲夏的晚风里，啤酒的清香夹着小龙虾的爆辣风味，在大街小巷里弥漫，而每一场球赛行进中的酸甜苦辣，全都化作痛苦而又欢乐的溪流，汩汩流淌在我们的生命年轮上。

千里东风一梦遥

自从母亲驾鹤西去，我最伤感怕过的节日，便是中秋节。不管怎么失落，年年岁岁，中秋在思念团圆、伤感痛楚中，还得年年认认真真地准备着。

异乡生活十几载，多少酸甜苦辣，多少无奈苦楚，多少傲然一笑，仿佛恍如隔世的记忆，伴着一轮皎洁的明月，默默向天歌般在心底吟唱着一首思乡曲。

对故乡的追忆，在每个游子的心里，犹如拒绝长大的孩子，思念回忆的往事，大多定格在少年、青年最最美好的忆记里。

很久以前读过一篇回忆故乡的散文，印象最深的一句话：对故乡、对母亲最难忘的记忆，缘于我们的味蕾！初读有些愕然，细想还真的很有道理。美不美家乡水，好吃的菜永远是母亲做的家常便菜。

父亲在我读高二的那一年，溘然长逝。我在巨大的悲伤和走不出的思念中，游魂般草草地结束了我的高中生活。

想当年自负满满的我，非复旦中文系不考。时过境迁，离开考场数年，还会经常梦见考试。而且，每次都是考数学，梦中那个着急啊，快要交卷了，我还没有做几道题目，常常在沮丧中，急得醒来。醒来不免苦笑出声。数学，似乎成了我一辈子走不出的心结！如若人生可以回头，我一定勤奋苦学数学，一定实现上复旦大学的梦想。只是，一切回不到从前了。

对我的老师们，我有一百二十个歉意！笑傲江湖多年，浪迹天涯海角，虽无任何成果，却一直未敢放弃努力和追求。未敢忘记对理想誓言的承诺，未敢忘记感恩感激！

想念我儿时的伙伴，儿时月光下采摘莲蓬、菱角的往事，早已经镌刻在心灵的天幕上，一生未敢忘怀。我的一帮小伙伴啊，异乡生活的日子，我时时做梦，不想梦到你们都难！

我一直很感恩，感恩你们对我的种种好。

梅子，你是家里的独生女。你的家境比较殷实，你是你父母亲的掌上明珠。你家所有好吃的东西，有一大半都下了我的肚。春节过后的馒头干，你总是放在贴身的口袋里，如果只有三片，你一定会留给我两片。端午节的粽子、鸡蛋、鸭蛋，在我们上小学的时候，绝对算是个奢侈品，你明里暗里没有少往我书包里塞。中秋节的月饼，你用黄油纸裹了一层又一层，课间悄悄塞到我手里，让我快吃掉，不要让其他同学看见。年底你家杀猪了，你会找种种借口，拉我拖我去你家，我实在过意不去，实在不好意思再去你家蹭好吃的了，你就让你们庄台上的几个小伙伴，在岔路口把我架到你家，抬到你家。知道我最爱吃肚肺汤，你自己舍不得多喝一碗汤，总是让我多喝点。

琴儿，你送给我的一大本白纸裁定的、当年非常稀罕的一个大本子，让我从小就养成爱白纸如命的好习惯。尽管现在办公用品、白纸可以随便尽情地用，可我从来舍不得打印机只打一面地浪费用。你为送我一个大本子，跟你姐姐狠狠打架的事情，尽管现在成了我们聚会时的笑谈，但是，我心底一直有些说不出的歉意。

佳妹，我的远房小表妹，为爱情而殉情的傻妹妹，我在少年时代，所谓知识面较广的赞誉，与你家的丰富藏书有着密不可分的联系。梦境里，你总是要远行的样子，任凭我拉着你冰凉彻骨的小手，任凭我哭泣着求你不要走，你还是义无反顾、抽身决绝而去，醒来泪水打湿枕巾一片。

子建、浩民、笑彬，我中学时代的三个哥们儿，每每接到你们的电话，一定是你们相聚喝酒的时候。以至，子建夫人无不嫉妒地对我说，男人喝酒后，想给女同学打电话，足以证明这个女同学当年在他心中的地位。这话无道理也貌似有道理。我也常常跟他们仨开玩笑，当年，你们仨有一个勇敢地追我，我也不至于现如今背井离乡、颠沛流离啊！

又一年的中秋如期而至了，灯下敲打键盘的我，泪水双流……想念着我的想念，忧伤着我的忧伤，慨叹着似水年华一去永不复返。

窗外一轮明月冷冷地而又温情地注视着我，举杯，遥遥敬清风明月一杯。月儿寄相思，月儿传心语，月儿话家常。

千里东风梦一邀，月亮代表我的心！

一年又一年　归去来兮

一年一度的春节，在二月二龙抬头这个日子里，似乎才真的亦步亦趋慢慢离我们远去了。

年前年后，各种有无必要的应酬，大家都得应酬，都得一件件、一桩桩随风俗、随大流地去做好。都说过年累人，但是，年年岁岁大家在累中享受着团聚的乐趣！

这个春节，回我江苏老家看看。

腊月二十九早晨五点钟起床，收拾整理七点准时出发，开车到高速公路路口，高速封道说是雾大。回家转，睡到九点起床，再到高速路口，车子依旧堵在那里。交警说愿意等就等，不愿意等请绕道。我们坚持等，老天还算开眼，雾气很快散去。半个小时后，车子行驶在空旷的高速上，那感觉还真有点"天高任鸟飞，海阔凭鱼跃"的好感觉。

想来提前早回家的游子们已经回到家里了吧，而等到年三十免过路费的一族还要等几个小时再上路，腊月二十九的高速上畅通无阻也在情理之中了。

傍晚六点多车子开到二哥家门口，哥嫂已经等候多时，一顿丰盛的大餐转眼间放在桌子上。回家的感觉真好！真好！

年三十，老家上坟的风俗自古流传下来，家家户户上坟给过世的亲人烧纸钱，也说是送"压岁钱"。只是，2016年的年三十有点特殊，听懂地理风水的先生说，2016年的年三十不能上坟，要提前一天上坟。二哥得到消息，腊月二十九已经上过坟了，我们到底还能不能上坟，我打电话问懂地理风水的堂哥，堂哥犹豫着说，你们从外地回来，除了回家过年，最大的心愿就是想去父母亲坟上看看吧。规矩是人定的，心诚则灵，想去就去吧。我立马打电话通知住得近的小妹，吃完午饭赶紧一起上坟。

异乡漂泊二十载，想念父母亲，只能在遥远的清梦里与父母亲见面，可是，每每在梦境里，父母亲绝大多数总是不与我说话且态度冷淡如冰，醒来总是泪打枕巾。

火苗跳跃在父母亲的墓碑前，万语千言此时化作两行清泪，我跪拜在父母亲的墓碑前，向天遥祭远在天国的父母亲安好快乐。"树欲静而风不止，子欲养而亲不待"的悲凉和伤痛，只有深有体会过的人才能体会吧！

春节，在拜年中悠然而过，也只在春节中，漂泊五湖四海的亲朋好友们才能见到。

家园，对游子们来说，那是永远不变的牵挂和惦念！无论如何，　到年关能赶回老家过年才是头等大事。

我和先生都属于在异乡漂泊的游子，因为婆母的身子骨硬朗，每年春节总是以他家为主，尽管，回到遥远的北方，我跟孩子对那里的气候多有不适，可是，回家是没有什么条件可讲的。偶尔还要留在自己的异地小家过年，算起来，我回娘家过个年也得三个年头。

每次回来，故园的变化，总是让我唏嘘感慨万千！茁壮成长的孩子们，总是好奇地打量着我，把我当作陌生人，而我熟悉的面孔却越来越少了，张大妈去年"走"了，李大叔生病下不了床了，王大嫂生病去北京儿子家了，赵大哥出车祸瘫痪了……

有时候想想人挺无趣的，怎么都像庄稼一样一茬一茬的，过着过着就没了，过着过着就老矣。

跟父母亲同辈年龄差不多大的老人，我走遍整个庄子看，就还剩下88岁的吕大妈。老太太见到我很激动，握着我的手半天不肯松开，嘴里不停地念叨着往事，我跟她家小女儿英子同学，小时候上学，天天蹦蹦跳跳走她家门口的情形她都还记得。她使劲地摇着我的手说道："丫头，我都好几年没有见到你啦。你还是老样子，英子比你老多了。看来你在外面日子过得好啊，大妈为你高兴！你小时候走路都爱看书，大妈就觉得，你长大了肯定有出息的。"

我说大妈身体还很硬朗，要多保重身体！老太太平静地说，我时刻等着去见英子她爸，我比他多活了三十年，也活累了，生活条件好了，家里什么好吃的都有，我却没有什么胃口，就喜欢吃自己种的蔬菜。我也想你妈妈和一帮老邻居了，也不知道她们想我不想。

兰子，你还记得的吧，以前我和英子的四妈，我的四嫂子年轻的时候，年初一大集体放假，我们一起跟你妈妈学做绣花鞋都要吵一架。她干活比我利索，有事没事总爱说我两句，而我总是不服气，不饶她，说她多管闲事。弟兄们早就分家，各过各的小日子了，她操的哪门子闲心。

那时候，总是你妈拉架。你妈妈真是个好人啊！你妈人好看干活又精细，一有空闲，我和四嫂子就跟你妈妈学做绣花鞋。每年春节你们小姐妹仨穿着你妈妈做的绣花鞋，从庄子上手挽手走过，我们大人孩子眼珠子看得都快出来了，你妈那手艺，大妈一辈子也没有学来。我现在真想你妈和四嫂子啊，希望她们陪我吵吵架，说说话……

听着吕大妈絮絮叨叨地诉说着他们这辈人的往事，小时候庄子东头到西头，家家户户吃饭端碗串门半个庄子的点点滴滴往事浮上心头，一到过年，大人小孩们那个穷乐呵啊，吃几顿肉，家家磨点豆腐，串门时大妈、婶子们从葫芦里倒出一把瓜子塞我们手里，条件好点的再给两块水果糖，我们那种欢欣鼓舞，比现在孩子们收到一千元大红包压岁钱还要开心。

我们小姐妹仨最得意洋洋地是不管走到哪里，总有大妈婶子们和小伙伴们围观我们脚上的绣花鞋，我们在一片赞扬、赞叹声中，没少答应借绣花鞋给别的小伙伴走亲戚穿。其实，一回家，跟妈妈一说就后悔，妈妈那时要天天下地干活挣工分。绣花鞋都是妈妈就着如豆的煤油灯，千针万线熬夜赶制送给我们姐妹的新年大礼。倒是妈妈见我们纠结反而乐了，小孩子说话可要算数的啊，答应大妈婶子了的事情就不能反悔。借就借一次呗，她们又不天天借，等绣花鞋穿坏了妈妈再帮你们做就是。

岁月如风，往事如茶。如梭的光阴里，我们迎来送往着一个个日出日落……

如今老家右边邻居五子，是我远房的侄子，他是我们庄子上打工致富起来的代表，打工二十多年家里造新房，帮儿子在县城买新房，一切都忙定了，年前查出胃癌住院开刀。

我到家后便去看看他，除了让他想开点，保持好心态似乎没话可说了。以往每每春节回家，他总要给我讲述在北京、天津、上海工地上的酸甜苦辣事。他的胃就是在工地上风餐露宿二十多年留下的病根。外出赚钱不易，总是能节省一分钱就节省一分钱。

如今，五子是啥也不用愁了，胃坏了。看着他蜡黄的脸色，虚弱地弓着身子，我赶紧拿个凳子让他坐下说话。

人啊人啊，这辈子到底在求啥？

最让我感到欣慰的是左边邻居家的磊磊大朋友，明年大学毕业的他一心想着去杭州做他的产品设计工作。二十年来看着他由一个拖着清水鼻涕的毛头小子，长成玉树临风的特有文艺范的大帅哥，可谓有理想有抱负，敢想敢做，思维与众不同，见解独到深刻。

那个一直让我记挂的慧子，也长成亭亭玉立的大姑娘了，她是五子的侄女，她的父亲明子 28 岁得胃窦癌去世，慧子才 3 周岁。

慧子两周岁左右，我在娘家带我家小顽童，慧子就是我的跟屁虫，家里有好吃的，我总想着给她拿点。她对我亲近有加，我空闲也带着她跟八个月的小顽童一起讲故事、读儿歌，背诵简单的唐诗。只可惜，二十年后的再相见，我提起这一切，她说一点记忆都没有了，搞得我伤感唏嘘不已！或许，也不能怪她吧，她4 岁因母亲再嫁就离开了这个庄子，小时候的事情，母亲一直不去提过去的悲伤，慧子彻底忘记这里的琐事，也在情理之中吧。

姐妹们相聚，家家走一圈，同学也只叫了三两个小聚一下。五天，年一眨眼就远去了，因着老家年初四晚上的一场小雪，年初五早晨五点钟，我们赶紧起床往家赶，生怕大雪封路，赶不回来上班。

一年又一年，我们行进在人生的征程上，所有的庸常琐碎，在流年光阴背后，让我们在静默中成长，慨叹着"归去来兮"的重复；一年又一年，我们眷念着、怀旧着曾经清贫而又美好的过往，流水有痕、花开无声的年轮上，镌刻着我们闪亮的记忆；一年又一年啊，我们追逐着梦想和信念，沉淀着是非恩怨，只愿我们的日子鲜活灵动、如愿以偿。

　　庸碌的众生之所以渴望远方诗意的生活，是因为每个人都有个理想的情结。一直觉得风花雪月不是用来读的，而是用来享受和经历的！沧海桑田不是用来走的，而是用来在天涯海角回眸一笑时感悟的！人的一生在沧海桑田面前，犹如喝杯清茶的工夫。珍惜值得珍惜的一切吧！转瞬即逝的光阴，让你我都成陌路！

心有猛虎　细嗅蔷薇

　　"我心里有猛虎，在细嗅蔷薇"，这是英国诗人西格夫里·萨松曾写过的不朽警句。这就是说，人性是有两面的，而两两相对的人性本质又是调和的。

　　每每看到"心有猛虎，细嗅蔷薇。盛宴之后，泪流满面"，总会让我想起鲁迅先生的《答客诮》一诗："无情未必真豪杰，怜子如何不丈夫？知否兴风狂啸者，回眸时看小於菟。"

　　人的一生自己所扮演的角色是多层面的，每个人在不同年龄阶段，在经历一系列的悲欢离合之后，在承受生命不能承受之重之后，对生活、对世事、对人世间的苦乐年华都会有不同的感悟和体验。所以说，人，时时刻刻都是在变化的，我们平时给每个人的性格总喜欢相对的定位，外向的、内向的、内偏外、外偏内、中性的等等，那也只是一个大概罢了。人是最复杂多变的高级感情动物。因为，他们有思想，所以，他们常常让人捉摸不定。都说恋爱中的女子的性情是天空中变化多端的云彩，其实，敏感细腻的情思不是女人的专利，男人，有血有肉的男人也同样会情绪化。只不过，他们常常用一个坚硬的外壳把自己紧紧包裹起来罢了，"男儿有泪不轻弹，只是未到伤心处"而已。

　　想起华仔的一首经典歌曲《男人哭吧不是罪》。"男人哭吧哭吧哭吧不是罪／再强的人也有权利去疲惫／背后若只剩心碎／做人何必惊得那么狼狈/男人哭吧哭吧哭吧不是罪/尝尝阔别已久眼泪的滋味/就算下雨也是一种美/不如好好把握这个机会/痛哭一回/不是罪。"男人从呱呱落地就被冠上男子汉的美誉，他们最终的选择是坚强，永不服输地活着，争强好胜也成了男人一生的标签。据科学统计，男人平日里不会生什么小毛病，一旦生病就是大毛病。而女人一生小毛病不断，生大病的概率并没有男人高，可见男女的生活成本和压力还是不一样的。还有，女人爱哭，可以尽情发泄，从医学角度上讲有利于健康，而男人死要面子活受罪，好像铁人似的不轻易流泪，其实对身体很不好。

看来做个男人虽然挺好，但是真的很累啊！女人相对来说要轻松一些，古人云：女子无才便是德。结婚后的女子，绝大多数把老公和孩子伺候好就行了，即便有几个商界政界的女强人不停地蹦跶，做出卓尔不群的业绩，他们大多数要不是离婚，要不就是一辈子单身。总之，事业辉煌、家庭幸福的女人少之甚少的，她们是女人中的极品，是男人眼中的翘楚。

心有猛虎，细嗅蔷薇，是每个人人性人心的真实写照。我们在物欲横流、喧嚣纷扰的尘世里，一生都在努力，在奋斗，在徘徊，在挣扎。人的一生，欲望就像沟壑一样，始终是纵横交错、盘根错节的。我们逃脱不了既定的宿命，也不能超越这个尘世。但是，我们可以自己给自己一颗较为平和安定的心，怎么过都是一辈子，那么自己给自己安排一个不要太憋屈的生活流程，自己给自己一个好心情。苦短的日月年华里，我们哭笑着，自己不断否定着自己，又不断地肯定着自己，我想这就是"盛宴之后，泪流满面"的最高境界吧。

浮生如梦吗？四月的蔷薇花在酝酿着朵朵蓓蕾了。蔷薇的芬芳清香，年年岁岁萦绕在我们心灵的墙头上，猛虎的性情也深深隐藏在蔷薇花开放的藤蔓下，相伴我们生生世世！

心若相知　无言亦默契

——写给萍儿

　　萍儿，掐指算来，我们已经八年没有见面。没有想到，再见你时你已住在上海的一家大医院里。

　　二十八年前，你我同窗三载，同一个被窝筒里取暖，同一束灯光下苦读，我们形影不离，嬉闹争吵。当然，每次都是以你妥协、让着我收场。每吵一次再和好，似乎我们的友情更深厚一分。也记不清为什么闹脾气了，现在想来无非是小女生们耍耍小性子的一地鸡毛的琐碎。有时候，为一句不顺耳的话；有时候，为同学之间的争执，我们俩达不成共识；有时候，为对方说话语气和不耐烦的眼神……总之，小女生的姐妹淘，就像恋人间那样敏感多疑，是那般在乎彼此的感受。

　　二十八个春秋，短暂而漫长，生活在异乡的我间断也会联系你，只是联系越来越少。讲真话，我怕跟你联系，我怕岁月的沧桑，让我们面目全非，再也找不到我们当初那份相知、相勉的好感觉！对你，我一直心存很多的抱怨，抱怨你太善良柔弱，凡事总为他人着想，活得太累！抱怨你多愁善感的性格，时过境迁依然没有什么变化，在自我狭小的小圈子里徘徊太久！抱怨你，我一大箩筐的所谓忠言，你没有听进去几句。

　　或许你是怕我担心你，或许你也在心底，抱怨我这些年越来越不理解你吧，你在上海动大手术这件大事，你没有直接告诉我，而是由我们共同的朋友英子告诉我的。当我知道后，我如坐针毡，万分焦急，我首先想到的是赶紧跟我们当年的一帮老同学联系，希望大家都来关心你。在你手术的前夜，我辗转反侧，夜不能寐。我终于明白，在我的生命里，我一直无法把你给淡忘，也一直没有把你给忘怀！

萍儿，又是一年春来到。虽然今年的春像患上打摆子病似的，忽冷忽热，可是，春的脚步还是一路逶迤着来到了我们的面前。你看那黄黄的油菜花，一片片黄得耀眼夺目。我们当年晨读和晚读的读书声，一直飘荡在油菜地里，伴着油菜花的清香，弥漫在我们记忆的天空里。也还记得学校小花园的一排桃树，春天来临，桃花夭夭，我常常戏谑地说：你的脸如那一朵朵粉白的桃花。

跟你在一起的三年，我那熊脾气不好，多是你在包容我，理解我的。一个多读几本小说和散文的所谓文艺范的女生，难免总会自以为是，清高自诩，目下无尘的。我动辄给你甩脸子，印象中最深的一件事，我又不知哪根筋搭错，虽然天天晚上跟你一个被窝筒里睡觉，就是拉着脸不跟你说一句话。你一开始还小心翼翼地把饼干、苹果好吃的偷偷往我枕头旁边塞，后来，见我不吃，如数又扔回你枕头旁，便也生气不理睬我了。我见过你偷偷抹过泪，其实，我也偷偷抹过泪，可就是不愿意搭理你。

记得那个春天也像今年一样倒春寒得厉害，一会儿夏天般的燥热，一会冬天般的阴冷。我们俩盖的棉被一会儿一床，一会儿两床。有次，我先躺下，盖一床被子虽然也感觉到稍微有点凉，可就是懒得起床加被子。你睡到半夜冻醒了，起来穿毛衣毛裤睡。后来，我们俩和好，我问你，你怕冷，为何临睡前不加床被子？你说，你怕我怕热，怕加被子我睡不好。多年后，想起这一幕，我依旧感动得有泪轻盈。

夏日暑期来临时，是我们最为欢呼雀跃的时候，因为，暑假里我们可以尽情地玩耍了。一般暑假，你要来我家待二十天，我也要去你家过半个月的。你总是记得，我母亲对你的好，每每你来我家，我母亲总是把饭菜端到房间里给我们俩吃，杀只鸡也是拣有肉的几块放到我们碗里。我家屋后的竹林里承载着我们多少欢歌笑语和对未来美好的憧憬啊！我家门前的小溪，我们一起捉鱼虾，泥猴样浑身透湿的模样，永远镌刻在我心灵的屏幕上。我也喜欢去你家，听你奶奶幽默风趣地讲故事，我们俩带着你的弟弟和妹妹一起去赶集。一路上，我们银铃般的笑声一直回响在我耳畔。熙熙攘攘的集镇上，我们满载而归乐陶陶。

秋天来临，我一直记得我们学校小花园的园门口一溜排怒放的秋菊，白的、黄的、粉的、紫红的，煞是惹人喜爱！每每路过，我们俩一定会蹲下来，轻抚花瓣，明志似的共同勉励，我们以后一定要学习菊的品质。为此，我送过你一个雅号"颖菊"。毕业后的书信和明信片上，我一直称呼你"颖菊"。我一直认为菊花是名副其实的"芳熏百草，色艳群英"。多年后，我写过一首菊花诗："菊言心事蝶翩飞，娇媚傲霜为故知。无边清香浸满园，清梦尽头月笑痴。"

忘不了那个寒冷的冬天，你帮我梳辫子、洗衣服。

每年一到冬天，我双手双脚冻疮害得厉害。双手双脚没有一处是好皮肤，肿胀疼痛，有时候还流脓流血。最厉害的一年，双手皮肤全部溃烂，辫子都梳不了，是你不怕麻烦，帮我梳头一冬天。第二年我再不好意思给你添麻烦，自己剪成"童花头"。

萍儿，你的温婉聪慧、善解人意，在我高二慈父溘然离世后那段痛不欲生的日子里，给予了我莫大的精神安慰。远去的那些岁月何曾远离过我的记忆，流逝的光阴何曾让我忘怀你我的情谊。这些年我们无言亦相知，心灵的牵挂源远流长。

萍儿，你大难不死必有后福！祝福你早日康复！祝福你的后半生精彩无限！

让万语千言的祝福和牵挂，随着清风明月去慰藉你，希望我们曾经在香樟树下许下的承诺和梦想都能成真！敲打键盘处，窗外的香樟树花儿散发出缕缕淡淡的清香。

跟嫂子一起晒书的那些年

承蒙大家常常恭维我"腹有诗书气自华"，那意思是肯定我喜欢读书，读过几卷书吧。当然，除了这句文绉绉的认可，我从头到脚仔仔细细地看着自己，似乎还真没有其他特长和特色了。

这年头，对年轻年老的女性，大家统称"美女"，到底有几个是真美女，大家心知肚明。一直认为夸一个女人气质好！事实上是这个女人没有其他可夸的。必须得承认的一点，爱读书的女人，气质没有几个不好的！当然，气质好的女人也不一定喜欢读书。

这年头，在举国皆股民，全家皆炒股，人人一部智能手机玩微信、玩游戏的年代，到底还有几人能够心平气和，每个月能坚持读一本新书的？我以为真的不多了！当然，那些做学问的学子、教授、专家不在其列。

很惭愧，当年三天不读书就备感百无聊赖、没着没落的我，在不知不觉中自己把自己给弄丢了。当年，每每微薄的工资拿到手，第一个想去的地方必是小县城的新华书店。后来，工作的需要，常常行走在陌生的大城市，每次出差回来，旅行包里沉重不堪的都是在外面淘回来的宝贝书。母亲总是很心疼我，怕细高挑

的我，汽车转火车再转轮船太辛苦，总是说我吃饭不长肉是因为
每晚读书太晚，是因为出差总是舍不得吃好吃的，省下钱买书，
日子过得太苦。

90年代中期的江苏农村，条件稍微好点的家庭，流行请木工
回家打两个大衣橱。放棉絮挂衣服，让家里乱堆放的头头脑脑的
杂物都可以藏在衣橱中。反正，大衣橱在当时的农村是个时髦的
物件。我家有油漆成中黄色的两个大衣橱，中间一扇固定的穿衣
镜，旁边两扇开启自如的门，门上还有金鱼戏水和绿草盈盈的
画。什么宝贝放进去，把两个暗锁一锁，既安全又漂亮。

自从我家有了这两个大衣橱，平日里亲如姐妹的嫂子、从未
红过脸的嫂子，时不时会为我家大衣橱到底是摆放衣物，还是摆
放我买的乱七八糟一大堆书而争执不下。她总是说，你自己买的
书，床头放不下，桌子放不下，你就放床底下，反正大衣橱不是
给你放书用的。我说，书比你那些破布烂棉花值钱多了，放床底
下，梅雨季节很潮湿，发霉不说，还会有老鼠来啃的。书，当然
要放大衣橱里。旧衣服旧棉絮不是堆放在墙角柜子、凳子上多少
年都安然无恙吗？嫂子委屈地说，那么打大衣橱究竟为了什么？
我说就是为了给我收藏书用的。书，放在大衣橱里多安全，不潮
湿不会被老鼠啃，最为开心的是很隐秘，从此以后，我不必为谁
借书不还给我而烦恼。我家散放的书，被顺手牵羊的还少吗？

最终，嫂子认输，腾出一个大衣橱专门给我放书。

每年夏天，嫂子都要帮我晒一次书，我们俩选择盛夏干燥又
热浪滔天的日子，把大衣橱里的书，一摞摞捣鼓出来，放在大扁
子里，放在草席上，中途还要翻晒。嫂子常常捧一本书低头深情
地嗅闻着油墨散发出的书香，幽幽地跟我说："兰子，我真羡慕
你，能读这么多书。我大字不识几个，却喜欢你们读书人。每次

听你跟我讲书里的故事，我就会很骄傲，觉得我这小姑子真能干，懂得真多。还有，我最开心的是你每次去上海、北京出差给我带回来的布料和衣服，村里小媳妇们那个嫉妒哟，我看她们眼睛珠子都快瞪出来了。"

下午四点钟光景开始又一摞摞往房间里搬，死沉沉的书，一天折腾下来，累得我跟嫂子汗流浃背，快喘不过气来。嫂子总要调侃我一番："我帮你晒书，要晒到何时是个头啊？你不会不找对象嫁给书吧。新姑爷在哪里，快来帮帮忙！兰子，我跟你哥都没文化也穷的，以后我们没有嫁妆给你，就把这些书做陪嫁啦。"

我捅了嫂子一拳笑道："你好意思这般说？这些书，都是我自己赚钱买回来的，跟你有一毛钱关系吗？"嫂子回敬道："你个没良心的，你何时跟我和你哥分家啦？你的这些书，可是我们家共同的财产！你再嘴硬，到时你出嫁，一本书都别想拉走，全部留给你侄儿、侄女看。"

浪迹漂泊异乡二十载，一路走过，一路买书，家里那满满一大衣橱，上千本的藏书，我真的一本都没有带出来。现在，每到盛夏，依旧要电话提醒嫂子晒书。嫂子总说，你赶紧回老家拉走吧，我快晒不动你的藏书了。

如今，我有幸跟浙江师范大学毗邻而居，大学图书馆就有我的死党在里面供职，要看什么样的好书如囊中取物般容易！可是，读的书却愈发稀少了。回想当年，游历五湖四海买书、背书回家的往事，在世界读书日的今天，在这个还寒意袭人的暮春深夜，禁不住惭愧地直冒冷汗！真的是书非借不能读吗？

"臭美疯子"们的美好生活

——写给嵋和瑞

　　嵋是我的老同学加死党。小时候，她一直"巴结"我，跟在我后面转，我想搭理她的时候就搭理她，不想搭理她，她亦不恼火，还是跟在我后面转。长大后她突然彻底反抗，总跟我互掐着，哪知越掐两人越投缘，越掐两人感情越深。她母亲曾经发感慨，谁都拿她这个脾气倔强、贪玩的小女儿没有办法，唯有兰子的话管用。

　　昨晚临睡前我们谈论女人容易老的话题，她发来一条短信笑喷我："头可断，血可流，形象不能毁！形象大于生命！哦耶！"

　　我们一直说她长不大，她似乎也一直拒绝长大的，什么时髦的衣服都舍得买都敢穿。还别说，当初她瞎搭配瞎琢磨，随着年龄的增长越穿越有味道。我们几个刚开始偷偷叫她"臭美疯子"，后来干脆当面叫开了，她也不生气，总是哈哈一笑，女人如果连"臭美"都不知道，还叫女人吗？平日里她总是一副大大咧咧的架势，其实，心如发丝，同学朋友谁有困难只要她能帮上忙的，她总是力所能及地去帮助别人。

　　她在县城一所中学当英语老师。大多数家长，一般都会为孩子的英语差而着急，因为，别的科目多少还能帮助孩子补补，唯独英语往往束手无策。于是，貌似贪玩的嵋老师，总是在幽默风趣中，让孩子们不知不觉喜欢上英语的嵋老师，一下子就非常吃香。老同学、老朋友的孩子更是要放在她的班上，暑假找她帮孩子辅导英语的家长排成队。性格豪爽的她，对熟人朋友总不好意思收全额的辅导费，于是，她一直年年带补习班，年年没有发财。她老家的邻居，小学初中同学来找到她，她更不好意思收费。于是，每年暑假去她家玩，我们会发现她家大院子的角落栅栏里活鸡活鸭成群，嘎嘎叫。我们常常开玩笑，她家开养鸡养鸭场了。她说没办法啊，老熟人都是一番心意，说家里养的土鸡土鸭好吃，末了还会向我们"兜售"，还说，吃完再来拿啊，管够。

我常常感慨我离她太远了，总不能沾到她的便宜。她总说等你老了退休了，把我们家楼上让出一层，给你们老两口住，我天天烧好吃的给你们吃，一定让你把光给沾够了。提起烧菜，她真有一绝，我常常叹服她乱炖的高水平，总之不成章法的烧菜方法，总能够被她发挥到极致，不可思议的搭配烧法，更是让你大跌眼镜！可是，鲜美合口的美味佳肴，我们也只能承认，她烧菜的水平是高老庄的"高"！

瑞，是我来金华结识的另一个温婉可人、贤淑美丽而又多才多艺的"臭美疯子"朋友。美术系毕业的高才生，却一直做着跟美术无关的工作，爱自由爱旅游的她，选择在一家大品牌化妆品行业做市场部经理。谁都没有想到，纤柔的她，把她的业务打理得风生水起，潇潇洒洒。

也许是跟她四年的大学专业有关，她对衣服的颜色、款式和各种风格的搭配可谓尽善尽美。我们买衣服一般都拉着她当参谋，当然只是她的意见很重要，我们还有我们自己的原则。

她家的宝贝女儿，被她打扮得像公主一样，小姑娘上小学四年级，已经参加过两部电视剧的拍摄，我们拭目以待她成为小明星。她的先生是位音乐老师，钢琴弹得超棒，一家子常常参加地方演出活动。

我常常跟瑞开玩笑，羡慕她三十多岁了，还做着她妈妈的小公主。她母亲一直帮她家打理家务，她一直过着"衣来伸手，饭来张口"的大小姐生活。为此，我跟她约定，等她女儿长大嫁到我家，一定让她尝尝当煮饭婆的滋味。她呵呵一笑，我怕你行了吧，你们家雇保姆的钱我出了，让我烧饭的差事，求求你免了吧。

周末我跟另一个朋友月虹约她逛街，她要处理一些工作事务，不能一起逛，说争取尽快处理完来找我们。中途我们俩光顾着说话，没有听见她打来电话，半个多小时，才发现她打来电话，一回拨，她说你们俩火速过来，我看中了一件大衣。我们说看中你就买啦，她说不行一定要速来，我先回家加件衣服，天气凉了。等我们从江北赶到江南，等她回家加件衣服，再去那家专卖店，她看中的大衣被别人买走了，那个懊悔啊，把我们俩恨得牙痒痒地说，我们不接电话害死她了。我说，你少衣服吗？你家衣橱里，一次没有穿过的大衣，估计我能拽出来好几件来。她调皮地一笑，臭美无极限！

写到此她发来日志上的一段话："今天，LG 当了一回摄影师，水平还不错啊。只是发现镜头里的自己，比起五年前已经老去很多了，感叹岁月的无情，不知从什么时候起开始不敢过生日了。时间总是走得匆匆，当发现时青春已经不再，但还是努力着学会过滤，学着从容，学着淡定，学着让自己做个精致的女人，心怀美好，不要让自己的心慌来慌去，在我们白发苍苍的那天可以对镜中的自己说：'做女人，真好！'"

是啊，做女人真好！祝福我的两位好朋友，祝福两位"臭美疯子"越过越年轻！光阴无情流逝，可是，我们的"臭美"我们做主！岁月的利剑可以雕刻我们脸上的皱纹，但是雕刻不掉我们对美丽的向往和追求！

把毕淑敏的话送给她们，也送给所有爱生活爱美丽的朋友："美丽是一种天赋，自信却像树苗一样，可以播种可以培植可以蔚然成林可以直到天荒地老。"

陪你笑看千山暮雪　落日雨霞

昨日跟几个美女同事开车去乡下小聚。

女人们的话题，永远离不开情感，离不开家庭和婚姻生活。女人的感性程度由此可见一斑。

女人们的一生谁不期盼找一个生死相依、琴瑟和鸣的如意郎君?! 谁不希望找一个相知相恋、携手风雨的知心爱人?! 谁不期待有个懂她、爱她、宠她的男人，随时随地在她身边嘘寒问暖?!

其实，这只是理想王国中的爱情，只是自己一辈子不能实现的心意的随想，只是在庸常流年里，自己阅读日记般地回顾自己情感的诉求吧。

陪你笑看千山暮雪，回归到现实中来，你得有银子有票子，有闲情有逸致，有品位有风雅。陪你看落日雨霞，你得有风花雪月的情调，你得有悲悯向上、向善、灵动的情怀，你得有能把石头焐得开花的诗心禅意。

现实的日子是现实的，绝大多数都是清汤寡水般地寡淡而又无奈。

莲子说她同学加闺密是个非常聪明的要强的女子，大学毕业后又顺风顺水地读完研，考出各式各样的难考的证件，即便她坐在家里，那些证件挂在别人的公司，每年都有不少的进账。

她坐月子都在苦读，落下了月子病。听老人说月子病只有再坐月子才能把病除根，于是，她又生二胎。生二胎也没能如愿以偿把月子病给根治好。女人，有两个孩子够忙碌，哪知忙中出差错，她又怀孕了，因为忙，没有时间顾及去医院打胎，等到稍微清闲点，已经五六个月，她又舍不得打掉了，于是，又生下小三子。现在，她老公不管她，她一个人带三个孩子，身体不好，经济压力很大很辛苦！

我问，她老公为何不管她？凭什么不管她？可以不管你同学，三个孩子他有必管的义务和责任！

莲子说，他们俩是经过别人介绍认识的，我这个女同学只顾读书，当时，年龄大了，有个经济条件不错的男人也就嫁了。我说你觉得你这个同学真的很聪明吗，莲子说当然很聪明啦！我们都考不出来的证件，她不费吹灰之力都能考出来了！而且，一口气生三个孩子，我们都没有这个勇气的！不过，她现在日子不好过的，老公都不肯给孩子拿生活费！

我哑然失笑，不想多说什么了。一个高智商的女人，把日子过成这样，有什么值得羡慕的吗？

婚姻原本脆弱，没有恋爱基础，只为年龄大了，为结婚而结婚的婚姻更为脆弱不堪！

我常常跟身边年轻的 90 后的小美女们调侃，我们中国有句古语：钓得金龟婿！这个金龟婿，其实，不是钓鱼得来，而是你们自身的综合素质和人品吸引而来的！你自己都不优秀，你凭什么要求别人优秀？！一个优秀的男人，你能薅得住吗？男人又凭什么待你好！待你一往情深深几许?！

　　婚姻的磨砺，让人在无形中会面目全非，婚姻的无奈和彼此的两两相厌，会让人陷进万劫不复的苦痛深渊！婚姻的庸碌，会让人觉得日子的折磨如上刀山下火海。而中国式的婚姻，大多数又在凑合中，为了孩子，苟延残喘着！也有相当一部分为家庭，被所谓名誉和面子所累，都懒得折腾离婚了。世人皆凑合，我们也就凑合吧。

　　有人说婚姻是爱情的坟墓！那么，婚后漫长的岁月里，谁陪你一起看千山暮雪，看落日雨霞。

　　流年似水，日月沧桑。日子的乏味庸碌，时间的残酷无情，在每个人的生命履历上，雕刻着美好浪漫而又一地狼藉的四季风景。

　　无论如何，于我们女人一生的执着不变的情怀元素里，总渴望有个相濡以沫的恋人，能够在经历岁月的坎坷和磨难后，有人陪伴自己笑看千山暮雪，日落雨霞。

　　其实，没有也无妨！回到莲子的那个高智商同学的处境上来，我倒是希望她走法律程序，讨回孩子们的生活费。然后，她尽心尽力陪伴她的孩子们一起成长。我相信经过婚姻如此大的变故，她的心智一定会成熟起来的，一定也已经学会了多爱自己一些！然后再找个合适的人，好好恋爱一次，弥补年轻时忙学业，不懂爱情，没有好好谈情说爱的那一课。

　　陪你笑看千山暮雪，日落雨霞，说白了是我们大家心里的一份田园牧歌式的美好情愫和挥之不去的意念。正因为现实生活纷繁芜杂，现实生活喧嚣无奈，现实生活物欲横流，我们才尤其注重、渴慕那份闲云野鹤般的浪漫和情调，我们才心之神往而心戚戚焉，我们才固执得偏执，如苦行僧般在精神的世界里苦苦追逐。去追逐那个不入凡尘的精神恋人，去追逐那个完美的心之恋、情之依的所谓"白马王子"，去追逐那个虚无缥缈的恋爱中的完美的情人。

世间本无完美，更无完美之人！那么，请在流年深处，多多善待自己，爱惜自己！一个人的世界也可以去看千山暮雪，日落雨霞。

只闻花香　不谈悲喜

　　现如今一个个经历坎坷、阅历丰富，颇具传奇的精英朋友遇到一起，走马过招后，常常会相互调侃一句："都是千年的狐狸，你玩什么聊斋。"这句话原本是蔡明在春晚小品《想跳就跳》里的一句经典台词。

　　是啊，狐狸修炼千年才能成精，幻化成人形。职场上的有识之士，游刃有余的能人和精英们，谁又不是经历千难万险，闯过刀山火海，才拥有各自一片在旁观者眼里呈现的灿烂辉煌的新天地。

　　我历来敬重、佩服那些将自己的"血泪故事"深藏心海，大起大落后，淡定地"只闻花香，不谈悲喜"的朋友。

　　老乐和石尚就属于这类朋友中的典型代表吧。

　　老乐大哥，我们常常叫他"海龟"。他在原北京军区大院长大，当过兵，扛过枪，做过工人，留过洋，下过海，从大富大贵到平平淡淡地背着一相机，满北京、满大街地溜达找乐，其实，也就在弹指一挥间。

　　我时常问他后悔不后悔自己走到今天这一步，他总是乐呵呵地说，所有的人生之路都是自己用脚、用心一寸寸地丈量着走过来的，我问心无愧，坦荡过好三碗炸酱面的每一天足矣！

老乐是个美食家，爱熬酱，他熬制出来的炸酱拌面，让不怎么爱吃面条的我，一顿恨不能吃两大海碗才解馋。那年带我家顽童进京，临别之时，他拿出两大罐自己熬好的炸酱，让顽童如获至宝。

他的快乐源于他的心安理得和淡定从容吧。他常常说，每天早晨醒来，看到窗棂上的阳光，他就很快乐无比，因为，他又赚住多活一天。

他原本可以留在澳洲，因为，他的整个家族都在澳洲。可他梦魂萦绕着他生命中的老北京城，宁愿回来呼吸着雾霾，还是义无反顾地回到了生他养他的老地盘。

如果您到北京，看见一个精神矍铄，面带笑意，背着一个照相机，骑着他的"电驴子"穿梭在北京的大街小巷，不停地拍摄、不停地走走停停、不停地在风景优美的景点若有所思，且一口老北京腔热情跟您打招呼的人，便一定是老乐是也。

石尚，可谓一个在大风大浪里泅渡、淘沙后，千金散去还豁达的一个贤达明旷之人。

他的父母亲下放在大西北，他跟当中学校长的爷爷和当小学校长的奶奶长大，也算是饱读诗书无数卷吧。

他中规中矩地读个大专，这对一个 60 年代末期的人来说，有分配的工作，也算有个铁饭碗了。可他，不甘平庸，喜欢折腾。于是，折腾辗转二十多年，做企划，做营销，做广告设计，做外贸，反正当年时髦、吃香的行业他都做过，也还真赚了几桶金。

对于一个靠自己白手起家，拥有千万资产的平民百姓，该自豪，该欣慰，该收手吧？可是，他的书生气、他的仗义豪爽气、他的仁义慈悲心，终始得他做外贸公司，别人欠了他的货款逃之夭夭。他不忍心欠别人的账，于是，变卖家中所有房产豪车，把千万资产彻彻底底散尽后，开始在租赁的蜗居里面壁思过。

蜗居近两年的疗伤，最近听他的关于"桂花传奇"的设计理念和故事，我坚信不久的将来，石尚的艳阳天一定会如期来临！

一个敢于承担、敢于面对一切窘困，敢于直面自己淋漓的伤口汩汩直冒鲜血的男人，相信皇天后土不会辜负他。

他泡制的桂花酒、桂花茶可谓一绝。一个在他人生的最低谷，在他的十八层炼狱里，还依旧有浅浅的笑容和盈盈温暖给别人的君子，一个面对所有的挫折和失败，所有的苦痛和黯然都能做到"只闻花香，不谈悲喜"的人，何愁他的人生之路不能迎来"柳暗花明又一村"的全新境界呢？

我们行走在人生的四季，阳光明媚和凄风苦雨的日子，总是交替着陪伴在我们的身边。

将心事诉与风月听，在月朗星稀的夜晚独上高楼，那一轮从秦朝逶迤而来的明月啊，早将人世的苍凉和悲情铭记于心。月无言，那是月儿见证了太多的人情冷暖，世态炎凉后，以缄默将所有的悲喜溶化在无边的月色里。那一缕从汉朝吹拂而来的凉风啊，蹒跚着跨过一道道世纪大门，多少天外的传奇故事，早就让风儿知晓"走过去，前面是个天"。风无语，因为，再多的语言在花香面前都是苍白无力的！

花香的世界，没有悲喜，只有欣赏和静默。

只闻花香，不谈悲喜。悲喜的流年里，有花香相伴，夫复何求?！

跋一

淳朴恬澹　本色天然
——读柏兰散文集《山谷幽兰》
王基高

　　柏兰散文集《山谷幽兰》，好读。这是柏兰生命中出版的第一本文学集子，可谓出手不凡；这是一本 420 多页 30 万字的大书，风韵隽永的清新书香扑面而来，一经开读，欲罢不能，一气呵成地读完一遍，放置数日，还会想起，还会回味，还会再读。柏兰的散文娓娓道来，并无虚饰，是个人生活及精神世界的真实体现，也是其散文风貌和审美诉求的整体呈示。她将自己对生活的感受诉诸笔端，抚今追昔，精心构思，纤笔一枝，深情书写，饱含人文情怀，记录下了生命的无奈和庄严、飞扬和沉浸、轻盈和稳重、坦诚和开阔、卑微与珍贵；作者有着敏感精细的观察力，将生活之细节剪裁适当，从容形之于笔下，一如手法纯熟的画家创作工笔画，一笔笔皆细腻描绘。入集的散文中，多为精短活泼、清新隽永的千字小品，像一颗颗晶莹剔透的金华玉石，其中有生活，有知识，有视野，有深情，有个性，有思想，有灵感，有智慧，蕴藏与折射作者心中那个五彩斑斓又无所不包的大千世界。

　　阅读《山谷幽兰》，温馨文字浸润着心扉，仿佛与一位勤奋学习、笔耕不辍的写作者和思考者对话，分享创作的乐趣，汲取文字的力量。

一

　　柏兰认为，写作就是心灵的歌唱。收录在《山谷幽兰》中的96篇散文，尽管分为"一杯清酒邀易安""往事如茶""流年拾荒""信笔游疆""等你踏香而来""不老的文字"六卷，书写作者几十年人生历程、处世智慧以及灵魂深处最本真、最深情、最动人的点点滴滴，然而总的基调却大都是对生养她的故乡的深情凝望，重新打量记忆深处的碎片，并寄予了浓浓的悲悯情怀。

　　诗人余光中说乡愁，是一枚小小的邮票，是一张窄窄的船票，是一方矮矮的坟墓，是一湾浅浅的海峡。我们从出生那天起，就站立故乡的土地，呼吸故乡的空气，聆听长辈讲述的故事，故土陶冶性情，融合成生命的一部分。我们无论置身何处，都会涌起挥之不去的乡愁。乡愁是根，是魂。如同祖辈所栽庭院古树，年深岁久，经冬弥茂，给我们无尽的温暖与激励。作者的笔触沉浸于亲情浓郁的故乡，"我的故乡是个三面环水的鱼米之乡，水乡的风景、风情、风俗、风骨，于我从小耳濡目染。"作者面对一片浩渺寥廓的湖水，没有大海的巨浪滔天，也没有溪流的澄澈清浅，而是旷远安宁，静水深流。故乡的云水景致，宛若仙境，"金湖白马湖桃花岛，慕煞了南来北往的多少游人，更是给我无边的清梦增添了几许绮丽的风光。"她的故乡不光有好的风景，更有对她恩重如山的父母，有可亲可爱的兄弟姐妹，有她敬重的长辈、老师、同学、朋友，她熟悉他们，了解他们，外出工作后魂牵梦绕的也是他们，她浓墨重彩地书写他们，点点滴滴都是情。她巧妙发挥散文的文体优势，像一位知识丰富的导读者，艺术化、个性化地为我们讲述那遥远又亲近的故乡的故事。
"露从今夜白，月是故乡明"，柏兰以对家乡的挚爱，成就了这本
散文集的灵魂。

　　"一直喜欢薄暮黄昏的宁静和悠远的意境！小时候，盛夏时
节，常常追着夕阳跑到河边，傻傻地、静静地坐在河岸边，好想
潜入水中去捞起那一轮绚丽缤纷的夕阳。直到最后一抹柔和的光
线消失殆尽在望不尽的天边，真想跑到天边去看看，吞没太阳的
地方到底是什么样子！"（《夕阳思故乡》）作者以饱含情感的审
美目光回望故乡。在最直观的意义上，我更愿意把"往事如茶"
这一板块形容为"乡村生活撷英"：它的内容如此丰富，对故乡
的不同侧面，如地理风光、资源物产、生活生产、民风民俗等，
都有意无意地进行了细致的甚至带有博物学色彩的呈现。"常常
喜欢一个人默默地在村头溜达，看夕阳西下，看炊烟袅袅升起。
只要炊烟一升起，这个家庭立马充满了生机！乡村的俗语：这家
冷锅冷灶的，日子肯定过得不尽如人意。一个家庭，厨房里热气
腾腾，小日子一定是红红火火、蒸蒸日上的！这也是我幼小的心
灵深处，为什么对炊烟袅袅有如此厚重情结的缘由吧。"（《向晚
处　炊烟袅袅入梦来》）

　　作者在书中不厌其详地回忆着故乡人事，勾勒着乡间少年
时那些趣味盎然的生活细节，其形态是片段的，方式是跳跃的，
却充盈着内在的关联感和总体性，如同花瓣之于花朵，星辰之
于银河。"对故乡的追忆，在每个游子的心里，犹如拒绝长大
的孩子，思念回忆的往事，大多定格在少年、青年最最美好的
记忆里。"（《千里东风一梦遥》）对于故乡，难以忘怀的自然
还应有美好的童年的时光。丰沛的童年为柏兰打下温暖的人生
底色，她用文字在时空里挖出一条隧道，送她回到美好的所在。

正如格雷厄姆·格林所言，"童年是作家的存款。"童年也是柏兰的财富，是她写作的一部分源泉，为她提供着叙述的素材，也滋养着她在异乡的心。作者在《向往"年"》中写道："儿时，对年的期盼真可谓望眼欲穿。一进腊月，我们便掰着指头数日子，觉得过年这一天特别漫长遥远，总数不到头的感觉。盼着吃满口流油的红烧肉，盼着吃包子和汤圆，盼着穿新衣服，盼着穿上妈妈就着如豆的煤油灯千针万线为我们做的绣花鞋，盼着平日里不苟言笑的父亲在年三十晚饭后，微笑着给姐妹们一人贰角，最多伍角的新票子的压岁钱。我们当珍宝似的拿在手里一边抚摩一边用手敲一敲崭新的新毛票，清脆的响声似一首欢快的歌，萦绕在我们纯真的青涩年华里。"这些平常不过的所见所闻，经她以儿童的视角描摹后，如此有趣、空灵、热闹，以至于我们的眼前立刻浮现出一帧帧图画，让人有身临其境之感，并唤醒了我们类似的人生体验。

童年之"乐"，大抵离不开"游戏"和"吃"，前者如《夕阳思故乡》，后者如《向往"年"》，更有甚者，两类乐事合二为一，如《桑葚红了》。康·巴乌斯托夫斯基在《金蔷薇》中曾说："对生活，对我们周围一切的诗意的理解是童年时代给我们的最伟大的馈赠。如果一个人在悠长而严肃的岁月中，没有失去这个馈赠，那就是诗人或者作家。"童年的视角是最珍贵的，其感受也最为深刻。人们永远在怀念中前进，成人后所寻找的一切快乐，某种层面上都是以童年的快乐为摹本。

二

柏兰是一位坚持在散文上用功的写作者，在《山谷幽兰》

里，我读到了散文的一种可贵品格：真诚与热情。无论写父亲母亲、婆婆、舅舅、哥嫂姐妹、丈夫、儿子，还是写师长朋友，作者都是遵从"写真实"的原则，在近乎白描的朴素手法、饱含深情中记录和展现这些亲友的个性、风采与事迹。在作者的这些素描里，没有宏大的叙事和空泛的赞美，有的是或沉重、或轻灵、或生动、或朴拙的率性表达，是真实的描写和真情的流露。她只是照着生活中最平常普通与熟悉的事物书写，她对身之所处、目之所及的事物描写非常用心。因此，作者无论写年少时的艰难困苦、求学时的忧郁多病，还是写家庭生活的缤纷色彩，情感皆力透纸背，赤子之心袒露无余，视野也远远逸出书斋之外。

　　"母亲的坚毅果敢、不卑不亢而又对生活热情似火，使得她一生磕磕绊绊中，从来都是争取把日子过得阳光明媚，让孩子们快快乐乐的。"也许正像唐诗里咏叹过的"近乡情更怯"的心结所致，面对自己熟得不能再熟、亲得不能再亲的成长之地，真想淋漓尽致地大书特书，反倒需要更多的积淀和更久的酝酿。"曾几何时，回老家的第一感觉，最温馨的场景，就是看到母亲乐得合不拢嘴巴，在厨房里不停地忙碌。那热气腾腾的迷蒙水雾里，母亲的一颦一笑，如春阳般暖暖地照射在我的心扉上。母亲的菜肴便是世界上最美味的珍馐！母亲的唠叨便是世界上最暖心窝的话语！母亲的目光便是世界上最温柔的月光，经年累月普照着我思乡的心房。"（《烟雨秋梦桃花岛》）这段文字真实感人，这份真实，得益于作者用文字还原现场的能力；这段文字简洁朴实，没有余词，把对母亲的挚爱充分地表达出来。在离开故乡二十多年之后的作者眼里，乡愁是童年日常生活里一道道食物的记忆，是潜藏在味蕾深处各种滋味的无限回味，也是对永远无法回来的过去时光的深深怀念。作者写母亲做"土月饼"，是将感情不着痕迹地化为文字，而在文字背后，却是世间多少儿女最熟悉的画面。这种情感只有人到中年做了父母，深知为人父母的艰辛后才会体察；只有远离父母，被生活折磨得疲惫不堪时才会想起；只有父母悄然老去，你在梦中被泪水叫醒才会感悟。"每年中秋节一大早，母亲总要醒上一大盆面，中午做一顿那个时候最为丰盛的午餐，到了下午就开始忙着做她的'土月饼'。只见她把大团面剂放在案板上，加适量的小苏打水，使劲不停地揉捏，直到面团爽手润滑，然后把大面团切成小面团，再揉成长条，再撕下一小团不停地揉捏，再用掌心轻轻拍打小面团，然后，把准备好的芝麻红糖馅包在圆平的厚面皮里，把面皮合起来搓成圆形用掌心轻轻拍打，平整放在旁边的筛子里，等做满两筛子便能下锅炕了。如果家里芝麻多的话，母亲还在饼面上再撒点。"作者往往从某一场景、某种情境开始，引出人物和故事，以灵活的笔法描述人物，并逐渐展开生动的故事叙述。作者这种"老实"作文，不哗众取宠的写作态度，在我看来更为可贵，更值得读者敬重。

生活是文学创作的重要源泉，只有把生活咀嚼透了，完全消化了，才能变成深刻的情节和动人的形象，创作出来的作品才能激动人心。"那时，烤箱是个稀罕物件，乡间也无人会做桃花酥，母亲便摘下新鲜的桃花，用清水冲干净后，和着青菜和粉丝等一起包饺子、包素包子给我们吃。这样的吃法，在我的童年时代算很奢侈的，更多的是我们帮着母亲，把新鲜桃花的花瓣收集起来晒干，当茶叶泡水喝。出来工作后，喝过各种各样茶叶店里买来的鲜花风干后的花茶，却再也喝不出当年母亲泡制的桃花茶的风味了。"（《烟雨秋梦桃花岛》）食物的味道、故乡的味道、记忆中的味道，更是人情的味道、文化的味道、人生的味道。其实，作者所状写的不只是故乡的美味，她关注和表现的更多的还是亲情、友情、乡情，散发着人生况味的故乡风情与时代印记。

世上往往离不开一个"情"字。散文尤其重情，无情之文难以让人驻足，更不要说引起心灵共鸣和产生知音之感。季羡林说："我觉得在各种文学体裁中，散文最能得心应手，灵活圆通……散文的精髓在于'真情'二字。这二字也可以分开来讲：真就是真实，不能像小说那样生编硬造；情，就是要有抒情的成分。"季羡林认为，不只是抒情散文，就是一般的说理散文也不能无情。散文理论家林非曾将"真情"说成是散文"生命线"。贯穿于柏兰散文始终的是真情，这是理解其散文和人生的关键与枢纽。柏兰的散文是十分真诚的自述，当我们走进她的作品，走进那些动情的文字后，就会发现她的作品和她本人一样，诚恳、亲和、随缘、自然，有一副热心肠，也抱有一颗平常心，她写的是俗世的温情。在《牛尾巴下的〈三国〉》中，作者这样描述自己敬爱的舅舅：

"从懵懂的记忆开始，舅舅经常牵着一头牛去耕地，胳肢窝里或者衣服的口袋里总藏着一本厚厚的，我看不懂的古书。别人歇晌的时候打闹说笑，而舅舅总是默默地远远地躲开大家的视线，静静地专注地翻看他的一系列古书。"在作者的心目中，身高一米八八的舅舅，是那么儒雅，那么帅气，那么斯文，那么可亲可敬，她一直记得舅舅讲《西游记》里"孙悟空大闹天宫"的故事时的情景。舅舅是她的"文学启蒙老师"，可是，舅舅"悄悄地永远地走了"，令她心痛不已，"多想让我一生辛劳、一生从容、一生无争、一生宽厚、一生心在追求梦想的舅舅，一直还能抽到我给买的好烟啊！"

《山谷幽兰》在叙事的溪流中汩汩流淌着一种质朴真情，或表现对逝者的追思与愧悔，或表现为一种对笔下人物艰辛生活的深切体恤与共情。通过作者的亲身经历和真切感受，通过那一幅幅简洁而生动、精准而传神的人物"素描"，我们既能感受到人物的独特性，又能感受到人物的鲜明性。聚焦熟悉的人，记述身边的事，抒发真挚的情，作品将笔触深入人性深处，展示人生从容不迫的美，勾勒人物在自然环境和社会生活中的生存状态，呈现人物的内心波澜，揭示人物的内在精神，表现人物的精神品格。

作者在多篇散文中写到"我"的嫂子，足见嫂子在其心中的位置："嫂子过门时，我还在上小学，我们小姐妹仨经常乐颠颠地跟在嫂子后面去田野挑荠菜，下河捞猪草。嫂子一直把我们当亲妹妹一般善待，帮我们洗衣服，帮我们梳头，帮我们做饭。"（《春风十里 因你而暖》）"都说婆媳关系、姑嫂关系难以相处，在我家的大家庭里，虽然也有烦心的事儿，婆媳关系、姑嫂关系却是一直和睦友善、其乐融融的！母亲在世跟嫂子相处二十多年，一锅吃饭，却从未真正脸红脖子粗吵过一次架，真可谓邻里乡亲们羡慕嫉妒恨吧。"（《在路过的岁月里留下欢喜》）"父亲去世后母亲身体一直不太好，一大家子的重担更多地压到她的肩上。嫂子无怨无悔地操持着里里外外，任劳任怨毫无怨言。我们姐妹对嫂子的那份情、那份爱也一直深藏在心底。这么多年，我们姐妹从来没叫过她嫂子，都叫她'杨姐'。""也许是长大后一直在外地的缘由，对家的眷念、对嫂子的记挂，随着年龄的增长，越来越如常春藤一样萦绕在心头。"（《姑嫂情深》）每年夏天，嫂子都要帮"我"晒一次书，把放在家中大衣橱里的书一摞摞捣鼓出来，铺在大扁子和草席上翻晒。"浪迹漂泊异乡二十载，一路走过，一路买书，家里那满满一大衣橱，上千本的藏书，我真的一本都没带出来。现在，每到盛夏，依旧要电话提醒嫂子晒书。嫂子总说，你赶紧回老家拉走吧，我快晒不动你的藏书了。"（《跟嫂子一起晒书的那些年》）她写的是人之常情、人之真情、人之深情，她总是"贴到人物来写"（沈从文语）那些平常人、平常事、平常理，又总是在作者感人至深的细节中得到生动的表达，写的是一个有情义的世间，无不诠释着一个散文作者的情义观与人性美。

捧读《山谷幽兰》，我始终被作者的真诚打动，故事的真实，细节的真实，情感的真实，如将生活用剖刀缓缓地刻在记忆的碑上，用心，用情，张弛有度，又令人不容置疑。记忆是挂牵，记忆是纠缠，记忆是辗转反侧，记忆是念兹在兹。召唤记忆的方式有许多种，比如衣物、气味、音乐、绘画、影像等，但散文，恐怕是最具魅力和最让人心驰神往的。写下日常点滴是记忆，重新发现生活也是记忆，散文是使记忆显影的独特方式，白纸黑字、浓情述说和诗意表达，散文神奇地构建起了一个美丽的空间，在那里，有我们真实经历的过往，那些气息、声响、欢笑以及痛楚。而弥散在作者记忆中的，更多的是温情和美好，犹如花香，经久不散。对于曾经给予过她帮助的人，她一直铭记在心。哑巴哥、曹姐姐、英姐姐、许老师、同学英子、梅子、萍儿、嵋和瑞、洛阳郭哥、啸儿、月虹、瑞华、老乐、石尚，以及救过她命的"大黄"，这类散文属于回忆，属于纪实，不经意间又有着淡淡的喜悦和忧伤。读柏兰这些亲情与乡情的篇章，让我想起放翁的一句诗："百世不忘耕稼业，一壶时叙里闾情。"我认为，放翁的这句诗，正是柏兰文章与心地的写照。她笔下的至爱亲朋、耕织稼穑、农家风物、家长里短，充满美妙和美好；读柏兰这些亲情与乡情的篇章，让我领会到了一种人性的温暖，一种美好而亲近的"惦念之情"。"惦念之情"这一提法来自铁凝。在《铁凝散文·自序》中，她这样写道："散文究竟是因什么而生？在我看来，世上所有的散文本是因了人类尚存的相互惦念之情而生，因为惦念是人类最美好的一种情怀。"在柏兰的散文中，不论是怀念亲人还是写师长朋友，我们看不到任何空泛张扬、飘浮于半空的无根的追思或怀旧，我们感受到的是一种消融于日常生活细节中的"惦念之情"。我以为这里的关键就是真诚地"交心"，即钱穆说的"先把自己的心走向别人心里去。自己心走向他人心，他将会感到他人心还如自己心，他人心还是在自己的心里"。"惦念之情"实际上就是"我心"与"他心"的双向流动，是一种特别柔软、温暖和平实的情愫。柏兰非常欣赏村上春树的一段话："记住大雨中为你撑伞的人，帮你挡住外来之物的人，黑暗中默默抱紧你的人，逗你笑的人，陪你彻夜聊天的人，坐车来看望你的人，陪你哭过的人，在医院陪你的人，总是以你为重的人。是这些人组成了你生命中一点一滴的温暖，是这些温暖使你远离阴霾，是这些温暖使你成为善良的人。"滴水之恩，涌泉相报，这是一个善良的人、忠厚的人、感恩的人。

三

　　会讲故事是一名作家的绝活，讲好故事是出好作品的基础。散文也要讲故事，如果没有故事，就要有感动，没有感动，就要有趣味，有不少的文章，堆砌辞藻，讲上一通道理，实在看不下去，即便勉强看了，过后什么都不记得了。作者似乎"找到了自己的领地"，似乎找到了一条适合于自己的创作道路，其感受细腻，捕捉精准，笔调唯美，意境深邃，叙事节奏从容不迫、不疾不徐，具有鲜明的个人气质和独特的文学气质。

　　"都说婆媳关系很微妙，可我一直没体会，因为从谈恋爱到结婚，我跟先生都在外地生活。每次回去，忠厚善良的婆婆都把我当女儿一样看待，生怕我吃不惯住不好，总是嘘寒问暖，不停地变换花样，尽量做适合我胃口的饭菜。……"2005年11月初，小夫妻俩想"让婆婆来我们这里享清闲一些，也所谓地享福一些吧"，但婆婆怕这样会给儿子儿媳"添麻烦"，不予答应。此时此刻，"先生突然的一个动作，让我一下从床上蹦到地上。只见先生双膝跪下热泪长流：'妈，算我求你好吗？让我们尽点孝心。这么多年，你伺候咱爹太不容易，以前是要照顾咱爹，你实在脱不开身来我们这里。现在，咱爹不在人世了，你就轻松轻松，别再惦记家里的几亩地了，你该好好休息休息了……'先生哽咽着说不出话来了。"此刻，没有华丽的装饰和刻意之雕琢，只有扣人心弦的细节和动人的情感，充满了温情：孝心孝道，明月可鉴！

　　真善美是柏兰散文的精神内核，她善于在生活的裂隙间采撷灵感，用文字抚平生活的褶皱。她独特的创作风格，使作品富有新鲜感和感染力。柏兰的写作是切肤体验的文字投射，语言清新自然，意蕴深远，简约质朴而又直击人心。文中的情感描摹细腻、自然、真挚，让人动容。作者并不只做不动声色的单纯叙述，而是将她讲述的故事与内心丰富的情感世界互动，从而形成流淌的、活泼的情境画面。鲍勃·迪伦有言，"有些人能够在雨中感受诗意，而其他人只被雨淋湿。"柏兰就有一双善于发现的眼睛，具有捕捉生活细节的能力，她总能发现常人难以察觉的生活之美、人性之美，使每一个细小的场景、人物、故事等，都烙印着她对人生的深入思考和鲜明的人生态度，呈现出生命温度。

四

人生，读书与写作将归于心安。书籍是贮存人类代代相传的智慧的宝库，读书能给人以知识、以智慧、以快乐、以希望。作者在乡村长大，许是耕读传家的乡风熏染，许是少时失父的忧郁孤独，更或许是天生的读书种子，柏兰少时便如痴如醉地阅读书籍并激发出写作的热情，无论在黄山、金华客居生活，在繁忙的工作之余，依依不改文学创作的痴心。在《回忆是岁月里的一脉馨香》《不老的文字》《游离在梦想和现实中》等文中，她详细叙述了自己的读书历程，幼年从书摊、邻居和小伙伴那里变着法儿找书如饥似渴地阅读，从中汲取丰富的精神养料。"千百年来，文字的魅力和魔力经久不衰，芬芳怡人中发人深省！自从我们识字以后，便喜欢上阅读，阅读让我们开阔视野，让我们与时俱进，让我们一生都在成长壮大。"（《芬芳文字寂寞影》）"多年养成爱阅读的好习惯，尽管阅读貌似没有给我的现实生活带来巨大的改观，可是，数十年如一日地喜欢文字，却让我的内心世界在无形中变得葱茏茂盛！变得柔媚刚强。"（《不老的文字》）广博的阅读涵养出丰富敏慧的心灵，读书成了柏兰慰藉心灵的良药。

柏兰这样回忆回味着小时候时常边做家务边看书的往事："有次烧火做饭，我一边往灶膛里添加稻草，一边背诵课文。灶膛里火焰灭，我赶紧添草，那日可能稻草过于潮湿，我便一口一口朝灶膛里吹气，在毫无征兆的前提下，火苗突然蹿起，把我熏得一脸黑灰的同时，火苗也烧了我的刘海，我使劲地拍打，总算无大碍。"（《向晚处　炊烟袅袅入梦来》）母亲下工回家，看到她没有洗干净的大花脸和烧焦的刘海，心疼得不得了，再也不准她"一边看书，一边烧火做饭"。

"懵懂的童年岁月，深受读过私塾的母亲和舅舅的影响，对那些发黄的古书，莫名地喜欢。尽管看不懂，竖着耳朵听妈妈和舅舅断断续续讲《西游记》《红楼梦》《水浒传》《三国演义》《封神榜》《山海经》……一边听故事，还总是一边幻想着自己就是故事里的某个自己喜欢的角色。那份欢欣鼓舞的雀跃，源于自己内心深处美好情怀的美丽绽放。"（《回忆是岁月里的一脉馨香》）在同一篇文章中，作者还清晰地记得小学四年级时的暑假，严厉又慈爱的父亲给了她和娟妹一块钱逛县城，小姐妹俩因为买了一本价格 0.99 元的小人书，肚子"饿得前心贴后背"的往事。"从新华书店出来，我紧紧捏着手中的一分钱，去商店买两粒水果糖塞到娟妹的手中。娟妹抹着眼泪又塞一块给我说，兰姐，妈妈说，吃糖有劲。我们一人一块。我们回家吧。""小姐妹俩饿着肚子，抱着一本书，一块糖果含在嘴里走 20 里地回家的那个画面，一直镌刻在我们心灵的天幕上，何时回忆都盈盈泪光中欣然一笑。"

《山谷幽兰》是一部以叙事为主的叙述性散文。然而，作者在叙述过程中，常常难以抑制心头喷薄的情感岩浆和表达自己独到解读的冲动，在文学叙事的同时辅以了大量的抒情与议论，从而使得作品具有一种浓郁的抒情色彩和深刻的见解，大大深化了主题，增强了艺术感染力。作者或直抒胸臆，或寓情于事，或寓情于景，或寓情于理，作品中的议论，充满真知灼见。

余光中说，"散文，是一切作家的身份证。"散文是诗与思、诗与真的融合，散文的书写，有了态度上的真诚，有了掬水成月体悟生活的诗心与诗意，还应有一份高屋建瓴的超然。《山谷幽兰》情景交融，文史兼备，理趣相融，遣词造句精心雕琢，叙事描写宛如眼前。文字带有节奏感，凝练、生动、干净、淡定和从容，时有隽秀之句。作者善于挖掘现实生活中的诗意，善于用文字表现真善美的力量。自客居尖峰山脚下以来，柏兰逐渐地适应了这里的生活，"谁说最美的风景在远方？最美的风景其实一直就潜藏在我们的身边，……在悠悠岁月里，尖峰山下的日月，与日月同辉，温暖地普照着我的心田。"（《尖峰山下日月长》）从千里之遥来到这座山脚下居住，为的就是前世与这座山的缘分未尽吧！随着在第二故乡——金华的生活和工作渐渐步入正轨，柏兰的读书与写作也渐渐更上层楼，她的视野更为广阔，文笔更为老辣。在"一杯清酒邀易安"板块中，她的一组系列历史文化散文，让人眼前一亮。创作历史文化散文，既要有史学的眼光和功夫，又要有文学的构思和运笔，换言之，作者必须平衡好历史的真实性和文学的想象力。流水有痕，岁月如风，风卷风舒，潮起潮落，《一杯清酒邀易安》《走进了江南水乡》《长山 藏在岁月深处的一条伏龙》《尖峰山下日月长》《桃花源里访上阳》《太阳岭上》《冬季 我们去齐云寺沐浴》《紫气东来 福泽香江》等美文，文字空灵而又缠绕，像缭于山间的闲云，看似散淡轻盈，却总让空阔壮美的山川无限依恋。李清照、卢文台、朱大典、徐霞客、吴莱、宋濂、黄初平……作者像一个好奇的鉴赏者，畅游于历史，凝视着历史中的重要人物和重要时刻，想象他们的人生境遇和命运抉择。在内容上将生动的语言、细腻的描写、恰当的心理分析、严谨的史料和深邃开阔的人生思考结合起来，五者融合，仿佛是在与读者交心谈心。比起当地的作家的书写而言，柏兰用情更深，意味更长！

对于写作，对于自己酷爱的文字，柏兰深情地说，"写字的乐趣，在我异乡漂泊的经年累月里，如吃了一副兴奋剂，在我孤独无助、彷徨郁闷之时，总能带给我心灵的慰藉。文字，心灵渴望美好祥和的文字，是心灵的鸡汤，总能在我沮丧颓废的时候给我正能量。生活依旧，文字的感染力也依旧！"感谢文字，"在我的似水年华里，一直有我喜爱、钟爱的文字陪伴在我的左右，让我可以随心所欲，而又真情实感地随时记录一些我的生活经历和心路历程。"（《游离在梦想和现实中》）"感谢文字，感谢记载文字的人，感谢千百年来一直视文字为情人、为知音的喜欢文字的人们。活色生香的时代，活色生香的生活，活色生香的你我，正因为有不老文字的陪伴，生活才更显得活色生香，生活才更有意义。"（《不老的文字》）作者以写作的方式郑重地向记忆中的故乡、亲人致敬，热情地向第二故乡的人们问安问好，并带着坚忍的精神继续前行，走过一程又一程。

柏兰的散文是十分真诚的自述，她对语言的把握十分得当，该散漫时就不一蹴而就，该紧凑时也不拖泥带水，叙述非常扎实、细腻、真切、优美，富有诗意、富有独特的生活质感，也蕴含作者的浓浓真情，其抒情语调质朴、热忱，充满淳朴的理想和真挚的情怀。作者内心的生动性、生活的丰富性、观察的独特性，赋予这部作品坚实的生活基础和重要的精神底色。作品写人、记事、谈创作，能看出作者多文体写作的深厚功力。

《山谷幽兰》通过回忆视角，用写意的笔调和饱含深情的文字书写了作者对过往人生的追忆、怀恋、思考，既有智者的智慧蕴含其中，又有浓厚的文学阅读趣味。柏兰的行文就像与知心朋友交谈一样，倾诉着自己的悲欢，情感质朴真诚，没有故作高深，伴随着丰富的人生阅历所获取的经验与思考，同时含有朴素又令人遐想回味的哲理，相信会给许多走向远方又心怀故乡的读者以心灵的启迪。而她笔下的散文抒发出的对童年岁月、对亲朋好友、对乡村故土的回望，流露出了温情脉脉的怀旧和乡愁意绪，从中可以清晰地感受到她对时代和人生有了更深层次的思考。

　　"幽兰生山谷，本自无人识；只为馨香重，求者遍山隅。"柏香清幽，兰心蕙质。李渔在《闲情偶寄》中写道："兰生幽谷，无人自芳。"兰花，即使生居人迹罕至的远山，在无人赏识时，依然香满山谷。这种特有的幽香，来自本心，不媚俗时世，不取悦他者，傲然保持着纯粹的底色。这就是兰的初心，亦是兰的使命。柏兰的感情离不开故乡大地，她的思维离不开故乡大地，她的笔触离不开故乡大地，而来自故乡大地的文字是有思想、有温度的，是有格局、眼光、胸襟和气象的，也是我所喜爱和欣赏的。

跋二

家山北望
——读散文集《山谷幽兰》
江　淮

一

柏兰，生于里下河水乡，长于湖畔乡野，似芳草幽兰，淡然绽放。

移居江南后，受婺水文化影响，钟情于抒情散文，游记文学，乡土风情浓郁，家园意识饱满，人文情怀飞扬，擅于心灵刻画与精神游历，描摹心路历程。作品中凝注对家国、民族、乡土的挚爱，充满炽热的血脉之情。

名为"山谷幽兰"，四字即是一幅画。山与幽，朝天洞开；谷与兰，两叶低垂。洞开的，是一方天；低垂的，是一片地。天地氤氲，万物化醇；天高而明，地厚而平，故而有正气，赋流形。文学，即方块字有机组合，以字为器，开启天地。山谷幽兰的文字，如泉奔涌，自心涌出，有柔波，有细流，有狂澜，有大潮，柔情而婉约，内秀于心，藏拙于外，深沉激越，可歌可泣。

纯真之人之笔，方有朴素宁静之气。

女性文字，带有柔韧的天赋。二十多万字的散文，写故乡，写亲人，写婺江，写古今，字里行间，散发清新，飘出梵香，以一缕红尘中的守望，静对年年沧桑。

最可贵的是，这份情感，从未淡薄，从未放弃，始终以执着心态书写生命中的天然之意。故土人情，"悠远流年，总会有泪轻盈""春风十里，因你而暖"；徜徉乡情，"岁月如风，流水有痕""月光汩汩，普照家宅"；对话古人，"策马南山，清风明月""雪泥鸿爪，慢走细读"；独自心语，"女人如花，生命如山""心有归期，不忘来路"……

真情文字，默默如静夜，娓娓如流水。春风荡漾间，光晕倾诉和煦，盎然怒放生命，自然、平和、沉稳、本真，透着淡淡的幽兰香。

柏兰即幽兰。独让灵魂俯瞰人间四海，做随心所欲之逍遥游，透过文字，愈见深沉。宁知霜雪后，独见松竹心。可放弃任何，唯独不能放弃良知尊严。心在刃上劖荡，为自由书写文字，可挥霍生命，在所不惜。岁月落幕，唯余相思，爱海苍茫，烟波浩渺。

曾言：幽兰将文字折成一叶扁舟，在沧海间沉浮，如鸟睥睨，如鱼游荡。独想，那一株镌满甲骨文般的幽兰，老了吗？

她的文字很单纯：繁华迷离之外，尚有一个温暖家山。

二

柏兰是一位勤奋的作家。

像林中樵夫、山谷药农、溪畔渔人、江上钓者，有一种执着情怀。

这种情怀对于淮水大约与生俱来。生于大湖，却又客居异乡，登高望远，梦湿霓裳，于是把颗颗晶莹的思乡情结，做成珠玑文字，串联在一起，遥寄故乡。

"情醉乡愁"，凸显淡淡容颜。乡愁是对乡土文化深刻思索的艺术化成果。犹如树上的果实，那成熟的芬芳，经历了"灵魂的骚动""诗意的栖息"后，才获得红润与甘甜。当繁华落尽，那缕乡愁便以安静的力量直抵心灵，横扫现代人的浮躁之心。

经历了青春期的梦影与落寞，才有灵魂深处的挣扎与拷问。原来，生命经历就是一首诗，浸入血脉、感悟大千的诗。

寻觅乡愁，诉说乡愁，延展乡愁。"目光一直穿越在七百年的月光中，寻寻觅觅"。那种寻找，正是心灵向往，梦寐渴求，正是曾经丢失的东西。她引我们进入一座古风徐吹、落寞空旷的精神院落，以绵绵灵动的生命本真，滋养我们的心灵，观照我们的思想，淬炼我们的灵魂。

由古宅说乡愁，更像叙说一个古典幽梦。犹如暗夜笛声，断断续续，细微渺茫，却又真真切切、绵亘不绝，回绕心头。随着她的精神漫步与步步深入，感到精神家园，就是"给我一张海棠红""给我一朵蜡梅香"式的乡愁。当细雨把家园润成青色乡音，当思绪白转弥散进烟雨苍茫的惊蛰、春分，当历史的美丽沧桑像东阳木雕样从未远去，当庭前影壁上还镌刻着地老天荒的古训，我们的内心即被一种壮阔波澜而感动，这就是家园意识：阳光故事、彩衣云裳、季风浮动、雨打陈酿、长夜梦乡、黎明期待……都婉转成"七百年的明月年年岁岁普照在蔡宅的上空"。

她的文本中流动着"深情婉约的乡愁忧伤"，"有多少酸甜苦辣咸的故事，在一弯新月中汩汩流淌成圆月"。一幅幅家园景象，一草一木、一人一事，一声乡音，可当书，可当枕，可当月照。尽管念想苍茫，但浩渺心湖却静待家音；尽管愁肠百结，思念深情却溶化在心海，化作翩翩彩蝶，遨游云天外。

偌大家山的时空里，乡土传统始终无法忘怀，这份心血与感情都与乡土大地脐血相连，她的一丝变化都将引起思乡女儿的泪水与心颤，这便是家国情怀。

<h2 style="text-align:center">三</h2>

文字有温暖，金句闪金辉。

柏兰文字有一种隽永的婉约美和清新美。

——其实，懂，懂得彼此的心意、心声，才是世界上最温情的语言，最长久的慰藉，最恒远的念想！（《懂，是世界上最温情的语言》）

——那种心灵上的相依相知犹如一抹春阳，普照温暖着彼此。（《聆听，生命的片片心语》）

——一方闹市中一隅宁静处，让我在心灵疲惫时邂逅，亲近几许阳光的味道。让我的心，轻拥江南烟雨，邀约一份多情，轻写淡淡的别离、浓浓的相思，更将那份重逢温柔地深藏，在听琴而醉、拥诗而眠中，各自取暖。（《时光居，是一心灵的港湾》）

这种婉约与清新，属于女性的优雅与缠绵，更属于文学审美的明丽风格。犹如"清凉胜皎月，瘦影舞秋风"，读之，引人沉浸在细雨轻烟、柳岸长堤、花开花落、涨尽秋池的美学意境之中，浪漫在绿肥红瘦、清奇绝伦的情愫之中。

她对宁静淡泊的至高追求，令人称奇：这是最美丽的拥有。生命之舟，曾真诚无悔地漂泊过，跋涉过，疲惫过，风狂雨骤后，回归自然，恬淡生活，是一种大智慧。便独追如此境界：于"一片心"中寻高山流水之意境；于"一杯茶"中品茶品人生，品茶品人性；于"一壶酒"中，深情地醉一回。斜阳照墟落，倚杖叩荆扉。渔歌采莲，东篱菊香，桃花邂逅，青梅煮酒，每一段浪漫时光都能"惊起一滩鸥鹭"。

宁静与安详，是生命中真正珍贵的财富、不可多得的财富。

由此，两个词在这里碰撞："漂泊"与"停泊"。细想这两个小小的词，能量极大，此去经年，一漂、一停间，能涵盖人生百年。道理很简单，因为静中有动，动中有静。生命的动静，具有穿透流年的力量。幽静如兰，其文其意，含着人生的深深哲理。且在变化中有思考，思考中嬗变，文风渐由风景描写，内心独白，向人文思考方向靠拢，这种自我革新的力量、拔剑起舞的风头来源于自身，尤是难能可贵。

时光若水，宁静即大美。

婺江畔，柔情似水的文字，将人带入难以舍弃的境地——

这是历史，更是现实；这是对话，更是心语；这是清酒，更是炉火；这是明月夜，更是桂花雨……

四

岁月惊艳，铭记住才华。

柏兰的目光始终凝注在独立人格上。

笔下呈现出写尽随意、倾尽禅意、痴情醉意的意蕴，颇有人生三味之意。心之随意，茶之禅意，酒之醉意，这不正是人生追求的境界吗?!"随意上渔舟，幽寻不预谋""最爱茶香何处，花落菩提深深""无计奈情何，且醉金杯酒。"随意在心，茶意在禅，醉意在酒，真是浮生谁能一笑过，明灭楼台上灯火。人与白云栖，月照花影移。洗去的是落寞，留下的是静心。

当人们在为"生活方式"奔走时，幽兰已用"心活方式"向我们表明，这更是一种人生修为，有一种雨后天地间洒落的明静之感，明静处，可见心，见性，见情。

"滚滚红尘里曾执着寻觅的精神恋人，庸常流年曾众里寻他千百度的精神皈依地，纷繁忙碌后的心灵栖息地。"这是一种精神境界和价值观的取向。

近闻柏兰亲近书法，酷爱写字，临帖学字，必学精神，而非皮毛。方块字，如活水一脉，游鱼潜底，奇宕潇俪，有踰锋刃，行于当行，止于不可不止，必是聪睿慧心、神智爽利之人。

她道：有些花朵飘零，不是撒手人寰，而是蓄芳来日，期盼最美的花期。这是一种伤感中的期待，落寞中的憧憬。但非常阳光，非常明媚，内心憧憬就是整个时代的憧憬，就是烟雨江南的憧憬。无论"欢喜与悲伤，相逢与怀念，相爱与别离，都在其中飘逸着，叫人难舍"。

面对当今浮躁社会，到底是让心灵四处漂泊，还是静静停泊？每个人都在找心灵皈依的地方，安放自己的灵魂！心灵皈依，属于一种明心见性的哲学。漂泊已久的心，需要归宿一个港湾，停泊在宁静之处。

即如她的文字，亦如清泉出山，奔腾不息，这种大开大合的写法，在当今大散文流行的环境之下，可谓一股独行的清流。犹似画中人，"何须浅碧深红色，自是花中第一流"，红尘静望，梵香袅袅，涤荡尘埃与一世沉浮。有别于那种假情假意的"心灵鸡汤"，而充满真情真意，且明媚如春，可称为"幽兰体"。

她的心，沉静而热烈，内敛而奔放，炽热的情感闪烁着灵性的光芒，每一个字都是她内心气质的延伸，都是从心底迸发流淌出来的。其间，带着一点婉约，甚至一点哀愁，还有一点忧伤。但心，始终乐观向上，在"亲近几许阳光的味道"中，"把美好的时光留居在我们生命的年轮上"。

千寻涌苍茫，蹈海踏激浪。立身听海涛，过耳北风凉。

散文的重量，是思想的重量。柏兰的散文，令人心安在，心自由，心远行，心徜徉。"人生没有彩排，每一天都是现场直播"。这样的直播真实而自然，活在其中，颇具风之雅韵。

山谷清静，幽兰已香；世末桑田，心已沧海。

祝福这一株幽兰香，带给我们无尽的芬芳。